사랑의 고고학

스마트북스션
소설가

사랑의 고고학

우한용 중편소설

문학나무

소설가의 말

회의와 좌절로 아파하는 나에게

작품 하나 끝낼 때마다 나는 회의주의자가 된다. 이게 정말 가치있는 작업인가 하는 의문이 들기 때문이다. 소설은 본래 회의주의의 문학이다. 회의주의는 도그마(δόγμα)와 대결하는 무기이다. 회의주의가 정방향으로 발전하면 메타적 인식이 된다. 이는 비평의식과 상통한다. 크리티픽션은 소설의 본래적 비평의식을 소설 안으로 이끌고 들어온 양식이다.

소설은 신념과 긍지의 문학이 아니다. 신념과 긍지는 객관성을 포기하게 한다. 객관성은 이기주의를 버리는 데서 얻어지는 지혜다. 자신을 스스로 비판하는 가운데 신념과 긍지가 약화되거나 파괴된다. 신념과 긍지가 약화된 인간이 살아가는 방법은 신념과 긍지가 얼마나 왜곡될 수 있는가를 치열하게 반성하는 데서 찾아진다.

다시 생각해본다. 나를 회의주의에서 건져올리는 방법으로 내가 선택한 것이 소설이다. 소설을 버리고 다른 길을 찾기에는 너무 멀리 와버렸다. 가치란 무엇인가? 어떤 존재에게 존재이유를 만들어주는 것이 가치이다. 가치는 객관적일 수 없다. 주관적 선택이 본질이기 때문이다. 가치는 민감한 감수성에서 비롯된다. 감수성은 인간을 포함한 사물의 존재이유에 헌신하는 태도이다. 감수성은 관심과 사랑으로 전환된다.

나에게 소설은 인간과 세계에 대한 관심과 사랑의 표현이다. 관심과 사랑은 타자에게 말걸기다. 말을 거는 가장 확실한 방법은 묻는 것이다. 묻는 일은 답을 요구하는 행위이다. 묻고 대답하는 행위가 지속되는 언어행위를 대화라 한다. 철학은 대화적 언어행위이다. 내가 나를 향해 물음을 던지는 일이 철학이다. 나에게 소설쓰기는 철학행위이다.

책을 하나 낼 때마다 나는 좌절감을 맛본다. 장편소설로 『생명의 노래(1,2)』, 『시칠리아의 도마뱀』을 냈다. 창작집으로 『불바람』, 『귀무덤』, 『양들은 걸어서 하늘로 간다』, 『멜랑꼴리아』, 『초연기-파초의 사랑』, 『호텔 몽골리아』, 중편집 『도도니의 참나무』 뒤에 이어지는 책이 중편집 『사랑의 고고학』이다. 소설로는 10번째 내는 책이다. 창작집 『붉은 열매』는 조판작업 중이다. 나는 좌절감을 사서 맛보는 행위를 계속하는 셈이다.

소설책을 내는 일은 언어의 본질을 배반하는 행위가 되기 십상이다. 언어의 본질은 창조행위라는 데 있다. 사람들은 이전에 누군가 말했던 언어를 말한다. 그게 이른바 어법이고 문법이다. 소설가는 남들이 쓰는 말을 이용하기는 하지만 남들과 달리 말한다. 남들과 달리 말한다고 했는데, 어느 시점에 이르면 자신이 이

전에 했던 말을 반복하는 경우가 생긴다. 이른바 양식화다. 양식화된 소설은 자기 자신의 이전 작품과 같거나 남의 작품과 닮은 꼴이 된다. 이런 소설을 내 작품을 읽은 독자에게 강매하는 행위는 속임수다. 나는 근간 내 소설이 여행을 모티프로 한 것이 많아 그런 쪽으로 양식화되어가는 것을 알고 있다. 이런 비창의적인 언어운용을 넘어서야 하는 것이 근간 내가 느끼는 소설가로서의 책임감이다.

소설의 재미를 강조하는 분들을 자주 만난다. 재미는 이전 룰을 파괴하고 새로운 룰을 만드는 데서 생겨난다. 새로운 룰은 때로 귀찮고 또 두렵다. 새로운 룰은 인간의 안주본능을 파괴해야 접근할 수 있는 영역이다. 생각은 쉽게 낡고 안이한 쪽으로 흘러간다. 소설의 재미는 새롭게 규정되어야 한다. 누보로망이 나왔을 때, 아 이건 새로운 세계다 하면서 충격으로 받아들일 수 있지만, 그걸 재미로 알고 읽지는 않았다. 그러나 생의 의미 있는 탐구라는 데는 동의하는 편이어서 한때 유행을 탔다. 세상을 새로운 시각으로 바라보는 재미 때문이다.

소설의 재미는 소설의 다양성에서 온다. 김유정처럼 식민지 조선의 집시 같은 민초들의 삶을 '들병이의 철학'으로 환원해서 말하는 작가의 유머는 쓴웃음을 자아내는 재미가 있다. 박상륭처럼 죽음을 '연구'하는 작품은 도저한 깊이로 인해 재미가 있다. 『춘향전』의 재미는 상층부의 언어와 하층민의 언어가 구조적으로 교합되어 있는 데서 온다. 『구운몽』의 재미는 유가적 도덕관이 서사로 구체화되어 있다는 데에 연유한다.

　각다분한 일상을 재치 있는, 또는 스스로 재치 있다고 착각하는 작가들의 일상사 이야기는, 그게 소설의 본질이라고 하더라도, 그런 이야기를 늘어놓는 작품은 재미와는 거리가 멀다. 혹 어떤 게으른 독자가 있어서 나는 나를 위로해주는 작품을 선호한다 한다면, 그런 독자의 권리까지 부인할 생각은 언감생심, 전혀 없다. 작가가 그런 게으른 독자에게 빌붙어 독자를 고려한 소설을 구상하는 작업을 나는 용납하지 않는다.

　왈, 4차산업혁명의 시대라고 한다. 섣부른 예단일지 모르지만 매체의 극단적인 발달은 문자언어의 영역을 축소할 수밖에 없다. 소설은 잘 안 팔릴 것이다. 안 팔리는 소설을 계속 써대는 것은 자살행위에 가깝다. 문학의 장르는 영고성쇠(榮枯盛衰)를 거듭한다. 소설도 예외가 아니다. 대하장편소설은 낡은 장르가 될 것이다. 장편도 단권으로 마무리되는 이른바 '경장편'으로 갈 것이다. 작가들은 기껏해야 중편 정도의 양식 속에서 할 이야기를 처리해야 하지 않을까 싶다.

　질적인 측면에서, 소설의 영역이 대중성과 전문성의 양편으로 선명하게 갈라질 것이다. 대중성을 지향하는 소설은 영상매체에 스토리를 제공하는 스토리 작업과, 아직도 문자언어에 기대어 읽기를 즐기는 독자를 겨냥하는 대중소설이 주류를 형성할 것이다. 본격소설로 지칭되는 '어려운 소설'은 여전히 국한된 독자를 대상으로 고급담론을 만들어 갈 것이다. 이 영역의 소설은 철학소설로 불릴지도 모른다.

　각 시대마다 어떤 작가들은 자기 시대를 걱정하는 데 골몰한다. 아울러 인간의 본질이 무엇인지를 파고든다. 4차산업혁명 시대에 대한 검토는 여전히 필요하다. 이런 영역을 다루는 '심각한 소설'이 나올 것이다. 또 문학의 본질을 소설로 다루는 소설이 자리잡을 것으로 예상된다. 이러한 소설을 묶어서 '철학소설'이라 명명할 가능성도 있다. 이 영역에 드는 소설은 독자는 많지 않을 것이다. 이런 작업에 헌신하는 작가는 자신의 작업에 대해 자부심을 느낄 것으로 예상한다.

소설의 장르 특징이 진행적이며 대식가처럼 여러 장르를 자기 영역으로 흡수해서 소화해낸다는 것은 일찍이 러시아의 문예학자 바흐찐이 지적한 바 있다. 소설 장르가 어떻게 전개될지 모른다는 데 소설의 매력이 있기도 하다. 시와 소설의 결합, 소설과 수필의 장르 혼효(混淆), 소설과 비평의 통합, 소설과 철학의 융합 그런 현상이 나타날 것으로 예상된다. 소설 장르의 조종을 울려야 하는 시대가 되었다고 우울증에 빠질 필요는 없다. 전도서의 말대로 "하늘 아래 새로운 것은 없다"고 해도, 하늘 아래 영원한 것 또한 없다. 모든 것이 헛된 게 아니라 헛된 것을 헛되지 않다고 고집하는 게 헛된 짓일 뿐이다. 내가 쓰는 소설이 낡은 형식이라는 것을 알면서도 소설을 계속 쓰고자 한다면 그만큼 헛된 우행이 어디 있을 것인가.

소설은 회의주의자의 문학이다. 회의하지 않는 것이 하나 있다. "산 개가 죽은 정승보다 낫다"는 사실이다. 소설가는 회의주의적 시각으로 생을 찬미한다. 이 작품집에 실린 소설들은 내게 부여된 생명에 대한 찬가이다. 가고 싶은 곳을 가고 보고 싶은 것을 본 기록이다. 독자와 더불어 나 자신을 일궈나가는 이야기가 내 소설이다. 자신을 일궈나가는 이야기이기 때문에 엄청나게스리 '사랑의 고고학'이라고 명명한 것이다. 회의와 좌절을 치료하는 방법이 다시 회의와 좌절이 된다는 이 악순환을 벗어나는 방법은, 헛되고 또 헛된 삶을 치열하게 성찰하는 것 말고는 다른 길이 없다.

연구년을 맞아 미국에 가 있는 이경재 교수가 '평설'을 써 주었다. '세 갈래 길'을 떠돌며 회의하고 망설인 나의 삶을 뚜렷한 논리로 설명해준 비평적 애정에 짙은 고마움을 전한다.

전에 『멜랑꼴리아』를 낼 때도 '문학나무' 주간 황충상 작가의 신세를 졌다. 이번에도 큰 덕을 입게 되었다. 당신의 작품 돌보지 않고 책 만들어주는 정성을 어찌 밥술로 갚을 것인가. 이 책이 나수 팔려서 좀 덜 미안하게 되길 바랄 뿐이다.

2017년 광복절에 충주 앙성 상림원에서
우공(于空) 우한용

차례

금강산 만물상 _ 우한용(촬영)

왕성으로 가는 길

한 사람이 두 가지 일을 똑같이 잘 해낼 수 있을까? 서진구가 요사이 들어 이따금 생각하는 문제였다. 서진구는 그림을 그리면서 시를 쓰는, 말하자면 화가 겸 시인이었다. 그런데 언제부턴가 그림도 제대로 못 그리고 시도 별스럽지 못한, 둘 다 흉내나 내는 얼치기 예술가라는 생각이 안에서 솔솔 피어나곤 했다. 그러나 가슴은 뜨겁게 달아올라 두근거렸다.

팔레트에다가 물감을 짜는데, 튜브에 공기가 들어 있었는지, 물감 덩어리가 오른손 손등에 튀어 박혔다. 손등에다가 크림을 펴서 바르듯이 물감을 문질러보면서 서진구는 생각했다. 그림을 그리는 일이 사랑하는 사람을 끌어안고 짙은 입맞춤을 하는 거라면, 시를 쓰는 건 꿈속에서 사랑하는 사람과 공중을 날아다니는 것 같은 게 아닌지. 자기가 살아가는 과정도 그와 비슷했다. 그런데 그림으로 꿈을 꾸고 시로는 마사지를 하는 격이었다. 아무래도 엇박자였다.

거기다가 아내 강안나 여사는 박물관대학에 나간다고 자주 집을 비웠다. 어떤 때는 술이 거나해서 돌아오기도 했다. 그렇다고 집안일 손을 놓고 지내는 것은 아니었다. 다만, 같은 소리를 염불 외듯 하고는 했다.

"당신처럼 말요, 나도 공부했으면 어디서 불러가도 불러갈 판인데…." 그런 푸념이었다.

"누가 하지 말라고 말리는 사람 있어요? 당신이 골프에 미쳐 돌아가니까 다른 일 못하는 건데 나더러 어쩌란 말요?" 서진구는 귀찮다는 듯이 투덜거렸다.

"하여튼 박물관대학 하길 잘했어요. 관장님의 강의가 정말 명강이라니까요." 강안나 여사의 시키지 않은 소리였다. 서진구는 아무 대꾸도 않고 기미를 엿보았다.

"말예요, 우리도 도울 일 있으면 돕겠다고 했어요." 서진구는 피식 웃었다. 남편 내조도 못하는 주제에 중뿔나게스리, 하는 내심이었다.

박물관장이 서진구에게 급한 일이 있으니 만나자는 연락을 해왔다. 남 시키지 않고 직접 전화를 하는 성의를 봐서 그렇게 하자고 대답하고 기다렸다. 약속 시간에서 한 시간 가까이 지났는데 박물관장은 나타나지를 않았다. 대신 학예실장 장선진(張善進)을 보내왔다. 당신이 먼저 가서 서진구 시인과 시간 죽이며 기다리면, 자기는 일 끝나는 대로 곧장 달려오겠다며 미안하다는 말을 거듭했다. 박물관에 근무하는 학예실장 장선진은 문단에도 발을

들이고 있는 터라서, 서진구와는 전부터 안면이 있었다. 학예실장은 뒷짐을 지고 실내를 왔다갔다 하면서,

"참 많이도 모아 놓으셨네요, 이건 창암 글씨고, 이건 조맹부 모조품이고, 한암 스님 것까지 소장하셨네요." 그렇게 주어섬겼다.

학예실장은 혼잣소리인 듯, 서진구에게 들어보라는 듯 중얼거렸다. 서진구는 하던 작업을 마무리하느라고 학예실장의 이야기를 자세히 들을 겨를이 없었다. 귀넘어 대강대강 들으면서 부지런히 붓질을 했다.

"그런데 이 불두는 어디서 온 겁니까?"

소장품을 정리하다가 미처 치우지 못한 금동불두(金銅佛頭)를 보고는 눈에 호기심을 번득이며 물었다. 서진구는 진작 치우지 못한 것을 그제야 알아채고는, 불두를 얼른 들어다가 옆방으로 옮겨 놓았다.

"그런 물건은 잘 다루어야 합니다. 은혜와 원한이 넘배곰배라고, 화를 입는 수도 있지요."

서진구는 들은 척도 않고 책상에 앉아서 그림을 마무리하느라고 열중이었다. 그러다가 희한한 생각이 머리를 치고 가기라도 하는 것처럼,

"그래 맞어." 하고는 엄지와 장지를 엇갈려 딱 소리를 냈다.

서진구는 자기가 그린 그림 봉상무(鳳翔舞) 위에다가 시를 써 넣고, 그 화폭 아랫단에 서명을 하다가 쾌재를 불렀다. 왕궁터 발굴 보고서를 뒤적이고 있던 학예실장 장선진은 멀뚱하니 그를 쳐다

보며,

"뭐가 맞는다는 거지요?" 심드렁하니 물었다.

"시대를 잘 타고나야 한다는 말, 그게 맞는다고. 명언이 어디 따로 있겠나." 서진구의 감탄은 별로 내실이 있어 보이지 않았다.

"시대를 잘 타고난다면?" 장선진은 눈을 새초롬히 뜨고 호기어린 속셈을 하는 중이었다.

"내 생애에 이런 보물을 만난다는 게 얼마나 희한한 인연인가. 이건 부처님 은혜만으로도 안 되는 일이지. 백제인이라야, 진정 백제인이라야 이런 선연이 닿는 게야." 서진구는 자기가 호를 여재(餘齋)라고 쓰는 진정한 의미가 여기서 살아나는구나, 그렇게 감탄했다.

서진구는 사리봉안기와 금동향로의 정상에서 비상하는 봉황을 연결해서 시를 쓰고 그림을 그렸던 것이다. 둘 다 국보급 유물 아니던가, 생각할수록 깊은 선연이 아닐 수 없었다. 금동향로와 사리봉안기 둘을 합치면 그야말로 금상첨화, 희대의 대작이 나오지 않을까 싶었다.

어제 밤을 새워가며 번역을 끝낸 사리봉안기의 구절들이 서진구 시인의 입안에 부드러운 운율로 돌아갔다. 자기 생애에 사리봉안기를 만나다니, 아무리 생각해도 끝이 헤아려지지 않는 은택이었다. 생각할수록 감복스럽고 신통한 일이었다. 그야말로 천운을 타고난다는 말은 이런 경우를 두고 하는 이야기가 적실했다.

서진구는 자기가 번역한 사리봉안기를 입으로 중얼거리며 음미해 보기를 거듭했다. 그렇게 음미를 거듭할수록 완벽한 번역이었다. 천우신조란 말은 이런 때 쓰는 것이라는 생각이 들었다. 백제의 문화가 가장 융성했던 시대의 문장을 자기 손으로 현대어로 옮길 수 있다니. 짚어보면 볼수록 선연이 깊은 백제인에게 내린 축복이었다. 그리고 국문학으로 생애를 시작한 것이 얼마나 생광스런 일이던가 싶었다.

서진구는 자기가 백제인의 후손이라는 것을 늘 입에 달고 살았다. 그래서 백제를 뜻하는 부여의 여자를 대어서 여재라는 호를 쓰기도 했다. 그런데 그 백제라는 것이 부여족의 후예들이 세운 나라라고 해서, 고구려와 지정학적인 친연성이 있다는 것을 내세우곤 했다. 한반도 남쪽 평야 지대에 이룩한 나라지만, 기상은 대륙적으로 웅혼했고, 문화는 웅숭깊은 바가 있었다. 백제 석공이 다듬은 불상마다 온화한 미소로 넘쳐났다. 사람들의 얼굴은 불상의 미소를 머금고 있었다. 삼국 가운데 가장 인간적인 나라를 운영했다는 게 백제라고 가는 데마다 그런 주장을 펼쳤다. 그리고 대외관계에 적극적이어서 중국에서 일어났다가 사라지는 많은 나라들과 끊임없는 교섭을 했다. 신라와는 만났다가 갈리기를 여러 차례 했지만, 그런 관계는 백제가 가야나 왜와 밀착된 관계를 유지하는 데 견인력으로 작용하기도 했다.

백제의 웅건한 기상을 읽을 수 있는 글을 만나다니, 은혜가 아닐 수 없었다. 아무래도 이승에 용화세계를 만들어 주자는 왕들의 꿈이 있었기 때문에, 동양 최대의 가람이라고 하는 미륵사를 창건하는 대역사를 훤칠하게 성수할 수 있었을 터였다. 사리봉안기를 바탕으로 금동대향로와 연결되는 거대한 서사시를 쓸 작정이었다. 봉이 날개를 치면서 춤을 춘다고 해서 '봉상무'라는 제목까지 결정해 놓고 있었다. 박물관장이 온다는 시간이 너무 늘어져 가고 있었다.

"관장님한테 연락해 보시지?" 서진구가 학예실장을 빤한 눈으로 올려 쳐다봤다.

"좀 기다려 보도록 하지요. 공사가 다망한 분이니까요." 여전히 느긋한 장선진의 대답이었다.

서진구는 자신이 여재라는 호를 쓰기를 잘 했다는 생각을 했다. 부여에 뿌리를 둔 백제는 부여와 상통하고 백제의 수도 사비성이 부여라는 이름을 가진 것을 본따서 여재(餘齋)라고 자호를 했던 터였다. 거기다가 성씨가 부여서씨라는 것은, 자신의 삶이 백제와 운명적으로 연관되어 있다는 생각을 부추겼다. 진리를 추구하는 백제인, 그게 서진구의 자기 이름에 대한 해석이었다.

서진구(徐眞求)는 시인으로 출발했다. 시만 써서는 입에 풀칠할 방도가 서지 않았다. 그래서 학교에 취직해서 호구를 해결했다. 그런데 국어선생이라는 게 말을 많이 해야 하는 게 여간 힘들지 않았다. 머릿속에 돌아가는 시상은 학생들 앞에서 뱉아내는 훈도의 말을 따라 공중으로 흩어지곤 했다. 말을 안 하고도 선생 노릇할 수 있는 게 무얼까 생각하던 끝에 미술선생이라는 데 생각이 미쳤다. 대학을 졸업한 지 10년이 지난 나이에 미술대학에 다시 들어갔다. 대학 미술과에 가서 공부했고, 화가가 되었다. 예전사람들이 일상으로 하던 일이었다. 선비라면 시-서-화를 겸하던 전통이 있지 않나, 그 전통의 끝자락을 자기가 장식한다는 자부심

을 가지기도 했다. 시는 뜻은 깊되 사물의 색감과 형태가 살아나
질 않았다. 그림은 대상을 화폭에 옮기는 데 따라 사물이 다시 살
아나는 환희가 있는 반면 사유의 깊이를 뒷받침해주지 않았다.
시와 그림을 넘어서자면 마땅히 세계를 저 높은 시선으로 바라보
고 몰아가 기록할 수 있는 서사라는 게 있어야 했다. 서사 가운데
원형은 역사였다.

거기다가 이번 일을 계기로, 장편 서사시를 쓰자면 역사가가
되어야 하는 판이었다. 그러나 사람들은 그를 그저 시시한 시인
으로 대접했다. 시인 서진구는 자신이 백제 사람이라는 것을 자
리가 펼쳐질 때마다 염불 외듯이 읊어댔다. 그가 사랑하는 백제
가 부여의 후예들이 세운 나라라는 게 참으로 역사에 미리 예비
된 예언이 아니라면 그럴 수가 없는 일이었다. 아마도 부여서씨
라 하는 서씨들도 백제의 어떤 성이 역사의 변화를 입어 그렇게
정착된 것일 터였다.

"관장님이 왜 만나자고 하는 것 같던가요?" 서진구가 재촉하듯
이 물었다.

"저 같은 학예사 선에서 관장님의 일을 어찌 다 헤아릴 수 있습
니까." 하면서, 장선진은 곧 오실 텐데 서둘지 말라는 이야기만
반복했다. 이전에는 마치 서진구를 자신의 상관처럼 대하던 장선
진이 어딘지 달라졌다는 느낌으로 다가왔다. 속에 바람을 팽팽하
게 집어넣고 객기를 부리는 투였다. 박물관장이 서진구를 보자는
게, 아무래도 미륵사 사리봉안기 건인 모양인데, 어떤 요청을 해
올지 구체적인 속내는 짐작이 안 갔다.

"아까 옆방에 옮겨놓은 불두 다시 볼 수 없을까요?" 장선진이 물었다.

"아, 그거 가짜요. 암것도 아니라니까."

서진구는 얼른 화두를 돌렸다. 물고 늘어지면 골치아픈 가닥으로 일이 꼬여 돌아갈지도 모른다는 생각이 들어서였다. 사실 불두를 소장하게 된 내력을 털어놓기는 켕기는 구석이 있었다. 이야기를 달리 틀어야 할 판이었다.

"아, 장박사 기억하지요, 사리봉안기 친견이 있던 날, 그날 말입니다?" 장선진은 또 이야기가 길어지는 거 아닌가 하면서도 불두에 대한 관심 때문에 눌러 참고 억지로 서진구의 이야기에 귀를 기울이는 척했다.

미륵사 서탑을 해체하는 과정에서 나온 '사리봉안기'를 공개한다는 날 아침, 서진구는 목욕재계를 하고 입성을 갖추어 입은 다음, 가벼운 발길로 기대에 부풀어 길을 나섰다.

미륵사 연기설화를 뒤집을 수 있는 자료가 나왔다고 『삼남일보』 손기자가 전화를 주었다. 미륵사는 선화공주가 발원해서 지은 절이 아니라는 문서자료가 나왔다는 것이 손기자가 전하는 요점이었다.

그러면 그렇지, 서진구는 속으로 쾌재를 불렀다. 익산 미륵사로 향하는 서진구의 발걸음은 날개를 단 듯이 가벼웠다. 가슴은 월렁월렁 뛰었다. 그동안 시를 쓰면서 크고 작은 감동이 가슴으로 물결쳐 오는 순간을 수없이 겪었지만, 그날 아침의 가슴 뛰는 기대에 비하면 그런 소소한 감동은 한갓된 티끌에 불과한 것이었다. 그림을 그리는 동안 황홀하게 몰려오던 무지개빛 환희 또한 이날 아침의 기분을 넘어설 수 없었다. 몸이 공중부양이라도 되듯, 그야말로 몸이 새털처럼 가벼웠다.

신문은 전하고 있었다. 사리봉안기는 이른바 사리장엄(舍利莊嚴) 가운데 사리를 모셔서 안치하는 봉안의 연유를 적은 글을 일컫는다. 그 내용은 봉안하는 사리가 법왕의 것이라는 점, 백제 16관등 중 1품에 해당하는 좌평(佐平) 사택적덕(沙宅積德)의 딸인 백제 왕후가 정재(淨財)를 희사해 가람(伽藍·미륵사)을 세우고, 기해년(己亥年·639년)에 사리를 봉안했다는 것이다. 여재는 그러면 그렇지, 주먹으로 가슴을 땅땅 쳤다.

미륵사를 선화공주가 발원해서 세웠다는 것은 설화에 불과한 이야기라고, 서진구는 자기 주장을 내세운 적이 있었다. 일연선사가 그 이야기를 『삼국유사』에 기록할 때 불교적인 이끌림을 피할 수 없어서 그렇게 기록한 것일 뿐, 사찰 건립은 다른 누군가가 주관한 것이라는 추정을 어떤 잡지에다가 발표한 적이 있었다. 서진구의 주장을 뒷받침하는 근거로는 신라 여인을 백제 왕비로 삼는 일이 지난한 과업일 뿐만 아니라, 백제에서도 신라 여인을 왕비로 삼는 것을 그리 달가워하지 않을 것이라는 점이 거론되었다.

그러자 역사를 전공하는 교수들이 설화를 가지고 또 다른 설화를 만든다고 비난을 하고 나섰다. 전문가가 아닌 사람들이 기록을 왜곡하는 일을 일러 '곡학'이라 하고, 그러한 미혹에 독자를 이끌리게 하는 것이 '아세'라 한다면서 곡학아세(曲學阿世)를 일삼는 무리들에게 본때를 보여주어야 한다고 일어섰다. 억울한 일이었다. 흔한 말로 가방끈이 그들보다 짧다는 것 말고 꿀릴 구석이 없었다. 오히려 상상력에서는 단연 그들보다 앞선다는 오기로 버티어 나갔다. 그런데 말썽이 가라앉을 만하면 다시 엉뚱한 실마리가 돌자갈 밑에서 머리를 내미는 뱀처럼 대가리를 곧추세웠다. 그 실마리 가운데 하나가 능산리에서 발굴된 '금동대향로'가 유일한 품목이라는 것은 사실이 아니고, 여러 작품이라는 가설이었다. 왕궁을 별궁으로 운영하면서 드나들던 무왕이 미륵사를 창건하는 과정에서, 성왕 때에 사비성으로 도성을 옮기고 나서 불사를 하면서 만들었다는 금동대향로가 하나라야 한다는 주장은, 그 작품의 유일성을 강조하는 데는 기여가 될지 몰라도 백제 예술의 진정한 위대성을 덜어낸다는 주장이었다. 그는 그러한 주장에 의혹의 꼬리표를 달고 있었다.

익산 미륵사 전시관은 사리봉안기를 구경하기 위해 모인 사람들로 북적거렸다. 구경이라기보다는 친견에 참예하는 종교행사를 방불케 했다. 서진구의 글에 대해 반박을 하던 학자들 얼굴도 드문드문 섞여 있었다. 그저 눈인사를 하거나 흘긋 쳐다보는 사람들이 대부분이었다. 그런 중에 반갑게 손을 내밀어 악수를 청하는 사람은 전유식(全柔式) 교수였다. 싸움을 할망정, 돌려놓고 안 만나는 것보다는, 만나서 상대방을 탐지할 기회를 가지는 게 낫다는 이야기가 떠올랐다. 전교수가 먼저 인사를 건네왔다.

"반갑습니다. 여재 선생께서 소원을 풀었으니 참말로 좋으시겠습니다." 진정이 담긴 듯, 다소 비아냥거리는 투가 섞인 말씨였다.

"소원을 풀었다고 할 것까지야 있겠습니까만." 서진구가 싱겁게 받았다. 그런데 전교수의 태도가 달라졌다.

"시인 양반은 점쟁이 같은 데가 있으시군. 그래도 그런 생각을 하자면 고증을 할 만한 무슨 자료가 있어야, 즉 근거가 있어야 할 것인데, 그런 물건 몇 점이라도 댁에 수장하고 있는 겁니까?" 전유식 교수가 그런 아리송한 질문을 해서 사람 속을 긁어놓았다.

뭘 고증을 해야 한다는 것인지, 자료란 무엇인지, 물건은 또 무엇인지 아리송한 이야기를 했다. 그러나 어투는 여전히 한 자락 깔고 나오는 소리가 틀림이 없었다.

"오늘 공개하는 자료로 고증이 되겠지요." 서진구가 무덤덤하게 대답했다.

"제 말씀은 그게 아니라, 여재 시인 개인적으로 숨겨놓고 있는 유물 같은 게 있으면 학계를 위해서, 우리나라 학술발전을 도모하는 데 도움이 되도록 박물관에 기증하거나 대학에 기증하는 방식으로 공개를 하면 어떨까 해서 하는 얘깁니다. 듣건대는 금동 미륵반가상을 모시고 있다고 하던데." 전교수는 본듯이 이야기를 밀고들어왔다.

"미륵반가상이라면, 그게 돈으로 친다고 해도 엄청난 것일 텐데, 제 주제에 그런 거 소장할 실력이, 참말로 없습니다." 서진구는 이야기를 하면서 스스로 변명을 한다는 생각이 들었다.

"명품은 저마다 기를 가지고 있어서, 인간의 운명을 뒤틀어 놓기도 한답니다." 전교수가 서진구를 쳐다보며 네 속 내가 다 꿰고 있다는 표정을 지었다.

"운명이 어떻게 틀려 돌아갈망정 그런 명품 손이라도 대 보면 여한이 없겠습니다." 서진구가 한번 비틀어 말했다.

스스로 생각해도 좀 어정쩡한 대답이었다. 전유식 교수는 때에 따라, 말하자면 자료가 없을 때는, 상상이 논리보다 한결 낫기도 하지, 너 시인이지 하는 식으로 말했다. 전유식 교수는, 누구나 자기 옹호의 방편은 마련하고 사는 법이 아니냐고 엇비슷한 시선으로 서진구를 흘겨보다가 행사장을 빠져 나갔다. 기분이 찜찜하니 아침에 먹은 것이 속에서 부글거리며 자꾸 괴어 올라왔다.

집에 숨겨놓은 유물이 있으면 내놓으라는 이야기일까, 아니면 다른 일을 같이 하자는 것인가 궁금하기 짝이 없었다. 아무래도 금동불두를 겨냥해서 까탈을 부리려는 간보기 발언이 틀림없었다.

사리봉안기를 보러 갔을 때 전유식 교수가 하던 이야기는, 서진구가 모르는 어떤 맥락을 만들어가고 있는 모양이었다. 학예실장 장선진은 손목시계를 자주 확인하는 눈치였다. 혹시 오래전에 얼어 놓은 금동불두의 가치를 눈치챈 것인가 하는 의심이 물결져 올라왔다. 서진구는 학예실장에게 약속이 있어서 나가 보아야야 한다고 이야기를 꾸며댔다. 학예실장 장선진은 관장에게 전화를 하는 듯하더니 통화가 안 된다면서,

"그럴 분이 아닌데…" 하는 말을 되풀이하며 아쉬운 듯 현관을 나갔다. 골목 저쪽으로 검은 세단이 하나 빠져 나가는 게 보였다.

뭔가 낌새가 심상치를 않았다. 다만 느낌일 뿐이지만, 그 느낌이라는 것이 때로는 사실보다 사람을 휘잡아 끌어당기는 힘이 있는 법이다.

사리봉안기를 공개하던 날, 무엇보다 사리봉안기 원문을 입수하는 일이 급선무였다. 서진구는 홍보물로 나누어 주는 문건을 훑어보았다. 번역에 석연치 않은 부분이 있었다. 황금판에 적힌 내용을 사진으로 찍고, 홍보용으로 나누어 준 문건과 대비하면서 찬찬히 살펴보았다. 판독이 잘 안 되는 부분은 학예실장 장선진의 도움을 얻어 손으로 적어 넣었다.

"아마도, 어쩌면, 이번 일은 문화재 도둑이 준동하는 계기가 될지도 모릅니다. 가지고 있는 거 있으면 잘 챙겨 두세요. 문화재는 얼굴이 둘입니다. 행운을 전하는 얼굴과 비운을 뿌리는 얼굴이 있어요." 언제 나타났는지 박물관장이 기름기 도는 얼굴에 웃음을 흘리면서 다가들었다.

"관장님까지, 걱정도 팔자소관이라더니, 나는 그런 거 없소." 서진구는 도둑이 제발 저린다는 속담을 떠올렸다.

"우리 집에 금부처 있소, 외고 다니는 사람 보았던가요." 던져 놓고 보니 더욱 의심을 살 만한 말이었다. 서진구는 속이 이리 얕아서야, 가벼운 한숨을 내쉬었다.

마른 걸레로 문질러 닦아도 뿌연 먼지가 늘어붙는 빈집의 낡은 유리창처럼 찜찜하니 부연 안개 같은 것이 서진구의 눈앞에 어른거렸다. 그러나 사리봉안기가 적힌 황금판을 볼 수 있었고, 그 원

문을 가질 수 있게 되었다는 것은 백제인의 후예로서, 실로 영광
이며 광영이었다. 선연 중에 선연이었다.

서진구는 사리봉안기를 몇 차례나 뜯어보았다. 보면 볼수록 아
름답고 정제된 문장이 가슴으로 스미는 느낌이었다. 눈을 감고
본문을 욀 만큼 글이 익숙해졌다.

생각해보니 글의 시작과 끝이 절묘한 구성을 이루고 있었다.
규이법왕출세수기부(竊以法王出世隨機赴) 감응물현신여수중월(感應
物現身如水中月)로 시작해서 사리봉안의 과정을 이야기한 다음에
칠세구원(七世久遠) 병몽복리범시유심구성불도(幷蒙福利凡是有心俱成
佛道) 칠세에 이르도록 오래 함께 복되고 이롭게 하고, 모든 중생
이 함께 불도 이루게 하소서, 이런 발원문을 본 적이 없었다. 서
진구는 금판에 새겨진 봉안기 사진을 책상 위에 펼쳐 놓았다. 그
리고 반복해서 웅얼웅얼 염불을 외듯이 낭송했다.

竊以法王出世隨機赴 感應物現身如水中月 是以託生王宮示滅雙樹
遺形八斛利益三千 遂使光曜五色行七遍 神通變化不可思議
我百濟王后佐平沙宅積德女 種善因於曠劫 受勝報於今生撫育萬民
棟梁三寶故能謹捨淨財 造立伽藍以己亥年正月十九日 奉迎舍利
願使世世供養劫劫無盡 用此善根仰資 大王陛下年壽與山岳齊固
寶曆共天地同久上弘 正法下化蒼生又願王后 卽身心同水鏡照法界
而恒明身若金剛等 虛空而不滅七世久遠 幷蒙福利凡是有心俱成佛道

과연 황금판에 새길 만한 명문이었다. 간결하고 뜻이 깊어 보

통 사람이라면 도저히 쓰지 못할 희대의 문장이었다. 서진구는
한문으로 된 문장을 한글로 옮겨 쓰면서 온몸이 불덩어리처럼 달
아오르다가 땀이 등을 타고 흐르기도 하고, 한기가 서리기도 해
서 잠시도 차분히 앉아 있지를 못했다. 한 주일 내내 한문을 번역
하고 다시 고치고 생각을 가다듬는 데 시간을 보냈다. 서진구는
자신이 번역한 글을 소리내어 읽어보았다.

> 법왕께서 세상에 나오신 일을 가만히 생각해 보면/
>
> 근기에 따라 부감하시고 응하여 몸을 드러내심은/
>
> 물속에 달이 어리는 것과 같았네//
>
> 왕궁에 태어나시고 쌍수 아래 입적을 보이심이라/
>
> 팔과의 사리를 남기시고 삼천대천세계를 이익되게 하는 것/
>
> 그리하여 일어나는 오색 광요의 7번 요잡이라니/
>
> 신통한 변화는 불가사의리라//
>
> 우리 백제 왕후는 좌평 사택적덕의 따님/
>
> 광겁의 선인으로 하여 금생의 승보를 받으셨네/
>
> 만민을 어루만져 길러 주시고/ 삼보의 동량이 되시어/
>
> 공손히 정재를 희사하여/가람을 세우시고/
>
> 기해년 정월 29일에 사리를 받들어 맞이하셨네//
>
> 원하옵나니/우러르는 자량으로 이 선근으로/
>
> 세세토록 하는 공양/영원히 다함이 없게 하소서//
>
> 대왕 폐하의 수명은 산악과 같이 견고하고/
>
> 치세는 천지와 함께 영구하여/위로는 정법을 넓히고/

아래로는 창생을 교화하게 하소서//

원하고 원하옵나니/성불 왕후의 수경과 같은 마음 함께/

법계를 항상 밝게 비추시고/ 금강 같은 몸은/

허공에 나란히 불멸하소서//

칠세 구원토록/함께 복되고 이롭게 하고/

모든 중생을 함께 불도 이루게 하소서//

간결한 가운데 종요로운 사항은 누락 없이 기술되어 있는 명문이었다. 가람을 세우고 사리를 봉안하는 내력을 적었는데, 이 항목이 이전의 미륵사 창건 설화를 번복하게 하는 점에서 역사의 한 획을 다시 긋는 역할을 할 게 틀림없었다. 설화가 무너지고 역사가 금빛 날개를 젓기 시작하는 참이었다. 그래 설화보다는 역사라야 했다. 설화래야 돌아다니는 한갓된 이야기 아니던가. 돌아다니는 이야기가 어떻게 기록을, 그것도 황금판에 새긴 그 당당한 기록을 어떻게 당해낸단 말인가. 서진구는 점점 역사학자 쪽으로 기울어가는 자신을 두고 호흡을 가다듬었다. 자신의 정신사적 전환점에 서 있는 셈이었다. 마음의 탕개를 탄탄하게 죄어야 하는 시점이었다.

이전의 기록에 따르면, 아니 설화에 따르면 미륵사 창건을 발원한 것은 선화공주로 되어 있었다. 사리봉안기의 발견으로 이전의 허황한 기록을 바로잡을 수 있게 된 것이다. 무엇보다 자신이 시를 쓰던 끝에 짐작으로 미륵사를 창건한 주인공이 선화공주가 아니라는 주장이 터무니없지 않다는 게 증명이 된 셈이다. 역사는 언제든지 다시 쓴다는 말이 떠올랐다. 그러면 자신이 새로운 역사를 쓰는 게 아닌가, 뿌듯한 자부심이 가슴에서 불을 지피기 시작했다.

번역 원고와 사리봉안기에 대한 자신의 의견을 적은 글을 『백제일보』 문화부에 막 넘기고 나서였다. 전유식 교수가 전화를 해왔다. 점심을 같이 하자는 것이었다. 특별한 일이 아니면 다른 날 하자고 해도, 어차피 누구랑 먹어도 먹을 점심인데 같이 하자고 부득부득 나오라고 보채듯 했다. 부여옥에서 냉면이나 한 그릇 하기로 했다. 멈칫대지 않고 금방 출발해야 시간을 댈 수 있을 만큼 바툰 약속이 되고 말았다.

원고를 마무리해서 넘기느라고 아내가 모임이 있어서 나간다는 이야기를 귀곁으로 흘리고 말았다. 집을 비워 놓고 나가는 것이 좀 께름했지만, 무슨 일이야 있을라구 하는 느긋한 심정으로 집을 나섰다. 역사를 바꾸는 시점에서 까짓거 문단속이야 대수랴 싶었다.

전유식 교수 편에서 먼저 와서 기다리고 있었다. 전유식 교수는 마담과 무슨 이야기를 하다가 서진구가 들어서자 아, 그 뒤는 이따 이야기합시다, 그렇게 말꼬리를 접었다. 이어서 전유식 교수는 소개할 사람이 있다면서 식탁 건너편에 앉은 이를 향해 손을 내밀었다.

"서로 인사는 하고 지내시는 사이지요? 용화고미술사 성면양 선생이라고."

전유식 교수의 소개를 받은 사람은 서진구의 얼굴은 쳐다보지도 않은 채 주머니에서 지갑을 꺼내 명함을 찾느라고 한참 뒤적거렸다.

용화고미술사(龍華古美術社) 성면양은 물론 안면이 있는 얼굴이었다. 가끔 문인들이 만나는 자리에 나타나서 술값을 내기도 하고, 전시회에 얼굴을 내밀기도 하고 했던 기억이 떠올랐다.

홍어무침에다가 백제주조에서 새로 개발한 선화주라는 소주를 마시면서, "염치없이 우리가 먼저 시작했습니다." 전유식 교수의 걸걸한 목소리가 안마당을 가로질러 건너갈 정도였다. 성면양이 끼어들었다.

"옛말 그른 거 없다고 말이요, 후래자 삼배라는 말이 이제까지 벌주라고만 생각했는데, 아 그게 아니더란 말입니다. 어떤 젊은 양반이 그러는데 뒤에 늦게 오느라고 고생을 했으니 석 잔은 따뜻하게 들도록 하자는 이야기랍디다." 전교수는 여재의 손에 술잔을 들려 놓고는, 자기가 남을 배려한다는 듯 그렇게 너스레를 늘어놓았다.

서진구가 성면양에게 명함을 건네면서, 앞으로 자주 만나자는 이야기를 하고 자리에 앉자마자 전교수 편에서 사리봉안기 이야기를 꺼냈다.

"요새 사리봉안기 번역을 하신다구요? 그리고 장편 서사시를 구상하고 있다고 들었는데, 그래 뭘 좀 건졌습니까?" 전교수는 제법 진지하게 나왔다.

"건지는 게 아니라, 아예 빠져 삽니다, 아주 푹 빠져서." 서진구는 스스로 흥분을 가누지 못했다.

"두 분만 이야기하지 말고 그게 뭔지 들어나 봅시다." 성면양이 서진구와 전교수를 번갈아 쳐다보며 호기심 어린 눈을 반짝였다. 서진구는 기회가 왔다는 식으로, 요점을 추려 이야기했다.

"무왕과 선화공주는 이제까지 말하자면 전설의 무덤에 잠자는 귀신이었습니다. 사리봉안기가 발견되면서 전설의 무덤에 잠자던 진실이 햇빛을 보게 되었습니다. 따라서 무왕과 선화공주를 둘러싼 역사를 다시 써야 한다는 생각입니다." 그렇게 시작한 이야기가 결국은 사리봉안기 이야기를 길게 전개해야 하는 형편이되고 말았다.

물론 무왕이 선화공주를 왕비로 맞았다는 사실을 바탕으로 한다면, 당연히 대가람 경영의 발원자는 선화공주가 되어야 할 법하다. 그런데 '사리봉안기'에는 미륵사 창건 발원자가 "우리 백제 왕후 좌평 사택적덕의 따님"이라고 분명히 금판에 새겨진 게아닌가. 서진구는 거듭 무릎을 치면서 자신의 발상과 추정이 맞아 들어간다는 것이 신통하다는 생각을 지나 몸서리를 치게 하는 전율로 다가왔다. 신라 여인을 백제 왕비로 맞이하는 데는 여러 가지 정치적인 계산과 곡절이 있었다. 진흥왕의 공주가 백제로 시집을 왔던 것도 두 나라 사이의 정치적인 겨루기 맥락에서 이루어진 일이었다. 사태를 너무 단순화해서 무왕과 선화공주가 그 시대 로맨스의 모든 것인 양, 사랑을 미화하는 데 열을 올리는 이들이 이해하기 어렵다는 쪽으로 이야기가 돌아갔다.

"역사적 문건을 다룰 때는 번역이 정확해야 하지요. 전교수님 그렇지 않던가요?" 성면양이 서진구의 번역 솜씨를 못 믿겠다는 눈치로 말했다.

"그야 여부가 있습니까. 그렇고 말고요." 서진구를 돌려놓고 전유식 교수가 그렇게 받았다.

"문서로 된 자료야 그렇지만, 유물의 경우는 번역보다는 상상과 경험이 중요한 거 같더라구요. 어떤 물건을 보면 영감이랄까 예지랄까 그런 게 짜르르하니 몸을 관통하고 지나가는 감각, 낚시꾼들이 말하는 어감이라던가 손맛이라는 게 그런 건지도 모르겠지요." 용화고미술사 성면양 사장의 말이 길어질 조짐을 보였다. 그때 서진구의 전화가 울렸다. 낯선 목소리였다.

"아, 저는 씨씨티비 회사에서 나온 사람인데요."

"우리 집엔 그런 거 필요 없습니다." 서진구가 귀찮다는 듯이 받았다.

"그게 아니라 사모님이 긴급 신청을 하셔서, 설치하려고 왔는데 문이 잠겨 있어서 전화를 했는데요, 정말 집에 아무도 안 계신가요?" 금방 문을 열어 주어야 하겠다는 듯 다급한 어투가 역력했다.

"지금은 아무도 없다고 했잖소." 서진구는 거의 화를 내는 어투가 되어 있었다.

"사모님은 언제 들어오시나요?"

"한 두어 시간 걸릴 거 같습니다." 서진구가 좀 성가신 듯 말했다.

저쪽에서 잘 알았다고 하고는 금방 전화가 끊겼다.

"집에 귀한 물건을 두면 냄새꾼들이 꾀지요." 고미술사 성사장은 눈을 둥그렇게 뜨고 그럴 줄 알았다는 표정을 지었다. 순간 서진구의 얼굴에 아차 하는 표정이 지나갔다. 집에 사람이 없다는 것을 공개하면 집 비었으니 털어가라 하는 거 아니냐면서, 보안장치 달자던 아내의 말이 떠올랐다.

"아하, 참. 시인이라 역시 순진하시네요." 전유식 교수는 사기꾼들이나 도둑의 전화가 틀림없을 거라면서, 주인을 그렇게 따돌리고 집에 침입하는 것은 공식화된 수법이라고 했다.

"지금 집에 있는데 전화 받기 불편하다고 따돌리고 나서, 그러고 자초지종을 알아보아야지, 앞뒤 생각도 없이 무작정 집이 비었다면, 그게 주인 밖에 나와 있으니 다 털어가라 하는 얘기 아닙니까." 그렇게 윽박아 이야기한 끝에 전교수는 혀를 끌끌 찼다. 당하지 않으려면 앞으로 조심하라고 거듭 다짐을 두면서 시인의 허술함을 책망했다.

"그야 그렇다 치고…. 도둑 천하도 아니잖소…." 성면양은 그렇게 능쳤다.

"사리봉안기의 법왕이 부처가 아니라는 주장을 하신다던데, 그 근거가 궁금해서 그 이야기도 할 겸해서 만나자고 한 겁니다." 전유식 교수는 본론을 꺼내는 중이었다. 그런데 낮술이 좀 되어서 그런지 자세한 기억이 잘 나지를 않았다. 기억을 더듬어 이야기를 했다. 서진구는 당연한 이야기를 억지로 유추하는 작태라니, 그렇게 속생각을 하면서 대답했다.

"백제 사람이 쓴 글에서 법왕이야 의당 백제의 법왕이지요."

"확실합니까?" 전교수의 추궁이었다.

"교수들은 말버릇이 왜 그래요? 자 한잔 들고…" 성면양이 잔을 들고 권했다.

서진구는 소줏잔을 후딱 기울이고는, 기억나는 대로 이야기를 해나갔다.

사리봉안기를 읽으면서 부딪치는 문제가 몇 가지 있었다. 우선 글을 누가 썼는가 하는 주체가 표면에 나타나 있지 않았다. 그 글을 쓴 인물은 왕도 아니고, 왕비가 될 수도 없었다. 지명법사가 정히 그러한 글을 써야 마땅했다. 금판에다가 새기는 글이 아니던가. 그렇게 유추를 하면 많은 문제들이 풀릴 실마리가 나타났다. 일이 진행되는 과정을 높은 위치에서 굽어보고 하나하나를 자세히 기록한 것이기 때문에 설화와는 달리 정확히 기술할 수 있는 장점이 있었다. 법왕을 위한 가람 건립 발원 내용은 알 수 있지만, 무왕과 선화공주의 설화를 어떻게 보아야 할 것인가 하는 문제는 여전히 남았다. 그 문제는 생각을 달리해서 다시 따져 보아야 했다.

다음으로는 써 있는 대로 읽을 것인가 상징으로 읽을 것인가 하는 문제였다. 글을 써 있는 대로 읽어야 한다고 보는 편은 학자들이었다. 문인들이나 예술가들은 상징적으로 읽어서 원의를 유추하는 방식으로 읽어야 한다는게 그들의 독법이었다. 그러나 사리봉안기의 경우는 서동설화를 부정하는 것이고, 설화를 파기하고 역사를 살리는 작업이라서 간단히 상징으로만 읽기는 무리가 되었다. 선화공주에 대한 기록은 『삼국유사』에만 나타난다. 중국 쪽의 『수서』라든지 『위사』 등에는 그런 기록이 없다. 무왕의 신분 또한 마찬가지였다. 중국 쪽 자료에는 무왕이 위덕왕의 아들로 되어 있고, 우리 편의 자료에는 무왕이 법왕의 아들로 되어 있었다. 서진구는 어느 편에 선뜻 손을 들 수 없었다.

사리봉안기의 경우, 누가 썼는가 하는 문제는 비교적 단순했다. 여러 가지 정황으로 미루어 보건대 지명법사 말고는 다른 인물을 설정하는 것은 이치에 맞지 않았다. 그런데 직설과 상징의 엇갈림은 문건의 첫 구절부터 불거지는 문제였다.

첫 구절에 나오는 법왕이 누구인지는 문자대로 읽는 방법과 상징으로 읽는 방법, 어느 편에 서는 가에 따라 맥락과 뜻이 달라졌다. 다른 사람들이 상징으로 읽는 것과는 달리 서진구는 문자 그대로 읽기로 했다. 다른 사람들은 법왕은 석가모니를 뜻하는 걸로 쉽게 처리하는 편이었다. 그리고 별 의문을 제기하지 않았다. 상상력이 결핍된 학자들의 안일함을 탓하면서 문면을 다시 상고해 보았다. 사리봉안기의 첫 구절은 법왕(法王)의 생애를 고전적 모티프와 불교적 수사법으로 간결하게 서술하고 있었다. 첫 구절 법왕은 "근기에 따라 부감하시고 응하여 몸을 드러내심은/ 물속에 달이 어리는 것과 같았네" 하였는데, 그 법왕이 무왕의 아버지 법왕이 아니라 할 까닭이 없었다. 물속에 달이 어리는 것과 같았다는 구절은 부처님의 진리가 달빛이 지상의 어느 강이든지 두루 비추듯 한다는 '월인천강'이나, 불법이 삼천세계를 두루 비친다는 '불법보조'의 이미지를 환기한다는 점에서는 부처의 생애를 상징적으로 표현한 걸로 볼 수 있기도 했다.

그런데 그 생애는 "왕궁에 태어나시고 쌍수 아래 입적을 보이심이라니/ 팔과의 사리를 남기시"었다고 간략하게 적혀 있었다. 생애를 이렇게 정리하는 것은 부처의 생애와도 맞아 떨어질 수 있었다. 역사학자들이 사리봉안기를 독해하는 독법에 따른다고 해도 왕궁이라든지, 사리, 쌍수 아래 입적 등도 충분히 사실을 기록한 것으로 읽을 만했다. 지금의 금마면 왕궁리의 그 왕궁 들, 궁뜰에 왕궁이 있었다고 할 만한 자료들이 나와 있었다. 그리고 그 왕궁을 무왕이 별궁으로 운영했고 연대만 적절히 추정할 수 있다면 법왕이 거기서 태어날 개연성은 충분했다. 그리고 쌍수는 용화산과 연관되는 사실로서 좀 돌려 생각해야 할 사항이었다. 지금은 미륵산이라고 하는 산이 용화산이면 의당 그 산에 용화수가 있을 만도 하고, 거기가 사비성이 있는 부여의 미륵사 혹은 왕흥사와 같은 이름일 수도 있지 않은가. 서진구의 이야기는 진지하고 자신의 탄탄한 논리로 무장되어 있었다.

"사실이 그렇고, 이치가 번연한데 '법왕'이 왜 꼭 석가모니라야 하는지 모를 일입니다." 서진구는 그렇게 가닥을 지어 말을 마감하고 싶었다.

"듣고 보니 그렇기는 합니다. 그러면 그 법왕이 공교롭게 이름이 그래서 그렇지, 석가모니 부처의 행적을 그렇게 앞에다 터억 얹어 놓고 그 공덕이 백제의 왕에게까지 미치는 걸로 보는 관점이 틀렸다는 증거는 없지 않소? 한결 더 불교적인 상상이라기보다는, 수사법이 아닌가 말이지요." 전유식 교수가 고미술상의 성사장을 바라보며 동의를 구하듯, 제법 진중한 태도로 이야기했다.

"말하자면 나는, 작가의 상상력은 역사를 초월한다고 믿는 편입니다." 서진구는 더 이상 이야기를 끌고 가기가 불편했다. 그러나 전유식 교수는 물러날 기세가 아니었다.

"신념과 믿음이야 누가 나무랄 수 없는 일이지요. 그러나 상상력이 초월한 그 역사라는 게 뭐란 말인가요? 그렇게 해서 백제의 역사가 더 빛납니까, 우리들 생애에 도움이 됩니까?" 전교수의 말씨는 따지고 드는 어투였다.

"유물이 더 나와야 하는데, 금동대향로 같은 물건이 말입니다." 고미술사 성사장은 물건이 나오기를 기다리는 모양이었다. 역시 직업대로 생각하는구나 싶었다.

사리봉안기에 기록된 법왕은 무왕의 아버지 법왕이 틀림없었다. 법왕이라고 써 놓았는데 왜 그걸 외돌려 석가모니로 가야 한단 말인가. 발원을 누가 했던 간에 공사를 집행한 것은 당시의 임금일 터이고, 그렇다면 무왕의 아버지 법왕이 틀림없는 일이었다. 무왕 또한 법왕의 아들이라야 하는 가닥이었다.

"문제는 그 사리봉안기, 사실은 미륵사 창건 연기지만, 그게 누가 쓴 것인가 하는 데에 문제의 눈이 있지 않겠습니까? 법왕을 법왕이라고 쓸 수 있는 서술주체가 문제지요." 서진구는 서술주체를 문제의 핵심 가운데 하나로 상정하고 있었다.

"그래 그 글을 누가 썼을까? 여재 시인은 그걸 누가 쓴 글로 봅니까?" 야 너 서진구 그렇게 들이대지 않고, 여재 시인이라고 붙이는 걸로 보아서는 당신의 견해를 조금은 인정하겠다는 눈치였다.

"지명법사라야 하지요. 미륵사 창건에 직접 관여한, 아니 입지를 다진 인물이 지명법사 아닙니까? 인물이 그런 정도는 돼야 왕을 왕이라 하고, 왕후를 왕후라 할 수 있는 법이 아니던가 말입니다. 텍스트의 자율성도 중요하지만, 거기 얽힌 인간의 손길과 자취를 제한다면 거기서 무슨 뜻을 읽어낼 수 있을까. 지명법사라야만 쓸 수 있는 문장이고, 이 글을 통해 당시 백제의 문화 수준을 가늠할 수 있는 겁니다." 그렇게 자기 소신을 풀어 놓은 다음, 서진구는 설명을 달았다.

그런데 누가, 얼마나 대단한 사람이 쓴 글이길래 문장의 앞에다가 '나'를 내세울 수 있을까 하는 의문이 드는 것이었다. 그리고 왕후를 아무개의 딸이라고 할 수 있을 것인가 하는 것도 의문이었다. 아백제왕후좌평사택적덕녀(我百濟王后佐平沙宅積德女)라는 구절은 두고두고 의문을 남기는 맥락에 자리잡고 있었다. 그러나 간단히 생각하면 서술자를 밝히는 것으로 해결될 문제이기도 했다. 법왕과 무왕의 왕비를 왕후라고 지칭할 수 있는 사람이라면, 왕통을 보장해주는 지명법사(知命法師) 말고는 다른 인물을 내세울 수 없었다. 지명법사는 국사이기 때문에 종교상으로는 임금이나 왕비보다 한결 윗길에 있는 인물이었다. 지명법사의 신통력으로 연못을 메우고 거기다가 절을 지을 수 있었다면, 그러한 발원을 한 왕후를 위해서라도 의당 법왕의 사리봉안기를 쓸 만한 인물이 아니던가 하는 게 서진구의 논리였다.

"문자의 속뜻을 읽어내려 하지 말고, 써 있는 그대로 읽기로 하고 다시 문면을 들여다보면 당시 역사가 돌아가던 정황이 눈에 밟히곤 했습니다. 무왕이 그의 아버지, 겨우 한 해 왕 노릇을 하고 죽은 그 아버지를 위해 절을 짓고, 탑을 세우고 거기다가 선왕의 사리를 봉안한 사실을 지명법사가 기록해 준 게 한 치도 틀림이 없단 말이지요." 서진구는 자신의 주장을 할 수 있는 데까지 다 털어 놓았다. 미륵사를 창건하고 탑을 세우고 사리를 봉안하는 대상은 무왕의 아버지 법왕(?~600)이라는 결론을 내도 무리가 아니었다.

"오늘은 거기까지만 해 둡시다." 전유식 교수가 심드렁하니 말을 마감했다.

"사기꾼한테 걸려서 속지만 않는다면, 씨씨티비는 꼭 다세요. 여재 시인처럼 역사적으로 귀중한 물건을 소지하고 계신 분들은 신변의 위협을 방지하기 위해서라도 꼭 달아야 합니다." 용화고미술사 성면양은 도둑 단속을 당부했다. 전유식 교수는 우리 자주 만나야 허지 않겠소, 하면서 손을 내밀어 악수를 청했다. 오른쪽 검지손가락 한 도막이 잘려나가 헐렁하게 쥐어졌다. 왜 손가락 한 도막이 없을까? 서진구는 문득 도마뱀을 생각했다. 목숨이 위험하면 자신의 꼬리를 자르고 도망가는 것이 도마뱀의 생리였다. 서진구가 멈칫하고 있는 사이 식사비용은 용화고미술사 성사장이 냈다.

대문에 들어서면서 집안을 둘러보고, 금고부터 챙겨 보았다. 누가 다녀간 흔적은 없었다. 아내가 들어왔을 때, 감시카메라 설치한다고 했는가 물었다. 그런 일 없다고 했다. 뜨끔한 열기 같은 것이 가슴을 쳤다.

"동창네는 송아지만 한 개가, 누가 담 넘어 던져넣은 독약을 먹고 죽었대요. 그런 일이 있고 나서 보름 만에 집이 털렸대잖아요. 우리도 그거 달아요." 서진구는 아무 대꾸도 하지 않았다. 다만 아내가 두려움을 느끼게 해서는 안 된다는 생각에 입을 다물고 앉아 있었다. 역시 도둑, 하는 생각이 잠시 스쳤다.

사실 금동불두는 도굴한 문화재를 불법으로 입수해들인 것이었다. 공인중개사 자격증을 따낸 아내는 자격증을 받는 것이 취미인 양, 별별 자격증을 다 따가지고 방에 걸어 놓았다. 그러다는 어느 대학에서 개설한 문화재관리사 자격증이라는 걸 받아 왔다.

"노래에 나오는 것처럼 말예요, 어느 외롭고 가난한 시인이 시를 쓰다가 소주를 마시재도 소주값은 있어야지요. 당신 가난한 시인의 술값을 위해서, 내가 나서야 할 거 같아, 그래서 딴 자격증이라구요."

그날 둘이 밖에서 점심을 거하게 먹은 뒤끝이라 저녁은 간단히 하기로 했다. 냉장고에 들어 있던 사태고기를 굽고 와인을 곁들여 먹으면서, 뭐랄까 용화세계에 와 있는 보살들이 서로를 쳐다보듯 그윽한 얼굴로 화락하게 어우러졌다. 아내가 고마웠다. 서진구는 속으로 나무아미타불을 한숨처럼 내뱉었다. 오래 못 누리고 지낸 화락한 시간이었다. 그것은 말하자면 시간의 발견과도 같은 기분이었다.

　백제문화 재조명 특집을 기획한다고 해서 써 준 원고가 어떻게
된 일인지, 신문사에서는 감각 무소식이었다. 전화를 해볼까 하
다가 좀 더 기다리자는 셈으로 주저앉았다. 신문사 내부에 무슨
문제가 있는지도 모를 일이었다. 혹시 원고료 챙기느라고 전화를
한 줄 알면 칙살맞은 인간 취급을 받을 것 같기도 했다.

　전유식 교수와 용화고미술사 성사장을 만나 점심을 한 후 내내
속이 거북했다. 누군가 대문 앞을 얼정거리는 것 같기도 하고, 안
나던 차소리가 들리기도 했다. 금고를 열어 보았다. 여전히 거기
있어야 할 물건들이 그대로 자리잡고 미동도 없이 다소곳이 자리
를 지켰다. 서진구가 집안에서 가장 아끼는 것은 역시 금동불두
였다. 밀거래되는 문화재를 하나 가지고 있다고 해서, 불은이 안
개처럼 증발하는 것은 아니었다. 바라볼수록 깊고 아늑하고 그윽
한 세계가 마음에 자리를 잡고 들어와 앉았다.

　서진구는 금동불두를 그윽히 쳐다보면서 혼자 만면의 미소를
지었다. 안면이 깡마르다 싶은 것은 북방불교의 불상양식을 이은
것이고, 은은하게 번지는 미소는 백제불의 특징을 그대로 빼닮은
것이었다. 광배 뒷면에 알아볼 수 없는 문자들의 흔적이 있었다.
그 가운데 여(餘)와 몇 자를 건너 미(彌)자는 겨우 읽을 수 있었다.
그는 그 두 글자를 가지고, 금동불두가 부여의 미륵불이라는 확
신을 가지게 되었다. 혹은 부여 미륵사에서 조상(彫像)한 것인지
도 몰랐다. 불두만 보아서는 전체로는 꽤 큰 불상이었을 걸로 짐
작이 되었다. 그러나 전체를 그려보기는 어려웠다. 입상이었는지
반가상이었는지 짐작을 할 수 없음은 물론 누구에게 감정을 해

달라고 할 수도 없는 노릇이었다. 금고에 금동불두가 들어 있다는 것은 서진구와 그의 아내만 아는 비밀이었다. 그런데 학예실장이 그 불두를 눈으로 보았고, 주변에서 하는 얘기들이 금동불두의 소재를 눈치챈 듯해서 께름했다. 서진구는 전에 학예실장이 집에 왔다가 그 불두를 보았다는 것을 잊어버리고 있었던 게 큰 잘못이라는 걸 미처 깨닫지 못하고 있었다.

서진구의 아내는 강씨(康氏) 집안의 외동딸이었다. 부모가 세상을 뜨면서 절에 희사한 재물만도 만만치 않았다. 부여에 있는 어느 절에서 불사를 하는 데 큰 시주를 했다. 주지스님이, 언젠가는 긴히 쓰일 일이 있을 것이니 잘 보관하라면서 슬그머니 금동불두를 넘겨주었다. 공교롭게도 며칠 후 그 절의 문화재를 도난당했다는 기사가 신문에 큼지막하게 났다. 도난 품목에는 국보급 불두가 포함되어 있었다. 서진구는 며칠 전 아내가 문화재관리사 자격증을 땄다는 이야기를 하던 게 께름한 기억으로 떠올랐다. 아내가 어떤 방법으로 그걸 입수했는지는 알 길이 없었다. 아무나 맘놓고 소장하고 완상할 수 있는 물건이 아닌 것은 틀림이 없었다. 그렇다고 박물관에 내놓기는 맘이 내키지를 않았다. 그게 세속적인 물욕이라고 해도 거짓은 천만 아니었다. 또 서진구 자신이 그런 문화재를 감상하고 그 가치를 발굴하는 작업은 충분히 해낼 수 있는 능력을 가지고 있다고 자부하는 터였다.

그런 물건을 지니고 있으려면 기가 제법 세야 한다는 이야기를 들은 적이 있었다. 기 대결에서 물러나면 보물이 재앙으로 변한다는 것인데, 한귀로 흘려 들었지만 돌아가는 조짐이 심상치를 않아 걱정이 구름처럼 일었다.

"은혜의 법륜은 선연을 따라 구르게 마련이라지 않던가요. 그런 걱정 접어둬요." 서진구의 아내 강씨, 이제 강마담으로 불리는 게 더 어울린다는 그녀의 제법 보살 같은 말이었다. 그런 이야기를 하는 서진구의 아내 눈가에는 넉넉한 미소가 흘렀다.

"불두를 받아온 그 절이나 박물관 같은 데 돌려주어야 하지 않겠소?"

"그 귀한 걸 누구한테 돌려줘요? 당신이 그걸 소재로 해서 근사한 작품 하나 건지면, 우리나라 문단에 빛이 될 것이고, 그걸로 충분해요. 시인의 임무가 뭔데, 예술가는 자신의 신념을 실현하기 위해 죽음을 두려워하지 않는다 그러잖아요."

아내는 의외로 완강했다. 부정으로 거래되는 것도 아니고, 도굴을 한 건 더욱 아니라면서 그걸 소재로 큰 작품을 하나 구상하라고 오히려 위로까지 했다. 아내의 얼굴이 환하게 피어나는 모습이, 눈부신 녹음과 어우러지던 순백의 불두화를 닮아 화사하게 빛을 발했다.

아내는 박물관 일로 나가 보아야 한다면서, 문단속 잘 하라고 이르고는 차고 안으로 뒷모습을 감추었다. 아내는 문화재관리사 자격증을 받은 이후 박물관 일이라면서 자주 집을 비웠다. 그리고는 박물관 운영위원이 됐노라고 자랑을 늘어놓으며 임명장을 들고 와서는 서진구 앞에다가 펼쳐놓기도 했다. 아내가 나가고 서진구 혼자서 불두를 어루만지고 있을 때였다. 미소가 감도는 입가에 옅은 동록(銅綠)이 끼기 시작한 것을 거즈로 닦아주면서, 이걸 언제 어떻게 내놓아야 하는지 궁리를 하고 있었다. 이층 서재로 돌이 날아왔는지 유리가 쟁강 깨지는 소리가 들렸다. 문득 씨씨티비 문제로 전화를 해왔던, 그 목소리는 쥐소리를 닮아 쨍쨍하니 울렸다. 그놈의 장난, 그런 생각이 스쳤다. 서진구는 굳어붙은 듯이 서 있다가 불두를 금고에 넣고 다이얼을 돌려 잠갔다. 이어서 골목을 빠져 나가는 자동차 소리가 들렸다. 그리고는 조용해졌다.

서진구가 이층으로 올라가려고 바지가랭이를 추스르고 있을 때였다. 휴대전화를 쓰기 시작한 이후 별로 걸려오는 적이 없는 전화가 울렸다. 발신인 주소는 안 떴다. 주변을 살피며 다가가 송수기를 들었다. 목이 잠긴 쇳소리로, 여보세요 하는 소리가 바람 새듯 기어나왔다.

"왜 꾸물거려…. 여보세요, 여보세요, 서진구 시인 댁인가요?" 그러다가 전화는 끊겼다.

다시 전화가 악을 쓰듯 울어댔다. 서진구는 살그머니 송수기를 들었다.

"누가 전화했었어요? 통화중이던데. 들려요? 난데요, 밖에 좀 내다봐요. 누가 다녀갔나…" 그리고는 전화가 끊겼다.

그는 실내 계단을 통해 이층으로 올라갔다. 역시 서재 유리창에 별 모양의 구멍이 뚫려 있고, 책상 위에는 유리조각이 흩어져 있었다. 가슴으로 전기가 통하는 것 같은 찌릿찌릿한 통증이 밀려왔다. 아내가 돌아왔을 때는 등에서 식은땀이 흘러 내의가 축축해졌다. 그의 아내는 별스런 이야기는 하지 않았지만, 눈동자에 두려움이 가득 고여 있었다.

"누군가 우릴 노리는 것 같지 않아요? 전유식 교수가 세미나 발표자를 교섭해 달래서 커피숍에 앉아서 이야기하는데, 전화가 울려서 받았어요. 우연인지 모르지만 전화가 연결되더니 유리창 깨지는 소리가 나더라구요. 라디오 효과음처럼 말예요. 사람 목소리는 안 들리고…. 그것도 폭력인데…."

"어느 커피숍에 있었는데?"

"저 길 건너 커피숍 있잖아요, 풍경소리라고." '풍경소리'라는 커피숍은 시인과 화가들이 자주 드나들었다. 서진구도 거기서 자주 사람들을 만났다. 커피를 마시다가 분위기가 어우러지면 자리 옮기지 않고 그 자리에서 술판이 벌어지기도 했다.

"그러면 한 놈은 우리 집에 돌 던지고, 다른 놈은 그걸 전화로 중계했다는 얘기가 되는데, 놈들이 우리 집을 노리고 있는 거야." 학예실장 장선진이니, 집안 단속 잘 하라던 용화고미술사 성사장 그런 인물들이 서진구의 눈앞을 스쳤다.

"당신도 몸조심해야 할 것이요." 서진구는 아내에게 일렀다. 서진구의 아내는 무슨 이야긴지 알겠다는 듯이 몸을 떨었다. 그러다가는 서진구의 품으로 안겨들었다. 옅은 술냄새가 풍겼다.

서진구는 그 다음날 당장 씨씨티비를 설치했다. 아내에게는 외부 사람을 만나는 일에 조심하라는 당부를 거듭했다. 그리고 집에 사람 들이지 말라는 주의도 잊지 않았다.

며칠 동안 서진구는 무왕의 젊은 시절 이야기 모을 방법을 이리저리 찾아보았다. 그러나 신통한 자료가 나올 턱이 없었다. 누구나 보는 『삼국유사』나, 삼국의 정사라고 하는 『삼국사기』 그런 정도로는 새로운 이야기를 구성하는 데 별 도움이 안 되었다. 대개는 아는 이야기들이었다. 무왕의 탄생에 대한 이야기는 사리봉안기에 나와 있지 않았다. 물론 사리봉안기 핵심이 무왕의 생애가 아니라 정재를 희사한 왕후에게 있기 때문에, 무왕의 이야기는 중심에 올 수 없었다. 무왕의 행적은 당시 정치사의 핵심이 아닐 수 없었다. 그런데 문화사적으로 정리된 무왕의 행적은 더욱 찾을 가망이 안 보였다. 생각해 보면 당시의 문화사를 재구성하지 않는 한, 사리봉안기는 물론, 금동대향로 같은 유물들이 백제 문화를 어떻게 반영하는지 알 길이 없었다. 나아가 미륵사를 비롯한 백제의 미륵신앙과 그와 연관된 가람과 탑들의 이야기는 정치사의 그늘에 시들고 말 것이었다. 서진구는 정치와 문화의 관계에 대해 고개를 갸웃했다.

무왕이 그의 어머니가 용과 관계를 해서 태어났다면, 그 용은 누구이며 무왕의 아버지 법왕과는 어떤 관계인가, 그리고 선화공주를 왕비로 맞았다는 것은 어떤 정황에서 이루어진 일인가 등이 궁금하지 않을 수 없었다. 헐어빠진 설화를 깨버리고 새로운 상상의 세계를 펼쳐야 역사는 금빛 날개를 달고 천공으로 비상할 터였다.

"전유식 교수가 그러는데, 거창에 있는 취우령이라던가 어디에 선화공주가 국경 수비대에게 잡혀 죽었다는 전설이 있다고 그러

던데요." 그런 이야기를 왜 전유식 교수한테 들은 것인가, 서진구
는 의문이 일어나는 것을 슬그머니 눌러두었다.

"전교수님은 참말 모르는 게 없어. 당신은 자칭 백제인이라면
서 사실 백제 아는 거 별로 없잖아?" 서진구는 전교수를 추켜올
리는 아내를, 저게? 하면서 바라보았다.

"그래서?" 서진구의 짧은 한 마디에 날이 서 있었다. 서진구는
검지 한 마디가 없는 전유식 교수의 손을 문득 떠올렸다. 악수를
하자고 손을 내밀어 잡았을 때, 손바닥을 긁는 듯한 불쾌한 촉각
으로 다가오던 그 손마디.

전유식 교수와 취우령에 한번 같이 가 보자는 아내의 말에, 서
진구는 대답을 하지 않았다. 대답 대신 한 마디를 던졌다.

"잘 나갈 때가 위기라는 걸 기억하라구."

"당신도 마찬가지." 서진구는 자기 품으로 감아드는 아내를 밀
쳐내지는 않았다.

박물관장을 조심하라는 이야기는 단작스러운 생각이 들어 입
밖에 내지 않았다. 그러나 찜찜한 느낌이 이물감을 자아냈다. 서
진구는 자기 아내가 야곰야곰 자기 영역을 파고들고 있다는 생각
에 사로잡혔다.

당시 정황을 알고 백제의 정신사를 서사시로 재구성하기 위해
서는 사리봉안기뿐만 아니라 무왕을 전후한 역사적 자료를 다시
읽어 보아야 할 판이었다. 무왕의 행적은 도무지 오리무중이었
다. 마침 전주 국립박물관에서 학예실장 장선진과 함께 일하는
민성백(閔省柏) 박사는 미륵사 창건에 대한 자료를 조사하는 중이

었다. 둘은 대학 선후배 사이였다.

장선진과 민성백 두 사람은, 같은 직장에서 일을 하면서도 협조가 잘 안 되는 것은 물론 서로 외돌려 놓는 사이였다. 장선진은 박물관장에게 책사(策士)와 같은 역할을 했고, 민성백 박사는 관장이 머슴처럼 부리는 품꾼이었다. 민성백이 박사학위를 받고도 빌빌 외도는 모습을 보기가 안쓰러워, 박물관장에게 다리를 놓아 취직을 주선한 것이 장선진이었다. 발굴에 필요한 인원을 특채할 수 있는 권한을 박물관장이 가지고 있다는 것을 장선진은 잘 알고 있었다.

"관장님 후회 안 하실 겁니다. 민성백 좀 거두어 주세요." 그런 이야기를 하면서 소도 언덕이 있어야 비빈다는 거잖아요, 젊은놈 하나 살려주세요, 그렇게 들이밀었다.

"정말 믿어도 되는 사람인가?"

그날 장선진은 관장을 자기 차에 태워 요정 '백마강'에 가서 특급 메뉴로 대접하고, 마담에게 잘 부탁한다 해놓고는 민성백을 불러내어 식사비를 받았다. 그렇게 끈이 되어주었던 터라 막보지 못하는 사이였다. 물론 장선진이 서진구를 대하는 방식을 잘 알고 있기도 했다.

아무튼 미륵사 창건과 연관된 조사라면 무왕에 관한 기록이 나올지도 모른다는 예감이 머리를 스쳤다. 당장 민성백 박사를 만나고 싶었다. 전화를 했다.

"민박사, 나 서진군데, 어디요?" 민성백이 반갑게 받았다.

"아, 여재 선생님, 저 지금 용화산 사자사에 와 있습니다."

"용화산이라면 미륵산?" 서진구가 거긴 웬일로, 하는 투로 물었다.

"뭔가 나올 것 같습니다." 뭔가 나온다, 그게 뭘 말하는 건가 하려다가 입을 다물었다.

"그래요? 긴요하게 상의할 일이 있는데 한번 만납시다." 서진구가 다급한 낌새를 보인 모양이었다.

"아직은 만나도 별로 소득이 없을 겁니다." 민성백은 심드렁했다.

"아 거, 빼지 말고, 만나서 술이나 한잔 합시다. 내 민박사와 긴히 상의할 일이 있어서…." 서진구 편에서 달라붙는 태도였다.

"정 그러시다면…." 역시 느긋하게 응대하는 투였다.

이틀 후, 저녁에나 만날 수 있다는 대답을 하면서, 민성백은 여재 시인의 상상이 맞아떨어질 조짐이 보인다고 했다. 시인의 상상이 맞아떨어진다는 것은? 뭔가 안에 감추어 둔 것이 있는 듯한 말눈치였다. 그러면서 웬만하면 혼자 일을 하려고 하지 말고, 관련이 있는 인사들과 머리를 모아서 같이 도모하는 것이 한결 수월하지 않겠는가 하는, 충고 비슷한 제안을 했다.

"이틀 후면 수요일입니다. 잊지 마세요." 그렇게 못을 박고, 서진구는 전화를 마무리했다.

이틀이 지나는 동안 서진구는 백제 무왕 시절의 정황과 연관된 여러 가지 생각을 했다. 북방 부여국에서 유입한 왕족들이 토착세력과 갈등을 일으켰다. 토착세력을 도외시하고 북방민들로 나라를 이끌어 가기는 이미 시기적으로 늦은 때였다. 성왕이 불교에 심취한 것은 그런 맥락에서 이해할 수 있었다. 북방민의 이데 올로기로 토착세력을 설득할 수 없게 되었을 때, 토착세력을 품 안으로 이끌어들일 수 있는 한 차원 높은 이데올로기 체계가 필 요했다. 적어도 전생은 물론 현생과 내생을 이야기할 수 있는 거 대체계가 아니면 토착세력을 이끌어들여 화동할 수 있는 길이 보 이질 않았다. 거기 동원할 수 있는 것이 불교였다. 불교 가운데서 도 현생의 행복과 현생의 삶의 가치를 인정하는 그런 교리라야 했다. 아스라이 먼 내세를 이야기하거나 유현한 관념의 세계를 헤매게 하는 유식론 따위는 현실감이 적었다. 현생 당래불, 미륵 신앙이라야 했다. 아무래도 내세는 증거를 댈 수 없는 허무의 기 운이 감돌았다.

한편 성왕은 왕권의 능력과 위엄을 실증해 보여주어야 했다. 그러기 위해서는 신라와 맞서는 정도의 국력을 지나 신라를 눌러 놓을 만한 국력을 길러 놓아야 하는 게 급선무였다. 자연 신라와 전쟁을 자주 할 수밖에 없었다. 지지부진한 정치적 사태를 전환 하는 데는 자신이 스스로 나서지 않을 수 없었다. 그래서 관산성 전투에 스스로 말을 달려 나섰고, 신라의 복병들에게 생포되어 처참한 죽음을 맞았다. 관산성에서 시신조차 찾아오지 못한 채 세월이 흘렀다. 이걸 나라라고 운영하고 있는지 도무지 꼴을 볼 수 없었다. 하다못해 천도제(薦度祭)를 지내기라도 해야 할 것이 아닌가. 그런데 그런 일에 나서는 수월수월 처결할 인물이 없는 것은 물론, 왕실의 분위기가 안개 속에서 길을 잃어 갈피를 잡지 못하고 우왕좌왕했다.

왕실이 내실을 기하지 못하는 연유는 다른 데도 있었다. 법왕은 젊었을 때 선왕의 죽음에 큰 충격을 받았다. 자신이 전쟁에 나가 목숨을 바쳐야 할지도 모른다는 억압에 휘둘려 살았다. 부왕 성왕의 죽음은 충격일 수밖에 없었다. 그리고 그러한 죽음이 자신의 운명이라는 생각을 잠시도 떨치지 못했다. 달리 생각하면 아직은 시간의 여유가 있었다. 선왕이 태자로 임명한 아좌태자가 있었기 때문에 나라의 일은 의당 태자에게 돌아갈 것이었다. 그러면 자신은 왕성에서 물러나 좀 한유하게 살아도 될 게 틀림없었다. 그래서 한동안 시간을 내어 사냥을 나가기도 하고 때로는 불전을 읽어 마음을 수양하기도 했다.

오악을 치달리며 사냥을 하고 자기를 따르는 무리들과 어울리는 낙에 빠지자 하루가 한 순간처럼 지나가곤 했다. 말을 타고 달리다 보면 날개를 단 것처럼 몸이 가볍고 가슴속으로 바람이 지나는 것처럼 시원했다. 사슴을 찾아 산등을 오르내릴 때는 힘이 펄펄 솟았다. 같이 나선 젊은이들이 도저히 따라잡을 수 없는 발걸음이었다. 물에서는 물에서 대로 탁월한 기량을 발휘했다. 자맥질을 해서 물밑에 헤어다니는 물고기를 건져 올리는 어로에도 따를 자가 없었다. 몸에 기운이 돌고 기상이 사나워지면서 고기와 술이 입에 땡겼다. 생각해 보면 선왕들이 스스로 계율로 만들어 다짐을 두던 일들이었다. 거기다가 지나가는 아녀자들의 눈길이 자기를 향해 불타오르는 것처럼 온몸에 절절절 열기가 지나가곤 했다.

　그런데 태자는 달랐다. 궁 안에서 종일 책을 읽고 그림을 그리며 시간을 보냈다. 부왕의 사냥에 따라나서는 법도 없었다. 사냥은 불법에서 금하는 일인 것은 물론 중대한 죄를 저지르는 짓이라고 신하들에게 이야기하곤 했다. 그림을 그릴 때는 사신도라든지 미륵상을 골라서 그렸다. 사려깊고, 인간의 깊은 속에 흐르는 아픔과 기쁨을 동시에 포착하는 신이한 표정을 화폭에 담아냈다. 부왕은 그것이 걱정이었다. 자신이 태자로 있을 때 전쟁에 나가 싸우다가 죽을 고비를 몇 차례나 넘기면서, 나라를 다스린다는 것이, 백성의 목숨을 지켜준다는 것이 어떤 것인지를 절절히 깨달은 후였다. 그것은 힘이었고, 힘이라야 했다. 힘은 때로 생명을 무위로 돌리는 결단을 저버릴 수 없는 골짜기로 빠져들게 하기도 했다.

　아좌왕자는 타고나기를 약골로 태어났다. 거기다가 밖으로 치달아 나가는 적이 없는 터라 삼밭에서 자라 올라가는 쑥대처럼 키만 훤칠하고 몸은 호리호리하니 얼굴이 분칠을 한 것처럼 뽀얗고 나락나락했다. 심성이 곱고 섬세해서 왕실에 드나드는 장군들에게 시종처럼 굴었다. 전쟁에 나갔다 돌아오는 장군 가운데 상처가 있는 이를 가려 두었다가 부왕 모르게 먹을거리를 보내 위로하곤 했다. 왕은 왕자의 그런 유약한 태도가 도무지 마음이 들지를 않았다. 저런 약골에게 나라를 맡길 수 있을 것인지, 믿음이 가는 구석이 요만큼도 없었다. 거기다가 일본에서 사신이라도 올라치면 선두에 나서서 그들에게 부처님 이야기를 하곤 했다. 그리고는 일본 사신들의 얼굴을 그려주었다. 그림이 인물과 너무나 닮아 손뼉을 쳐 감탄을 하지 않는 이가 없었다. 그것은 칼로 목을 치고 창으로 옆구리를 꿰뚫는 그런 사나이의 기상과는 거리가 너무 아득했다.

위덕왕은 태자 아좌를 일본으로 보내기로 작정했다. 백제를 쳐들어오려고 병장기의 날을 벼리고 군대를 훈련하기를 맹수처럼 하는 일본에 먹잇감을 하나 물려주어 으르렁거리다가 스스로 주저앉도록 해야 한다는 계산도 안에 깔려 있었다. 볼모를 미리 보내는 폭이었다. 다른 한편으로 그렇게 결정을 하는 데는 태자에 대한 믿음이 있었다. 그림을 잘 그리기 때문에 그 재주만으로도 목숨을 부지하는 데 아무 지장이 없을 것이라는 판단이었다. 얼마 전에 성덕태자의 사부를 구하노라는 요청이 있기도 했다. 태자의 학식과 돈독한 불심으로 보아 충분히 왜에 가서 자기 역할을 할 만한 준재였다. 태자를 일본으로 내쫓는 것은 안타까운 일이었다. 그러나 나라를 운영하는 일이 개인의 사사로운 감정에 치우질 수 없는 천명에 닿아 있는 게 아니던가. 태자는 의자에 앉아 오른쪽 다리를 왼쪽 무릎에 올리고, 오른쪽 무릎에 팔굽을 살풋이 대고 손가락으로 턱을 괸 자세로 앉기를 잘 했다. 그럴 때마다 부왕은 눈살을 찌푸렸다. 남성적인 용기가 보이는 것도 아니고 여성적인 섬세함이 보이는 것도 아닌, 이 어정쩡한 자세야 말로 태자의 앞날이 순탄치 않을 것이라는 예감을 불러오는 것이었다. 태자는 왕업이라든지 치적 같은 것보다는 내면으로 침잠하는 명상이라는 게 무엇인가 생각하게 하곤 했다.

태자가 일본으로 떠나던 날, 임금은 그의 동생 계(季)를 불렀다.

백제가 나라꼴을 유지하기 위해서는 강력한 군사력을 길러야 하는 것이 천명이라는 이야기를 했다. 그리고 자신이 죽는다면 언제든지 나라 일을 대신해 달라고 간곡하게 부탁했다. 그러면서 조카 선(宣) 또한 불교에 너무 빠져드는 것 같은데, 마음을 다잡고 왕업을 이어 나가는 데 신명을 바치도록 다독여줄 것을 당부했다.

　뒷날 법왕이 된 왕자 부여장(扶餘璋)은 몸을 부르르 떨었다. 자신의 왕업을 물려줄 아랫사람에 대한 당부라든지 궁정의 내부 단속 등을 통해 국가의 운명을 좌우하려는 도모가 얼마나 무력한 것인가를 처절하게 깨닫는 계기가 금방 도래했다. 할아버지, 위덕왕은 선견지명이 있었다. 자기 아들 태자를 일본으로 내치고 동생에게 왕위를 선양할 때만 해도, 백제의 앞길이 트이는 듯했다. 그러나 삼촌 부여계(扶餘季)를 왕으로 삼았을 때, 효순으로 불리던 아버지 선(宣)은 자신의 소신을 펼 수 있게 되었다고 만행(漫行)을 계속했다. 나라 안에서는 도가 높고 백성을 사랑하며, 왕실에서 하는 사슴 사냥을 그만두어야 할 정도로 천지만물에 임금의 은택이 미치지 않는 데가 없었다. 그러나 그것은 아무리 봐도 자신이 나라를 운영할 기개나 포부와는 거리가 멀었다. 오히려 자신의 무능력에 대한 무언의 승복과도 같은 우행이었다. 이미 늙고, 나라를 다스리는 수고와 번민보다는 자신의 종교적 신념을 실천하는 데 골몰하고 있었다. 아버지를 이어 어떤 감당할 수 없는 운명이 자신에게 다가오고 있다는 느낌 때문에, 하늘을 망연히 쳐다보다가는 몸을 부르르 떨고, 망상을 떨치기라도 하려는 듯 고개를 옆으로 홰홰 젓곤 했다.

일은 그렇게 돌아갔다. 삼촌 혜왕이 한 해를 못 넘기고 세상을 떴다. 스스로 미륵이 되어 현생에서 용화세계를 이룩하겠다던 꿈은 바람에 날리는 물거품이 되고 말았다. 한 인간의 죽음은 그렇게 허망한 것이었다. 태자 부여장은 미륵 현신을 염불처럼 외는 아버지가 왕위를 이었을 때, 아버지는 이미 천명을 다하지 못하리라 예감했다. 만행을 하느라고 몸은 쇠약하고 정신은 하늘 위로만 날아났다. 대지에 발을 붙이고 나라를 도모하는 덕은 이미다 소진된 뒤였다. 세상은 평등하고 풀이며 나무며, 다람쥐, 사슴, 곰, 살쾡이 같은 짐승은 물론이고 수중에 깃을 트는 물고기 또한 엄연한 생명을 지닌 존재라서 살생을 하면 절대 안 된다고 했다. 그것은 자비가 아니기 때문이었다. 그래서 취한 조치가 금살령(禁殺令)이라는 것이었다. 왕을 비롯한 고관대작은 물론 일반 백성까지 사냥을 금하는 것은 말할 것도 없고, 사냥을 목적으로 기르는 매를 모두 풀어 주도록 명령을 내렸다. 수렵에 쓰이는 활이며 창, 덫을 모두 거두어 불살라버렸다. 강가와 갯가의 어부들이 쓰는 작살이며 낚싯대, 그물까지 모두 빼앗아다가 불 속에 처넣어 태웠다. 백성들의 원성이 짐승의 울부짖음같이 솟아올랐다.

"정신을 고정하십시오, 아버지 왜 이러십니까?" 왕자 부여장은 명상으로 눈이 그윽하게 가라앉은 부왕의 팔뚝을 잡아 흔들었다.

"네가 지은 죄를 애비가 해결해 주지 않으면 누가 그 업장을 풀어준단 말이냐? 너는 백성들이 농사를 지어 먹이를 해결할 수 있도록 해야 한다. 우리 백제는 토질이 좋아 마가 잘 된다. 마를 길러 보아라. 그래서 백제 땅 어디서나 살생이 더는 자행되지 않도록 해야 한다. 미륵이 와서 이 땅에 머물자면 우선 땅을 정화해야 마땅하다. 이 땅에 핏자국을 없애야 한단 말이다. 알겠느냐?" 왕은 노기로 턱수염을 떨었다.

부여장은 가슴이 턱억 막혀 왔다. 말이 나오지를 않았다. 마를 길러서 나라의 양식으로 삼으라니, 어불성설이었다. 마를 기르자면 땅이 기름지고 바람이 순한 용화산 아래 궁뜰로 가야 했다. 사람들은 거기 왕궁이 들어설 만하다고 궁뜰이라고도 하고 어떤 이들은 이미 왕궁이라 하는 이들도 있었다. 거기는 지방토호 좌평 벼슬을 하는 이들이 거드럭거리면서 모여 사는 기름진 평야였다. 하기는 전에 거기에서 사택씨 집안의 여인을 태자비로 들이기도 했다. 말하자면 거기는 아내의 고향이었다. 거기라면 부친의 명을 궁행하는 일을 도모해 볼 만하다는 생각이 들었다.

"나라가 이 모양이 된 것은, 말로는 부처님을 믿네 하면서 과도한 불사를 안 한 까닭이다. 하늘에 제사를 안 지내 신궁이 오소리 굴처럼 훼손된 것은 말할 나위가 없고, 부처님을 모시고 이생에서 이룩해야 하는 용화세계를 구상하지도 못하니, 나라의 임금이 그 뜻을 제대로 펴지 못한 까닭이다. 불사를 시작하기로 대신들과 상의가 되었다. 왕자 네가 잊지 말아야 할 것 몇 가지가 있다. 내 이야기할 터이니 진중하게 들어라." 부왕의 당부는 이런 것이었다.

관산성 전투에서 전사한 성왕의 시신을 찾아오고, 천도제를 지내라 하는 것이 첫 번째 과업으로 지시되었다. 백제의 자존심이 걸린 문제였다.

"내가 선포한 금살령을 유지하라. 백제 강토에서 피냄새가 나는 살생은 일체 없어야 한다." 태자 또한 공감을 하는 바였고, 할 수만 있다면 그렇게 살고 싶었다.

네가 스스로 미륵이 되어야 나라가 바로 설 수 있다. 임금들은 억겁을 기다려야 한다면 목숨을 바쳐 기다리지만, 백성들은 자신들의 눈으로 용화세계를 보고 싶어 한다. 그러니 네 스스로 미륵이 되어 현생에서 용화세계를 이루어야 한다. 왕자로서는 부왕의 하생미륵세상을 극복의 대상으로 생각할 뿐 스스로 그러한 존재가 되지 않겠다는 것은 야무진 작심이 있던 터였다. 현생의 미륵이 된다는 것은 스스로 주검이 된다는 뜻이었다. 죽지 않고는 미륵이 될 수 없는 일. 죽어서 도솔천에 환생하고 거기서 억겁을 기다려야 하는 길은 육신을 달고 사는 인간으로서는 미칠 수 없는 피안이었다.

나라의 정치적 안정을 위해서는 부여라는 성씨와 토족들의 성씨를 섞어야 한다. 그리고 신라와도 통혼 길을 다시 열어야 한다. 헛된 일이 되지 않도록 유념해야 한다. 서로 상대방을 견제하는 싸움구덩이에 여성을 끼워넣는 것은 정당하지 못하다고 전부터 생각을 해왔던 터라 부담이 되었다. 마음에 바위덩어리가 들어앉은 것처럼 무거웠다. 그러나 부왕은 완강하게 그런 주장을 펼쳤다. 사택녀의 얼굴이 눈앞에 오락가락했다.

신라가 더 이상 백제를 쳐들어오지 못하게 하려면 신라를 고립시키도록 하라. 그리고 왕실의 여자를 반드시 백제 왕실로 잡아다가 볼모를 삼아 놓아야 한다.

그러나 현실은 그러한 요구를 받들어 모실 수 없는 쪽으로 돌아가고 있었다. 신라에게 빼앗긴 한강 유역의 그 옥토를 당장 회복할 수 없었다. 고구려가 버티고 있어 신라와 백제를 견제하고 있었기 때문이었다. 사정은 왜국의 경우도 마찬가지였다. 왜국의 국가 체제가 정비되면서 호락호락하지 않게 세력을 불려가고 있는 중이었다. 부왕의 당부를 받들어 봉행하고 싶지 않은 것은 물론, 갑자기 닥친 일들을 갈피를 타 놓기조차 어려웠다. 아좌태자의 신변이 위협을 받지 않을까 걱정이 되기도 했다.

거기다가 왕자 부여장은 얼마 전부터 왕궁에 사는 사택 집안의 딸이 사비성으로 간택되어 오자, 사랑의 불이 달아 있었다. 부왕의 당부 가운데 남쪽의 토호들을 끌어안아야 국정이 안정될 수 있다는 점에서는, 부여장의 애정행각이 타박이나 질타의 대상이 될 수 없었다. 하지만 달리 생각하면 국가 내적으로 파탄을 일으킬 소지가 없는 바도 아니었다. 왕실과 토호들의 다툼 속에서 토호들이 이들의 관계를 이용하려 들지 말라는 법이 없었다.

태자로 책봉된 부여장은 머리가 어지러웠다. 앞으로 전개될 일들과 자신이 해결해야 할 과제가 온몸을 짓눌러왔다. 열이 펄펄 솟았다. 며칠을 누워서 앓았다. 온몸에 열꽃이 돋고 눈에 허연 백태가 끼어 앞이 보이지를 않았다. 어의들이 드나들며 왕자를 간병했다. 백제의 왕업을 잇는다는 게 그리 간단치 않다는 조짐인 듯했다. 부왕은 서둘러 신궁으로 행차를 했다. 태자를 동행하고 싶었지만 병세가 워낙 위중해서 그럴 형편이 못 되었다. 부왕이 신궁에 다녀오고 나서 사흘이 지나지 않아 태자는 병이 씻은 듯이 나았다. 대신 왕이 자리에 누웠다.

부여의 능산리 언덕 아래 신궁에서는 왕의 쾌차(快差)를 빌기 위해 부여신에게 제사를 올렸다. 웅진, 사비, 궁뜰, 덕숭산 각처에 있는 절에서는 법왕의 쾌유를 비는 재를 올렸다. 신궁 안에 자리잡은 가람에서는 금동향로에서 향불이 타오르기를 한 달을 이어갔다. 그 향이 사비성 골짜기마다 은은하게 퍼졌다. 법왕이 평생 닦은 공덕이 향으로 피어나는 듯했다. 생각해 보면 왕실의 삶이라는 것이 폐허가 된 벌판으로 불어가는 모진 바람의 한 자락에 불과한 것이었다.

왕자로 50년, 부왕이 1년 왕 노릇을 하는 동안 늙은 태자 노릇을 겨우 1년 했다. 자신이 왕이 되어 겨우 몇 달이 지나지 않아 몸이 까라지는 것은 아무리 생로병사를 넘어서서 용화세계를 그려온 생애라고 해도 허전하기 이를 데가 없었다. 거기다가 아들에게 저저히 일러두기는 했지만, 왕업을 잘 이어갈지 걱정이 앞섰다. 부자(父子)가 만행을 하고 다닌 시간이 너무 길었고 그만큼 업장이 무거웠다. 그러나 나라를 위한 그런 유의 걱정이 무슨 뜻이 있을 것인가 싶지를 않았다. 그런 걱정과 염려야 몸이 살아 있을 때의 일일 뿐, 몸이 사라지면 어디에 의탁할 데가 있겠는가. 생각해보면 인간의 생애라는 것이 아침나절 들판에 어리는 안개 같이 햇살이 벌면 가뭇없이 사라질 것이고, 산골짜기를 거슬러 올라가는 바람과 같이 산 위에 하늘은 늘 청청한 벽공으로 허무의 끄트머리에 닿아 있는 게 아니던가.

문득 코끝으로 향이 스치는 듯했다. 어의를 불러 향로를 궐 안으로 들이게 했다. 넘실대며 흘러나오는 향연을 따라 몸안에서 하얀 기운이 서서히 빠져 나갔다. 금살령으로 살아난 사슴이며 고라니, 너구리, 오소리 같은 짐승들이 왕의 혼백을 옹위했다. 매잡이 손에서 놓여난 수리들이며, 원앙과 청둥오리, 백로, 그런 새들이 왕의 혼백을 이끌고 하늘로 올랐다. 왕자는 아버지가 이승을 떠나는 임종의 자리에서, 아버지의 가슴에 얼굴을 묻고 심장이 멈추는 소릴 들었다. 하늘과 땅이 합벽(合闢)을 하는 웅장한 소리를 아버지의 죽어가는 가슴에서 들었다. 한 생명이 끝나는 소리가 그렇게 웅장할 것이라고는 짐작조차 하지 못했다. 백제의 왕통을 잘 이어가라는 엄숙한 명령과도 같은 소리였다. 그 소리는 땅을 울리고 하늘에 닿는 소리였다.

그런데 왕자에게는 아직 풀리지 않은 의문이 있었다. 자신이 어떻게 태어났는가 하는 존재의 근원에 대한 물음이었다. 왕비라고만 불렀던 여인들이 있을 뿐 어머니라고 불러본 여인이 없었다. 사택녀를 사비성으로 들일 무렵, 같은 집안에서 두 대에 걸쳐 여인을 들이는 것은 뒤에 화가 될지도 모른다는 이야기를 어느 대신이 하던 것을 언뜻 들었을 뿐이다. 그 이야기는 왕자 본인이 악업의 한가운데 놓여 있다는 뜻이기도 했다.

법왕이 죽고 무왕이 왕위를 이어받는 과정과 그 이후의 사건은 대개 기록이 있는 것들이라서 어려움 없이 재구성을 할 수 있었다. 무왕의 행적을 대충은 복원할 수 있었다. 서진구는 그만하면 일이 어느 정도 진척되었다는 만족감으로 스스로를 위무했다.

그러나 선화공주와 무왕이 어떻게 연결되는가 하는 점은 여전히 앙버티고 있는 거대한 매듭이었다. 설화에서는 무왕과 선화공주의 관계가 왕통과는 연관이 닿지 않는 것처럼 되어 있기 때문이었다. 용과 관계를 해서 아들을 얻었다는 탄생담 또한 문제였다. 용이 왕을 상징하는 터에, 왕이 민가의 여자를 보아서 자식을 두었다고 되어 있는 점. 그 민가의 여자라는 것을 어떻게 해석해야 하는지 갈피가 잡히지 않았다. 그때 생각난 것이 박물관 학예사 민성백 박사였다. 민성백은 '삼국의 혼인제도 비교연구'라는 논문을 쓴 적이 있었다. 민성백 박사를 찾아가면 문제를 풀 실마리가 잡히지 않겠나 기대가 컸다.

서진구는 민성백에게 전화를 해서 만나자고 청을 넣었다. 다른 전화가 걸려와 그러니 잠시 기다리면 전화를 주겠다고 했다. 서진구는 금고에 넣어둔 불두를 꺼내놓고 백제인의 얼굴에 떠오르는 미소를 음미했다. 그것은 어쩌면 선화공주의 미소일지도 모른다는 생각이 들었다. 백제의 미소가 아니라 신라의 미소일지도 알 수 없었다.

"기다리게 해서 죄송합니다. 민성백입니다."

"목마른 사람이 샘 판다지 않던가요, 상관없습니다." 서진구는 그렇게 대답하면서 자기는 내게 목마른 일 없을라나 하는 생각을 했다.

"지금 용화고미술사에 있는데 거기로 오시지요, 불편하지 않으면."

"불편할 거까지야…" 서진구는 얼버무리는 투가 되었다. 혹시 박물관장이나 전유식 교수 같은 이들을 만나게 되지나 않을까 좀 부담스러웠다. 거기다가 아내가 집을 비운 터라, 돌멩이가 날아와 깨버린 2층 유리창에 신경이 갔다. 그리고 금동불두가 마음이 쓰였다. 서진구는 감상하던 금동불두를 금고 안에 다시 넣고 다이알을 돌렸다.

용화고미술상은 손님을 기다리기라도 하는 듯이 문이 열려 있었다. 우려했던 대로, 박물관장이며 전유식 교수도 같이 와서 기다리고 있었다. 박물관장은 전날 약속을 못 지켜 미안하다는 인사를 먼저 건넸다. 서로 대충 인사를 닦고는 민성백 박사에게 근황을 물었다. 민성백은 좀 난감한 얼굴을 하고 있다가는,

"대작 서사시를 쓰신다고 들었는데, 도와드려야지요." 하면서 서진구를 향해 몸을 돌려 자세를 고쳐 앉았다.

"사자사에서 무슨 보물이라도 나왔습니까?" 서진구는 민성백을 쳐다보며 구슬르듯이 물었다.

서진구는 사리봉안기를 지명법사가 썼다는 확신을 가지고 있었다. 사자사에서 더 나올 물건이 없다는 생각이었다. 그런데 민성백의 반응은 달랐다. 대어를 낚았다는 듯이 흥분된 얼굴로 이야기를 시작했다.

"다 아는 일들이니까 같이 이야기를 하지요. 적절한 때에 형님한테는 이야기를 하려고 별렀는데 지금이 그때 같습니다. 결과는

보아야 하겠지만 매우 중요한 발굴이 이루어지고 있습니다." 민성백이 자기 자랑을 썩어 이야기했다.

"발굴이라?" 서진구가 의자를 당겨 앉았다.

"차부터 한잔 합시다." 차 우려낼 물을 끓이는 동안 서진구는 안달이 나서 달박거리는 궁둥이를 눌러 놓느라고 땀을 흘릴 지경이었다.

"형님만, 아니 우리만 아는 일로 합시다. 지명법사가 보통 양반이 아니더란 말입니다." 민성백은 그렇게 이야기를 꺼냈다.

"그야 의당 그렇지 않구." 서진구의 응대였다.

"이제까지 밝힌 사람이 없습니다만 미륵사 창건 연기며, 금동 대향로를 누가 만들었는지 하는 사실이 곧 밝혀질 겁니다." 민성백은 자신만만한 투로 나왔다.

"민박사, 아니 민성백 형." 서진구는 민성백의 손을 덥석 잡았다.

"서둘지 마세요. 다 적어 두었습니다." 민성백은 수첩을 탁자 위에다 놓고 그 위에 찻잔을 올려놓고는 서진구를 건너다보았다.

"그런 일이라면, 내 민박사한테 할아버지라고는 못 할깝세. 그래 뭘 적어 놓았다는 건가?" 서진구는 열이 달아오르기 시작하는 눈치였다.

"사자사 앞 마당에 있는 연못 속에서 보물이, 다 썩은 보물이 나왔다는 거 아닙니까." 민성백이 서진구를 놀리는 투였다.

"보물은 뭐고 썩은 보물은 또 뭔가?" 서진구가 호기심 어린 얼굴로 물었다.

서진구는 박물관장과 전유식 교수를 번갈아 쳐다보았다. 무표정하게 앉아서 이야기를 듣고 있는 품이 별로 관심이 없다는 표정인데, 자기들은 이미 다 아는 이야기라 흥미 없다는 태도였다. 판이 돌아가는 모양이나 보자 하는 식이었다.

"이분들이 수훈공로자 아니겠습니까." 민성백이 앞에 앉은 전교수와 박물관장을 눈으로 훑어보며 이야기를 시작했다.

전유식 교수가 얼마 전부터 차를 몰고 사자사에 슬금슬금 드나드는 눈치였다. 처음에는 사자사에 그저 바람을 쐬러 가는 것이려니 했다. 주지스님이 사람이 좋고 곡차를 제법 하는 분이라 같이 어울릴 셈으로 드나드는 줄로만, 민성백은 짐작하고 있었다. 그런데 전유식 교수가 사자사 마당에 있는 우물에서 금동불을 찾아냈다는 것이었다. 고구려 양식의 금동불이 나왔는데, 미륵의 모양을 하고 있었다고 했다. 그게 박물관으로 와서 공개조사를 하는 중에 사자사에 다른 기록이 틀림없이 있을 거란 짐작을 했다고 하면서, 자기 아니면 그런 발견을 누가 할 것인가, 민성백은 사뭇 자긍 섞인 자랑을 늘어놓았다.

"전교수님이 회까닥했지 뭡니까." 민성백은 전교수와 서진구를 번갈아 쳐다보았다.

전유식 교수는 학교 강의 팽개치고 사자사 바닥을 뒤지는 데 몰두했다. 지명법사라는 인물이 미륵사 창건의 연기를 금판에 새겨 남기는 그런 데다 글을 쓸 정도면, 다른 기록이 분명 있으리라는 추측은 충분히 할 수 있었다. 그런 추측으로 잠을 못 자는 판인데, 꿈에 현몽을 했다는 것이다. 사자사 연못 가운데 봉황이 날

개를 퍼덕이며 금빛 가루를 흩뿌리고 날아오르는 가운데, 연꽃이
연달아 피어나더라는 것이었다. 그래서 사자사 연못을 조사하기
로 했다는, 꿈같은 이야기였다.

 "연못에서 나왔다는 게 뭐길래?" 서진구가 호기심 가득해서 물
었다.

 "목간이, 목간이 말입니다, 한 바지개는 되게 나왔는데 지금 그
내용을 필사하는 작업을 하고 있는 중이지요." 민성백이 의자를
뒤로 젖히면서 말했다.

 "천 년도 넘는 목간이 물속에서 삭지 않고 남아 있다?" 서진구
는 못 믿겠다는 듯이 의문을 달았다.

 "누가 그걸 꺼내 보았대도 돈이 안 되는 물건이니까 도로 처넣
었을지도 모르지요. 궁금하면 하나만 뺴드리지요." 민성백이 슬
그머니 밀어보았다.

 민성백은 용화고미술사 성면양 사장에게 눈짓을 했다. 성사장
은 캐비넷을 열고 그 안에 들어 있는 자개상자를 조심스럽게 꺼
냈다. 상자가 꽤 컸다. 높이와 폭이 각각 한 자는 됨직하고 길이
가 석 자 가까이 되는 크기였다. 언뜻 보아서는 작은 칠관(漆棺)으
로 보일 만큼 큼직한 상자였다.

 천 년이 넘는 동안 물속에 잠겨 있던 물건이라고 보기 어려울
정도로, 상태가 양호했다. 그런데 글자가 잘 안 보였다. 까뭇까뭇
한 빛깔의 목간 위에는 희끗희끗한 자국이 보일 정도였다. 읽어
내기가 쉽지 않을 것 같았다.

 "과학기술이 참 대단해요. 탄소연대측정방법으로 밝혔는데, 이

게 분명히 7세기 초-중엽 백제 무왕대의 유물이랍니다." 민성백은 당신 이런 거 모르지? 하는 식으로 나왔다.

"맨눈으로 읽어낼 수 있겠나?" 서진구의 의문이었다. 전유식 교수가 나섰다.

"내용이 잘 안 보이지요? 불심이 없어서 그래요. 고기 먹고 술 마시고 하니까 눈이 어두워지는 겁니다."

"판독을 어떻게 했다는 거요?" 서진구가 다시 물었다. 전유식 교수가 설명을 달았다.

오동나무 판자를 기름에 쪄내서 바윗돌로 눌러 부피를 압축하고, 그 위에 옻칠을 해서 목간을 만든 다음, 금니(金泥)로 글씨를 쓴 목간이었다. 그런데 금니가 세월의 물결에 닳아지는 바람에 육안으로는 판독이 어려운 형편이 되었다. 그런데 이 목간에다가 엑스레이를 투사하면 글자 모양이 훤히 드러난다는 것이었다. 서진구는 잠시 어리벙하니 앉아 있었다.

"이거 얼마나 대단한 건지 아세요? 형님의 가설이 맞아들어갈 것이고, 형님은 이제 사학자들과 겨룰 수 있는 실력을 보증받게 될 것이구만요." 민성백이 서진구에게 다짐받듯 말했다. 민성백은 서진구가 시와 그림을 지나 역사에 대해서도 깊은 관심을 가지고 있다는 것을 알고 있었다.

"그건 내가 바라는 바가 아니요. 좌우간 목간 내용이라는 것이나 좀 자세히 압시다." 서진구의 관심은 다른 데 있었다.

목간에 미륵사 창건의 이야기가 기록되어 있고, 무엇보다도 금동대향로의 행로를 알 수 있다면 백제 역사의 한 자락을 다시 쓸

수 있는 천재일우의 기회였다. 그런 기회는 시인으로서 혹은 향
토사학자라는 타이틀이 아직도 어울리지 않는 자신에게는 돌아
올 수 없는 일이었다. 아무튼 사리봉안기보다 더 중요한 사실들
이 역사의 음습한 그늘을 벗어나 햇살 밝은 천지에 빛을 뿌릴 순
간이 다가오는 것이 아닌가. 서진구는 근육이 바르르 떨릴 정도
로 달아올랐다.

　마치 무병이라도 들린 것처럼 이마에 땀이 배고 몸이 떨려오기
시작했다. 그런데 문득 다시 생각해 보니 그건 학예사 민성백 박
사의 일이지 자기 일은 아니었다. 자신은 민박사의 호의를 입어
참렬을 하게 된 것뿐이 아닌가. 그러나 서진구의 속생각은 달랐
다. 백제의 문화를 문학으로 복원할 의무가 자기에게는 분명 있
었다. 그래서 서사시를 구상하고 있는 중이기도 했다.

　"목간 전체 내용을 언제나 볼 수 있습니까?" 서진구가 민성백
에게 달려들어 물었다.

　민성백이 잠시 머뭇거리고 있는 사이 전유식 교수가 나섰다.

　"그렇지 않아도 용화고미술사 성면양 사장과 담판을 하려고 온
것인데, 우리 민박사가 하도 이재 선생, 이재 선생 하길래 연락을
했던 겁니다." 자기 공을 알아 달라는 눈치가 약여했다.

　"그렇게 배려를 하시다니 고맙습니다. 그런데 이 목간이 왜 박
물관으로 안 가고 여기로 와 있는 겁니까?" 전유식 교수가 서진
구를 흘긋거리는 눈으로 쳐다봤다. 검지 한 도막이 없는 손으로
담배를 꺼내 물었다. 이게 무얼 어쩌자는 것인가 하는 눈치였다.
용화고미술사 성사장이 나섰다.

"이건 개인의 발굴이지, 공공기관의 발굴과는 성격이 천양지차로 다른 겁니다. 그동안 우리 전교수님께서 사재를 얼마나 투자했는지 아시기나 합니까?" 모르면 가만 있어야 가운데라도 간다는 듯이 하는 말이었다.

"여재 선생도 댁에 물건 좀 있지요? 예하면 와당이라든지, 토기라든지, 불상이라든지, 하다못해 사자사를 그렇게 드나들었으니까 부처님 대가리, 아니 불두 같은 거라도 있으실 텐데, 우리 박물관에 기증해 주시면 영구히 잘 보관하겠습니다." 박물관장이 그렇게 뱉어냈다.

기증하는 물건이 얼마나 역사적 가치를 지니는가 하는 데 따라, 동판에 이름을 새겨 준다고 했다. 관장이나 여기 모인 사람들이 서진구 자기가 어떤 물건을 가지고 있는지를 판연히 아는 모양으로 나오는 터라 뒤가 찜찜하니 켕겼다.

"요새 문화재 보유 인사들의 가택을 중점적으루다가, 집중해서 노리는 문화재범들이 있다고 합니다. 그래서 우리 가게도, 별로 값나가는 물건이야 없지만, 자동셔터를 설치했습니다. 카메라도 달고요. 저거 보이시지요? 조게 크기는 고추만해도 성능은 무소불위랍니다. 돈 좀 썼지요." 성사장은 자기 집 카메라 설치한 걸 자랑하는지 당신도 그거 설치하라는 건지, 이야기를 길게 늘어놓았다.

"사실은 우리 박물관에 국보급 문화재를 하나 확보하려는 뜻에서, 평생 안 하던 이런 아쉬운 소리를 합니다만, 여재 선생의 도움과 협조가 꼭 필요합니다." 박물관장은 그렇게 허두를 꺼내고는 정황을 이야기했다. 허두에 이어지는 내용은 이런 것이었다.

전유식 교수가 금동미륵불상의 하반신을 하나 구했는데, 그게 삼국시대 고구려와 백제의 미륵반가상을 전형적으로 보여주는 물건이라고 했다. 몸통이 나왔으면 머리가 반드시 어딘가 묻혀 있을 거라는 믿음으로 불두를 찾기 시작했다. 그러나 나타나 주지를 않았다. 정황으로 보아서는 사자사 근처에 묻혀 있어야 하는데 누군가 불두만 먼저 입수해서 내놓지 않기 때문에 국보급 보물 하나를 완전한 형태로 맞추지 못한다는 설명이었다.

"이렇게 하면 어떻겠습니까? 에, 거시기 여재 화백께서 궁금해하는 기록이 고스란히 담긴 목간을 넘겨줄 터이니, 여재 시인은 소장하고 있는, 아니 우리가 그렇게 믿는, 그 불두를 박물관에 넘겨준다면 어떨까 하는데, 어떻소? 문화적인 측면에서, 문화를 사랑하는 사람으로서 상부상조하는 뜻으로 말입니다." 전유식 교수는 담배꽁초를 질겅거리면서 느긋한 태도로 천천히 이야기했다. 얼굴에 기름기가 내비치고 충혈된 눈에는 비지가 끼어 있었다.

"허허어, 아이를 배야 아이를 낳지요. 배지 않은 애 낳으라는 폭이지, 그런 제안을 하는 게 범죄의 소지가 있어 보이는데요." 서진구는 느긋했다.

"범죄? 내가 도둑이라도 된다는 말인가요?" 전유식 교수는 조바심이었다.

"전교수께서 우리 집을 그렇게 소상히 아시다니 말입니다." 당신 속 내가 다 안다는 듯이 하는 말이었다.

한편으로 옆을 질러 본다고 하는 소리였는데 박물관장이 나서서 하는 이야기는 방향이 달랐다.

"이럴 때, 사모님 입장도 좀 세워 주시지 그럽니까? 사모님이 우리 박물관 운영위원으로 일하시는 거 아시지 않습니까?"

"그야 뭐어…." 별로 신통치 않은 소리라는 듯, 서진구는 뒤로 물러섰다.

"경찰에서는, 엊그제 있었던 불은사 문화재 도난 사건에 사모님이 연루된 기미를 알아챈 거 같기도 하고." 알아서 하라는 식이었다.

아내를 걸고 나오는 꼴이라니, 가당치 않기는 하지만 아내의 이야기를 듣지 못한 터라서 의혹이 일어날 뿐이었다. 전에 언제던가 박물관대학에 나간다고 하던 기억은 어렴풋이 떠올랐다. 그리고는 죽 잊고 있었는데 무슨 박물관 운영위원이라니 가당치 않은 이야기였다. 거기다가 문화재 도난사건에 연루되다니…. 서진구의 눈앞에 아내의 얼굴이 떠올라 배시시 웃다가는 사라졌다.

"우리 용화고미술사 성사장과 이야기를 잘 해 보시지요. 미안합니다만, 나는 지사님을 뵈야 하는 일정이 있기도 하고, 또 이런 일은 내가 직접 나서서 할 일은 아니지 않습니까."

박물관장이 그렇게 자리를 뜨는 바람에 전교수를 비롯해서, 용화고미술사 성사장, 학예사 민박사만 남았다. 서진구는 장수가 물러가고 예하 장졸들한테 둘러싸여 앉은 꼴이 되었다.

"운수에 닿지 않는 물건은 사악한 기운을 지니고 있어서 주인을 해친다고 합니다. 제자리를 찾아 달라는 격이지요. 무속의 말로는 해꼬지를 한다는 뜻이지요." 전유식 교수는 슬금슬금 분위기를 이상한 방향으로 몰고가는 중이었다. 다시 담배를 빼 무는 손으로 눈이 갔다. 손마디가 잘린 손가락을 굽적거리는 모양이 무슨 음모를 구상하는 것처럼 보였다.

"이런 일이 있었지요. 미륵사지 발굴 현장에서 용이 새겨진 막새가, 근사한 게 나왔던 적이 있었습니다. 미륵과 용의 관계를 추적할 수 있는 상당히 가치있는 물건이었지요. 그런데 그게 없어진 거예요. 오래전이라 누구 이야긴지는 잘 모르겠습니다만, 보자기에 싸 가지고 집에 들어가서, 너무 흥분이 된 나머지, 누워 자는 마누라 면상 위에서 그걸 들고, 여봐라 보물이다, 여봐라 보물이다 그렇게 장난을 치다가 놓치는 바람에, 마누라가 즉사를 했다는 거 아닙니까?

또 이런 일도 있어요. 청동검을 하나 입수한 나까마 업자가 그게 정말 잘 드나 보자고 자기집 개한테 칼을 들고 달려들었다가 개가 자기를 찔러 죽이는 줄 알고 공격을 하는 바람에, 주인이 물려 죽었다는 이야기 아시지요? 물각유주라고, 물건마다 다 주인이 따로 있는 법입니다. 말하자면 인디아나 존스도 그런 이야기 가닥이 아니던가요." 서진구는 어떻게 대응을 해야 하는지 맘을 졸이고 앉아 있었다. 다시 전교수가 나섰다.

"관장님이 그런 요구를 공으로 하겠어요? 오는 정이 있어야 가는 정이 있다구, 까놓고 말하자면 사모님이 박물관 운영위원 맡은 것도 다 관장님의 배려 아니겠습니까?"

이야기가 다소 위협조로 나가고 있었다. 금고 속에 넣어둔 불두가 눈앞을 오갔다. 그리고 아내가 도난사건에 연루되어 있다는 말이 께름하게 가슴을 짓눌렀다. 어지럼증이 일었다. 사람들의 얼굴 윤곽이 희미해 보이기 시작했다. 졸음이 오는 것 같기도 했다.

"여재 시인께서 피곤해 보이니 이야기를 간단히 하지요. 저야 끼어들 자린가 모르겠습니다만, 말하자면 미륵을 가지고 다투는 꼴인데 말입니다. 용화세계를 56억 7천만 년을 기다려야 한다면 그게 어디 용화세계랄 수 있습니까? 여재 시인 안 그렇습니까?" 전유식 교수는 미륵신앙을 들고나오는 꼴이었다.

"종교라는 게 시적인 세계라서 그렇겠지요." 서진구는 그런 모호한 대답을 했다. 스스로 생각해도 종교와 시가 어떻게 연관되는지 설명이 안 되었다. 전교수가 다시 말을 이었다.

"당래하생이라야 합니다. 예수도 그렇지 않던가요? 때가 이르렀다고 하니까, 지금 회개하지 않으면 지옥으로 떨어진다고 하니까, 사람들이 구름처럼 모인 것이지요. 만일 예수가 오억 년 기다리면 천국이 도래한다고 했다면, 누가 그 밑에 머리 디밀고 달려들겠어요."

"두 종교는, 불교와 기독교는 세계관이 다르지 않던가요?" 별로 설득력 없는 대응이었다. 전교수가 반격을 해왔다.

"다르긴, 거 모두 사람 일인데도? 그러니까 우리 속담이 맞아요. 개똥밭에 굴러도 이승이 좋다고 그 속담 말인데요, 그런 세계관이 미륵신앙과 연관된 백제불교의 특징인 것 같습니다." 시각을 달리하면 그렇게 볼 수도 있을 듯했다. 서진구가 그동안 읽은 책들에서 비슷한 논지가 전개되었고, 학계에서도 그런 방향으로 합의가 되어 가는 중이었다. 그런 논리는 한국기독교의 현세주의를 비판할 때도 유사한 맥락에서 동원되었다.

"아무튼 내가 내 눈으로 확인한 게 아니라서 잘 모르는 이야기지만, 불두를 금고 속에다 처박아 두었다가 도둑이라도 들면 어떻게 되겠습니까? 내놓으시는 게, 불광이 세상을 두루 비치는 것처럼, 좋은 일이 아닐까, 그렇습니다." 서진구는 잠시 움찔했다.

이 사람들이 도대체 무얼 어떻게 알고 이런 이야기를 주절거리는 것인지, 근원을 짐작할 수 없어 혼란의 수렁으로 빠지는 느낌이었다.

박물관장이 전화를 해서 학예실장 장선진을 불러내는 눈치였다. 서진구는 가슴으로 뭔가 뜨끔한 열기 같은 것이 올라오는 것을 느꼈다. 진한 술이 목에 들어갔을 때 식도를 타고 내려가는 짜르르한 감각 같기도 하고, 칼로 손을 깊이 베었을 때 등골을 타고 지나가는 전율 같은 느낌이었다. 일방적으로 밀리는 처지에서 자리를 뜨는 것도 우스운 일이었다. 그렇다고 앉아서 이야기를 계속하기는 더욱 답답했다. 정체를 알 수 없는 안개 같은 불길한 느낌이 끈적끈적 묻어났다. 그때 전유식 교수가 입을 열었다.

"여재 시인 말이요. 거어…" 둔중한 목소리로 깔고 나오는 품이, 그래 잘 걸렸다, 하는 교사스런 느낌을 자아냈다.

"무슨 말인데 그렇게 어렵게 하십니까." 서진구가 전교수를 정면으로 치올려보았다.

"거어, 여재 선생이 그럴 사람이 아닌데, 그렇다고 아닌 땐 굴뚝에 연기가 날 리도 만무하고, 아무튼 이상한 소리가, 뭐랄까 흥미있는 얘기가 들리던데, 잘 알지요, 여재 시인도 말이지요, 우리 사학자들이 번역한 사리봉안기가 몽땅 가짜라면서, 그런 작자들이 우글거리는 우골탑 같은 대학에다가 애들 맡기는 부모들이 불쌍하다고 했소? …."

"천만에 아닙니다. 죄받을라구 그런 소릴…"

"아니기는, 나도 귀가 있어서 다 들어요. 아니면, 언론에서 어떻게 그런 이야기를 짯짯이 알고 있단 말입니까. 참 귀신이 밤중에 곡을 할 노릇이요만, 우리 학자들을 그렇게 우습게 보면 뒤끝이 안 좋을 겁니다." 협박을 하는 셈이었다.

"무슨 이야기를 누가 그렇게 틀어댔는지 모르지만 오해가 있는 모양입니다." 서진구는 주먹을 쥐어 탁자 위를 퉁퉁 치면서 오해, 오해를 속으로 외치는 중이었다.

"오해 같은 소리 하지 마시오. 역사학자들이 말이요, 여재 시인이 생각하는 것처럼 그렇게 허접한 작대기들이 아닙니다. 사관이 뚜렷하고 나름대로 학계에 기여를 하는 사람들입니다. 섣부른 글쟁이들이 불특정 다수를 가정하고 아무 이야기나 하는 모양인데, 우리라고 그렇게 쉽히고만 있을 것 같습니까?" 전유식 교수는 필요 이상의 열을 내고 있었다.

"그런 이야기를 한 적도 없고, 설령 사실이 그렇다고 해도 내가 나설 마당이 아닌데 분명 뭔가 오해가 있는 거 같습니다." 서진구는 여전히 오해 타령이었다.

"그 오해 소리 작작하시오. 그리고 들리는 말로는 내외가 문화재 호리꾼들을 끼고돈다고 하던데, 집에 개는 충분히 길러야 할 것이요." 개를 충분히 길러라? 서진구는 혼자 웃었다. 전유식 교수는 손가락을 입에 넣고 질겅거리고 있었다. 손가락을 타고 침이 흘렀다.

"나는 백제시대 감성의 역사를 쓰고 싶을 뿐이지 학자들의 업적을 들러엎을 생각은 손가락 마디만큼도 없는 사람입니다." 서진구의 말에 전유식 교수의 눈빛이 번뜩 하다가 가라앉았다.

"감성의 역사는 사실을 바탕으로 하는 거 아닙니까? 결국 우리 학자들의 연구 결과를 이용하는 이들이, 학자들을 눌러 놓고 밟으려 해서야 쓰겠습니까?" 전유식 교수의 어투는 다소 누그러졌다.

옆에서 지켜보고 있던 용화고미술사 성사장이, 안되겠다 싶었는지 끼어들었다.

"모가지가 덜렁 떨어져 나간 불상 쳐다보는 것보다야, 불두와 동체가 조화롭게 어우러진 전신상을 보는 게, 종교적으로나 예술적으로나 월등하게 낫겠지요. 아무리 부처님이라지만 모가지만 굴러다니는 거 쳐다보기는 죄스럽지 않습니까?" 말인즉슨 옳은 말이었다. 서진구는 그래서 어쩌자는 것인지 다음 이야기를 기다렸다.

"사람도 그렇지요. 난 서양 사람들이 세례 요한이 자기 모가지 들고 있는 모양을 보면 구역이 일더라구요. 문화재적 가치가 높을라면 전신이라야 합니다. 그러니…." 성사장은 한 자락 쉬는듯하다가 말을 이었다.

"전유식 교수께서 사재를 털어 발굴한 목간 내용을 이재 선생

이 갖다 이용해서 작품을 만드시고, 죄송합니다만 사적으로 소유
하신 불두는 우리 용화고미술사를 통해서, 절차를 거쳐 박물관에
내놓으시지요." 왜 자기를 통하라는 것인가 의문이 들었다. 아마
거래를 하는 데는 그게 문제를 안 일으킬 거라는 판단을 한 모양
이라고, 서진구는 짐작을 하고 있었다.

"불두는, 있지도 않은 불두를 어떻게 내놓는단 말입니까? 참
답답합니다." 서진구는 눙치면서 물러나 앉았다.

"정말인가요? 본 사람이 두 눈 황황 뜨고 있는데, 무릎맞춤을
해도 되겠습니까?" 성사장이 서진구를 다그쳤다.

안 될 일이었다. 학예사 장선진의 얼굴이 눈앞을 퍼뜩 스친 것
은 그때였다. 일이 그렇지를 않습니다, 하면서 어정쩡하니 자리
를 일어서고 말았다. 저들이 어떻게 내가 불두를 가지고 있는 것
을 알아냈을까. 아무리 둘러 생각해 보고 짐작을 해 보아도 감이
잡히지를 않았는데, 장선진을 끼워 넣으니까 금방 맥이 짚히게
되었다. 장선진이 입을 나불대지 않았다면 금동불두를 이들이 냄
새를 맡을 턱이 없었다. 그런데 아내가 문화재 도난사건에 연루
되어 있다는 이야기는, 사실 여부를 떠나서 여전히 신경을 까칠
까칠 거슬러놓았다.

집에 돌아왔을 때, 흰둥이 '워리'가 입에 거품을 물고 핏발 선
눈을 처량하게 굴리며 신음하고 있었다. 흰둥이는 아내가 외출에
서 돌아올 무렵 해서 핏덩이를 토하고 죽었다. 죽은 개를 보고 아
내는 질겁을 해서 씨씨티비를 읽어 보아야 한다고 했다. 그러나
거기서는 아무 내용을 확인할 수가 없었다. 문화재 도난 사건에

연루되어 있다더라는 이야기는 입밖에 내지를 못했다. 차곡차곡 다가오는 검은 그림자가 아내의 얼굴을 뒤덮는 것 같은 느낌 때문에, 어디 피곤한 일이 있었느냐고 물었을 뿐이었다.

　서진구는 며칠 집밖을 나가지 않았다. 아침에 일어나면 간단한 체조를 한 다음 세수를 하고는 방으로 들어가 금동불두를 꺼내 들고 명상에 빠졌다. 보면 볼수록 마음속 깊은 데서 울려오는 감동이 살아나는 작품이었다. 삼산관을 쓴 얼굴은 동그스름하면서 볼이 도독하게 솟아올라 젊은 소년의 얼굴을 그대로 닮아 있었다. 오똑하면서 선이 곱게 흘러 내려가다가 콧부리에서 앙징맞게 마무리된 코의 선과, 거기 연결되어 시원하게 뻗어 올라간 눈썹, 그 눈썹 밑에 그윽하게 감고 있는 눈이며, 크지도 작지도 않는 입술은 금방 도솔천의 연꽃 향기를 불러오며 달싹거릴 것 같만 같았다.

　책상 위에 창에서 비쳐드는 광선이 역광이 되도록 놓고 바라보면, 세상의 번뇌와 하잘것없는 환희를 다 삭이고 난 뒤에 돋아나는 적멸의 표정이 피어나는 것이었다. 그런 불두를 몸매나 앉은 자세 옷자락의 조각술 그런 것을 논의하는 몸체에 비할 수 없는 일이었다. 죽으면 불두를 함께 묻어 달라는 유언이라도 하고 싶을 지경이었다.

　경찰에 도움을 요청해 두어야 하겠다는 생각이 들었다. 그런데 아내가 문화재 도난 사건에 연루되어 있다던 이야기가 걸리적거려 그럴 수도 없었다.

속을 부글거리고 있는데 학예사 민성백 박사 편에서 연락을 해왔다. 목간의 내용을 모두 판독했다면서, 원한다면 내용을 서진구에게 먼저 넘겨줄 수도 있다는 전언이었다. 서진구는 목간의 내용을 자신에게 공개하겠다는 것은 어느 정도 비밀스런 내용은 다 드러난 것이기 때문에 거저 넘겨준다는 정도로 이해를 했다. 어떤 요구를 해올지 몰라도 일단은 고마운 일이었다. 그러나 그쪽 사람들을 만나기가 좀 꺼림칙했다. 누군가 사람을 만나러 나간 사이, 집안에 어떤 예기치 못한 일이 벌어질지 알 수 없었다. 그것은 짙은 그림자로 다가오는 두려움이었다. 그러나 목간의 내용이 궁금해 좀이 쑤셨다. 선화공주와 무왕의 관계며 미륵사지 창건 연기설화를 고스란히 담고 있을 목간을 그대로 방치할 수 없었다. 결론이야 어떻게 구정이 나든지 만나야 할 일이었다. 민성백 박사에게 전화를 했다.

"아, 여재 선생께서 그렇게 너그럽게 제안해오실 줄 진작 알았습니다." 그렇게 치하를 하고는 냉면 전문점 '부여옥'에서 만나기로 약속을 잡았다.

서진구가 냉면집 부여옥에 갔을 때, 민성백 박사가 먼저 와 기다리고 있었다. 서진구는 고맙다는 인사를 닦았다. 그리고는 입을 다물고 민성백의 말이 떨어지기를 기다렸다. 학예사 민성백 박사가 먼저 입을 열었다.

"제 입장은 그렇습니다." 서진구는 아무 말없이 그대로 들었다.

"어떤 물건이 박물관에 보관이 되고 못 되고가 중요한 것이라기보다는, 그러한 물건이 있음으로 해서 거기서 번져나갈 수 있는 문화적 생산성, 컬추럴 프로닥티비티 그게 더 중요하다는 생각입니다. 목간 내용을 보시고 그걸로 사람의 심금을 울리는 시를 쓰거나, 시극을 만들거나 영화를 만들어도 좋지 않겠어요. 여재 선생께서 장기간 구상한 서사시를 구성해도 좋을 거고요. 그래야 우리가 발굴한 목간이 문화재로서 제값을 하는 거 아닙니까?" 문화적 생산성을 이야기하면서 목간 내용을 이용하라는 아량이 여간 고맙지 않았다. 서진구가 목을 주억거리고 있는데 민성백이 쐐기를 치고 나왔다.

"그렇다고 목간의 내용을 여재 선생이 독점하는 것은 문화윤리에 어긋나는 일일 겁니다." 독점이 안 된다는 것은 공개를 한 다음에 넘겨주겠다는 것인데, 그럴 바에야 보고서가 나오기를 기다리는 게 순서 바른 일 아닌가 싶기도 했다. 그러나 세상에 다 공개된 자료를 가지고 글을 쓰자면 자연 김이 빠질 수밖에 없었다. 서진구가 토를 달았다.

"문화적 생산성을 위해서라면, 단연 예술가들이 먼저 보고 창조적 상상력을 키워야 하지요. 그렇지 않습니까?" 학자들과 예술가를 비교해서 하는 이야기는 극구 참았다. 학예사도 학자인지라 심정을 건드릴 위험이 있었다.

"제 입지는 제 사상과 인생관과는 또 달라서 말입니다, 문화적 생산성보다는 문화재의 관리와 보존에 중점을 두어야 하는 건 아시지요? 그래서 이번 자료도 원본을 제공해 드리기보다는 내용을 요약해 드리고자 하는 겁니다." 민성백은 자기 입지를 끼워넣었다.

"그런 정보를 주시는 것도 특별한 배려지요. 좀 들어 봅시다."
학예사 민성백은 서진구 앞에 복사용지에 프린트 된 문건을 내놓
고는 내용을 풀어갔다.

위덕왕은 부왕이 전사하자 30세 나이로 왕위를 물려받는다. 태
자로 지명해 두었던 아좌를 일본으로 보낸 것은 왕의 나이 54세
가 되던 해였다. 나이로 봐서는 이미 임금의 자리에 올라도 충분
했다. 그러나 일본을 눌러두기 위해서는 미끼를 하나 던져두어야
했다. 학문적으로 높은 내공을 쌓기는 했지만 성격이 유약하고
예술적 감수성이 지나치게 예민한 터라, 고구려와 신라, 그리고
수나라 사이에 끼어 있는 백제를 맡아서 나라를 운영하는 데는
적절치 않다는 게 부왕의 판단이었다. 왕은 성격이 활달하고 불
법 수행에 도저하며 인간관계에 능한 조카 부여장을 눈여겨보았
던 것이다.

그런데 위덕왕의 동생 계(季) 또한 자기 아들에게 자리를 넘겨
줄 수 없을까 염두에 두고 기회를 엿보았다. 위덕왕으로서는 난
처한 일이었다. 계의 아들 선(宣)의 나이 또한 태자를 일본으로
보내던 그 나이를 지나 있었다. 그런데 둘 다 위인이 유하고 극락
왕생의 신심이 과도하리만치 돈독해서, 용화세계의 미륵을 찾아
나서서 현실에는 별반 관심이 없을 뿐만 아니라 위급한 상황에
처했을 때 타개할 수 있는 지모가 모자랐다. 왕홀을 넘겨줄 수 있
는 인물들이 아니었다. 위덕왕이 바라보는 것은 조카 장이었다.
조카 장이야말로 부여왕통(扶餘王統)을 이어 왕업을 완수할 수 있

는 인물이었다. 조카 장이 경영해야 하는 왕업 가운데는 아버지
의 원혼을 달래기 위해서라도 신라를 정벌하는 일이 포함되어 있
었다. 그리고 아득한 세월 저쪽에 극락을 두는 발상은 백성들의
소원을 외돌려 놓는 처사라는 것을 조카 장은 훤히 알고 있었다.

기실 그런 내용은 기왕의 전적을 통해 누구나 알고 있는 터라,
서진구가 구상하는 서사시를 위해서 별로 도움이 되는 게 없었
다. 목간은 감춰두고 그 가치를 위장해서 사람을 우롱하는 것은
아닌가 하는 의문까지 들었다.

"지금 하는 이야기를 모두 목간에 기록해 두었다는 겁니까?"
학예사의 이야기를 듣고 있던 서진구가 반신반의 하듯이 물었다.

"맥락이 없으면 이야기가 안 되지요. 우리 이야기 어법이 중요
한 대목은 늘 뒤에 있게 마련이 아니던가요. 간단히 이야기를 하
기로 하지요." 학예사 민성백은 이야기를 이어갔다.

무왕의 왕좌는 미리 할아버지 위덕왕이 정해 놓은 것이나 마찬
가지였다. 그만큼 선왕의 소원이나 행적에서 자유로울 수가 없었
다. 부담이 되기는 부왕인 법왕의 경우도 다를 바가 없었다. 아니
오히려 더 애잔하고 속이 아린 기억의 갈피들이 아버지 법왕의
생애에 아로새겨져 있었다. 법왕으로 시호가 된 부왕의 생애는
그림자 같은 것이었다. 그 자신이 맑은 햇살을 받고 앞에 나설 기
회가 없었다. 그래서 치달려 간 것이 금살로 표현되는, 만물이 동
등한 권리를 갖는 보편주의였다. 보편주의는 사물의 질서와는 다
른 허구였다. 모기는 개구리가 잡아먹고, 개구리는 뱀이 삼키고,

뱀은 수리가 채가기도 하는 것이 자연의 질서였다. 먹어야 사는 생명체들의 삶의 원리는 내리사랑을 이야기하는 인간들의 이념과는 거리가 너무 컸다. 왕이 사물의 질서를 넘어서는 그 아득하고 현요한 세계는 자기 스스로 생불이 되어야 한 자락이 손에 잡히는 것이었다. 그것이 이른바 용화세계였다.

"그래서 무왕이 한 일이 무어라는 겁니까?" 서진구가 툭하니 던지는 질문이었다.

"상상이야 시인의 전업이 아닌가 싶은데 말입니다. 여재 선생이 관심을 가지는 것은 금동대향로에 새겨진 이야기, 그 내러티브가 무엇인가 하는, 바로 그거 아닙니까." 민성백이 반문하듯 물었다.

"그래서 목간에 금동대향로와 연관된 무슨 단서라도, 단서가 될 만한 암시라도 있다는 겁니까?" 서진구가 캐고 들었다.

"사람들은 무어든지 하나 대단한 것이 발견되면 그게 유일한 거라고 전제하거나 믿는 버릇이 있지요. 그런데 내 생각으로는 그런 옹졸한 생각을 버려야 상상력이 훨훨 날개를 단다는 겁니다. 고고학에서도 마찬가지지요." 민성백의 말이었다.

"잠깐…."

서진구는 학예사의 손을 붙잡았다. 금동대향로가 하나가 아닐 수도 있다는, 여러 작품이 있었는데 그 가운데 하나를 찾아냈을 뿐이라는 주장을, 자기와 똑같은 견해를 피력하는 중이었다.

통설로 전해오는 백제금동대향로의 제작연대는 성왕대로 잡고 있었다. 서기 6세기 초, 520년에서 530년 사이라는 게 통설이었다. 성왕이 백제의 수도를 사비성으로 옮기고 지방 호족들의 세를 규합하기 위해 부여의 북방민족의 이념체계를 수정해야 하는 절박한 상황에서 신궁에 제사를 올리면서 사용할 제기(祭器)의 하나로 만든 것이 그 유명한 금동대향로라는 것이었다. 그런데, 성왕이 했던 국가적인 과업을 떠맡은 무왕이 그러한 이전 행적을 다시 봉행하지 말라는 법이 어디 있을 것인가, 하는 생각이 번개처럼 머리를 치고 지나갔다.

"아 그건, 그건 법왕의 행적을 조각으로 그려낸 것이 틀림없어요." 서진구는 자신에 찬 어투로 말했다.

"글쎄요." 학예사 민성백은 고개를 갸웃했다. 서진구는 민성백의 저의를 알 수 없었다. 민성백이 말을 이었다.

"그렇다고 해도 여전히 의문이 있지요. 그 향로가 왕궁에서 만들어졌다면 왜 부여에 가 있는가 하는 의문이 생기지 않겠습니까? 또 미륵사 근처 왕궁에서 만들었다면 왕궁에도 있어야 마땅한 거 아닌가 그런 생각이 드는 겁니다." 민성백이 제기하는 의문에는 타당한 이유가 있었다. 서진구는 좀 물러서야 할 형편임을 알아챘다.

"그건 다시 내가 정리해 보도록 하겠습니다." 그리고는 자기 생각을 펼쳐보였다.

금동대향로가 유일본이라는 가설이 잘못된 것인지도 몰랐다. 금동대향로가 미륵사 근처나 왕궁터 같은 데서 발견되지 않는 게 문제였다. 아무리 상상력을 발휘해서 미륵사라든지 왕궁터에서 금동대향로를 만들었다고 추정해도, 부여 능산리 유적지에서 발견된 향로가 유일하다는 사실을 넘어설 수는 없었다. 증거자료가 없는 상상을 엄격하게 금지하는 것이 이른바 학문하는 이들의 경계였다.

부여 능산리에서 발견된 금동대향로 말고 다른 목적과 의도로 만들어진 향로가 있다는 가설은 가설로 남을 뿐이었다. 능산리 유적의 향로를 유일본으로 삼아 해석을 가할 수밖에 없는 형편이었다. 서진구는 무왕의 탄생과 연관된 설화가 당시 정치적 정황과 어떤 연관이 있는가 하는 게 더 궁금했다. 그 문제만 실마리가 잡히면 대서사시를 쓸 수 있겠다는 생각을 가다듬어 오던 차였다.

"무왕의 탄생과 연관된 새로운 단서는 혹시 없습니까?" 서진구는 입맛을 다시면서 물었다.

"이런 문장이 있는데 보시지요." 학예사 민성백은 자기가 들고 온 자료를 풀풀 넘겨 접어 두었던 페이지를 펼쳤다. "내가 읽거보겠습니다." 궁뜰〔宮坪〕은 용화산 아래 남쪽으로 펼쳐져 가히 백성을 먹일 만했다. 왕실에서 마를 기르는 밭이 있었는데 왕자가 친경을 했다. 왕자의 친경에는 좌평 이하 고관들이 동행했고, 그들의 자녀들도 일을 도왔다.

"이렇게 되어 있습니다. 뭐 짚히는 데가 있습니까?" 학예사가 서진구에게 다가서서 물었다. 서진구는 가슴에 손을 얹고 잠시 망연히 앉아 있었다. 그러다가 손뼉을 치면서 감탄어린 말을 내뱉었다.

"아하, 저런, 그렇지 않고 배길 수가 없는 터. 서광이 보입니다.

서광이 보여요."

"흥분된 상상은 시인에게도 화가에게도 해꼬지를 하게 됩니다." 학예사는 냉연한 투로 말했다.

"그 뒤에는 어떤 내용이 더 있습니까?" 서진구가 대답을 재촉했다.

"들어 보실랍니까?" 학예사가 들고 있던 문건을 소리내어 읽었다.

안타까울진저, 제석사가 벼락을 맞아 불에 타고, 신라가 침입해 오매 관궁사마저 화재를 입었다. 그 화재로 말미암아 좌평 등의 집이 있던 궁뜰이 불타서 재만 산처럼 쌓였다. 탑만 외로이 남았다. "이렇게 되어 있어요. 그렇다면 이미 백제 무왕 때에 오층석탑이 화재를 입었다. 그런 이야긴데, 그 탑에 화재를 입은 흔적이 없다는 게 문제인 거 같습니다." 학예사의 의문이었다.

"아하, 허어 참, 마을이 불탔다고 석탑까지 불에 타란 법이 어디 있던가요." 서진구의 답이었다.

학예사가 이야기한 걸로는 법왕의 생애를 '백제금동대향로'에 그대로 조상(彫像)하여 명품을 완성했다는 내용을 유추할 수 없었다. 이 부분은 학문적 검증의 대상이 아니라 작가의 상상력 영역이기 때문에 작품에 나타나는 리얼리티로 평가를 해야 하는 영역이었다. 다른 말로 시적 영역이라는 뜻이 되는 셈이었다. 시적 상상력은 역사적 상상력과 달리 인과성보다는 상상의 일관성과 이미지의 통일성이 더욱 중요한 요건으로 부각되기 마련이었다. 이러한 상상력이 서사와 만나 시적인 서사의 가능성이 드러나는 것일 터였다. 그렇다면 이만한 자료만으로도 충분히 이야기를 엮어 갈 수 있을 것 같은 확신이 가슴속에서 흘러 넘쳤다.

작품을 완성할 수 있을 것 같다는 신념을 얻은 기쁨은 그야말로 넘쳐났다. 일을 서둘러야 했다. 자리를 뜨려고 할 무렵, 박물관장이 전화를 해왔다. 박물관장은 서진구가 학예사에게 목간 내용을 설명들은 것을 다 아는 모양이었다. 그리고 문화재를 내놓으라는, 위협에 가까운 제안을 해왔다.

"은혜까지야 아닐지 모르지만, 우리로서는 여재 선생한테 할 만큼은 했습니다. 문화재 하나 제대로 살려 우리 박물관의 위상을 높이고자 하는 뜻 말고, 다른 아무런 사심이 없지 않습니까? 협조를 하시지요."

정신이 바짝 들었다. 피거품을 물고 죽어가던 흰둥이가 떠올랐다. 그리고 보살처럼 웃는 아내의 얼굴이 알아들을 수 없는 윙윙거리는 소리에 묻혔다.

"그 이야기라면, 누가 뭐래도 전에 했던 것과 같은 이야기를 할 수밖에 없습니다. 참 딱한 형편입니다." 서진구는 그렇게 박물관장을 눌러 보았다.

"사실 우리들이 협조를 한다는 게 별거 있습니까." 박물관장은 느긋하게 나왔다.

"하기야 그렇지요만." 서진구 또한 톤을 낮췄다.

"그렇지요만, 그렇게 빼지 말고, 내놓을 거 내놓아야 문화를 다루는 사람으로서 도리를 다하는 게 아닙니까?" 박물관장의 어세가 다시 거세졌다.

"참 답답합니다. 문화도 문화지만 사실이, 사실이 아닌 것을 인정하라고 강요하는 것은 옳지 않습니다." 서진구는 더 이야기를 이어가기 싫었다.

"아무튼 기다리겠습니다. 헌데 말입니다, 우리 박물관 개원 기념특별전 준비에 협조를 해 주실 줄로 믿고 거듭 부탁입니다. 사모님을 생각해서라도 협조를 바랍니다." 박물관장이 다시 협조를 촉구했다. 그것도 아내를 거들면서였다.

"그야 그렇다고 해도, 크게 기대하지는 마시지요." 서진구는 그렇게 못을 박았다.

"여재 시인이 질기기가 쇠심줄이네. 알았소. 두고 보소. 크게 뉘우칠 날이 닥칠 겁니다." 박물관장은 서진구를 겁박하고 있었다.

학예사와 술을 한잔 하고 집에 도착했을 때, 아내가 119 구급차로 실려 나갔다고 경비원이 이야기했다. 신문에서 보던 흉사가 현실로 전개되는 판이었다. 머리끝이 쭈뼛하고 등에 소름이 끼쳤다. 서진구는 수소문을 해서 아내가 실려간 병원으로 달려갔다.

서진구가 학예사와 목간에 기록된 이야기를 하는 동안, 그의 아내는 서재에서 남편의 원고를 정리하고 있었다. '서동설화의 역사성과 상징성'이라는 글이었다.

서진구가 제기하는 문제는 이런 것이었다. 과수댁이 용과 관계해서 아이를 낳았다는 것은 일상적인 논리로는 설명이 안 되는 일이다.

　왕은 당시 별궁을 운영하던 궁뜰에 행차를 하게 되었고, 거기서 향토세력으로 부각되던 좌평이나 달솔의 딸과 관계를 했을 것으로 보아야 한다. 왕으로서는 궁뜰 지역의 토호들을 자기 세력으로 이끌어들일 좋은 기회였다. 좌평 쪽에서는 그런 관계를 만들어 두어야 중앙으로 진출하는 전초기지로 삼을 수 있었다. 양쪽에 득이 되고 착실한 실익을 챙길 수 있는, 일종의 정략적 혼사 관계였다. 그런 관계 속에서 왕자 장을 낳았을 것으로 추정하고 있었다.

　마를 캐서 근근이 생계를 유지하는 주제에 아무리 능력이 뛰어났다고 해도, 그가 임금으로 등극하는 것은 정치적으로 논리가 서지 않는 일이었다. 백제에는 왕을 추천해서 등극하는 제도나 법이 없었다. 서동이 마를 캐서 어미를 봉양했다는 것은 설화일 뿐, 사실은 마를 재배하는 기술을 전국에 퍼뜨렸던 당당한 왕자의 이야기라는 것이 서진구의 논지였다.

　총명이 남다르고 덕성과 자질이 출중했던 서동은, 마를 재배하기 좋은 여건이 갖추어진 궁뜰에서 세력을 구축하고 있었다. 좌평 집안의 처녀와 사귀게 되어 사랑에 빠졌다. 그런데, 사비성에서는 이미 결혼을 약속한 상태였다. 서동이 궁뜰에서 너무 과하게 웃자라는 것을 염려한 끝에 내린 결단이었다. 서동은 왕자로 사비성에 불려갔다. 그러나 혼례를 올리기는 고사하고 야반도주를 해서라도 궁뜰로 돌아갈 궁리에 몰두했다. 산심이 되어 맥을 놓고 멍하니 앉아서 먼산바라기로 한나절을 보내곤 했다. 그러다가는 산으로 들로 날치며 사냥을 일삼았다. 스스로 제어할 수 없는 정념이 안에서 들끓어 올랐기 때문이었다.

궁정에서는 왕비가 될 사람, 태자비를 일찍 불러들여야 한다는 중론이 일었다. 중론을 따라 궁궐로 불려들어온 것이 좌평 사택 적덕의 딸이었다. 태자비는 심성이 곱고 지혜가 출중했다. 왕비로 손색이 없었다. 궁에서는 미륵의 현신이라는 이야기가 돌기 시작했다. 왕자가 총기가 있어 저렇게 현숙한 배우자를 골랐다고 칭찬이 날로 높아갔다. 왕자도 생기를 되찾았다.

특히 태자비에 대한 부왕의 사랑은 각별했다. 궁정에서는 지명 법사를 불러 태자비에게 불법을 강하도록 했다. 배움이 날로 깊어졌고 지혜는 빛을 발하기 시작했다. 이 부근부터 여재의 글은 논문의 성격을 벗어나고 있었다. 자료와 고증은 증발하고 상상과 추단으로 밀고 나가는 허구를 꾸미고 있었다.

산으로 떠돌며 사냥에 빠져 살던 태자의 행동도 점차 순치되어 갔다. 부왕은 아들과 며느리가 뜰을 거닐며 이야기를 나누거나 못가에서 연꽃을 바라보고 앉아 있는 모습을 볼 때마다, 저야말로 미륵의 현신이라며 사택녀의 연꽃 같은 자태에 빠져들었다. 자신의 생애와 비교해 보면, 아름답되 회복할 수 없는 비애의 감정을 불러오는 것이었다. 그리고 앞으로 당해내야 하는 일들이 과연 제대로 감당이 될까 걱정이 커지기 시작했다. 거기다가 몸이 많이 쇠해서 얼마를 견딜지 앞을 내다볼 수 없는 지경으로 치달았다. 그런데 태자와 사택녀 사이가 너무나 농밀해서, 그렇게 방치해 두었다가는 사냥을 하면서 산으로 들로 치닫던 때보다 더욱 자신을 가누기 어려울 것이라는 걱정이 생겼다. 아들 내외를 잠시 거리를 두고 지내도록 해서 열이 식지 않으면 왕노릇 하기 어렵겠다는 두려움마저 몰려들었다.

태자를 신라로 보내기로 했다. 좌평댁 자제 둘을 딸려 보냈다. 하나는 사택적덕 집안의 아들이었고 다른 하나는 좌평 해수의 아들이었다. 명분은 그동안 서로 갈등을 겪으면서 지냈는데, 앞으로 그러지 않기 위해서 백제의 왕자가 신라에 가서 화랑도를 배우고자 한다는 것이었다. 부여장으로서는 사택녀만 아니면, 매우 호감이 가는 제안이었다. 화랑들이 몸을 닦아 현생에서 극락을 이루고자 하는 공부를 한다는 것에 전부터 크게 호감을 가지고 있던 터였다. 생각해 보면 부처님의 법이 나라를 지키는 데 이용되거나 개인의 안락을 위해 복을 비는 정도의 것이라면 그게 도무지 무엇인가 싶었다. 부처님의 가르침을 따른다면, 전쟁이니 살생이니 하는 것을 금해야 함은 물론 인간사 원은(怨恩)을 넘어서는 초월의 끝자락에 자리잡은 생명이라야 할 것이었다. 왕이란 나라를 경영하는 인물이되 하늘과 통하는 영겁의 진리로 구축된 나라를 구상하는 자라야 마땅했다. 태자의 신라행은 그런 점에서는 일종의 구도행과도 같았다.

부여장은 신라로 가기 전에 사택녀를 붙들고 볼을 쓸어 주다가 마침내 눈물을 흘렸다. 사랑하되 애잔할 뿐 눈자위가 젖어본 적이 없는 태자였다. 신라를 꼭 다녀와야 할 것인가, 의문이 들었다. 신라에서 통하는 불법이 백제에서 아무짝에도 쓸데가 없을 까닭이 과연 있는가. 태자의 심중은 사뭇 흔들렸다.

사택녀는 싸늘한 얼굴을 해 가지고 부여장에게 가시 돋친 한마디를 했다.

"신라에 아름다운 여인이 많답니다. 당신은 필경 신라의 여색에 빠질 겁니다."

"당신을 두고 그럴 리가 있겠소?" 사택녀의 눈에서 맑은 물방울이 두어 방울 굴러 떨어져 부여장의 손등을 적셨다.

원고는 거기까지 나아가고 그쳐 있었다. 부여장이 선화공주를 어떻게 만날 것인가는 아직 구상이 덜 된 모양이었다. 고증은 없고 상상만 넝쿨처럼 얼크러진 글을 어떻게 하려고 그러는지, 남편 서진구가 백제에 너무 몰두한 나머지 글의 갈피를 못 잡고 흔들리는 게 아닌가 싶었다.

누가 대문에서 벨을 다급하게 눌러댔다. 씨씨티비가 작동을 안 한다고 해서 수리차 왔다는 것이었다. 며칠 전 개가 죽었을 때 생각이 나서 남편이 그렇게 조처를 해 놓았거니 하고 문을 열어 주었다. 모자를 눌러써서 얼굴을 확실히 알기 어려운 젊은 남자 둘이 버티고 서 있었다. 그들은 전원과 전원이 연결된 선을 찾아야 한다면서 전선이 들어간 곳을 돌아다니면서 기웃기웃 살폈다.

"씨씨 도선이 안방으로 연결되어 있군." 한 사내가 말했다.

"모니터가 거기 설치된 모양이지." 다른 사내가 받았다.

"계량기는 어디 달려 있나, 남의 집이라 도무지 알 수가 있어야지." 어느 사내의 말인지 알 수 없었다.

그런 두런거리는 소리 끝에,

"사모님 이 집 계량기 어디 붙었습니까?" 툴툴거리며 물었다.

"계량기 단전 스위치 내려 주세요." 똑똑 끊어지는 목소리였다.

안주인은 그러마 하고는 화장대 의자를 찾아 들고 현관으로 나갔다. 계량기가 높직이 붙어 있어서 단전 스위치를 내리자면 받침대가 있어야 했다. 계량기에 손을 대는 순간 불꽃이 튀면서 감전되는 바람에 의자와 함께 넘어지고 말았다. 그리고는 정신을 잃었다. 아득한 공간으로 울려오는 공명음만 귀에 와서 윙윙거릴 뿐 눈이 떠지지도 않고 몸이 움직여지지도 않았다. 가까스로 눈을 뜨고 바지 주머니에서 스마트폰을 꺼내 119를 누르고는 다시 정신을 잃었다.

서진구가 병원에 도착했을 때 그의 아내 강안나는 응급실 침대에 누워 있었다. 뇌를 촬영해 보아야 한다면서 담당 의사가 위급한 상황은 벗어났으니 걱정하지 말라고 간단히 두어 마디 하고는, 핸드폰을 받으며 뒷걸음치듯이 응급실을 나갔다.

"내가 누군지 알아보겠어?" 서진구가 아내의 손을 어루만지며 물었다.

남편의 손을 잡은 아내 강안나는 눈가에 눈물이 번졌다.

"누구 만나고 왔어요?" 힘이 빠진 목소리였다.

"학예사를 만나고 오는 중이요." 서진구는 덤덤히 대답했다.

"금고 그대로 있던가요?"

"금고?"

"흘러가는 소리처럼 들었는데, 더럽게도 무겁네 어쩌구 꿍덜거리는 소리를 들은 거 같아요."

"금고를 털어가려고 온 놈들이란 말이지?"

"전기에 감전되어 놀라서 넘어진 거니까 괜찮아요. 얼른 집에 다녀오세요."

서진구는 차를 급히 몰았다. 어디서부터 문제가 비롯된 것인지, 그리고 어디로 치달려 가는 것인지 갈피를 잡기 어려웠다.

사리봉안기가 나왔을 때부터 시작된 알력(軋轢)이었다. 고고학을 하는 학자들과 역사학을 하는 학자들이 몰려들어 사리봉안기를 놓고 백제문화를 칭송하는 찬사를 거창하게 늘어놓았다.

그런데 법왕이 누구냐는 것을 두고 의견이 분분했다. 법왕의 정체를 밝히는 것이 문화계의 과제가 되었다. 일차적으로 불교에서 진리를 법이라고 하는 것처럼 석가모니라고 하는 주장이 있었다. 왕궁에서 태어났고 쌍수 아래 입적했다는 것이 석가모니의 행적과 여지없이 맞아떨어진다는 것이었다. 동양의 글쓰는 방법이 선왕의 행적을 들거나 성인의 행적을 들어 칭송하고 거기 버금가는 당사자의 위업을 기록하는 것이라 했다.

그러나 서진구의 생각은 달랐다. 법왕을 법왕이라 해야지 다른 이름을 어떻게 쓸 수 있느냐는 것이었다. 그래서 지명법사를 서술주체로 삼아 상상을 펼쳤던 것이다. 그러한 상상이 현실적인 가능성으로 전개된 것은 사자사에서 발견된 목간(木簡) 덕이었다. 사자사의 목간은 지명법사가 기록을 한 것이라 하고, 그렇다면 그 기록을 믿을 수밖에 없었다. 그런데 희한하게 일이 꼬였다. 서진구는 지금 구상하고 있는 서사시를 위해서는 목간의 기록을 꼭 읽어야 했다. 박물관장과 민성백이 한 패가 되어 전유식 교수를 사이에 끼워 가지고는 압박을 해오는 것이었다. 당신이 그렇게 갈급하게 찾던 목간을 내놓을 터이니, 서진구가 가지고 있는 금동불두를 내놓으라는 압박이 무서운 기세로 몰아쳤다.

서진구는 차를 몰면서 자기가 구상하는 서사시의 대목을 떠올렸다. 무왕의 왕비 가운데 좌평 벼슬을 하는 사택적덕의 딸은 궁 뜰에서 단연 으뜸가는 인물이었다. 아름답고 영명하고 불심이 깊었다. 겨우 한 해 왕노릇을 하고 생애를 마감한 선왕폐하의 생애지만, 불법에 귀의하고자 했던 발심과 용화극락의 하생을 현생에 실현하고자 하는 뜻은 실로 산을 넘어 하늘에 미치는 것이었다. 가람을 지어 뜻을 기릴 만큼 그 덕과 인품이 마음에 남아 있었다. 왕자 부여장(夫餘璋)과는 어려서부터 사귄 터였고, 선왕의 사랑 또한 돈독해서 네가 보살의 현신이 아니면 누가 서천 도리천으로 중생을 인도할 수 있겠느냐며 아름다이 여겨주었다. 그 어여쁨을 어떻게든지 갚아야 할 일이었다. 오른발을 왼쪽 무릎에 올리고 오른손을 턱에 살짝 대고 명상에 잠긴 왕비의 모습은 미륵의 현신 그대로였다. 그 얼굴이 서진구의 금고 속에 갇혀 있는 것이다. 억울한 누명을 쓰고 죽은 사람은 자기를 해원해 달라고 누군가기가 약한 사람에게 실린다던 이야기를 어디선가 들었던 적도 있었다. 금동불두가 그런 징험을 지닌 것인가?

서진구는 집 앞에 차를 세웠다. 그냥 들어갈까 하다가 차고에 차를 넣었다.

금고는 있던 자리에 그대로 놓여 있었다. 다시 손질을 한 것인지 계량기도 그대로였다. 방을 구석구석 둘러보아도 아무런 이상이 없었다. 이층 서재 또한 그대로였다. 집이 그대로라는 것이 서진구의 마음을 짓눌렀다. 아내의 말대로라면 어딘가 손자국이라도 있어야 할 것인데 말짱한 게 오히려 저들의 음흉함을 감추고 있는 것 같았다. 주변은 아무 소리도 안 들렸다. 조용한 가운데 전기 흘러가는 소리인 듯 우이잉 하는 소음만 귀로 파고들었다. 겁이 더럭 났다. 얼른 문을 잠그고 차고로 내려갔다.

차고에서 차를 빼 가지고 병원 응급실로 향했다. 정신이 돌아왔다고는 해도 뇌에 치명적인 손상을 입었을지도 모를 일이었다. 환자에 대한 걱정은 제쳐두고, 금동불두가 탈이 없는지 확인한다는 핑계로 병원을 빠져나온 것에 마음이 쓰였다. 해가 뉘엿뉘엿 백강 너머로 기울고 있었다. 서쪽 하늘이 붉게 물들어 오기 시작했다. 서진구는 한강의 강어구에 타오르는 노을을 볼 때마다, 내 생애에 저런 빛깔로 타올랐던 적이 있던가 하는 생각을 하곤 했다. 서진구에게, 만해의 말마따나 노을은 누군가의 시였고, 누군가의 사랑이었다. 그러나 그 노을이 자신의 사랑이나 시가 되지는 않았다. 오히려 정연한 논리였다.

문득 서동요 첫 구절이 떠올랐다. 선화공주주은(善化公主主隱), 선화공주님은, 선화공주? 진평왕의 셋째 딸이라는데, 진평왕이 셋째 딸을 두었다는 기록이 없었다. 진평왕은 백제와 늘 싸움을 했을 뿐이지 백제에 우호적인 인물이 아니었다. 공주? 공주란 이름이 꼭 임금의 딸이라야 하는가? 요새 흔히 공주병이라고 할

때, 그게 어떤 공주의 병이라는 것인가? 공주 같은 말은 고유명
사의 호칭과 지칭에 두루 쓰이는 것이지만, 일반화되어 일반명사
의 성격을 갖게 된다. 그러니 당연히 선화공주가 아니라 선화공
이라야 한다. 선화공의 딸이라야 하는 것이었다. 서진구는 차를
멈췄다. 박물관 개원 30년 기념특별전 포스터가 상가건물 벽에
붙어 있었다. 거기에 금동미륵반가상이 그윽한 웃음을 머금고 앉
아 있었다. 어딘선가 본 듯한 얼굴이었다.

　서진구는 떠오른 생각을 메모하려다가, 선화공을, 선화공의 딸
을 입으로 되뇌면서 다시 차에 올랐다. 그러면 선화공이 누구일
까? 당시 신라에도 불교가 성행하던 때이고, 용화세계를 꿈꾸는
어떤 사람이 선연을 구해서, 세상의 많은 중생을 향해 착한 인연
되어지이다, 그렇게 외고 다니기 때문에 그런 이름이 붙었을지도
모를 일이었다.

　그리고 무왕이 왕자로 있을 때, 서라벌에 가서 그곳 화랑들과
미륵을 이야기하고 용화세계를 논하면서 사귈 수 있지 않았겠는
가. 신라의 공주가 진흥왕에게 시집을 오기도 하던 시절이 아니
던가. 더 나아가 생각하면 신라와 백제 사이에 오간 것은 금덩어
리가 아니고, 배곯는 사람들의 식량으로 쓸 수 있는 마였을 게 아
닌가. 그게 요즈음 시장에서 팔리는 천마라는 것일지도 모른다는
데까지 추리가 나아갔다. 마든 금이든 흙속에 묻혀 있다가 나왔
을 때는 흙 묻은 돌덩어리로 보일 게 틀림이 없는 일이다. 그렇다
면 선화공주, 아니 선화공의 큰따님 이야기도 어느 정도 해결이
되는 셈이었다.

차를 몰고 오면서였지만, 생각은 또렷하고 이야기 줄거리는 가지런하게 정리가 되었다. 응급실에 들어섰을 때, 박물관장이 강여사 면회를 왔다가 간다면서 돌아가는 중이었다.

"아 여재 선생, 강여사 잘 보살펴세요." 왜 남 걱정이 저렇게 곡진할까 하는 생각이 들었다.

"예, 고맙습니다." 의례적인 대답이었다.

얼떨결에 나온 대답이기는 하지만 그렇게 고맙지만은 않았다. 헌데 박물관장이 어떻게 알고 면회를 왔을까? 전후 맥락이 짚히는 데가 없었다. 그리고 아내를 강여사라고 지칭하는 게 걸리적거렸다.

뇌를 촬영하기 위해서는 하루나 이틀 입원을 해야 한다고 했다. 원무과장이 친절하게도, 입원실이 안 난다고, 특실이 하나 있기는 한데 값이 좀 나간다면서, 얼굴에 웃음을 이겨붙이고는 특실을 쓰라고 권했다. 특실을 쓰기로 했다. 학예사 민성백이며 전유식 교수, 용화고미술사 성사장 그런 사람들이 병실로 찾아왔다. 꽃을 들고 오기도 하고, 과일주스며 간식거리를 들고 왔다. 학예실장 장선진은 안 보였다. 서진구의 아내 강안나 여사는 어느 사이에 지역 문화계의 거물이 되어 있는 꼴이었다.

문병객들이 돌아간 다음 서진구는 생각을 정리하고 있었다. 선화는 백 번이라도 선화다. 선화가 선화가 아닐 수는 없다. 그러나 신분이 왕의 딸은 아니다. 선화공의 사랑하고 사랑하는 맏딸이다. 그래서 주자(主)를 두번씩이나 반복했다. 향찰로 쓴 주주은(主

主隱)은 맏딸을 높여서 '맏따님은' 그렇게 새길 수 있었다. 더구나 맏딸이 아니라고 하더라도 아끼고 사랑하는 딸에게 주자를 거듭하는 게 무슨 탈이 될 것인가. 서진구는 고개를 가로저었다. 생각은 그렇게 하면서도 머릿속에서는 시적 상상력이 날개를 펼치는 것이었다. 그것이 시인의 행복인지 위험한 장난인지는 분별이 서질 않았다.

황금빛 찬란한 날개를 달고 공중으로 비상한 사리봉안기가 불러일으킨 문제 가운데 하나는, 숲속의 잡새처럼 분식되어 떠돌던 선화공주의 전설이 하루아침에 헛소리로 변해버린 것이었다. 선화공주와 마동(薯童)의 로맨스가 허구로 전락하는 게 아니냐는 우려를 하며 이마에 주름을 잡는 패거리들도 있었다.

그런 패거리들의 속좁음에 대해 서진구는 치를 떨 지경이었다. 왜 그렇게 옹졸하게 밖에 생각을 못 하는가, 한심한 작자들을 향해 어떻게 이야기를 풀어야 할지 아득했다. 거기 문득 떠오른 생각이 백제금동대향로를 선화낭자가 발원하고 감독해서 만들었다는 걸로 상상력을 동원해서 구상했다.

신라와 백제 사이에 백 년 가까운 동안 밀고 밀리고, 치고 막아내고 하는 전투가 계속되었고, 성왕 대에 이미 신라 공주가 백제로 와서 왕비 노릇을 한 적도 있지 않던가. 그리고 왕가의 정통을 잇는 것만이 왕의 오롯한 노릇으로 여기는 것 또한 밴댕이 속 같은 좁아빠진 발상이 아니던가. 적통(嫡統)의 왕비가 있어 국사를 보살피는 데 도움을 주고 로맨스로 왕의 심성을 교화하는 데 꽃

향기 그윽한 사랑의 훈풍을 산들바람으로 불어넣는 여인이 있어
서 안 될 이유가 무엇이던가. 선화낭자의 존재를 부정하지 않되
스토리를 달리해야 설화의 맥락이 제대로 살아날 수 있었다. 설
화를 희생해서 역사적 사실을 살리는 것만이 인간사 위업을 계승
하는 것일 수 없었다.

결국 무왕의 왕통이 굳건하고 뿌리가 깊음을 이야기하면서 왕
비들의 이야기를 달리 구성하기로 작정했다. 그 가운데 선화는
신라 사람인 것은 틀림없지만, 공주는 아니라는 생각은 역사학자
들이 할 수 있는 발상이 아니었다. 그것은 시적인 세계였고, 시인
의 몫이었다.

부여장은 부왕의 명을 받들어 신라로 향했다. 그의 배낭에는
금동불상이 하나 들어 있었다. 그리고 궁뜰에서 캔 마뿌리는 동
행하는 사택과 해수가 나누어 지고 가기로 되어 있었다. 이들 일
행이 서라벌에 당도했을 때, 마침 화랑들의 무예 겨루기를 앞두
고 잔치판이 걸지게 벌어졌다. 그런데 뜻밖에도 차린 음식은 빈
약하기 이를 데 없었다. 단오를 앞두고 있어 비축한 식량은 떨어
지고 새로 거두어들일 곡식은 덜 여물었다. 혈기 왕성한 이들이
모인 자리라 각자 사냥한 짐승들로 배를 채우는 모양이었다. 왕
자 부여장은 구역질이 올라오는 것을 가까스로 참았다. 사냥한
짐승들의 털을 그스르는 냄새가 역하게 숲 사이로 번졌다.

사택과 해수가 챙겨 가지고 간 마를 삶아 낭도들 앞에 내놓았
다. 낭도들이 모여들어 삶은 마를 한 덩이씩 들고 어떻게 먹는지

둘레둘레 살폈다. 부여장이 껍질을 벗겨내고 포실포실한 속살을 낭도들에게 내밀었다. 삶은 마를 먹고 칭찬을 않는 낭도가 없었다.

"당신 나라에서는 이런 것을 매일 먹는가?"

"그런 음식은 흙더미처럼 쌓여 있다오."

낭도들은 혀를 내둘렀다. 맛도 맛이거니와 그게 흙더미처럼 쌓여 있다면, 굶주림을 모르고 사는 사람들 같아 부러움이 앞섰기 때문이었다.

마로 시작한 잔치는 불상에 경배하는 데서, 신라와 백제의 젊은이들이 호흡을 같이 할 수 있는 지경에 다다랐다. 그러나 이야기는 방향이 조금씩 달랐다. 마침 부여장이 배낭에 넣어 모시고 간 불상은 미륵 입상이었다. 당당한 몸매와 위용이 서리는 기품이 있는 불상이었다. 무인을 연상하게 하는 믿음성 있는 모습이었다. 그러한 불상은 고구려의 기상을 반영하기도 한 것이었다. 말하자면 미륵불 하나에 삼국의 정서와 지향이 흠씬 녹아들어간 셈이었다.

무리들 가운데 육덕이 남달리 우람한 젊은이가 앞으로 나서면서 입을 열었다.

"나는 선화 가문의 낭도요. 당신이 모시고 온 미륵은 너무 세가 강하오. 그런 미륵이 어찌 만백성을 제도할 수 있겠소?"

부여장은 백제가 화평하고 물산이 넉넉하다는 것을 강조하고 싶었다.

"나라가 화평해야 백성이 노래하고 춤을 추지요. 배가 불러야 인심이 화락하지요."

"사람들의 심성이 꽃처럼 곱고 물처럼 맑아야 나라도 서지요."
고운 꽃과 맑은 물을 앞세우는 것이 역시 화랑답다는 생각이 들
었다. 부여장은 왕통의 강건함을 강조했다.

"왕통에 흔들림이 없어야 백성이 순복하는 법이 아니던가요?"

"왕국은 마음 안에 있는 법, 멀리 밖에서 제국을 구할 일이 아
니요." 신라 낭도는 역시 마음을 쳐들었다.

이야기가 그렇게 더 진행되다가는 논전으로 치달아갈 것 같았
다. 자신이 낭도장이라고 소개했던 젊은이가 나서서 가닥을 타놓
았다. 그런 논쟁은 끝이 없는 것이니, 여기쯤서 그치기로 하고 내
일 편을 갈라서 하는 줄다리기와 무예 시합 구경을 하고, 사냥은
개인으로 하는 것이니 같이 참여하면 어떠냐는 제안이었다. 부여
장은 사택과 해수를 쳐다보며 의견을 물었다. 해수 편에서 그렇
게 하자고 고개를 끄덕였다.

사냥대회는 서라벌 장안이 내려다보이는 남산에서 열렸다. 짐
승들이 산에 깃들이고 사는 것은 백제나 신라나 다를 수가 없었
다. 서라벌 남쪽에 자리잡은 남산에는 노루, 고라니, 사슴, 토끼,
꿩, 멧비둘기 같은 짐승들이 우글거린다는 것이었다. 그러나 사
냥의 규칙은 엄격했다. 인간의 꾀를 내어 매를 속이는 매사냥을
하지 않았다. 그리고 이번에는 노루는 사냥 대상에서 제외되었
다. 부여장의 이름자 장(璋)이 노루를 뜻하는 장(獐)과 소리가 같
아 노루를 잡으면 살장(殺獐)인데, 백제의 친구 '부여 장'을 사냥

할 수 없다는 것이었다. 속이 깊은 사람들이었다. 그런 제안을 한 것은 선화 집안의 낭도장이라고 하던 바로 그 젊은이였다.

사냥이 시작되었다. 해가 밝게 내리쬐기 시작하면서 온몸이 땀 투성이가 되었다. 사냥은 각자가 하기로 되어 있기 때문에 지형 을 살피는 것부터 물을 찾아 목을 축이는 것, 잡은 사냥감을 운반 하는 일까지 모든 것을 혼자 감당해야 했다. 숲이 워낙 짙게 우거 져서 누가 어떤 길을 택하는지 알기는 어려웠지만, 상대방의 옷 자락이 보이면 서로 길을 비켜 주었다.

부여장은 헐떡거리는 숨을 고르면서 너럭바위를 타고 앉아서 서라벌 시가지를 내려다보고 있었다. 사비성에 비할 바가 아니었 다. 검은 기와를 얹은 집들의 기왓골이 즐비한 게 차분히 가라앉 아 삶의 윤기를 뿜어내고 있었다. 저런 집에 살면서 먹을거리는 궁하다는 것이 말이 되질 않는 일이었다. 먹는 문제를 해결해야 용화세계를 이룰 수 있는 것이 아닌가. 도솔천에 기근이 든다면 지나가던 고라니가 웃을 일이었다.

부여장이 읽은 바로는 그랬다. 용화세계에서는 "온 나라 땅이 안온하고 원한을 품고 덤비는 적이 없으며 재물을 탐하는 도둑이 없다. 아무런 화난이 없어 성읍과 마을은 문을 닫지 않는다. 물난 리를 겪는 법도 없고 화마의 엄습을 받지도 않는다. 그리고 전쟁 의 괴롭힘이 없으며 굶주림과 독으로 인한 해를 입지도 않아 아 무런 재난이 없이 살아간다."고 했다. 그런 세상이 온다면 오죽이 나 좋을까만 현실은 늘 그와는 반대 방향으로 나아갈 뿐이었다. 신분이 확실해서 탈이 없기는 했지만, 자신이 신라에 온 것도 이

다음에 나라를 다스릴 때를 대비하기 위함이 아닌가. 신라와 전쟁을 해야 할 경우 신라의 화랑 가운데 친구라도 있어서, 그 아름다운 인연을 전장에서 만나 전쟁의 화를 선연(善緣)으로 바꾸어 보자는 일종의 외교적 행각과 같은 것이었다. 사람들은 왜 그토록 아득하기만 한 용화세계에 미치는 것일까. 현실적인 문제를 현실적으로 해결하려고 땀을 흘리는 대신 아득하고 요원한 세계를 그리는 것일까. 현실은 늘 전쟁과 탐욕과 아비규환으로 범벅이 되기 때문이 아닌가. 부여장은 옷소매로 이마에 맺히는 땀을 씻으면서 바위에서 일어났다. 청미래순이 출렁 물결을 짓더니 그 그늘에서 장끼와 까투리 한 쌍이 푸드득 홰를 치며 날아올랐다. 문득 사택녀와 왕궁 뒷산에서 서로 가슴을 더듬어 파고들며 몸부림하던 일이 떠올라 얼굴이 활활 달아올랐다.

저쪽 골짜기에서 와와 하는 함성이 들렸다. 아마 큼직한 짐승을 잡기라도 한 모양이었다. 그런데 아랫배 저 안쪽에서 묵직한 통증이 밀고 올라왔다. 화살에 맞아 신음하는 짐승의 아픔이 너의 아픔이라는 걸 알아야 한다. 부왕의 가르침이었다. 신라에 와서 화랑들과 사냥에 나선 그 자체가 부왕의 가르침을 어기는 일이 아닌가. 그때 왼편 골짜기에서 흙먼지를 일으키면서 멧돗 한 마리가 치달려 내려왔다. 분명 자기를 공격하는 게 틀림없었다. 활을 겨누고 자시고 할 겨를이 없었다. 바위 옆으로 몸을 날려 땅바닥에 엎드렸다. 멧돼지는 부여장의 장딴지를 밟고 달려 내려갔다. 바지가랭이가 찢기고 장딴지는 멧돼지 발톱에 걸려 한 뼘은 되게 찢어졌다. 아슬아슬한 순간이었다. 부여장은 칡덩굴을 잘라

종아리를 처매고 산자락을 타올랐다. 사평과 해수는 어느 골짜기
로 빠졌는지 자취를 알 수 없었다.

부여장이 타오르는 골짜기 반대편에서 선화낭도가 사슴을 쫓
아 골짜기를 내려오고 있었다. 이제 겨우 털이 몽실몽실한 뿔이
나서 자라기 시작하는 어린 사슴이었다. 부여장은 사슴이 지남직
한 통로를 버티고 막아섰다. 사슴은 부여장 쪽으로 눈을 흘깃 주
었다가는 골짜기 옆으로 빠져 달아났다. 사슴은 멍개나무 덤불에
처박혔다. 얼마를 쫓겼는지 피가 섞인 거품이 숨을 헐떡거리는
대로 침과 섞여 입가에 흘렀다. 그때 선화낭도가 달려와 사슴을
향해 활을 겨누었다.

"잠시 멈추시오." 부여장이 선화낭도의 앞을 막아섰다.

"비키시오." 다부진 목소리였다.

"안 됩니다." 부여장은 선화낭도의 앞자락을 거머쥐었다

"정 안 비키면…"

선화낭도는 눈을 번득이며 부여장을 향해 활을 겨눌 태세였다.
아니 벌써 부여장을 향해 시위를 당기는 중이었다. 부여장은 몸
을 날려 머리로 선화낭도의 사타구니를 들이받았다. 선화낭도가
나가 떨어지듯 넘어져 가지고는 사타구니를 감싸안고 딩굴었다.
활은 저만큼 튕겨나가 칡덩굴 속에 처박혔다.

"궁지에 몰린 짐승은 쏘지 않는다고 배웠소." 부여장은 단호한
목소리로 말했다.

"오늘의 우승은 사슴을 잡는 사람에게 돌아가기로 되어 있소.
헌데 당신 때문에 기회를 놓쳤소." 다된 일이 허사로 돌아가 안타

깝다는 표정이 역력했다.

"그게 억울하오?" 부여장이 물었다.

"나한테 미안하지도 않소?" 낭도의 책망어린 말이었다.

"사냥이 목적이오. 아니면 심신의 수련이 목적이오?" 부여장이
책을 하듯 물었다.

"성공의 쾌감이 심신수련으로 이어지겠지. 난 그동안 사냥에서
한 번도 무작정 활질을 해댄 적이 없소. 앉아 있는 꿩은 튀긴 다
음에 쏘았고, 칡덩굴에 걸린 고라니는 풀어 준 다음에 화살을 날
리곤 했소." 낭도의 말은 당당했다.

"나도 알고 있소. 당신들의 이른바 세속의 계율이라는 것 말이
요. 내 기억대로 하자면 살생유택, 사친이효. 붕우유신, 임전무
퇴, 하나가 뭐더라, 아무튼 그런 계율 가운데 '살생유택'은 부처
님의 가르침이기도 하지 않소? 자심, 자비로운 마음을 가진 자라
야 살생유택을 실천할 수 있소." 부여장은 좀 길게 설명을 달았
다.

"자심이라? 형씨는 미륵불을 아시오?" 낭도가 부여장을 치올
려 보았다.

부여장은 그동안 돌아다니면서 보고 들을 이야기 가운데, 부처
님의 은혜를 자비심(慈悲心)이라 하고, 그와 구별되는 미륵불의 은
혜를 자심(慈心)이라 한다는 이야기부터 시작했다. 이어서 용화세
계를 이야기했다.

"용화세계에서는 이렇답니다." 부여장이 이야기를 시작하자
선화낭도는 한 발짝 다가들어 귀를 세우고 들었다.

용화세계에서, 사람들은 항상 자비로운 마음으로 서로를 공경하고 화순하게 지낸다. 몸과 마음가짐을 잘 조화하여 서로를 잘 이해하고 모두 한 가족처럼 아끼고 사랑하며 살아간다. 말씨는 겸손해서 거칠지 않고 상대방을 배려하는 온정이 넘쳐난다. 그런 세계를 이루는 데는 그저 인간들의 작정으로만 되는 것이 아니라, 모두 미륵의 자심을 힘입어 교화를 한 결과 그렇게 된다는 것이다. 선화낭도는 이야기를 들으면서 이야기 가닥마다 고개를 주억거렸다.

"아니 어쩌다가, 다리에 그건 뭐요?" 선화낭도가 부여장의 다리를 바라보며 놀라워했다.

종아리가 아릿하고 찌릿찌릿 아파서, 부여장은 얼굴이 저절로 찌푸려졌다. 멧돼지가 밟고 지나간 자국에서 피가 배어나와 벌겋게 번져 있었다.

"그대로 두면 안 됩니다. 내려갑시다."

선화낭도가 팔을 잡아 이끌었다. 부여장은 다리를 절뚝거리면서 선화낭도를 따라 골짜기를 빠져나왔다.

사냥 중에 젊은이들을 열광하게 하는 것은 역시 멧돼지 사냥이었다. 골짜기를 거의 다 내려와 개활지에 이르렀을 때였다. 젊은이들이 빙 둘러서서 멧돼지 한 마리를 가운데 두고 몽둥이로 매질을 하고 있었다. 멧돼지는 이미 몸을 추스르지 못할 정도로 매에 맞아 탈진된 상태였다. 멧돼지는 눈을 껌벅이면서 억센 이를 드러내고 입가에 거품을 문 채 숨을 몰아쉬고 있었다.

"이놈이 다시 일어나면 우릴 죽일지도 몰라." 한 낭도가 외치자 다른 청년들이 달려들어 다시 몽둥이질을 해댔다.

"그만들 하시오." 부여장이 몽둥이질을 하는 청년들 사이로 파고들면서 팔을 펴서 청년들의 몽둥이질을 가로막았다.

"어디서 굴러먹던 작대기냐? 멧돼지만도 못한 놈이." 몽둥이를 추켜들고 달려드는 청년의 팔뚝을 부여장이 휘어잡았다. 그 바람에 청년이 땅바닥으로 구겨지듯 자빠졌다. 이때다 싶게, 청년들이 멧돼지를 향해 휘두르던 몽둥이를 부여장에게 고누고 달려들었다. 어디서 왔는지 사택과 해수가 청년들을 막아섰다. 부여장은 청년들이 둘러싼 가운데 산처럼 버티고 섰다.

"백제 첩자들을 죽여라." 누구의 입에선지 그런 고함소리가 터졌다. 그 고함을 신호로 해서 젊은이들의 몽둥이가 부여장 일행을 향해 난무했다. 부여장은 날아드는 몽둥이를 제깍제깍 막아냈다. 그러나 중과부적이었다. 낭도장이 말리고 들었지만 이미 마른 나무에 불붙은 것처럼 타오르는 낭도들의 적개심은 달리 풀려 나가지 않았다. 백제의 첩자들이라는 한 마디가 불러온 작정 없는 증오와 적개심이었다.

결국 부여장과 사평과 해수 일행은 누더기가 되도록 몽둥이찜질을 당했다. 몽둥이에 얻어맞고 늘어진 멧돼지와 같은 꼴이 되고 말았다. 부여장의 얼굴은 이마가 터지고 볼에는 피떡이 엉켜 붙었다.

"일이 이렇게 될 줄을 누가 알았습니까?" 선화낭도가 부여장

일행을 대동하고 골짜기를 내려가면서 안타까움을 감추지 못했다.

부여장은 선화낭도의 집에서 칠일을 묵었다. 상처가 깊어 금방 치료될 기미가 보이지 않았다. 선화낭도의 여동생들이 셋이 있었다. 차례대로 주주(主主), 선주(善主), 미주(美主) 그런 이름들이었다. 으뜸님, 착하님, 아르님 그런 뜻이라고 했다. 하나같이 얼굴이 수려하고 몸가짐이 공손했다. 그 가운데 으뜸님이라고 하는 주주는 부여장의 상처를 치료해 주는 데 밤낮을 가리지 않고 정성을 다했다.

선화낭도의 집에 머문 지 열흘이 되던 날, 부여장이 앓아누워 있는 병실을 선화낭도가 찾아왔다. 거의 매일 들르기는 했지만, 동생 으뜸님과 함께 병실에 들른 것은 처음이었다. 우람한 육덕은 여전했고 얼굴에서는 화기가 온화하게 풍겨 나오는 듯했다. 선화낭도는 부여장의 손을 잡고 눈을 그윽히 응시했다. 말을 하지 않아도 무슨 이야기를 하는지 알지 않느냐는 듯한 얼굴이었다.

"그날, 우리 편의 무례함을 용서하시오. 송구스럽기 이를 데가 없습니다." 선화낭도가 송구함을 표했다.

"사람의 일인지라 그럴 수도 있을 겁니다." 부여장이 너그러운 얼굴로 답했다.

"그런데 우리 누이가 형장이 가지고온 마를 맛본 이후 줄곧 형장을 따라 백제에 가 보겠다는데, 어떻게 하면 좋습니까?" 선화낭도의 말씨는 은근하고 다감했다.

"사람의 일도 때로는 불운이 따라야 합니다." 부여장은 온화한 미소를 띠고 불운을 거들었다.

"누이는 불심은 꽤 깊은 편입니다." 선화낭도는 그렇게 말하면서 부여장의 손을 슬그머니 잡았다.

으뜸님은 고개를 갸웃이 숙이고 이야기를 듣고 있었다.

"저를 백제로 데려가서 사비성과 왕궁을 보여주세요. 그리고 마 기르는 법을 가르쳐 주세요." 말씨가 정갈하고 간절함이 배어 있는 어투였다.

"그런 일이야 어렵지 않소만, 내가 언제 자리에서 일어날 수 있을지?" 부여장은 옅은 한숨을 내쉬었다.

"지금 쓰고 있는 약은 어혈을 다스리는 약이온데, 양칠일을 넘기기 전에 다 풀릴 것이옵니다." 부여장을 쳐다보는 눈길이 고왔다.

"주주님은 약을 배우셨군요." 부여장은 놀랍다는 듯이 말했다.

"약뿐만 아니라 침도 꽤 효험이 있습니다." 선화낭도는 누이 자랑을 하고 있었다. 그다지 듣기 싫은 이야기는 아니었다.

그날 저녁 사택과 해수가 방에 들렀을 때, 으뜸님의 이야기를 했다. 사택이 그럴 줄 알았다는 듯이 팽하니 고개를 옆으로 돌렸다.

"누님의 우려가 현실로 드러나는 겁니까? 사비성으로 데려가서 어떻게 할 작정입니까? 아마 금방 서라벌 장안에 소문이 퍼지고, 신라에서는 백제를 쳐들어오지 않겠습니까?" 사택의 어투는 부여장을 다그치는 것이었다.

"그런 옹졸한 걱정은 내려놓으시오. 신라와 백제는 견원지간처럼 으르렁거리기는 하지만, 용화세계를 추구하는 공동선이 있으니 그런 누추한 염려는 하지 마시오." 부여장의 말에는 단단한 기운이 배어 있었다.

둘은 아무 이야기 없이 문을 밀고 나갔다. 그리고 다음날 아침 그들은 식사자리에 나타나지 않았다.

서진구는 그의 아내 강안나 여사가 병원에 입원해 있던 이후 줄곧 불안에 시달렸다. 누군가가 자기 집 안을 노리고 있는 게 분명했다. 대낮에 유리창이 깨지고, 개가 피거품을 물고 죽어나가는 변고에 이어 아내가 감전을 당하도록 한 일당들의 행동을 예사로 볼 일이 아니었다. 그러나 사건의 실체는 여전히 오리무중이었다. 경찰에 신고를 해 놓을까 하다가, 그게 다른 사건을 불러오는 도화선이 되지 않을까 두려움이 앞섰다.

거기다가 더 이상한 것은 자신이 가지고 있는 금동불두와 그 하반신이 결합된 불상이 박물관 개관기념 포스터에 나붙은 것이었다. 혹시 금동불두를 내준 적이 있는지, 아내에게 물어보기도 거북했다. 그렇지 않아도 불안에 시달려 잠을 못 자는 아내에게 의심을 내보이는 것은 아내를 우울증 환자로 만들 소지가 다분했다. 서진구는 서사시를 쓰든 소설을 만들든 근간에 추적해 온 일련의 과업은 정리해야 할 때가 되었다는 생각을 곱씹었다. 그대로 시간이 지나면, 서사시 구성 작업을 영 잊어버리고 말 것 같아 초조해졌다.

　미륵사 서탑(西塔)에서 나온 사리봉안기를 읽는 동안, 서진구는
몇 가지 자기 나름의 생각을 정리했다. 하나는 사리봉안기를 쓴
사람이 지명법사라는 점, 다른 하나는 금동대향로가 유일본이 아
닐 수도 있다는 점이 그것이었다. 그러나 더욱 소득이 큰 것은 역
시 선화공주를 선화공의 맏딸 으뜸님이라고 설정하는 데서, 이전
에 전해오던 것과 변별되게 서사를 달리할 수 있게 되었다는 점
이었다.

　그러나 왕궁탑의 경우 석연치 않은 점이 몇 가지 있었다. 우선
무왕이 궁뜰에서 왕궁을 경영했다면, 사실 여부를 떠나서 어떤
식으로 경영했는지 알기 어려웠다. 그리고 제석사의 화재 원인을
벼락이라고 하는데 그것이야말로 서사로 풀기 어려운 우연이었
다. 관궁사라는 절이 궁뜰 서쪽에 있었다면 그게 왜 사라졌는지
도 짐작이 안 갔다. 그 터가 발굴되지 않는 것 또한 풀리지 않는
수수께끼였다.

　근간 며칠 사이 박물관장이나 학예실장 장선진, 학예사 민성백
그리고 용화고미술사 성사장 아무도 연락을 해 오지 않았다. 그
들이 얽어 놓은 그물에 걸려서 옴짝 못하는 자신의 모습을 상상
해 보기도 했다. 벽에 붙여 놓은 박물관 개관 기념행사 포스터를
쳐다봤다. 금동미륵반가상의 고뇌에 찬 듯한 얼굴에 떠오르는 신
비감 넘치는 미소가 자신의 내면으로 번져오는 느낌이었다.

　서진구는 혹시? 하면서 아내의 얼굴을 떠올렸다. 급히 달려가
금고를 열어제쳤다. 금고 속에 모셔 두었던 불두에 엷은 한지가
씌워져 있었다. 금고를 열 수 있는 사람은 아내 말고는 달리 없었

다. 그렇다면 아내가 불두를 어디론가 내돌렸을 게 틀림없었다. 속에서 배신감이 부글거리며 끓어오르기 시작했다. 박물관 운영위원이라는 직함을 가지고 다니는 게 이런 짓거릴 하려고 그랬던가 싶었다. 서진구는 혹시 가짜로 바꿔치기를 한 것은 아닌가 싶어 종이를 끌러 불두를 요리조리 세밀하게 살폈다. 물건이 바뀐 흔적은 없었다.

아내가 박물관장과 무엇인지 음험한 딜을 하고 있다는 생각이 스쳤다. 박물관장 본인은 물론 그 주변인물 아무도 진실을 말하지는 않을 것이란 생각이 들었다. 그래도 믿고 이야기할 수 있는 사람이 역시 학예사 민성백 박사였다. 바빠서 시간을 내기 어렵다는 것을 억지로 불러냈다. 박물관 옆에 있는 한식집 '백제성'에서 만났다.

"박물관 개관 기념행사 준비는 잘 되어 갑니까?" 서진구가 떠보듯이 물었다.

"저는 맡은 임무가 달라 그 일은 모릅니다." 민성백의 발뺌이었다.

"이건 아시겠지요, 박물관 운영위원회를 근간에 언제 열었습니까?" 서진구가 다그쳤다.

"그 또한 내 소관사가 아니라 잘 모르지요." 민성백은 역시 발뺌이었다.

"포스터 제작에 쓴 금동불상이 박물관에 보관되어 있습니까?" 서진구가 다 안다는 듯이 윽박아 말했다.

"그건 박물관에 없습니다. 내 생전에 그렇게 완벽한 불상은 본

적이 없습니다." 맥이 잘 안 집히는 말이었다.

취조를 하듯이 묻고 들어갈 일은 아니었다. 더구나 아내와 연관된 이야기를 아무한테나 터놓는 것은 주책스럽기도 했다. 화제를 돌리기로 했다.

"목간 말인데요, 요새 민박사 덕을 톡톡히 보고 있네요. 선화공주가 진평왕의 딸이 아니라 선화공의 딸이라고 설정을 하고 이야기를 풀어 나가니까 가닥이 잡히기는 하는데, 왕궁 궁뜰의 비밀은 풀릴 길이 없어서, 민박사를 좀 보자 한 겁니다. 목간 가운데 혹시 왕궁에 대한 이야기는 없던가요?"

"글쎄요. 지난번 이야기한 데서 작업이 별로 진척이 되질 못했습니다. 다만 무왕이 사비성과 궁뜰 사이를 자주 오갔다는 내용은 기록이 되어 있습니다."

"선화공주라고 합시다, 아직은 그렇게들 부르니까. 무왕이 선화공주와 어떻게 지냈다는 이야기는 없던가요?"

"없던데요. 이렇게 하시지 그래요. 왕궁탑 발굴에서 본 걸 토대로 상상력을 발휘해 써나가면 어떻겠습니까?"

왜 이제까지 그 생각을 하지 못 했던가 싶었다. 왕궁탑 발굴을 주도한 민박사는 친절하게도 서진구에게 연락을 해서, 현장을 보라고, 그래야 시도 되고 이야기도 써진다면서, 상상이라는 게 사실을 바탕으로 뻗어 나오는 게 아니냐고 다그쳤다.

서진구는 왕궁탑 발굴 현장으로 달려갔던 터였다. 장중하면서도 산뜻한 곡선이 아름답게 어우러진 이 나라 탑 가운데 으뜸가는 명품인 탑은 속이 비어 있었다. 이미 누군가 탑을 한번 뜯었다가 다시 조립한 게 틀림이 없었다. 속이 서늘해지는 허무감으로 가득 찼다. 이를 일러 역사의 비애라고 하는 것이려니 했다.

발굴단장은 왕궁탑을 해체했다가 재조립하는 중에, 그 탑이 거기 있어야 하는 이유를 알 수 없다고 고개를 갸웃거렸다. 그렇게 해서 탑 주변의 지표조사를 다시 시작했다. 주변의 땅보다 높직하게 조성된 언덕을 조심스럽게 파 내려갔다. 어느 층에서 무슨 유물이 나올지 알 수 없는 상황이라 삽질 하나 호미질 하나가 조심스러웠다. 그런데 1미터 50을 파 내려가도 여전히 붉은 황토만 나올 뿐 건질 만한 것이라곤 없었다. 유물이 나올 조짐은 더욱 없었다. 그런데 2미터 가까이 파 내려갔을 때 삽날에 돌이 부딪혔다. 주변을 조심스럽게 파 나갔다. 집터들이 가지런히 정리된 모습이 윤곽을 드러냈다. 탑을 중심에 두고 주변으로 사방 1킬로는 되게 도시가 자리잡고 있었던 흔적이 드러났다. 언덕 위에 서 있던 탑은 결국 도시를 흙으로 덮고 그 위에 세운 셈이었다. 서진구는 탑을 세우는 자리를 그렇게 조성한 것이 이해가 안 갔다. 이해가 안 되는 기억을 그동안 잊고 지냈다.

"생각이 깊으면 자칫 나르시시즘에 빠지기 쉽습니다." 미동도 않고 앉아 있는 서진구에게 민성백이 채근을 하고 나왔다.

"탑을 세우기 위해 도시를 생으로 매장한 셈인데, 이런 경우가 있다니?" 서진구가 민성백을 쳐다보면서 당신은 그게 이해가 되는가 묻는 투로 나왔다.

"제석사나 관궁사 말고도, 왕궁에 있던 도시 혹은 마을이 불에 탔던 것 같습니다. 잘 모르는 일이자만, 아마도 백제 왕실과 거기 살던 토호들과 갈등이 있었던 거 아닐까, 그런 짐작이 갑니다. 그런데 무왕이 궁뜰에 자주 갔다는 이야기 말고는 다른 내용이 없습니다." 민성백은 서진구가 파고들 듯이 물어대는 질문이 호기심이 가기도 하고 한편으로 귀찮을 지경으로 집요해서 부담이 되었다. 정황으로 보아 자신이 엮어가는 이야기가 아퀴가 지어질 것 같다는 예감이 서진구의 머릿속에 찬바람처럼 선득하게 지나갔다.

"이런 생각이 드네요. 무왕이 궁뜰의 별궁에 선화공의 따님, 으뜨님을 모셨을 거다, 그리고 궁뜰에 살던 사택 가문과 갈등을 일으켰다, 이 갈등은 무왕과 사택 가문의 갈등으로 비화된다, 예를 들자면 그렇게 사건이 전개된 게 아닌가." 서진구는 민성백에게 동의를 구하는 눈빛으로 상상을 엮어갔다.

"그렇다고 멀쩡한 도시에 왜 화재가 나야 하지요, 필연성이 없지 않던가요?" 민성백이 물었다.

"뭐랄까 부여장이 신라에서 선화공의 따님을 백제로 데리고 올 때 사택과 해수 둘이 동행을 했지요? 무왕의 왕비가 사택적덕녀 아닌가요? 그렇지요? 사택 집안의 따님이 세자비로 간택이 되어 있는 상황에서, 적국 신라에서 선화공의 딸을 데리고 왔으니 왕위에 오르기 전부터 여난을 겪을 만하지요. 그렇지 않을까요?" 서진구의 상상은 다소 수긍이 가는 점이 있기도 했다. 듣고 보니 정황이 그럴만하다는 생각이 들었던 것이다. 그렇다고 해도 그게 도시를 불질러 버리는 비극으로 치달을 수 있는 요건이 되기는 충분하지 않았다. 누가 불을 질렀는지 짐작을 하기는 참으로 어려웠다.

민성백과 헤어져 돌아오는 중에, 서진구는 혼자 이야기를 구상하고 있었다.

부여장은 선화공의 딸 으뜨님을 백제로 데리고 왔다. 사비성으로 직접 데리고 가면 말들이 퍼질 것 같고, 사택 집안의 세자비가 고운 눈으로 쳐다볼 까닭이 없었다. 더구나 신라로 떠날 때 그곳 여색을 삼가라는 충고도 기억에 살아났다. 거기다가 동행을 했던 사택과 해수가 부여장을 혼자 내버려두고 자취를 감춘 걸로 봐서는 사태가 만만치 않을 것은 불을 보듯 뻔했다. 그런 정황에서는 도저히 사비성으로 들어갈 수가 없었다. 생각하던 끝에 선화공의 딸 으뜨님을 궁뜰로 데리고 온다. 그것도 야밤을 틈타 잠입해 들어왔다. 오래 걸어 발이 부르트고 피가 났다. 부여장은 선화낭자를 등에 업었다. 담 너머로 깔깔대는 웃음소리가 일었다가 잦아들었다. 동네 처자들이 길목을 지키고 있었던 모양이었다.

궁뜰에서 봄부터 여름까지 부여장은 으뜨님에게 마를 재배하는 방법을 가르쳐주며 지냈다. 으뜨님은 들일에 익숙했다. 괭이로 골을 파는 일도 잘했다. 호미질도 손목을 부드럽게 놀려 능숙했다. 화랑인 오라버니 선화낭도를 따라 남정네들과 어울려 일을 하다보니 자연스럽게 들일에 익숙해졌다고 했다. 밭에서 일을 하다 보면 그냥 일만 하는 게 아니라 자분자분 이야기를 나눌 기회가 생겼다. 부여장은 사택녀에게 느끼지 못한 나긋나긋한 사랑을 으뜨님에게서 꿀물처럼 빨아들이고 있었다.

"도솔천에서 수행하던 미륵이 성불해서 이 땅에 온다고 하지요?" 으뜨님이 바랭이를 한 웅큼 뽑아 들고 부여장에게 물었다.

"우리 어르신까지는 그렇게 믿었지요." 자기는 그렇게 믿지 않는다는 이야기를 돌려 말했다.

"왕자님은 어떻게 생각하는데요?" 으뜨님이 물었다.

부여장은 우주의 만생이 서로 맞물려 돌아간다면서, 으뜨님에게 자기 생각을 펼쳐보였다.

"곡식과 잡초는 늘 한 밭에 나고, 개구리와 물뱀이 같은 연못에 살지요. 용과 금시조가 같은 바다 똑같은 하늘에 사는 것처럼, 이승과 저승은 사람들이 일을 하면서 흘리는 땀이 햇살을 받아 무지개가 피어나면, 그 무지개가 다리가 되어 연결되게 마련이랍니다. 저승의 물이 이승으로 흐르고, 이승의 물은 내생으로 흘러들었다가 다시 전생의 강물로 곱집어 흘러들지요."

"그럼 이승이 극락이고, 마찬가지로 이승이 지옥이겠군요." 으뜨님이 깔깔 웃으면서 하는 말이었다.

"갖은 욕심에 시달리는 중생에게는 이승이 지옥이고, 선연의 아름다운 노력으로 살아가는 이들한테는 이승이 도솔천과 마찬가지겠지요. 도솔천은 하늘에 있는 게 아니라 그대의 가슴에 그리고 나의 심장에 있는 겁니다." 부여장은 손바닥으로 자기 가슴을 쳤다.

으뜨님은 고개를 주억거리면서 이슬 맺힌 눈으로 부여장을 올려다보았다. 부여장이 호미를 놓고 으뜨님의 가는 허리를 감아 안았다. 숲에서 꾀꼬리 우는 소리가 명랑하게 들려왔다.

으뜨님의 할딱거리는 숨소리를 음미하며, 이게 미륵의 현신인지도 모른다는 생각을 하던 부여장은 꾀꼬리 소리에 화들짝 놀랐다. 얼굴이 벌겋게 달아오른 사택녀의 형상이 눈앞을 스쳤다. 사택녀는 꾀꼬리를 비롯한 새들을 유난히 좋아했다. 새처럼 날개를 달고 도솔천에 이르기를 염원했다.

사택녀와 선화공의 따님 둘 가운데 누구를 받아들이고 누구를 내칠 수 있는 형편이 아니었다. 둘 다 심성이 꽃같이 곱고 마음이 여름날 산을 넘는 흰구름처럼 부드럽고 아름다웠다. 그러나 으뜨님을 사비성으로 데리고 갔다가는 부왕이 자진을 할지도 모를 판이었다. 부왕은 이미 사택녀를 미륵의 현신으로 믿을 만큼 두터운 믿음을 두고 사랑하는 터였다. 그런 번민의 날이 올 것을 예기치 못한 바 아니나 마음을 불로 지지는 듯한 이런 고통이 닥쳐올 것은 멀리 밀쳐 둔 채 시간이 흘렀다.

그날 해가 뉘엿뉘엿 질 무렵이었다. 서쪽으로 황홀한 저녁 북새가 피어올랐다. 펄펄 끓어 오르는 황금의 도가니에 경면주사(鏡面朱砂)를 들어부은 것처럼 붉고 빛나는 황홀한 노을이었다. 사비성으로 급히 들라는 부왕의 전갈이 왔다.

"몸을 다스려야 할 일이 있어서 내일 아침나절에 가겠다고 전하시오." 부여장은 느긋함을 가장했다.

"당장 모시고 오라는 엄명입니다." 신하가 손을 앞으로 모으고 허리를 굽혔다.

“서둘러서 사비로 들라는 연유를 아시오?” 부여장이 물었다.

“제가 그런 연유까지 알 수 있는 처지가 아닙니다.”

“짐작이라도 되는 바가 없소?”

전령은 다른 대답을 하지 않았다. 말을 삼가는 태도가 역력했다. 그러나 일단 전령을 돌려보내기로 했다. 신라에 다녀와서 신라의 정세를 보고한 연후에 사비성에 발길 들이밀 짬이 없었다. 마 기르는 일을 하다 보면 시간이 어떻게 지나는지 알 수 없을 만큼 훌쩍 하루가 지나고 열흘이 가곤 했다. 궁뜰에 마농사를 짓는 일은 선화공의 따님 으뜨님과 사랑을 나누는 과정이었다. 용화세계를 지상으로 끌어내리는 이야기를 하기에도 시간이 모자랐다. 그렇게 시간이 지날수록 으뜨님은 도솔천에서 지상으로 내려온 미륵을 닮아갔다. 사비성에 있는 사택녀는 점점 마음에서 멀어졌다. 필시 사택 집안과 사택녀가 부왕을 부추겨 부여장을 불러들이는 일을 꾸민 게 틀림이 없었다.

그러고 보니 사택과 해수를 만난 지도 한 해가 거의 되어갔다. 더구나 으뜨님을 백제로 데리고 온다는 이야기를 듣고 인사도 없이 자취를 감춘 터라서, 궁금하기도 하고 이들이 어떤 일을 도모할지 알 수 없어 불안하기도 했다. 더욱 걱정인 것은 부왕의 몸이 부실해 언제 어떤 일이 닥칠지 모르는 상황이었다. 부왕이 만행을 하는 동안 몸을 너무 소홀히 다룬 까닭도 있지만 스스로 미륵이 되어 용화세계를 실현하고자 하는 꿈이 몸을 병들게 하였다. 용화세계에는 질병도, 전쟁도, 기근도, 태풍도 해일도 없는 평화로 가득 차 넘치는 그런 세계였다. 그런데 당장 신라와 고구려 틈바구니에서 전쟁 없이 지낸 날이 없는 정황이었다. 왕자가 된 몸으로 나라의 안위를 걱정하지 않을 수 없기도 했다. 부왕의 몸과 마음이 날로 쇠해지는 데 대한 아무런 대비도 없었다.

또 다른 걱정이 있었다. 선화공의 따님, 으뜸님을 궁뜰에 혼자 두고 사비성으로 들어가기는 마음이 놓이지를 않았다. 사비성까지는 소문이 어떤지 몰라도 궁뜰에서는 선화공주가 신라 여자라 해서, 장차 왕이 될 부여장이 싸고돌기는 하지만 사택 집안의 규수가 세자비가 되어 가지고 사비성에 가 있는데 궁뜰에서는 적국의 여인과 사랑을 익혀가고 있는 터라, 흉흉한 소문이 돈다는 것을 부여장은 듣고 있었다. 혼자 두고 갈 수가 없었다. 어떤 일이 벌어질지 알 길이 없는 호랑이굴에 적국에서 데려온 애인을 두고 간다면 그 자체가 무거운 죄였다. 으뜸님을 대동하기로 했다.

부왕은 병상에 누워 있다가 궁정의의 부축을 받아 겨우 일어나 앉았다. 그동안 몸이 많이 상해서 얼굴색이 누렇게 뜨고, 눈빛이 희미해졌다. 부여장은 부왕에게 다가가 절을 하고 손을 잡았다. 싸늘하게 식은 손이 미세한 경련을 일으켰다. 마음에 흔들림이 느껴졌다. 그것은 노여움을 동반한 연민의 정이 손끝으로 흘러나오는 것이었다.

"신라 서라벌 장안에 떠돈다는 노랠 적은 문건을 왕자에게 내보이라."

부여장은 닥나무 종이에 적힌 글귀를 한참 쳐다보다가, 그게 자기 이야기를 하고 있다는 것을 알아채고는 기겁을 했다. 선화공의 큰딸, 남몰래 숨겨둔 혼처(婚處), 그리고 서동방, 야반도주 그런 말들이 살아나 칼끝이 되어 가슴에 박히는 것 같았다. 그런데 자기가 마를 기른다는 것을 신라 사람들이 어떻게 알았을까. 신라의 화랑들을 만났을 때 마를 먹게 했던 기억이 떠올랐다. 선화공의 큰딸과 자신의 이야기를 하고 있는 노래가 적실했다. 닥종이에 쓰인 글자들이 눈앞에 물결처럼 흔들렸다.

善化公 主主隱/ 他密只嫁良置古/ 薯童房乙/ 夜矣卯乙抱遣去如/

선화공의 맏따님은/ 남 모르는 애인 제쳐두고/ 밤을 도와 서동방에게/ 안기어 간다더라/

물결처럼 흔들리는 글자들 위로 사택녀의 달모양 둥근 얼굴과 으뜨님의 갸름한 얼굴이 뽀얀 안개처럼 겹쳐져 떠올랐다.

"이런 참언이 적국 신라 장안에 떠돌고, 심지어는 왕실에서도 그 참언을 알고 있다는데 상서롭지 못한 조짐이다. 헌데 네가 어찌 선화공을 아느냐?" 부왕의 음성은 떨리고 있었다.

"사냥대회에서 화랑들과 같이 어울리다가 선화낭도라는 사람과 만나게 되었고…." 태자는 거기서 말을 더듬었다.

"그건 나도 들어서 안다, 사냥터에서 싸움이 있었다는 것도 들었다. 그리고 크게 다쳤다는 것도, 선화낭도의 집에서 몸조리를 했다는 것도 들었다. 그런데, 거기 봐라, 이미 혼처를 정해 놓은 남의 집 규수감을 네가 데리고 왔단 말이냐? 혼약을 하기 전이라면 모르거니와…." 거기까지 가까스로 숨을 고르면서 이야기를 하던 부왕은 더는 말을 잇지 못했다. 숨이 차서 헐떡거리며 가래를 뱉아냈다.

"신라 처자는 신라로 내쳐 돌려보내라." 부왕의 음성에는 노여움이 가득했다.

"황공합니다. 그렇게는 못 합니다." 태자의 결기가 배어나오는 답이었다

"나라 일을 할 사람이 개인의 감정을 앞세우면 안 된다." 부왕은 침상에서 허리를 곧추세웠다.

"전쟁은 나라끼리 하지만 사랑은 혼백을 두른 몸과 몸이 하는 것이라고 배웠습니다." 태자는 할 이야기는 하기로 마음을 다졌다.

"안 돌려보내면 우리 백제땅에 일구어가는 용화세계가 큰 화를 당할 것이다."

"돌려보낼 수 없습니다. 이미 내 사람으로 작정을 했습니다."

"무엄한지고, 누구 맘대로 그런 작정을 했단 말이냐?"

"저의 작정이고 하늘의 작정입니다."

"네가 그리는 하늘과 내가 받드는 하늘이 다르구나."

"같은 하늘인데 바라보는 방향이 조금 차이가 날 뿐입니다."

"이를 어찌할 거나? 이를 어찌할 거나?"

부왕은 몸을 불불 떨면서 일어서려 하다가는 다시 주저앉았다. 신하들이 달려들어 부왕을 부축했다.

"오늘이, 오늘이, 날 볼 수 있는 마지막 날이 될 것 같다. 몇 가지만 부탁하마."

왕자 부여장은 바짝 긴장해서 부왕의 손을 잡고 부왕의 이야기

에 귀를 기울였다. 의자에 기대어 앉은 부왕은 오른편 다리를 끌어 올리다가는 놓치고, 다시 끌어올리다가는 놓치고 하기를 거듭했다. 부여장이 다리를 끌어올려 왼편 무릎에 얹어 주었다. 왕은 오른손을 들어 얼굴을 싸듯이 훑어내리다가는 턱을 살그머니 어루만지듯 괴었다. 그리고는 눈을 감았다. 병색이 짙은 얼굴이었지만 입가에 그윽한 미소가 떠올랐다.

"살생을, 살생을 금하라."

"말씀대로 받들어 모시겠습니다."

"백성을 하늘로, 도리천으로, 도리천으로…."

"이 나라의 온 백성을 천도하겠습니다." 부왕이 고개를 끄덕여 보였다.

"선화공의 따님을 보시고 눈을 감으세요."

부왕은 그러마 하는 뜻인지 눈을 떠서 왕자 부여장의 눈을 건너다 보았다. 부여장이 손짓을 하자 신하가 으뜸님을 데리고 들어왔다. 고개를 다소곳이 숙이고 왕 앞에 선 으뜸님의 두두룩한 가슴이 가볍게 오르내렸다. 아무도 기침소리를 내는 사람이 없었다. 사위는 적막으로 가라앉았다.

"오, 선연이로다." 왕은 손을 내밀어 으뜸님의 손을 잡았다. 절대로 돌려보내야 한다고 하던 말과는 영판 달리 나오는 바람에 왕자 부여장은 어리둥절해졌다.

"미륵선화의 집안, 그래서 선화공이라는 것이렸다? 화랑을 용화향도라고 한다고? 주주, 선화공의 맏따님은 내가 이승을 떠난

다음이라도 잊지 말고 향을 살라 올려 주오."

천천히 하는 이야기는 음성이 또렷했다. 그러나 잠시 후 동공이 풀리면서 의식이 희미해지는지 자꾸만 허공에다가 손을 내저었다. 신하가 침상에 눕히려고 하자 눈을 다시 뜨고는 자세를 바로잡았다.

"아직은, 아직은 때가 아니다. 향을, 맑은 향을…" 그리고 대왕은 눈을 감고 가쁜 숨을 들이쉬었다가 내쉬기를 거듭했다.

부여장은 용화산 사자사 지명법사에게 연락을 하도록 일렀다. 그리고 왕의 임종을 해야 하는 신하들을 불렀다. 사택녀며 대신들이 속속 모여들었다. 그런데 이상한 것은 사택과 해수의 얼굴이 보이지 않는 것이었다.

지명법사가 도착해서 왕에게 합장해서 인사를 올리고, 염불을 외는 동안 궁궐 마당에서는 향로에서 향불이 타올랐다. 향불 냄새가 사비성을 가득 채우고, 금강으로 번져 서해바다로 흘러드는 동안, 왕은 반가부좌를 한 채 숨을 거두었다.

왕이 숨을 거둔 것은 동녘이 밝아오는 아침이었다. 궁뜰에서는 마을이 온통 화염에 휩싸였다. 궁뜰 사람들은 넘실거리는 화염을 바라보면서 손을 모으고 눈물을 지을 뿐이었다. 통곡을 하거나 불타는 집으로 달려들어 세간을 구하려는 이는 아무도 없었다. 궁뜰의 화재와 함께 사택과 해수도 자취를 감추었다.

서진구는 학예사 민성백을 만나 그동안 작업한 원고를 넘겨주었다. 역사적 안목에서 무리가 없는지 검토해 달라는 것이었다.

"여재 선생, 참 대단하십니다. 그야말로 대서사시가 되겠습니다. 간단한 목간 이야기가 그렇게 웅건한 이야기로 다시 태어날 줄은 몰랐습니다." 민성백은 허풍이 담긴 찬사를 토해냈다.

"그런데 한 가지 의문이 있습니다. 미륵사와 금동대향로는 어떻게 연결이 되는 겁니까?" 일단 높여놓고 후리치는 방식으로 이야기가 돌아가는 듯했다.

"나는 간단히 생각합니다. 무왕은 신라에서 마 기르는 법을 배우러 왔던 선화공의 맏딸을 왕비로 맞이한다고 봅니다. 그런데 선화공의 맏딸이 신라 사람이라는 것을 아는 이는 사택공과 해수공 말고는 없지 않습니까? 그러니까 양국의 갈등과 왕비의 국적 문제는 아무런 상관이 없을 겁니다. 궁뜰 마을에 이 두 사람이 불을 놓은 건지도 모르지요." 민성백은 믿어지지 않는다는 듯이 고개를 갸웃했다.

"내가 궁금하게 여기는 건 그게 아니라…." 민성백이 답을 다그쳤다.

"그렇군요. 왕비가 된 사택녀는 미륵사 창건을 발원하고, 선화공의 따님은 향을 피우기 위해 대향로 제작을 다시 발원했을 겁니다." 서진구는 자신이 믿는 대로 맥을 짚어주었다.

"그럼 왕궁탑은 어떻게 되는 겁니까?" 민성백이 다시 묻고 들었다.

"그야 무왕의 헤아림이겠지요. 사택과 해수의 행적을 익히 아는 터라 이들의 충정과 혼을 위로하기 위해 불탄 자리에다가 흙을 덮어 돈대를 만들고, 그 위에 탑을 세웠을 겁니다." 서진구는 자신이 추정하는 내용을 이야기했다.

"목간에는 그런 기록이 없습니다." 민성백의 볼이 약간 부어 보였다.

"무왕 자신이 입을 다물면 아무리 지명법사라도 알 까닭이 없지요. 그리고 법왕이 세상을 뜬 다음에 지명법사는 충청도 덕산 수덕사 창건에 몰두하느라고 익산에는 정신을 쓸 겨를이 없었을 겁니다." 서진구가 말하는 지명법사의 말년은 민성백이 처음 듣는 사실이었다.

한참 있다가 민성백이 고개를 끄덕였다. 사실이 문제가 아니라 진실이 문제라면 그런 구상을 할 수도 있을 터였다.

용화고미술사 성면양 사장이 신문을 들고 식당으로 달려왔다. 서진구가 불두를 박물관에 기증했다는 것과, 그 불두가 하반신을 만나 완전한 미륵반가상이 되었다는 것, 그리고 학계의 평가로는 이 불상이 국보가 될 게 확실시된다는 내용이 실려 있었다. 그런데 희한한 것은 박물관장과 시인 여재 서진구가 손을 맞잡고 환하게 웃는 사진이 신문에 실려 있는 것이었다. 그런 사진을 찍은 적이 없는데 도무지 종잡을 수가 없었다.

더욱 알 수 없는 것은 문화재 은닉죄가 적용될 수 있다는 내용이 해설기사처럼 실려 있는 것이었다. 서진구는 서둘러 택시를 잡아타고 집으로 향했다.

집은 비어 있었다. 책상 위에 하얀 백지 한 장이 놓여 있었다.

백지를 집어 들었다. 아내가 남겨 놓은 메모지였다.

'당신의 상상력에 날개를 달게 하지는 못할망정, 상상의 날개를 꺾어서는 안 된다는 생각에서 세속의 물욕에 대해 참담한 인내를 하며 지내 왔어요. 그런데 당신의 상상이 이제는 하나의 작품으로 완결되었다는 확신을 가지게 되었어요. 백제 이야기가 거대한 서사시가 되기를 빌 뿐입니다. 나는 나를 찾아 인도로 떠납니다. 시간이 얼마가 걸릴지는 모르겠어요. 생활에 불편한 점들이 있더라도 몸을 잘 보전하면서 지내세요. 당신의 아내 강안나 드림'

서진구는 금동불두! 하면서 금고로 다가가 손잡이를 잡았다. 순간 분전반에서 치지지직 하면서 불꽃이 일더니 전기가 나갔다. 집 안은 암흑에 휩싸였다. 그 암흑 속에 미소와 고뇌가 범벅이 된 미륵반가상의 얼굴이 우련하게 떠올랐다. 아내의 얼굴이 겹쳐졌다. 그 얼굴은 사택녀의 얼굴이기도 하고 선화공의 맏딸 얼굴이기도 했다. 다시 미륵반가상의 얼굴이 떠올라 흔들리다가 사라졌다. ✺

백제금동대향로 _ 국립중앙박물관(자료)

거문도(巨文島) 뱃노래

이러다가 잊혀진 작가가 되는 게 아닌가 하는 두려움이랄까 절망감이랄까 하는 감정이 엄습하기 시작할 무렵이었다. 『사계절문학』이라는 잡지사에서 원고 청탁서를 보내왔다. 무얼 소재로 글을 써야 하나 망연히 시간을 보냈다. 마침 '진영한 사진연구소'의 진형이 거문도로 출사를 간다고 했다. 거문도라는 말에 귀가 띄었다. 거문도에 가면 무슨 이야기든지 소재를 하나 건질 수 있겠다는 막연한 기대에 부풀었다.

일기예보에 따르면 바람이 잦아지고 비가 그칠 것이라고 했다. 그러나 나로항에서 밤을 새워 거문도 백도 가는 배를 기다렸지만, 뒷날도 여전히 바람이 거세고 비가 뿌렸다. 하루를 더 기다려 배를 탈 수 있었다. 그날도 날이 쾌청하지는 않았다.

가이드를 채근해서 배가 뒤집히지 않는 한, 백도는 못 보아도 좋으니 거문도는 꼭 보아야 한다고 귀 아프게 들어댔다. 내심으로는 한국의 오대 섬 관광지로 꼽힌다는 백도를 보고 싶기도 했다. 백도는 베트남의 하롱베이 못지 않은 절경이라지만 무인도라서 사람살이를 볼 만한 게 없었다. 인간이 깃들지 않는 섬은 애초에 소설의 영역이 아니었다.

진형과 거문도 안에서 돌아다녀볼 만한 데를 살피기로 했다. 자연만으로는 이야기를 구성하기가 어려웠다. 이야기가 되자면 풍경 속에 사람이 있어야 했다. 거문도에서 찾을 수 있는 사람의 흔적이라곤 동도라는 섬에 자리잡은 귤은(橘隱)의 사당에 가야 찾을 수 있었다. 그런데 그는 구한말의 유학자라서 자료를 뒤져보아야 이야기를 얽을 수 있겠다 싶었다.

인간사 때문이라면 거문리(고도)에 있는 영국군 묘지에 구미가 당겼다. 영국군이 왜 한반도 남쪽 섬에 와서 죽었을까 하는 원초적 의문이 들었다. 우선 편한 대로 영국군 묘지를 둘러보기로 했다. 영국군 묘지는 고등학교 국사시간에 배운 '거문도 사건'이 떠오르게 했다. 그때 조선에 왔던 영국군들이 거문도에 묻혀 있다면 아무래도 어떤 사연이 있을 듯해서 흥미를 자아냈다.

서도의 해안선이 노루섬을 폭 끌어안은 아담한 만. 거기서 내려다보이는 언덕이 영국군 묘역이었다. 주변은 손질이 잘 되어 깔끔했다. 우리나라 남쪽에서나 볼 수 있는 활엽수들이 무성하게 묘역을 둘러싸고 있었다. 묘역 옆으로 선연하게 붉은빛을 띤 목백일홍이 두 주 서 있었다. 큰 절이나 향교 같은 데를 가야 볼 수 있는 나무가 묘역에 서 있는 게 좀 이채로웠다. 진형이 목백일홍, 일명 자미화(紫微花)라 하는 꽃나무를 향해 카메라를 들이대고 몇 차례 셔터를 끊었다. 셔터 소리가 푸른 하늘로 가느다란 메아리를 끌고 사라졌다.

묘역에는 세 기의 묘가 가지런히 정리되어 있었다. 돌로 된 묘비를 양쪽에 두고 그 가운데 나무 십자가가 묘비로 서 있었다. 그것은 알렉스 우드라는 영국군의 묘였다. 우드라는 이름처럼 한 인간이 나무 십자가로 서서 삭아가는 중이었다. 1903년 알비온 호를 타고 조선에 왔다가 죽어서 여기 묻혔다는 설명이 적혀 있었다. 그 묘는 거문도 사건과는 직접 연관이 없었다. 돌로 된 묘비에 대한 설명을 읽어보던 진형이 중얼거리듯 말했다.

"영국군들이 총기사고로 죽었다는데, 어찌된 일인지 하루 걸러 차례로 죽었네."

사고 내용이 예사롭지 않다는 생각이 머리를 스쳤다. 아무래도 둘이 다툼 끝에 서로 총질을 하다가 일어난 사고 같았다. 영국군들 사이에 총질할 일이 무엇이었을까? 거문도 사건 당시 전투를 했다는 기록은 없었다. 그렇다면 둘 사이에 말못할 다툼이 있었을 게 분명했다.

그때 언제 왔는지, 어느 텔레비전 쇼프로 '얼짱들의 말잔치'에 출연할 만큼 얼굴 곱고 젊은 아가씨들이 묘지 앞으로 몰려왔다. 짧은 티셔츠 등과 앞가슴에 핑크색으로 G자 무늬를 넣어 디자인한 유니폼을 입고 있었다.

한 아가씨가 노래를 시작하면서 모두들 거기 맞춰 합창을 했다. 잠시 노래를 들어 보았다. 익히 아는 '대니 보이'라는 노래였다. 당시 걸그룹이 부른 대니 보이가 잠시 흥행을 타기도 했다. 끝 구절에서 "오 대니 보이 아이 러브 유 소오오오…." 하는 울림이 물비늘에 밀려 바다를 미끄러져 나갔다.

"노래들 잘 하네. 악보 좀 보여줄래요?"

악보를 내미는 아가씨의 손등이 갈색으로 그을어 보였다. 얼굴을 쳐다봤다. 동글납작한 얼굴에 검은 눈동자가 얇은 눈꺼풀 안에서 반짝였다. 어디서 왔는지 물어보려다 말았다. 혹 실례가 될지도 모른다는 생각 때문이었다. 한국에서 입양된 처녀일지도 모를 일이었다. 그렇다고 완전한 한국 아가씨의 얼굴이라기보다는 한국인과 서양사람 사이의 혼혈처럼 보였다.

아가씨가 건네준 악보의 가사를 훑어보았다. '오 대니 보이'로 시작해서 '아이 러브 유 소'로 끝나는 일절은 늘 듣던 대로 익숙했다. 그런데 이절은 내용이 너무 애잔하고 구슬펐다. 죽어서 땅에 묻힌 다음 네가 날 찾아와, 기도를 올리며 사랑한다는 말을 할 때, 내 무덤은 따뜻하고 달콤하게 젖어들 것이다. 그래서 나는 네가 내게 올 때까지 평화 속에 잠들 것이라는 내용이었다. 민요치고는 너무 우울하고 비애감을 자극한다는 생각이 들었다.

나는 악보를 보여준 아가씨에게 명함을 주면서 언젠가 한번은 만날 날이 있을 거라는 막연한 약속을 했다.

"작가가 아저씨네요." 어색한 한국말이었다. 웃을 때 가무잡잡한 얼굴을 배경으로 드러나는 치열이 깨끗했다.

아가씨들은 명랑한 목소리로 재깔대면서 묘역을 떠났다. 몇은 머리가 동양인처럼 까맣게 빛났다. 나는 가족을 멀리 떠나보내기라도 하듯 다소 감상에 젖어 손을 흔들어 주었다. 악보를 보여주었던 아가씨는 어설픈 한국말로 "안뇽 가세요." 하면서 손을 마주 흔들었다. 웃는 모습이 조카 아이를 꼭 닮아 보였다. '거문도 사건'이 괜찮은 이야기 거리가 되겠다는 예감이 왔다.

서울에 올라와 다음과 같은 반은 여행기고 반은 소설 같은 글을 하나 얽어서 진형에게 메일로 보내고 답을 기다렸다. 『사계절문학』에 보내기 전에 한번 읽어달라는 뜻이었다.

*   *   *

그날이 단오였다. 바람은 삽상하게 살갗을 스쳤다. 꿀물이 든 광나무(쥐똥나무) 향기가 바람기를 따라 코끝에 스며들었다. 햇살은 수평선 위로 맑은 바람을 타고 눈부시게 부서졌다. 바닷물이 절벽 아래서 물비늘을 일으키다가는 물너울로 밀려와 바위절벽에 부딪쳐 으르렁거리며 치솟았다. 파도는 하얀 포말을 바윗등에 뿌리면서 쿠르렁 하는 소리와 함께 가라앉았다.

아침 댓거리(竹田) 우물터에 모인 동네 아낙들은, 고도(古島) 편을 손가락질하면서, 이제 정말 전쟁이 나는 거 아니냐고 서로 두릿두릿 눈들을 굴렸다.

영국군들이 고도에 배를 대고 막사를 짓고 동네가 새로 생기기 시작하면서, 섬의 풍속과 인심이 달라졌다. 주민들 사이에 믿음이 사라져 문을 걸어닫기 시작했다. 돈이 될 만한 물건은 거저 돌려쓰거나 내돌리는 풍속이 사라졌다. 거기다가 그사이 임오년 (1882)의 난리며 갑신년의 정변(1884)이며 어지러운 일들을 하도 많이 겪은 뒤끝이라, 어디서 쿵하는 소리만 나도 또 난리가 나는 게 아닌가 혼비백산하는 지경이 되었다.

화통에서 검은 연기를 내뿜는 이상한 배가 섬에 들어왔을 때, 영국군들이 섬을 점령하고 아라사와 맞서 싸울 준비를 하는 거라는 소문이 돌렸다. 그러나 영국군들은 그저 먼 나라 낯선 땅에 와서 이럭저럭 재미나 보다가 갈 요량인 것처럼, 오히려 한가해 보이기까지 했다. 영국 군대를 따라서 청인 노동자들이 들어오고, 눈치빠른 일본인들은 날렵한 집을 짓고 영국 병사와 조선인 뱃사람을 불러들여 유곽을 운영하는 자도 있었다. 본토 사람들이 제쳐놓았던 섬 고도(古島)가 북적거리면서 썩어가는 냄새를 피워내기 시작했다.

어제 점심무렵 영국군 막사 쪽에서 몇 차례 총성이 들렸다. 전에 없던 일이었다. 물론 겉으론 평온하지만, 섬 주민들로서는 영국군 막사 안에서 어떤 일들이 일어나고 있는지 알 재간이 없었다. 따라서 그다지 관심을 보이지도 않았다. 그러나 총성은 섬을 불안으로 몰아넣었다. 영국군이 석탄을 때서 검은 연기가 뭉클뭉클 솟아나는 배를 몰고 와 섬에 정박한 지 거반 한 해가 지난 뒤였지만, 마을에 내려와 행패를 부린다든지 부녀자를 희롱하는 일은 이제까지 한 가닥도 없었다. 군인들이라고는 하지만 총을 쏜다든지 대포질을 해댄다든지 그런 조짐은 전혀 안 보였다. 그러나 뭔가 조금씩 조금씩 변화하는 모양은 놓칠 수 없었다. 막사가 늘어나고 다리를 놓는 일은 물론, 마을 사람들과 거래가 트이기도 해서 거래를 약정하고 양이라든지 돼지를 사가기도 했다.

　물을 길어가면서 마을 사람들에게 공손한 인사를 하기도 했다.
어떤 때는 물값이라고 돈을 내놓았다. 한 해가 지나는 동안 마을
사람들과 영국군 사이에 돈독한 친분이 쌓였다. 어떤 병사는 일
정 기간을 두고 마을에 들렀기 때문에, 그를 만나면 동네 개도 꼬
리를 흔들면서 다가가 바지가랑이에다가 목을 부빌 만큼 임의로워
졌다. 그러는 중에 동도와 서도에서 거문리를 드나들며 술을 마
시고 계집을 사는 어민들이 늘어났다. 거문리를 드나드는 젊은이
들을 쳐다보는 촌로들의 시선에는 가시가 서 있었다.

　마을 사람들은 모이기만 하면 한을이라는 처녀가 나타나기를
목을 빼고 기다렸다. 그때그때 섬의 정황이 어떻게 돌아가는지
들을 수 있는 유일한 통로였다. 한을이 영어를 할 줄 안다든지,
영국군과 소통이 되는 것을 마을 사람들은 희한하다는 눈으로 바
라봤다.

　전에 그런 일이 있었다. 막사를 건설하는 작업장에서 병사 둘
이 마을로 내려왔다. 마침 한을은 우물터에서 김칫거리 열무를
씻는 중이었다. 병사들은 장갑을 벗어들고 물을 청했다. 근래 몇
차례 만난 영국군들과는 복색이며 계급장이 달랐다.

　"플리즈, 어 바가지 오브 워터." 희한한 영어였다.

　한을은 터져나오는 웃음을 참느라고 숨이 막힐 뻔했다. 물 한
바가지를 청하는 영어가 조선말과 섞여, 애들 장난처럼 서툴게
나온 것이었다.

　"그냥, 워터 플리즈, 하세요."

그렇게 일러주고는 '워터 플리즈'를 되풀이 해 보였다.

병사들이 놀란 눈으로, 눈썹까지 찡긋하며 한을을 동시에 쳐다 봤고, 또 거의 똑같이 이전에 만났던 영국군들처럼,

"두 유 스피크 잉글리쉬?" 하고 외쳤다.

그리고는 손을 내밀며, "나이스 투 미트 유!"를 복창했다. 한을은 내외를 잘하는 사람들이라는 이들이, 말이 통한다는 것만으로 너무 가까이 다가온다는 생각이 들었다. 그런 생각 이전에 누가 쳐다보는 것 같아 등이 뜨끈하게 달아올랐다. 그때 돌담을 돌아 나오던 그림자가 슬쩍 숨어드는 게 보였다. 아마 가래울댁이지 싶었다.

그들은 합장을 하듯이 손을 모아 허리를 굽혀 인사를 하고는 물 바가지를 받아서는 목에서 컬컬컬 소리가 날 정도로 달게 마셨다. 그리고는 한 병사가 주머니에서 동전을 꺼내 한을 앞에 내밀었다. 나중에 안 일이지만 군대에 오기 전에 건축을 공부했다는 프랑크(부랑구)였다. 한을이 그러지 말라고 손을 내저었다. 그러자 그는 물을 마셨으면 돈을 내야 한다는 말을 신조어를 급조해 내었다. 부랑구는 "노 모니 노 워터"라며 하얀 이를 드러내고 웃었다. 한을은 동전을 돌려주면서 당신 나라 속담에 "노 페인 노 게인"이라는 말이 있다는 것을 들은 바 있다고 했다. 우리 조선은 돈 없으면 물도 못 마시는 야박한 나라가 아니라고 얘기해주었다. 물이 필요하면 언제든지 누구한테나 달라고 하라면서, 조선은 정말 인심이 후한 나라라고, 텐더하티드를 거듭해 보였다. 병사들은 한을과 영어로 몇 마디 대화를 하는 동안 여행 중에 고향

친구를 만나기라도 한 것처럼 임의롭게 다가들었다.

"거기들, 보트 운전할 줄 알아요?"

한을이 속생각을 드러내지 않은 채 그렇게 물었다.

"물론이지요. 우리 대장이 허락하기만 하면."

옳다 되었다 싶었다. 육지를 나가려면 배가 아쉬웠다. 동네에서 육지로 나가는 배에는 부녀자를 안 태우려 하기도 하고, 겨우 얻어 타도 사람들이 꼬부장한 눈으로 쳐다봤다. 여자가 배를 타는 것은 시건방진 행동이었다. 이들이 바다에 길을 터줄 것을 생각하면 이편에서 좀 더 친절해야 한다는 생각이 들었다.

이후 그들은 댓거리 주막에서 몇 차례 만났다. 주막 이름이 '다크 펍'이었다. 물론 간판이 달려 있을 리 없었다. 거문도가 검은 섬이라는 뜻이라고 한을이 설명했다. 다크가 검다는 뜻도 되니까 거문도는 다크 아일란드라고 해도 된다고 해서, 말 아퀴를 맞춘 것이다. 검은 주막은 다크 펍하우스, 줄여서 다크 펍이라고 불렀다. 애란(아일랜드)에서는 영국 본토에 비해 흑맥주를 잘 마신다고 했다. 조선의 막걸리처럼 맛이 텁텁하고 일반인들이 즐기는 술이라고 했다. 처음에는 주막에 드나드는 영국 사람들에 대해 동네 사람들의 눈길이 곱지 않았다. 어느 사이 영국군들이 주막에 드나들어도, 그러려니 하는 분위기로 돌아갔다. 한을이 주막에 드나드는 것은 술을 마시기보다 다른 목적이 있었다. 영국군들 만나는 빌미를 만들어 얘깃거리를 물어날랐다. 동네 사람들은 한을이 주막에 드나들어도 그러려니 하고 넘어갔다. 그리고 한을이 이따금 전하는 영국군들의 이야기가 동네 사람들의 심심풀이 역할을 했던 것이다.

섬에 정박한 후 일 년이 지나는 사이 영국군들을 칭찬하는 소리가 미담처럼 마을에 퍼졌다. 하얀 제복을 입고 챙 없는 수병 모자를 단정히 쓴 해군들은 체구가 당당하고 얼굴들이 수려했다. 떠꺼머리로 바지 괏말 말아내린 조선 청년들이나 머리에 수건을 질끈 동이고 곰방대를 빨고 있는 남정네들에 비하면 말쑥하고 위엄까지 있어 보였다. 그들은 점잖아서 말들이 별로 없었다. 젊은 사람들이라 껍죽대는 작자들이 섞여 있을 법한데 그러질 않았다. 또 그 나라 풍속이 그런지, 엄한 교육과 훈련의 결과인지는 모르지만 내외를 잘 하기도 했다. 마을 길을 지나가다가 길이 엇갈리게 되면, 동네 부인들이 먼저 지나가도록 돌아서서 부인들이 비껴가기를 기다렸다가 가던 길을 가곤 했다.

영국군을 칭송하는 이야기는 산비알에 염소를 놓아기르는 산돌영감을 통해 퍼지기도 했다. 산돌영감이 섬에서 염소를 기른다는 이야길 들은 영국군 측에서 한을을 사이에 끼워 흥정을 해왔다. 그들이 배에 싣고 온 양을 넘겨줄 테니, 산돌영감의 목장에서 길러가지고 자기들한테 되팔라는 제안이었다. 산돌영감은 손가락을 짚어가며 계산을 해 봤다. 노린내가 나는 것이야 염소나 양이나 다를 바가 없고, 이참에 영국이라는 나라에 대해 알아보고 싶기도 했다. 자식 낳은 게 원수가 되어 양물을 잘라내며 살아야 하는 나라에 대해 넌덜머리를 내던 끝이었다. 그런 정황을 다산은 「애절양」이라는 시에서 준절하게 꾸짖었다. 식자들은 대개 그런 이야기를 알고 있었다. 길이 닿는다면 일본이든지 영국이든지 어디론가 멀리 떠나고 싶은 생각이 굴뚝 같았다. 산돌영감의 그런 속내를 한을이 대충이나마 알고 있었다.

영국군들이 넘겨준 양을 길러 새끼를 치는 동안 그들과 소통이 되기도 하고, 바깥 정세를 알 기회가 가끔 생기기도 했다. 영국군들과 이야기를 하기 위해 소통을 하는 데는 한을이 도움을 주었다. 천주학을 하는 동안에 배웠다는 영어가 제법이었다. 자연히 서도에서 벌어지는 여자들의 이야기는 영국군과 말이 통하는 한을이 물어날랐다.

한을은 근간 5년여를 지은 선생(枳隱先生) 댁에 몸을 의탁하고 있었다. 갑작스런 총성에 대한 궁금증은, 한을과 지은 선생 두 사람의 입이 어떻게 열리는지를 기다리지 않을 수 없었다. 그런데 둘 가운데 아무도 동네 우물터에 나타나지 않는 것이었다. 이들이 영국군과 무슨 꿍꿍이를 꾸미고 있는 건 아닌가 숙덕거리는 소리도 들렸다.

어제 총성이 들리기 전까지만 해도, 마을에는 영국군 병사들을 두고 농으로 하는 걸쭉한 입질이 잦았다. 말이야 투박했지만 그들에 대한 호기심과 선망이 어려 있는 농담이었다.

"저런 남정네랑 사는 여편네들은 얼마나 얼굴이 고울까잉?"

"어이구 징한 소리, 키가 육척이면, 물건이사 한 자는 넘지 않을랑가 몰라. 등짝에 댕구 구녕이 뚫리겄당께."

"천하 없는 놈의 꼬치도 거기다 절이면 흐늘거리는 뱁인게여."

언제 왔는지 당골네 해연이가 물동이를 내려놓고 꼬부장한 눈으로 동네 여자들의 이야기를 듣고 있었다. 당골네 치고는 해연이는 좀 유난스런 구석이 있었다. 남들 이야기에 타고들어 시비를 가리기도 하고, 자기가 동네 어른이라도 되는 듯이 부녀자들의 콧등을 눌러놓는 이야기를 잘도 했다. 그러나 아는 게 워낙 많아 동네 아낙들은 해연의 이야기라면 대체로 수긍하며 지냈다.

"마소마소, 그런 소리 하덜 마소. 저들도 사람인게, 남녀 만나 아들 딸을 낳아 길러, 우리랑 똑같이 알쿠렁달쿠렁 살 것지라."

머리가 노랗고 눈동자가 노르끼해서 그렇지, 자세히 보면 젊은 사람들이 순진해 보이기도 하고, 마을 사람들과 트고 지내는 걸 보아도 유순하고 친절미가 있었다. 그런데 해연이가 그렇게 소견이 멀쩡한 소리를 어떻게 하는지, 모를 일이었다. 가막실댁이 끼어들었다.

"그런데 요새, 지은 선생네 하늘인가 땅바닥인가 하는 가시내가, 영국 남자들이랑 거시기 한담서?"

"거시기라께, 그게 뭐랑가요?"

가래울댁이 호기심어린 눈으로 다가서며 물었다.

"뭐긴 뭐여, 그 코큰놈 시앗질에 떨꺽 걸려든 거 아니겄남?"

아직도 눈치를 못 챘느냐는 듯이 가막실댁이 가래울댁을 바라보고 눈을 찡긋했다.

"하긴 그려, 걔가 사낸지 계집앤지 알 수 없게 하고 댕기는 꼴이. 그리고 짤짤 돌아다니는 모양새가 일을 낼 거 같잖습뎌?"

한을이 거문도로 들어온 지는 다섯 해가 되어 가는 셈이었다.

동네 사람들 말로, 검정 치마바지에다가 모가지 동정을 두른 서
양 남자가, 남자 복색을 한 얼굴 예쁘장한 애를 데리고 와서 지은
선생댁에 맡기고 갔다고 했다. 지은 선생이 무슨 뜻으로 그렇게
했는지는 모를 일이지만, 자기 집안의 먼촌 조카인데 천주학을
하는 사람들을 피해 섬으로 들어왔다는 이야기를 퍼뜨렸다.

"저거들도 사내들인데 왜 객고가 없겠어라. 그냥 놔둬도 장작
처럼 타오를 나이들이잖어. 워따 조선 여자가 말이시, 뜯어보면
볼수록 이쁜 기가 촐촐 흘러라잉?"

한참 묵묵히 듣고 있던 가래울댁이 가막실댁의 말을 막고 나섰
다.

"안 그럴 거구만. 말을 안 해서 그렇지, 한을아씨는 밭 매고 물
질하는 우리랑은 원판 달라서 아무 애기나 함부로 씨부리면 안
되겠더라니까. 워디서 배웠는지 영국 병정들하고 영국 말을 쑤얼
쑤얼 해대고, 무신 노래책까지 가지고 댕김서 도깨비같은 노랠
하지 않나, 그리고 염생이 움막집 산돌영감 하고는 죽이 척척 맞
는 눈치 아니더라고잉. 산돌영감이 영국 군대에게 양을 파는 데
통역인가 뭐신가를 한 게 개라 않던가요? 갸가 우리랑은 원판 달
라서 어찌 히볼 도리가 없는 애랑게. 안 그려?"

칭찬인지 험담인지 알기 어려운 이야기였다. 아무튼 한을이 남
다르다는 말은 틀림이 없었다. 가막실댁이 가래울댁을 치올려보
고 치내려보고 하다가 물었다.

"그랑게, 머시기냐, 거그는 그 하늘인가 땅바닥인가 하는 애가
어디서 왔는지 알겠소?"

"글씨, 나라고 세상 다 아는 여자랍뎌? 선대의 고향이 강진이
라던가, 귀양살이 왔던 어떤 어른의 외손녀라고들 하기는 합디다
만서두, 어찌 알겄소? 그리구 남장을 허구설랑 뱃사람들허구 어
울려 육지에 나갔다 돌아오면 영국 군대나 만나고 허는디 그 속
을 어찌 알겄어라?"

"걔가, 말이시, 진서를 줄줄 읽는담서?"

"진서가 아니라 중국 말이라지, 중국 말은 말할 것도 없고, 아
까 말했잖여, 영국 말도 좔좔 읽는다니께로. 영국 노래도 배워서
하더만. 산돌영감이 부르는 그 염소새끼 매애애하는 노래랑 붙이
면 재밌겠잖소?"

"천주학도 한담서? 그럼사, 천주학하고 당골네는 원판 딴길이
라던데, 어쩔라고 당골네하고는 죽고 못 산당가? 둘이 주막에서
만나 밴대질이나 하는 거 아녀?"

가래울댁이 눈자위를 하얗게 굴리면서, 가막실댁을 사람이 그
렇게 천박하냐는 양으로 책망하듯이 쳐다봤다.

"워쩌면 머리가 그렇게 외로 돌아간다냐, 전에 누구한테 들었
는데, 천주학 하는 신부한테 영국 말을 배워서 그렇게 훤하답디
다. 우리 동네에 여장수 난 거 아니겄남? 헌디 장수라는 게 앞길
이 쪼매 불길하지라."

"여장순지 엿장산지, 한을이 애가 와야 영국 병사들이 뭘 어쨌
는지 알겄구만."

동네 부인들의 이야기는 지은 선생댁 한을에게 집중되었다. 남
장을 하고 돌아다니며 선머슴처럼 일을 하기는 하지만 녹록히 볼

수 없는 위엄과 기품을 지닌 인물이었다.

"그란디 지은 선생이라는 이가 공부가 말이시, 하늘 꼭대기 처받는담서?"

"하늘을 처받든 땅을 무니든 자기 혼자 하는 공부 누가 알아준담?"

이야기가 지은 선생 쪽으로 돌아갔다.

동네에서 지은 선생이라고 하는 이민상(李民尙)은 그의 중시조가 병자호란을 겪은 다음 둔세(遁世)하는 뜻으로 남해 금산으로 내려왔다가, 이양선(異樣船)이 드나드는 것을 보고는 오래 거처를 삼을 만한 데가 아니라고, 남해를 떠나 이 섬으로 들어왔다. 지은 선생은 귤은(橘隱) 김류(金瀏) 선생과 교분을 트면서 스스로 자호하기를 지은이라 했다. 귤이 강을 건너와 맛과 깔이 못 돼지면 탱자가 된다는 고사를 빌어, 귤은 선생에 비하면 자기는 탱자에 지나지 않는다는 것을 증명하듯 탱자지자를 써서 지은(枳隱)이라고 호를 붙였다. 남해 일원에서는 동서고금 무불통지라고 명망이 높았다. 그 댁의 먼촌 조카라지만 가비(家婢)처럼 일하는 이한을(李韓乙)에게 마을 사람들의 호기심이 집중되었다. 마을에 들어온 지는 오년 남짓하지만 사람이 워낙 똑똑하고 당찬 데가 있었다. 한편으로는 맘자리가 솜반처럼 온화해서 사람들의 마음을 샀다.

이런 일이 있었다. 호를 귤은이라고 하는 김류 선생이라면 나라 안에서 유학자로 이름이 드날리는 것은 물론, 나라 밖에까지 문명을 떨치는 거유(巨儒)로 칭송이 자자했다. 청나라 해군제독 정여창(丁汝昌)이 거문도에 왔을 때, 그와 필담을 하는 중에 정여창을 감복하게 해서, 이전에 거마도(巨磨島)라고 하던 섬 이름을, 대단한 문인이 산다 하여 클거자에다가 글월문자를 써서 거문도(巨文島)로 바꾸라고 조정에 상주를 하게 했다는 인물이다.

귤은 선생 이야기를 할 때면 선생의 덕을 칭송하던 동네 사람들은, 어느 사이에 지은 선생댁의 이한을 쪽으로 말길을 돌렸다. 천주학을 하느니 동네 무당과 친하다느니, 산돌영감이랑 수양딸을 맺었다느니 하는 이야기들이 마을 아낙들의 구미를 돋구었다.

"한을이라는 처녀애가 천하의 지은 선생을 꼼짝없이 눌러 놓았다는 거잖어라우?"

물을 길러 나온 다른 부인들이 가래울댁의 입이 어떻게 움직이는지 쳐다보며 호기어린 눈들을 반짝였다. 가래울댁은 이건 자기가 직접 눈으로 보고 귀로 들은 거라면서, 신이 나서 이야기를 늘어놓았다.

섬 이름을 거문도로 하라고 조정에 상주하겠다는 정여창의 이야기를 지은 선생이 듣고는, 한을을 불러 앉혔다. 너는 어떻게 생각하느냐면서 한을에게 떠보듯 물었다.

"청나라 제독이 하는 그 이야기를 듣고 귤은 선생이 흡족해 하시더랍니까?"

"무신 소리를 하자는 게냐?"

"남의 나라 섬 이름을 누가 맘대로 바꾼답니까? 섬으로 들어오면서 바라보면 바다 한가운데 꺼멓게 돋아 있는 섬이니 옛날부터 꺼멍섬, 검은섬, 거마도, 그렇게 불렀을 것이고, 검은섬의 섬을 섬 도자를 써서 거문도가 되었을 게 이치에 닿지, 글 하는 선비가

있다고 해서 섬 이름을 그렇게 바꾸라는 것은 지나친 월권 아닌
가요? 그럼사 흑산도를 자산도라고 하라고 청나라 사신 누가 이
야기하면 자산도라고 바꾸겠구먼요." 한을의 말은 기세가 도도했
다.

외할아버지의 형님, 흑산으로 귀양갔던 자산(玆山, 丁若銓)을 슬
그머니 밀어넣는 말솜씨가 지은 선생의 심기를 건드렸다. 자산을
들먹이다가는 필연코 자기 핏줄을 떠올릴 것이고 천주학과 연관
된 내력을 생각할 터라서 조심스러운 일이었다. 더구나 천주학을
한다는 이들이 아직도 눈치를 당하는 정황이었다. 지은 선생은
자신이 유학과 천주학 사이를 오가는 인물이라는 이야기를 듣는
게 그리 달갑지 않았다. 한을이 집에 들어온 이후 천주학 이야기
를 하는 것은 더욱 조심스러운 일이 되었다. 더구나 한을이 육지
로 드나들면서 마리아상을 가지고 오기도 하고, 영국말로 된『바
이블, 성경』을 가지고 와서 읽는 것도 꽤나 불안했다.

"어허, 말은 옳다만…. 조심하거라."

"말이 옳으면 뜻도 곧은 거지요."

"알았다. 내가 조정에다가 이래라저래라 할 수 있는 처지는 아
니다만, 네 뜻은 충분히 알았다. 귤은 선생에게 네 이야기는 꼭
전하마."

지은 선생은, 머리를 조아리고 앉아 있는 한을의 여자답지 않
게 두툼한 어깨를 그윽한 눈길로 넘어보았다. 지금이야 떡거머리
총각모양으로 동네 애들과 어울려 골목을 치달려 다니지만, 머지
않아 큰일을 할 인물이라는 생각을 했다. 어떻든 간에, 사람의 씨

가 다르다는 생각을 하는지 지은 선생은 문밖으로 시선을 주고는 묵연히 앉아 있었다. 틀림없이 누군가의 칼날을 면치 못하리라는 불길한 생각이 써늘하게 뒤통수를 스쳤다.

　호구조사를 한다면서 여수에서 관리가 와서 집집마다 샅샅이 훑어 다녀간 다음날이었다. 지은 선생이 한을을 불렀다.

　"저 고개 너머 염소 치는 산돌영감을 가까이한다던데 사실이냐?"

　"예, 사실이 그렇습니다."

　"무슨 볼일이 있었더냐?"

　"생애가 너무 고적해 보여서요."

　"네가 그 사람이 고적한 걸 어떻게 한단 말이냐?"

　한을은 딱히 대답할 말이 없었다. 산돌영감은 얼굴에 그늘이 드리운 건 사실인데, 돌아다니며 하는 행동을 보면 스스로 잘 이겨내는 성격인 듯했다. 사실 영국군과 흥정을 하는 과정에 한을이 끼어들어 한몫을 단단히 했던 터였다. 끼어들었다기보다는 산돌영감이 손해를 안 보도록 통역을 해 주었을 뿐이었다. 그러는 중에 육지로 나가는 배편을 알아보자는 속셈이 있었다.

　지은 선생은 한을을 한참 건너다보다가는, 혼잣소리처럼 "생산을 못 할 위인이기는 하다만" 하고, 쩍 소리가 나게 쓴침을 삼켰다.

　"매사 조심하거라. 너도 세상사 돌아가는 것 알 만한 나이가 되었으니 들어 두어라."

지은 선생은 산돌영감의 내력을 이야기했다.

산돌영감이라는 이는 본래 돌산도에서 살았다고 한다. 사람 사는 게 곤고하기 이를 데 없는데, 밭이 좋아서 그런지 씨가 좋아서 그런지 아내가 아이를 무 뽑듯 뽑아내는 집안이었다. 아이를 낳으면 거기다가 인두세(人頭稅)를 붙여 세금을 걷어갔다. 나이를 먹어 군역(軍役)을 해야 할 때 그걸 못 치르면 또다시 족징(族徵)이니 인징(隣徵)이니 해서 막무가내로 세금을 후려갔다. 아들 다섯을 낳고 또 하나를 낳았을 때, 산돌영감은 자기도 모르게 한숨을 내쉬었다. 사람이 태어나면 저 먹고 살 양식은 타고 난다는 게 흙 뒤져먹고 사는 농투사니들의 믿음이었다. 자식은, 특히 아들은 집안의 재산이나 다름이 없었다. 하늘이 사람을 점지하되 녹이 없는 인간은 점지하지를 않는 법이라고 일러왔다. 그러나 그 말은 금방 헛된 먼지가 되어 날아갔다.

아이를 낳고 두 이레가 지났을 때였다. 육지에서 범선을 타고 온 세리가 산돌영감네 삽작을 밀고 들어왔다. 세리가 들어오는 것을 본 주인은 낫을 들고 토담 모롱이를 돌아갔다. 세리를 보고 악을 쓰며 짖어대던 멍멍이가 꼬리를 치며 달려들었다. 산돌영감은 멍멍이를 발로 툭 차서 물리치고는 낫을 들어 자기 양물을 쑥덕 잘랐다. 피가 뚝뚝 떨어지는 양물을 세리 앞에 덜렁덜렁 흔들어 보이면서, 이걸 가져가라 하며 피를 토하듯 통곡을 했다. 그 끔찍한 장면에 놀란 세리는 뒤로 주춤주춤 물러나 도망쳐버렸다. 그 이후 산돌영감은 아이들도 제풀에 자랐고, 자기가 한 짓 때문에 동네에서 낯을 들고 다닐 수 없다면서 처자식 버리고 섬으로 들어와 염소를 치며 산다고 했다. 생산을 못할 위인이라는 게 무슨 뜻인지 알 수 있었다. 그런 이야기가 여기만 있는 게 아니라 조선 방방곡곡 널리 퍼져 있었다.

그런데 희한한 것은, 그 딱한 정황은 어머니가 한을에게 해준 이야기 그대로였다. 너의 외할아버지가, 가난한 집 남정네가 스스로 거세를 했다는 이야기를 듣고 통곡을 하면서 먹을 갈아 글을 썼단다 할 때, 어머니의 눈자위가 붉게 젖어 있던 기억이 생생하게 떠올랐다.

그와 함께 배두익(Patrick, 裵斗益) 신부가 전한 이야기도 기억에 사물거렸다. 배두익 신부는 오갈데 없는 한을을 거두어 먹이고 가르친 생애의 은인이었다. 한을은 그 밑에서 천주학을 공부하는 가운데, 조선이 얼마나 좁고 아량이 없는 사람들이 사는 나라인지를 훤하게 알았다. 눈은 떴으되 가슴은 비애로 가득했다. 배두익 신부한테도 남자가 아이 낳는 것이 불행을 자초하는 짓이라고, 그 원수놈의 불알 하면서 양물을 덜렁 잘라버렸다는 이야기를 들은 적이 있다. 아울러 배두익 신부는 남자가 자식 낳은 죄로 양물을 잘라버리는 그런 시대에도, 현명하기 그지없는 사람이 있었다는 이야기를 했다.

"그 선비가 강진으로 귀양을 와서 지내던 무렵이었느니라." 배두익 신부는 그렇게 허두를 뗐다. 현명하기로 말하자면, 이름이 안 알려져서 그렇지 동서를 통틀어도 그런 예를 찾기 어려운 일이라고 설명을 덧붙였다. 한을이 배두익 신부에게 들은 이야기는 대개 이런 것이었다.

귀양을 온 선비가 먹고사는 게 하도 곤고해서 동네 주막집에 얼마간 의탁을 하고 있었다. 그 집 주모가 사람이 워낙 반듯하고 똑똑해서 그 선비와 인간의 도리를 놓고 논하는 자리에서 선비가 오히려 말이 달렸다. 예컨대 이런 식이었다. 부모 가운데 누가 더 큰 은혜를 베풀었는가 담론을 하는 중이었다. 주모가 이렇게 이야기했다고 한다.

"선비님 들어보실라우? 부모의 은혜는 어느 편이 더하다고 가리기 어렵지만, 사실 애를 낳아 키우는 어머니의 노고가 한결 많은데, 성인의 가르침이 틀린 것 아니요? 아버지는 중히 여기고 어머니는 경하게 취급하니 말이요. 보세요. 아버지의 성을 따르게 하고, 부모가 죽었을 때 어머니의 복을 낮추는 것은 무슨 근거랍디여? 거기다가 아버지 집안을 친족으로 삼고 어머니 집안을 외가로 삼으니, 도리가 뒤바뀐 것 아니요, 남자가 밖으로 외돌고 여자가 집안에서 아이를 돌보니 여자 편이 친가고 남자가 외가지요."

선비는 헉하고 숨이 막혔다. 궁색하지만 배운 대로 이야기하는 수밖에 없었다.

"옛말에 있듯이 아버지께서 나를 낳으셨으니, 그래서 옛 책에도 아버지는 나를 낳아 준 시초라고 하였소이다. 어머니의 은혜가 비록 깊지만 하늘이 만물을 내는 은혜가 더욱 무거운 것이요."

사실 이야기는 그렇게 하면서도 아버지를 하늘이라고 하는 것이 전적으로 맞는지 자신이 없었다. 천주학에서도 하늘님을 아버지라고 하기는 하지만, 이 주모가 그런 전거를 순순히 받아들일지는 알 수 없는 일이었다.

"하늘과 땅을 맞세우는 말씀은, 고래로 익히 들은 바이어니와, 남자는 하늘이고 여자는 땅이라고 딱 갈라놓는 건 어폐가 있지 않을랑가요? 풀과 나무에 비해 생각해 보면, 아버지는 씨앗이고 어머니는 흙이지요. 하늘은 그 위에 있어 비를 내리기는 하지만, 땅에서 물이 안 올라가면 어찌 비가 내리겠어요? 씨앗이 땅에 떨어지는 것은 지극히 작은 일이지만 흙이 그 씨앗을 길러내는 공은 아주 큽니다. 콩 심은 데 콩이 난다지요? 한데 땅이 없으면 콩이고 팥이고 어디다 목숨을 붙이고 살아납니까? 같은 콩이라도 거름진 땅에서는 수확이 옹골차고 메마른 땅에서는 종자도 못 구하는 겁니다."

"하아, 그렇소. 당신이 천지 상극을 벗어나 천지의 화융을 말하는구려."

하룻밤 풋사랑으로 불을 질러놓고는 멀리 떠돌며 평생 한번도 돌아보지 않고, 씻은 듯이 잊고 지내는 사내들이 세상에는 얼마나 많던가. 선비는 무릎을 쳤다. 천지의 화융(和融)에서 남녀가 위아래를 가릴 수 없는 게 불을 보듯 환한 이치였다.

"밥을 먹어야 사는 게 사람이지요. 우리 같은 무지렁이나 대감이나 임금이나 천자나 다 먹어야 살지 않겠어라? 이식위천만 아니라 이양위천이래야 하지 않을랍뎌?"

아무쪼록 자식 낳아 잘 길러야 한다는 것이다. 낳는 것만이 능사가 아니라는 뜻이었다. 생명을 길러야 한다는 말을 하고 있었다. 길러내는 것을 최고의 덕으로 삼아야 한다는 이양위천(以養爲

天)을, 이 벽진 한촌의 주모가 이야기하고 있는 것이다.

선비는 바닥을 짚고 반쯤 몸을 일으켰다가 주모 앞에 무릎을 꿇고 자세를 고쳐 앉았다. 자기가 마시던 잔을 주모에게 건네는 손이 가볍게 떨렸다. 귀양길이지만 선비의 체모를 잃어서 안 된다며 아내가 장만해 준 두루마기 소매가 너무 치렁거렸다. 과분한 호사였다.

그런 일이 있은 뒤 얼마 후였다. 주모가 아침밥상을 차려 들고 들어오다가 댓돌 밑에 놓고는 잿간으로 달려가는 눈치였다. 그런데 한참이 지나도 주모는 자취를 나타내지 않았다. 선비가 잿간으로 쫓아나갔을 때, 주모는 치마도 추스르지 못하고 잿간 바닥에 넘어져 있었다. 선비가 업어다가 방에 눕히고 수건을 빨아서 얼굴을 닦아 주었다. 눈이 멀겋게 흐려지고 수족이 축 늘어져 힘을 쓰지 못했다. 선비가 수발을 해야 하는 형편이 되었다. 주모는 닷새를 그렇게 누워서 앓다가 겨우 일어나 기동을 하기 시작했다.

앞마당에 햇살이 밝게 내려쬐는 초여름 오후였다. 이제 겨우 모양이 잡히기 시작하는 댑싸리 그늘 밑에 신둥이가 졸고 있었다. 주모가 술상을 차려 놓고는 선비를 불렀다. 술상을 들어다가 마루에 놓아 달라는 거였다. 그러면서 숨이 턱에 차서 헐헐하면서 혼잣말처럼 말을 꺼냈다.

"사람 일을 사람이 알면 좀 좋으련만…. 오늘 살면서 내일 일을 모르니…."

"내일은 고사하고 한 치 앞을 내다보기조차 어렵지 않겠소? 오십지천명, 오십이나 돼야 천명을 안다고 합니다만, 그게 아니라 오십이 되었으면 천명을 알아라 하는 명령이지요."

"성인 말씀이야 그렇거니와, 내가 죽을 날을 알 수 없어서 답답하당게요."

"자리를 털고 일어났는데 왜 그런 생각을 하시오?"

"나는 이미 틀렸는갑소."

"틀리다니요?"

주모의 얼굴에 짙은 구름이 지나가다가 다시 밝아졌다. 자신의 앞날을 내다보는 이의 엄숙한 표정이었다. 선비는 전에 남녀에 대해 담론하던 일을 떠올렸다. 그런 정도면 자신의 앞날을 능히 알겠다 싶었다.

"이게 내가 올리는 마지막 잔이라고 생각하고 받으시오."

목소리가 비감에 젖어 물기가 짙게 배어 있었다.

"술장사하는 여편네 말을 들어 주시다니 고맙기 짝이 없어라잉."

"말이 옳으면, 그 말을 누가 한들 무슨 상관이겠소."

"나한테 미거한 딸이 하나 있지요. 술집 부엌에 처박아 두기가 안쓰러워서 절간에 맡겨 두었는데, 낼부터 그 애한테 수발을 들라 할 터이니 잘 거두어 주기 바랍니다."

선비는 술이 확 깨는 느낌이었다. 술상을 물리고 나서 밖에 나가 동네 뒷산에 올라가 해가 저물도록 앉아 있었다. 허전하고 쓸쓸해서 무섭게 짙어오는 녹음과는 달리 마음에 찬바람이 일었다. 저녁도 뜨는 둥 마는 둥 했다. 사람 사는 이치를 생각하느라고 밤을 하얗게 밝히고 말았다. 그 주모의 딸이 선비와 인연을 맺어 살면서 핏줄이 이어진 게 한을의 어머니였다. 아비의 성이 이씨라 해서 이름이 이한을이라 했다. 그러나 처자의 애비는 소식은 고사하고 생사조차 묘연했다.

지은 선생은 이한을이라는 아이가 어떻게 삶의 파도를 헤쳐나갈지 걱정이 되어 잠을 설치기도 했다. 저 똑똑한 아이를 거두어 줄 만한 형편이 아니었다. 서발막대 휘둘러 보았자 걸리는 게 없는 집안이었다. 비로 쓸어낸 듯한 적빈이었다. 한을을 섬에 잡아놓고 있어서는 안 된다는 것은 번연히 알면서도 집안일을 거들라고 하지 않을 수 없는 형편이었다. 자신은 병이 점점 깊어지고 부인 또한 몸이 실하지 못해서 조석을 끓이는 것도 힘겨워 했다. 배두익 신부가 아무래도 이 아이는 유학(儒學)을 하는 집안의 핏줄이니 맡아 달라고 부탁을 할 때만 해도 의당 그래야 하거니 했는데, 현실은 그게 아니었다. 글줄이나 읽은 걸로는 세상살이를 제대로 해낼 재간이 못되었다.

거기다가 세상 돌아가는 모양이 걱정이었다. 그야말로 내우외환이었다. 임오년의 군란이라든지 갑신년의 정변은 맹수를 집안으로 이끌어들이는 미끼를 던져놓은 것이나 다름이 없었다. 청나라, 아라사, 영국은 물론 일본까지 조선이라는 나라를 놓고, 그야말로 늑대와 승냥이 무리가 혀를 널름거리면서 으르렁대는 판국이었다. 나라의 앞날이 막막했다. 지은 선생은 영국 배들이 섬에 와서 정박하고 있는 게 나라가 망하는 조짐이란 생각으로 하루도 마음이 편할 날이 없었다. 그럴 때마다 귤은 선생을 찾아가 걱정을 나누었다.

그런데 영국 군대가 섬에 정박하기 얼마 전에 귤은 선생이 세상을 떴다. 귤은 선생은 한을이를 잘 거두라는 당부도 잊지 않았다. 사실은 귤은 선생에게 한을을 부탁하려는 배두익 신부의 복안이었는데, 이미 귤은 선생의 자신의 앞을 내다보고 있었던 터라 한을을 거두어 줄 수 없다고 단호히 나왔고, 지은 선생에게로 그 몫이 옮아갔다. 지은 선생은 귤은 선생이 세상을 떴는데 탱자 나부랭이가 난세에 남아서 목숨을 부지한들 무얼 이룰 것인가 하며 생을 정리하는 나날을 보냈다. 집안일을 거들던 머슴을 다 내보냈다. 아이들은 육지로 내보내 생애를 도모하도록 했다. 그러다 보니 내외만 달랑 섬에 남게 되었다.

"핏줄은 못 속이는 법이지 않던가. 헌데 가시밭길을 가야 할 게요." 하던 귤은의 한마디가 귓가에 생생하게 울리곤 했다. 핏줄이라는 걸 생각해도 생애가 소슬하고 스스럽게만 여겨졌다. 책을 읽고 사람의 이치를 궁구한다고 하기는 했지만, 그래서 남들의 입에는 선생이라고 오르내리지만, 자식들에게 물려준 게 없었다. 자신의 길이 학문의 길이라면 자식들이 가는 길은 장사꾼의 길이었다. 물론 그 길은 지은 선생 자신이 강요한 것이기도 했다. 바다에 목숨을 대고 살면서 배 한 척 지을 줄 모르는 학문, 총 한 자루 만들지 못하는 학문이 무슨 소용이냐며, 너희들은 돈을 벌고 기술을 익혀서 잘 살아야 한다고 일렀다.

한을이 가야 하는 길이 험할수록 어기차고 당차게 길러야 했다. 그리고 무엇보다 얽매이지 않는 정신을 길러 주어야 한다는 생각이 들었다. 불기(不羈)의 정신을 기르자면 풀어 놓아야 할 일이었다. 섬에서 나가야 할 인물이었다. 지은 선생은 여수에 나가는 배편이 있을 때마다 한을 태워서 내보냈다. 한을로서는 그 길이 배두익 신부를 만나고 다른 성도들을 만나 세상 이야기도 듣고, 또 이따금 여수에 오는 신부들한테 천주학을 다지는 계기가 되었다.

"그래, 거문도는 산이 푸르다 못해 검고, 흙처럼 검고 파도처럼 순박한 농꾼과 뱃사람이 사는 땅이다. 너도 이 땅에서 목숨을 부지하며 지내는 동안 삿된 마음 갖지 말고 세상을 널리 보아야 한다. 그러자면 인생 공부를 게을리하지 말아야 한다."

"알겠습니다." 건성으로 하는 대답이었다.

지은 선생의 이야기는 원칙으로는 옳았다. 허나 인생 공부를 어떻게 하라는 것인지는 선명하지 않았다. 어떻게 하라는 거냐고 물으려다 입을 다물었다. 어떻게 살아야 한다는 것은 누구든지 어떤 일을 당하여 그 일을 처결하는 데서 제 모습을 드러내는 것이라서 일일이 어떻게 하라는 거냐고 들이댈 수 없는 노릇이었다.

"그래, 그런데, 동네 무당이랑 놀아서 무얼 얻겠다는 건고?"

"무당이 어때서요?"

지은 선생은 한을을 똑바로 쳐다보면서, 저놈의 말버릇, 하는 표정으로 굳어져 있었다. 친구들 없는 섬생활이라는 게 따분할 수밖에 없었다. 해서 친구들을 사귀어야 했다. 섬에 들어와서 사권 친구들 가운데 동네 무당 해연이 남달리 깊은 정을 주었다. 똑같이 외로움을 타야 하는 처지가 같기 때문일 수도 있고, 달리 통하는 데가 있기 때문이기도 했다. 한을이 파악하기로는 해연이 푸닥거리나 하는 무당이 아니라 동네 사람들의 정신적 지도자 역할을 단단히 하고 있었다. 마음을 달래주고 희망을 이야기하는 위안을 주는 것은 물론, 세계가 어떻게 되어 있다는 이야기를 하는 것이 해연의 역할이었다. 물론 그게 맞는지 틀리는지는 분간이 어려웠다. 해연을 이해하는 것은 곧 이 동네 사람들의 마음을 이해하는 것이나 다름이 없었다. 해연이 읊어내는 무가가 아름다운 노래로 들렸고, 해연이 춤을 추면 춤사위가 바다의 파도나 물너울과 같이 어우러지는 것을 보았다. 심지어는, 나 이외에 다른 신을 두지 말라고 한 것도 다른 신의 존재를 인정하고 그 능력을 두려워하는 나머지 계명으로 새겨둔 것이 아닌가 하는 생각마저 들었다.

"한마디만 더 하자. 염소 치는 산돌영감이랑 어울린다는 소문이 들리던데, 왜 그렇게 외도는 거냐?"

"그분은 선각자지요. 불의에 저항할 줄 아는 분이고요."

"선각자라?"

"영국군과 양을 거래하는 것 말인데요, 그게 상업의 선각자 아닌가요?"

언즉시야, 말인즉슨 옳았다. 지은 선생은 애절양(哀絶陽)을 떠올렸다. 도무지 목숨을 부지할 수 없이 볶아치는 나라에 대해, 부샅을 잘라 들고 통곡하며 달려드는 백성의 저항이 책상 앞에 무릎

개고 앉아서 시 나부랭이나 읊조리는 시인묵객들의 몇 마디 공뜬 말보다 한결 실감이 배어 있는 저항이었다.

"그러나 그게 세상살이 모든 것도 아니고, 정당한 생업인가도 의문이다. 아무튼 세상을 널리 보아야 한다."

세상을 널리 보아야 한다는 것이 결론인 셈이었다. 그런 이야 기에 이러니저러니 토를 달 생각은 없었다. 그리고 그렇게 대들 듯이 말을 뱉어낼 처지도 아니었다. 감히 선생이라는 사람 앞에 서 그럴 수 없는 일이었다. 지은 선생은 콜콜 기침을 하다가 가래 를 돋구어 물고는 일어서서 앞마당으로 나갔다.

지은 선생의 부인이 병석에 눕자 집안 건사하는 거반 모든 일 이 한을에게 돌아왔다. 딸이라 생각하고 받아달라던 배두익 신부 의 부탁이, 이런 업보가 되어 돌아올 줄은 생각한 적이 없었다. 남의 밭에 가서 일을 거들어 주어야 감자라도 얻어다 먹고, 고기 를 잡아오는 어부를 도와 생선을 메어 날라 주어야 몇 마리라도 얻어다가 집에 보탤 수 있었다. 그러는 가운데 양을 기르는 산돌 영감을 만났다. 산돌영감을 심정적으로 이해하는 것을 지나 목숨 을 부지해나가는 데 크나큰 도움이 되었다. 염소젖을 얻어먹을 수 있었고, 때로는 고기맛을 보게도 해 주었다.

산돌영감은 혈혈단신이었다. 세리들이 오면, 나는 이름이 없는 사람이요. 그냥 산의 돌이라 하오. 이름이 없으니 나라도 없는 사 람이요. 하고는 찾아온 사람을 등지고 돌려앉았다. 나리들도 혀 를 저을 뿐 달리 책을 하는 방법이 없었다. 한을은 산돌영감의 그러한 태도에 다른 어른들한테 찾기 어려운 위엄이 서려 있는 것을 보았다. 그래서 더욱 믿음이 갔다.

산돌영감과 함께 해연이라는 무당이 한을의 곰살궂은 친구였다. 마음을 줄 수 있는 사람이 친구라면 해연만한 친구가 달리 없었다. 한을이 해연을 처음 본 것은 바다에 나갔다가 풍랑을 만나 물에 빠져 죽은 장대목이라는 동네 젊은이의 넋을 건지는 굿판에 서였다. 해연이 읊어가는 무가 가운데, 바리공주 이야기는 구절마다 가슴을 치는 내용들이었다. 특히 바리공주가 부모 살리는 약을 구하러 갔다가 당하는 온갖 고생은 자기 생애를 그대로 옮겨놓은 것 같았다. 조선 사람들이 어떻게 구원을 받는가 알려면 그 이야기를 자세히 살펴둘 필요가 있었다. 해연을 찾아가 그 내용을 베껴 오리라 마음먹었다.

한을이 해연을 찾아갔을 때, 해연은 자기 집에 앉힌 당에서 몸주에게 올리는 비손을 하고 있었다. 한을은 해연의 비손이 끝나기를 기다리며 앉아서 신당을 둘러보았다. 비손이 끝난 해연은 정화수에 손을 담갔다가 신당에 뿌리면서 손을 맞대고 몇 차례 절을 했다.

"참말로 용하고 용하시지. 그 얼굴이 길에 비치더니 오늘사 오시는구면."

"내 얼굴이 비쳤다고?"

"그라지라. 한데 요상시럽네요잉, 천주학하는 사람이 왜사 무당을 찾아왔을까잉?"

"나도 밥 먹고 물 마시고 사는 사람 아닌감."

"허긴 그렇구먼."

해연은 그렇게 말하면서 한을의 얼굴을 뚫어지게 쳐다봤다. 한참을 그렇게 쳐다보다가 눈망울을 굴리면서, 가만있자 양띠 같은디, 그럼 나랑 동갑인 게여? 그럼사 팔자 잘못 타고난 중생들인디 으찌 살을랑가, 으찌 죽을랑가… 그렇게 중얼거렸다.

"가만보자 가만보자 우리 동무 애린 동무, 나랑 동무랑은 같은 줄에 옭아매진 사람들여라, 같이 웃고 같이 울고 형제 맺어 살아야제."

"형제? 동갑이면 이미 형젠데 뭘 맺고 지지고 할 게 있어?"

"그랄 줄을 알았지러. 쪼매 지둘르소."

해연이 부엌으로 나가 금방 상을 차려 들고 들어왔다. 조촐하게 차린 밥상 겸 술상이었다.

"자네 술 할 줄 아는가?"

"벌건 낮에 술은 무슨 술을."

"어허 사람, 낮엔 밥배 밤엔 술배 그런 배가 세상천지 어디 있소?"

그렇게 해서 맑은술을 곁들인 점심을 먹었다. 밥상을 물리고도 둘이는 일어설 줄을 몰랐다. 그동안 살아온 내력이 굴곡이 심한 사람들이었다. 아무튼 이제까지 살아오면서 처음으로 받아보는 환대였다.

한을은 서둘러 집으로 달려갔다. 지은 선생은 역시 한을을 기다리고 있었던 모양이었다. 지은 선생은 한을을 불러놓고 결기

섞인 목소리로 타일렀다.

"해연인가 하는 무당하고 너랑은 가는 길이 서로 다르니 너무 가까이 하지 말거라."

"걔는 저랑 동갑이고 이 섬 사람들의 정신적 지도자예요."

"정신들이 나갔는갑다."

"암튼 저는 생각이 달라요. 수염이 석 자라도 먹어야 산다잖아요. 무당이 먹어야 신이 내리는 것처럼 신부도 먹어야 야소를 섬기지요."

"야가 시방 뭐라는 것이여!"

"아버님도 잡수셔야 세상사를 논할 수 있지 않던가요. 허니 사람을 가려서 사귈 일이 아닙니다. 무엇보다도 남들이 나를 좋은 친구로 사귀려 들도록 해야지요."

말은 옳다고 해도 어세가 과히 거셌다. 말도 안되는 소리는 접어두라는 투가 섞여 있었다. 지은 선생은 한을을 바라보고 혀를 끌끌 찰 뿐, 책망할 다른 이유를 찾지 못했다..

동네 처녀들이 단오를 맞아 창포를 삶아 머리를 감고 단오놀이를 하기로 약속이 되어 있었다. 머리 감을 물을 내릴 창포를 베어 오는 일은 한을의 몫이었다. 한을은 머리를 어깨 밑에서 숭덩 잘라 양쪽으로 묶어매고 다녔다. 얼핏 보면 떡거머리 총각 같기도 했다. 어디서 구한 것인지 고무창이 달린 갓신을 신고 동네 고샅길을 뛰어갈 때는, 질나래비가 춤을 추는 것처럼 양쪽으로 묶어맨 머리타래가 귀염성 있게 탈랑거렸다. 남장을 하고 나서면 하릴없는 총각 그대로였다. 무지개〔물지개〕를 지고 가는 한을에게 동네 애들이 달려와 놀리기 시작했다.

"하늘 바닥 땅바닥, 땅바닥은 똥바닥"

"얘들아 그렇게 하지 말고 이렇게 해 봐. 따라 해볼래?"

"하늘 믿고 땅을 도와 인간 세상 낙원일세."

아이들이 따라 하다가는 절로 풀이 식어 돌아가 버렸다. 동네 아낙이 물동이를 이고 우물터로 가고 있었다. 불러세워 뭐라고 해줄까 하다가 그만두었다. 공염불이나 다름이 없었다. 사람의 습관이라는 것이 묘해서, 새로운 시도를 하면 놀림감이 되기 십상이었다.

동네 부인들이 동이에 물을 이고 다니는 것을 볼 때마다, 한을은 저건 아니라고 고개를 저었다. 머리에 물동이를 올려놓으면 물동이가 머리를 짓눌러 아무 생각도 할 수 없다는 것이었다. 머리는 생각을 해야지 물동이나 짐으로 짓눌러서는 안 된다면서 무지개를 써야 한다고 우겼다. 한을은 산돌영감을 찾아가 나무를 구하고 연장을 빌려 무지개를 만들어 가지고는, 배에서 쓰는 물통을 장대끝 양쪽에 매달아 지고 다녔다. 그렇게 해서 물을 긷는 동안 두 손이 풀려 마음대로 하고 싶은 일을 했다. 물을 길러 가는 무지개를 지고 손에는 종이쪽지를 펴들고 노래를 했다. 조선 말이 아닌 것은 틀림이 없는데 그게 어느 나라 말인지 누가 물을라치면 애란(愛蘭)이라는 먼먼 나라 말이라고만 했다. 그리고는 잘 일러주지 않았다. 자세한 내막을 이야기하기는 시간이 너무 걸린다는 이유 때문이었다.

창포를 꺾어 오려면 섬 끝자락에 있는 늪지로 가야 했다. 한을은 배낭에다가 낫을 한 자루 갈아 넣어 메고 집을 나섰다. 언뜻 보아서는 누구네 머슴이 풀을 베러 가는 모습과 다를 게 없었다. 남장을 하면 어엿한 남자고 여장을 하면 씩씩하고 활달한 처녀였다. 늪지에 가는 길목에 염소를 길러서 보리쌀과 감자를 바꾸어 먹고 사는 산돌영감의 움막이 웅크리고 있었다.

산돌영감은 한을을 만나면 움막으로 불러들여 먹을 것을 주곤했다. 때로는 사람 사는 거 별거 있느냐며 위로해 주는 정신적 지주였다.

산돌영감의 움막이 저만큼 보일 때였다. 까만 염소들이 산자락에서 풀을 뜯고 있다가 한을이 지나가는 인기척을 듣고는 매애애, 매애애, 반가운 인사라도 하듯 소리를 질렀다. 그 가운데는 털이 하얗고 곱슬곱슬한 양도 여러 마리 섞여 있었다. 언제 낳았는지 양 새끼가 어미를 따라다니면서 젖가슴을 앙징맞은 머리로 치밀어 받으면서 젖을 빨았다. 한을은 자기도 모르게 손이 젖가슴으로 갔다. 적삼 안에 둥두렷하게 돋아난 젖통이 실팍하게 만져졌다. 요 얼마 사이 몽울이 생긴 것 같기도 하고, 저릿한 압박감이 느껴지기도 했다. 해연에게 젖을 보여주며 너는 어떠냐고 물었다. 자기도 그렇다면서 히물히물 뜻을 알기 어려운 웃음을 베어물었다. 영국 군인 하인리를 만난 이후에 나타나는 징후였다.

하인리의 얼굴이 떠올라 흰구름 덩이처럼 눈앞에 어렸다. 하인리는 가끔 야소(예수, 지저스) 이야기를 했다. 중국 사람들이 야소라고 하고 조선에서는 그를 따라 야소라 하지만, 자기들은 지저스라고 한다면서, 구세주를 뜻하는 말을 붙여 지저스 크라이스트라 한다고 설명을 해 주었다. 배두익 신부를 따라다니면서 많이 듣기도 했고, 책에서 읽어 잘 아는 이야기였다. 그런데 하인리가 하는 이야기 가운데 기억에 선명한 것은 야소가 신의 어린 양이라는 것이다. 하인리는 그게 찬송을 하는 노래라면서 "신의 어린 양, 우리를 불쌍히 여기시어 이 세상에 평화를 주소서, 신의 어린 양이시어." 그렇게 흥얼거리기도 했다. 청정무구, 흠결 하나 없는 완벽한 인격체, 하느님의 아들, 흰구름이 그 형상일 것이라는 생각을 하면서 염소 새끼들을 쳐다봤다. 노르끼한 눈자위에 맑은 하늘이 떠도는 것 같았다.

전에 하인리가 노를 젓는 쪽배를 가지고 댓거리에 와서 산돌영감을 만난 적이 있었다. 산돌영감이 집을 비우는 바람에 둘이서 양들이 노는 언덕에 앉아 이야기를 나누었다. 하인리는 한을과 알고 지낸 시간으로 해서는 뜬금없는 제안을 했다.

"코리아에서는 꼭 부부가 돼야 아기 낳을 수 있어?"

확 달아오르는 얼굴을 양손으로 가리다가, 한을은 하인리의 팔뚝을 잡아 비틀었다. 어떻게 보면 하인리가 못할 말을 하는 것은 아니었다. 그러나 음흉한 생각이 틀림없었다. 잘못하다가는 마을에서 쫓겨날 빌미가 될 얘기였다. 하인리는 다시 천연덕스럽게 나왔다.

"우리가 어린 양 닮은 애기 낳았으면 뭐가 잘못인가?"

"그 우리가 누군데?"

"유 앤 미!"

하인리가 팔을 벌려 한을의 허리를 감아 안았다. 팔목에 난 노란 털이 양털처럼 보였다. 한을은 하인리의 팔을 밀어제쳤다. 하인리는 더욱 억세게 한을을 끌어안았다.

"목장이 없는데 어디서 어떻게 키우지?"

"양들은 풀밭에서 자라잖아? 꼭 목장이 있어야 하는 건 아냐."

하인리는 진지하게 나왔다. 목장이 없는데 풀밭은 어디 있는가 물으려다 말았다.

"어롱 더 갓."

하느님 뜻에 맡기자는 얘기로 짐작이 되었다.

"글쎄. 영국 하느님과 조선의 하느님이 같은 하느님일까?"

하인리는 대답을 하지 않았다. 한을의 어깨에 올렸던 손을 슬그머니 내렸다. 자신이 없는 태도였다. 한을은 자기에 대해 자신 없어하는 하인리가 안쓰러워 보였다. 한을 편에서 하인리에게 다가앉아 손을 잡았다. 하인리가 한을을 끌어안고 입술을 더듬었다. 하인리의 입에서 양의 입김 같은 옅은 냄새가 풍겼다. 그때, 양과 염소와 인간이 하느님의 은총을 입어 생을 유지해 간다면, 인간이 염소와 양을 잡아먹을 권리가 어디 있는가 하는 엉뚱한 생각이 들었다.

양의 새끼와 염소 새끼가 뭐가 다를까? 하느님의 아들이 왜 염소 새끼면 안 되는 것인가? 야소라는 양반이 조선에 태어나면 절대 안 되는 이유라도 있는가? 그런 생각을 하고 있는데, 산돌영감이 대접에다가 떡을 담아 들고 나왔다. 수리취를 삶아서 만든 수리떡이라면서, 단오 계절에 먹는 음식이니 맛이나 보라 했다.

떡덩이를 집어들고 입에 넣자 울컥하니 구토가 밀려 나왔다. 산돌영감이 눈을 둥그렇게 뜨고 한을의 안색을 살폈다. 산돌영감의 낯꽃이 달라졌다. 얼굴에 구름 그림자가 지나갔다. 한참만에 산돌영감이 입을 열었다.

"한을이, 어제 그 총소리 들었는가?"

"총소리라니, 뭔 총소리랑가요?"

생각해 보니 그런 소릴 들을 짬이 없었다. 콩밭에 바랭이며 쇠비름이 뒤얼크러져 자라나서 그걸 매주느라고 종일 다른 데다가 귀를 기울일 여가가 없었다. 밭에 지심이 짙은데 마을로 쏘다니면 지은 선생의 끼니가 막막해질 판이었다. 콩밭에 앉아서 까마득한 밭고랑을 쳐다보다가, 푸우 한숨을 쉬기도 하고, 밭자락 끝에서 푸드덕푸드덕 날아오르는 꿩을 쳐다보면 파랗게 개어 올라간 하늘이 공연히 서러웠다. 멀리서 해변을 치는 파도 소리도, 그저 철썩이는 게 아니라 자신의 깊은 안에서 복받쳐 오르는 울음처럼 들렸다. 어머니가 세상을 뜨고 나서 배두익 신부에게 맡겨져 천주학을 배우면서 살았던 시절이 아득하게 펼쳐졌다.

그리고 이어서, 이 섬으로 와서 다섯 해가 지났다. 한숨이 나왔다. 다른 사람들의 눈으로 보면 그야말로 과년한 나이가 된 것이다. 그동안 큰일을 맡기실 때까지 기다리라는 이야기를 듣는 걸로 참고 또 참아왔다. 이제는 이 섬을 떠날 때가 되었다는 생각이 골똘하게 밀고 올라왔다. 절제하라, 감상에 젖지 말라, 자신의 길을 개척하라 그런 이야기를 많이도 들었다. 그러나 그런 말보다는 운명이니 팔자니 하는 이야기가 한결 짙은 실감으로 다가왔다. 어쩌면 자기 운명을 따라 산다던 해연이 정말 사람답게 사는 것인지도 모를 일이었다.

거기다가 지은 선생은 이제 자기를 돌봐줄 기력이 끝나가는 중이었다. 그래서 영국군의 배를 타고 여수에 나가 보아야 했다. 여수에 나가서 지은 선생의 약을 얻어 와야 했다. 여수에 나갈 수있는 배편을 내 보겠다던 하인리한테는 아직 소식이 없었다. 여수에 나가면 배두익 신부를 만나 자신의 앞날을 어떻게 해야 하는지 상의할 작정이었다. 하느님의 뜻이 무엇인지 한을 혼자서는 알 수 없었다. 산돌영감은 총소리를 얘기하는데, 한을의 생각은 총과 너무나 먼쪽으로 머리를 틀었다.

"그럼 영국 병사들 얘기 아직 못 들었겠구먼."

"어머나, 영국 병사들이 뭐땀시 총질을 히었단가요?"

산돌영감은, 얘가 그 소리를 듣고 왜 그렇게 놀라나 하는 눈으로 잠시 쳐다보다가는 입을 열었다. 아침에 염소를 몰러 온 영국 병사들이 전하더라면서 산돌영감이 이야기를 했다.

"하인리라구 알제?"

"그럼요."

자기 이름에 본래 헨리인데 중국 글자로 하인리(河仁里)라고 한다면서 자기를 소개했던 기억이 떠올랐다.

"그럼 그 친구 부랑구도 알겠구먼."

자기는 솔직한 사람이라면서 이름이 프랑크인데, 중국 글자로 부랑구(夫浪久)라고 쓴다던 하인리의 친구였다. 자기는 건축을 공부해서 목수일 웬만한 것은 다 할 줄 아니 집이 '고장나면' 고쳐

줄 테니 불러 달라던 젊은이였다.

"둘을 다 안다?"

"같이 만나기도 했어요."

"둘을 다 알아? 같이 만나기도 했어? 허어, 이를 어쩐다냐?"

그 둘 사이에 서로 총질을 하는 사건이 벌어졌다는 것이었다. 저런, 하는 충격과 함께 가슴으로 찌잉하는 전율이 지나갔다. 하인리나 부랑구나 둘 다, 한을에게는 유다른 인연이 있는 사이였다. 두 사람의 얼굴이 공중에 매달린 허수아비처럼 눈앞에 오락가락 했다.

부랑구는 손재주가 많은 청년이었다. 한번은 주막의 문짝이 덜렁거리는 것을 보고, 부랑구가 배에서 연장을 가지고 와서 고쳐주었다. 주모가 답례차로 술을 내왔다. 동네 무당 해연이가 부엌에서 부침개를 지져 가지고 술청으로 나오면서 자기도 끼어 달라는 눈치를 했다. 한을이 해연의 손을 이끌어 옆에 앉히면서 말했다.

"어여 와서 같이 앉아."

하인리와 부랑구가 호기심어린 눈으로 해연을 쳐다봤다. 해연은 앞치마에 손을 문지르고는 한을이 옆에 다가가 앉았다. 자리를 권하기는 하지만 또 소문이 날 게 꺼림칙했다. 지은 선생의 얼굴이 스치고 지나갔다.

"두 유 스피크 잉글리쉬?"

"뭐라는 거라?"

"당신 영어로 말할 줄 아시오? 그렇게 묻는구만."

"조선 무당이 영국 말을 어찌 안다냐?"

이 나라 조선은 오랫동안 서양과 접촉을 할 기회가 없어서, 당신 나라 말을 아는 사람이 드물다고, 한을은 설명했다. 영국 병사들은 알겠노라고 고개를 주억거렸다. 한을이 통역을 해서 함께 이야기를 나누었다.

"당신들 말은 몰라도 귀신의 말은 알아듣는다고 히어 보시시."

한을은 그 말을 곧이곧대로 이야기하기가 어려워 웃고 넘겼다. 그런데 부랑구가 다그쳐 물었다.

"귀신, 갓, 하느님의 말을 인간이 어떻게 알아들어요?"

"조선에는 귀신들이 많아요."

"유 민 유어 컨츄리 이스 휴즈 판테온?"

당신 나라가 거대한 만신전이라는 뜻이냐고 물었다. 한을은 웃으면서 그렇게 볼 수도 있다고 대답했다.

한을이 통역을 해서 언어소통은 별다른 문제가 없었다. 영국 청년 둘과 조선 여자 둘이 막걸리 사발을 앞에 놓고, 이야기판을 벌이는 희한한 풍경이 연출되었다.

부랑구는 해연의 저고리 배래기 사이에 눈길을 주고 있었다. 해연의 젖무덤이 저고리 배래기를 들치고 봉긋 솟아 보였다. 하인리가 부랑구의 눈길을 의식한 듯, 해연을 바라보며 그녀의 직업이 무엇인가 물었다. 한을은 대답을 하기가 꺼려졌다. 다시 짚어 보면 구태여 망설일 까닭은 없었다. 부랑구의 말대로 프랑클리, 솔직하게 말해 두는 게 오해를 줄이는 방법이었다. 정직이 최선의 정책이라는 영국 속담이 떠오르기도 했다.

"무당이지요. 당골네라고도 해요."

하인리가 설명할 여가를 주지도 않고, 단번에 무당이 무엇인가 물었다. 한을은 일종의 퇴마사, 엑소시스트라고 할 수 있는데 영어로 한다면 샤먼에 해당한다고 귀띔해 주었다. 하인리는 갑자기 호기심이 동하는 듯 자기는 사이베리아 샤먼에 흥미를 느낀다고 말했다. 또 자기는 조선의 풍속과 민간신앙에 관심이 많다고도 했다.

"자기는 뭐하는 사람이길래 내가 하는 일을 궁금해 한다냐?"

"뭐라고 해야 하나, 인간공부, 인간학, 인류학…. 암튼 안쓰로폴로지라고 하는 공부를 한 사람이지라."

"워따메, 발써 고렇고롬 창사구까지 알아뿌렀어라이이?"

"산돌할아배 심부름으로…가끔 만나다본게….".

해연이 눈을 하얗게 흘기며, 네가 그러냐? 하는 듯한 시선을 던졌다. 무당의 표정이란 게 그렇거니 했다. 하인리는 해연의 얼굴을 넋놓고 거너다보다가,

"아이 앰 안쓰로폴로지스트." 그렇게 시작해서 당신을 만나는 일은 매우 흥미로운 일이라면서 무릎으로 뭉기적거리면서 해연 쪽으로 다가앉았다.

하인리는 같이 만나서 조선 귀신 이야기도 듣고, 춤도 구경하고, 노래도 채록했으면 좋겠다면서, 한을에게 다리 놓는 역할을 해달라고 부탁했다. 한을은 별 생각 없이 그렇게 하마 약속했다. 사람 사귀는 것을 좋아하는 이들 천성이거니 생각했다. 거기다가 인류학을 하는 이들이 현장을 중시한다는 이야기를 들어서 알고

있었다. 그들 하는 말로 발로 하는 공부(스타디 온 푸트)라서 현장이 늘 공부 판이었다. 더구나 해연은 속이 훤히 트인 친구라 믿고 소 개를 해도 좋겠다는 생각이 들었다.

한을의 생각으로는 당골네나 무당은 서당의 훈장이나 별로 다를 바 없었다. 사람들을 가르치고 역경에 처하면 풀어 주는 게 무 당의 역할이었다. 사람을 살리는 점에서는 훈장보다 나았으면 나 았지 못할 바가 아니었다. 한을이 해연을 대하는 태도는 단순히 친구라든지 동무라든지 하는 관계를 넘어서는 것이었다. 서로 배 울 게 있는 사이였다. 서로 인정하는 사이가 되다보니 말로는 표 현을 안 해도 존경의 염까지 배어 있는 우정이었다.

그런데 마음 한구석 마른 나뭇가지 같은 게 걸치적거렸다. 하 인리가 자기에게 했던 것처럼 해연에게도 아이를 만들자든지 그 런 관계로 발전하는 게 아닌가 하는 일종의 질투심 같은 것이었 다. 그리고 야소를 믿는 서양 사람과 조선의 무당이 만나서, 둘이 어떤 일을 벌일 것인지 언뜻 짐작을 하기 어려웠다. 해연이 굿을 할 때 쓰는 삼지창이며 날이 퍼렇게 빛나던 칼이며 그런 무구(巫 具)들이 눈앞을 휙휙 지나갔다. 그런 생각을 하는 것은 어쩌면 하 인리를 마음속으로 자기 사람이거니 생각하는 이기심 때문이 아 니가 싶기도 했다. 일에 몰두하는 사람들은 사소한 감정은 여벌 로 제쳐놓는 법이 아니던가, 그런 짐작도 걸거침이 되었다.

해연과 사귀게 해주면 약속을 한 후 몇 차례 하인리가 해연을 만날 수 있게 다리를 놓아 주었다. 하인리는 부랑구와 함께 와서 해연을 만났다. 어떤 때는 산돌영감이 같이 와서 구경을 하기도 했다. 해연이 춤을 출 때면 산돌영감은 스스로 흥에 겨워 어깨를 들썩였다. 그게 어디서 나오는 홍인지, 한을은 꽤나 궁금했다. 하인리는 해연의 춤과 노래를 부지런히 기록했다. 부랑구는 옆에서 해연의 몸놀림을 세심하게 살폈다. 몸놀림을 그저 살피는 게 아니라 화첩에다가 그림을 그려 넣었다. 모든 장면을 일일이 사진을 찍기는 번거로운 일이라고 했다. 그리고 사진기는 움직이는 사람을 찍기가 쉽지 않다고도 했다.

해연을 바라보는 부랑구의 눈빛은 단순히 친구를 도와주는 사람의 순연한 눈빛이 아니었다. 느끼하다 싶을 정도로 훑어보며 군침을 흘리기도 했다. 부랑구를 대하는 하인리의 태도 또한 긴장감을 감돌게 했다. 어떤 때는 둘의 눈길이 맞닥뜨려 불꽃을 튀기기도 했다. 그러나 둘의 기본적인 태도는 달랐다.

하인리가 해연을 연구 대상으로 삼는다면, 부랑구는 해연을 사랑의 대상으로 여기는 쪽으로 방향을 잡아갔다. 부랑구는 해연에게 점점 깊이 빠져 들어갔다. 가막실댁네 딸 언년이가 희한한 소문을 물고왔다. 손님이 와서 술을 받아오라고 아이를 주막에 보냈던 것이다. 그때 당골네 해연이가 머리가 노랗고 눈이 움푹 들어간 영국 병사와 끌어안고 앉아서 입을 맞추는 장면을 목격했던 것이다.

"영국 귀신이 조선 무당 잡아먹었대."

"그걸 어떻게 알아?"

"이 두 눈으로 똑똑히 봤어라."

그렇게 시작된 소문은 꼬리를 물고 불어났다. 그 소문 가운데는 당골네 해연은 물론 한을까지 엮여져 있었다. 해연과 한을이 산돌영감을 사이에 끼워서 영국 병사들을 불러내어 몸을 판다는 이야기로 비약되었다. 일본인들이 만들어 놓은 유곽이 섬 풍속을 완전히 타락하게 하는 원인이라는 주장도 나왔다. 젊은 측에서는 일본 유곽에 드나든 동네 뱃사람을 색출해서 출도(黜島)를 시켜야 한다고 열을 올리는 이들도 있었다. 그런 상황에서 해연이야 무당이니 그렇다고 해도 한을이 영국 병사와 놀아나는 것은 용서할 수 없다는 공론이 비등했다. 그러나 말이 그렇달 뿐, 누가 앞장서 나서서 어떤 조치를 취하자는 이는 아무도 없었다. 앞에서야 핏대를 세워 섬의 기강이 어쩌니 하면서도 뒤가 켕기는 이들이 대부분이었기 때문이었다.

한을이 해연을 찾아갔다. 자기야 섬을 떠나면 그만이지만, 해연이 섬을 떠나기는 어려운 형편이었다. 그런데 해연은 눈 하나 깜짝하지 않고 여전히 부랑구를 만나고 있었다. 부랑구가 조선에서 귀신을 어떻게 부르는가를 보고 싶다는 것이었다. 해연은 자기가 넋 건지는 굿을 한다고 해도 서양 사람들이 이해할 수 있겠나 의문이 들었다. 한을이 해연에게 물었다. 마을에 말들이 많고 눈초리가 고약하게 돌아가는데, 왜 영국군들을 만나야 하는지 다그쳤다.

"이 사람 보소, 내가 넋을 건진다니까 그 넋을 보여 달라고 목매달고 달려들길래 그러자 한 것이시."

"하기는 소원이라면 보여주지 그러시나."

"물에 빠져 죽은 원혼이 있어야 굿을 하지."

마침 부랑구가 해연네 굿당으로 들어섰다. 한을이 나서서 설명을 했다. 해연은 세상이 온통 살아 있는 신들로 가득 차 있다고 파악한다는 데서 이야기를 시작했다. 그것을 서양식으로는 아니마티즘이라 하는 것은 당신도 알지 않느냐? 그러니 사람이 물에 빠져 죽으면 그 원혼이 몸을 떠나 떠돌면서 저승으로 갈 수 있게 해달라고 할 수밖에 없지 않겠나, 그런 설명이었다.

"나무도, 돌도, 짚더미도 다 영이 있다는 걸 어떻게 믿어요?" 부랑구의 질문이었다.

"일단 믿어야 이해가 되지요." 한을이 부랑구에게 하는 말이었다.

"이 섬에 와서 산자락을 파헤치고 집을 짓는 행동은 산신을 노하게 해서 벌을 받는다는데 우리가 어떤 벌을 받아야 되지?" 해연이 부랑구에게 항의하듯 퍼부었다.

"설명을 하자면 길어요. 그냥 여기 사람들의 지오 멘탈리티로 생각해요." 한을은 지오 멘탈리티라는 것을 강조해서 부랑구에게 말했다.

"그렇게 설명하면 어느 정도 이해가 됩니다." 부랑구가 고개를 주억거렸다.

"돌, 나무, 호랑이, 곰, 사람, 그런 순서로 영혼의 층이 있어요." 한을이 설명을 덧붙였다.

"영혼과 사랑이 같아요?" 부랑구의 질문.

"사랑은 영혼을 움직이게 하지요." 한을의 대답.

"내가 해연 아가씨를 사랑하나 봐요. 내 영혼이 움직이기 시작했거든요."

"영혼끼리 만나는 것은 신을 만나는 것과 같아요." 한을이 확신에 차서 말했다.

"맞아요. 해연은 나의 신입니다. 쉬즈 마이 갓!" 부랑구가 해연 쪽으로 다가앉으면서 손을 모아 합장을 했다.

둘이는 그렇게 부딪치면서 서로 점점 다가들었다. 둘 사이에 하인리가 끼어 있어 더욱 다가들도록 촉매역할을 하는 듯했다. 어찌 보면 부랑구의 욕심일 수도 있고, 하인리 편에서 보자면 자료를 모을 수 있는 시간을 확보하기 위한 방편으로 둘을 오래 묶어두고 싶은지도 몰랐다.

"늙은이들이 우리를 섬에서 내쫓을지도 몰라."

"우리라니, 도대체 누구 땜시 우리가 내쫓겨야 한다냐?"

영국군과 거랫길이 트인 것은 네가 그들의 말, 즉 영어를 알았기 때문이 아니냐고 들이대는 투였다.

"그저 해본 소리지야."

"그런 소릴 왜 하는데?"

"모진 내 팔자 고칠라면 이 섬 떠나야는디."

한을이 섬을 떠나야 하겠다는 속생각을 해연이 직감으로 알아챈 모양이었다. 해연은 멍하니 앉아 있다가, 걱정하지 말라면서, 이 섬에서 자기 아쉬워하는 사람이 너무 많아서 쫓아낼 수 없을 거란 이야길 했다. 확신에 차 있는 목소리였다. 한을은 해연에게 부랑구를 따라갈 거냐고 물으려다 말을 걸어 넣었다.

하인리가 해연의 춤과 노래를 사진으로, 녹음으로 기록하자면 꼬박 한 해는 걸릴 거 같다고 했다. 한 해는 고사하고 몇 달 안으로 어떤 사단이 벌어지고 말지 싶게 불안한 기운이 섬 안에서 수얼수얼 일어나기 시작했다. 이런 줄다리기를 언제까지 해야 하는지 답답하기도 했다. 한을은 이런저런 생각을 굴리다가 산돌영감을 찾아갔다. 한을이 산돌영감에게 물었다.

"영국 군인들이 언제까지 양을 사간답디여?"

"한을아씨 잘 될라면 영국군이 오래 머물러 있어야 할 것이시."

"무슨 말씀이라요?"

"내가 다 알지, 다 알아. 나한테 요들노래 가르쳐준 하인리가 다 이야기했다지 않나."

목을 좌우로 간당간당 흔들면서 "요들레이히 요들레이 요들레이호오" 하고 노래를 하던 하인리의 모습이 생각났다. 그 노래를 산돌영감에게도 가르쳐준 모양이라 짐작이 되었다.

"영국군이 더 머물러야 내가 잘 되는 길이라는 게 무슨 뜻이지요?"

"다아 훤히 꿰뚫어보고 하는 야아그지라, 이 늙은이가 누군가."

산돌영감의 눈길이 한을의 아랫배에 가 머물러 있었다. 뱃속에서 뭔가 꼼지락거리면서 움직이는 게 느껴지는 듯했다. 하인리는 그렇게 묻곤 했다. 푸른 바다로 푸른 하늘로 떠도는 구름처럼 살아도 좋겠어? 한을은 그렇다고 고개를 끄덕여 산돌영감의 눈길에 응대했다. 영국군이 오래 머물러야 자기가 잘된다는 게 무언가, 한을은 사념에 사로잡혔다. 그러나 그게 구체적으로 어떻게 사는 것인지는 심각하게 생각을 하지 않은 채였다. 아무튼 섬을 떠나야 한다는 생각만 자꾸 굳어졌다. 섬에 멈칫거리고 앉았다가는 명줄이 절딴나고 말 것 같은 불안이 엄습했다.

"나는 요들리이히요 노래하고, 마누라는 저승에서 아리랑 부르고." 하면서 산돌영감이 하인리에게서 배웠다는 노래를 했다. 요들리이히 요들이히 야호… 산돌영감은 실성한 늙은이처럼 주절거렸다.

"무슨 소리가 그래요? 어른이 노래하기는 잔망스럽구만요." 볼에 불평을 물고 하는 한을의 푸념이었다.

"서서라는 나라 목동들이 부르는 노래람서, 하인리 병사가 일러줬지."

"하인리가요?"

"그래 나를 세파도라나 하면서, 양을 치는 사람이 세파도랴."

한을은 고개를 갸웃했다. 셰퍼드, 그건 서양인들이 말하는 양치기 개를 뜻하는 말이기도 했다. 그렇다면 산돌영감을 욕하는 셈이었다. 산돌영감을 양치는 개로 격하하다니. 그럴 수 없는 노릇이었다. 달리 생각할 방도는 없는가.

"저들은 야소라는 성인을 그렇게 비유해서 말한답디다." 한을이 고개를 깨딱하면서 자기가 그걸 안다는 자랑을 섞어 이야기했다. 타래머리가 촐랑하며 깨끗한 목 옆으로 귀엽게 비켰다.

부랑구도 그렇고 하인리 하는 짓이 좀 경망스럽게 나댄다는 느낌으로, 한을은 속이 불안했다. 조선의 무속을 조사하느니 인류학을 공부하느니 하면서 여기 사람들 삶에 개입해 들어오는 모양이 좋아 보이지 않았다.

그런데 지은 선생의 이야기를 들으면, 영국 군사들이 태양의 불꽃이 사방으로 뻗어 나가는 모양의 깃대를 세운다든지, 막사를 자꾸 늘려짓는 공사를 하는 것은 전쟁을 예고하는 것이나 다름이 없었다. 전쟁을 일으킬 징후와는 달리, 자기도 모르게 끌리듯이 그들에게 다가가는 자신이 갈피가 안 잡혔다. 더구나 마을에서는 해연과 자기를 내쫓을 궁리를 하는 중이 아닌가. 몸과 마음을 의지할 데가 없었다. 그럴수록 마음을 다잡아 먹어야 한다는 생각과는 달리, 섬을 떠나 어딘가로 하염없이 가고 싶은 그리움 같은 게 안에서 뭉게구름처럼 피어올랐다.

전에 여수에서 왔다는 사공을 졸라 배를 타고 육지에 나갔던 적이 있었다. 지은 선생의 약도 구하고 여수에 와 있는 배두익 신부를 만나려고 나선 길이었다. 지은 선생이 약차해서 세상을 뜨는 날이면 다시 신부를 도우면서 지내야 할지도 모르는 절박한 상황이었다. 돌산도 옆을 지나가면서 산돌영감을 떠올렸다. 지은 선생이 산돌영감이 생산을 못 한다는 이야기도 기억에 살아났다. 그와 함께 안에서 무작정 치밀고 올라오는 욕망을 스스로 제어하지 못하고 전전긍긍하는 인간의 운명이라는 것도 함께 생각해보았다. 인간이라는 게 부나비 같은 존재라는 생각이 들었다. 눈가에 물이 잡혔다.

지울돌이라는 사공은 한을에게 국밥이라도 한그릇 사주마 하

면서 지분덕거리고 놓아 주지를 않았다. 국밥을 먹고 나서 곰방
대에 담배를 담아 물고는 한을에게 불을 붙여 달라고 했다. 가당
찮은 일이었다. 나잇살이나 꿰찬 사람이 하는 짓이 단작스러웠
다. 지울돌은 한을이 붙여주는 담뱃대를 몇 모금 빨더니만, 아랫
배를 썩썩 문지르면서 배가 아프다고 안절부절이었다.

"내가 이러다가 죽을 모양이네."

"참말로 배가 아픈가요?"

"자네가 좀 문질러 주어야 쓰겠구만이라."

한을이 다가앉아 사공의 배를 문질러 주었다. 사공은, "아니 그
아래 말이지라" 하면서 한을의 손을 이랫배로 이끌었다. 한을은
입을 앙다물고 어금니에 힘을 주면서 사공의 귓말을 내렸다. 사
공의 양물이 팽팽하게 부풀어 건드럭거렸다. 한을이 침통을 꺼냈
다. 사관을 따 준다면서 사공의 인중에다가 침을 찔렀다. 사공은
그 자리에서 아악, 소리를 지르고는 방바닥을 절절 기기 시작했
다. 그 틈을 타서 한을은 주막을 빠져나왔다. 도둑이 동서가 따로
있을 까닭이 없지, 하면서였다. 하인리에게서 들은 해적 이야기
도 생각났다. 해적들이 마을로 들이닥치면 유부녀와 처녀들을 그
냥 놔두지 않는다는 이야기였다. 분탕질을 치고 나서 마을을 떠
날 때는 불을 질러 자기들이 저지른 흔적을 싸악 지운다는 것이
었다. 한을은 그런 이야기를 하는 너 또한 그런 부류가 아닌가 하
면서 하인리를 흘겨보았다. 그럴 때마다 아랫배가 꼭꼭 찌르는
것처럼 아파왔다.

"근래 영국 사람들 하는 짓 보면 해적 한가지 아닐랍뎌."

"해적들이 총싸움을 했다는 뜻인감만?"

"인도라는 나라를 널름 집어먹은 것도 그렇고, 얼마 전에는 조선에도 배를 타고 와서 바닷길을 다 조사해 갔다면서요? 해적질하려고 하는 숭악한 뱃심이 아닌감요." 알 만한 사람들은 다 아는 이야기였다. 그런데 거기다가 한을이 한마디를 다는 바람에 산돌영감의 심기가 불쾌하게 돌아갔다.

"해적들이 나타나면 꼭 장사치가 따라붙지요." 산돌영감이 눈썹을 세우고 한을을 째려보았다. 지금 무슨 소리를 하는 거냐는 눈치였다.

"날 두고 하는 소린가? 하머언, 내가 양이랑 염소랑 길러서 해적질하는 것들한테 장사를 한단 말인가?"

"꼭 그렇다기보다는…."

"그라믄 말여, 그 해적놈들하고 배가 맞아 싸댕기는 해연이나 한을인 뭐시랑가?"

"말하자면 그렇다는 거지요."

한을은 말꼬리를 얼버무렸다. 화제를 돌리고 싶었다. 공연히 성깔을 돋굴 일이 아니었다. 더구나 영국군들과 이야길 트고 내왕을 하는 데는 산돌영감의 몫이 있었다. 이제 겨우 산돌영감이 꺼낸 이야기를 귀담아들을 요량으로 물었다.

"뭐땀시 총질을 했답뎌?"

산돌영감은 입을 다문 채 먼산만 바라보고 있었다. 자신의 신세를 생각하는 모양이었다.

"그들도 사람인데 티격태격이 없을라고. 가시내들이 탈인 게

지. 사내들 사이에 끼어 가지구설랑 바람을 살살 피어대는데 어
쩌겠어라."

들고 보니 자기를 두고 하는 이야기였다. 총질을 했으면 누구
한 사람은 목숨을 상했을 것도 같은데, 꼬치꼬치 캐물을 수는 없
었다. 한편으로 궁금해 도무지 견딜 수가 없었다. 안에 도사리고
있는 궁금증에 비하면, 자신이 너무 천연덕스럽게 딴청을 쓰고
있는 게 아닌가 의문이 들었다.

"사람은 다치지 않았답뎌?"

네가 어째서 그런 걱정까지 하느냐는 얼굴이었다. 뭔가 켕기는
데가 있으니 그렇게 묻고 나오는 것 아닌가 하는 눈치로 돌아간
산돌영감은 평소 어투로 이야기를 했다.

"솔직한 부랑구가 가슴이 정통으로 뚫어졌다더만."

"그럼 죽었다는 말…?"

산돌영감은 지멀거리는 눈을 비비다가 고개를 힘없이 끄덕였
다. 부랑구와 총질을 했고, 여자가 어쩌구 하는 걸로 봐서 하인리
와 사이에 일이 그렇게 되었다는 걸 직감으로 알 수 있었다.

"하인리는요?" 그럴 줄 알았다는 듯이, 산돌영감은 한 자락 깔
고 이야기를 했다.

"죽음은 면했다니 다행이지만서두…."

"그럼 다쳤다는 뜻인가요?"

"어깨에 총알이 박혔는데 안 빠진다는구만."

"이런, 절 어쩌나?"

몽둥이로 얻어맞은 것처럼 뒷골이 띠잉했다. 속에서 물너울이

자꾸만 올라왔다. 아랫배에서 곰실하면서 무언가 움직이는 게 느껴졌다. 아마에 땀이 배었다. 호흡이 가빠지면서 헉하고 숨이 막혔다. 머리는 깨지는 것처럼 아파왔다. 눈앞이 아득하게 안개가 끼어 흩어지지 않았다. 섬을 떠나 하인리와 다른 삶의 방편을 찾아보자던 계획도 끝장이 나고 말았다. 한을은 속으로 하느님을 불렀다. 아득한 수평선에 파도가 일렁이는 모습이 펼쳐졌다.

"어디 켕기는 구석이 있는 모양인 갑만."

이 교사스런 늙은이가, 괘씸한 생각이 치밀고 올라왔다. 켕긴다는 게 무어란 말인가. 하인리를 살려야 한다. 하인리가 죽다니 안될 말이었다. 서도에 새로 조성된 거문리로 가기 위해서는 배가 있어야 했다. 젊은 병사들은 이따금 헤엄을 쳐 건너오기도 했지만, 한을로서는 엄두가 안 나는 일이었다. 시도를 해본 적도 없었다. 거룻배를 움직이는 사공이 밭에 나갔는지 자취를 알 수 없었다.

감자 싹이 꺼멓게 자라 올라가는 밭둑에 앉아 청청하게 개어 올라간 하늘을 쳐다봤다. 하인리가 감자 이야기를 했지. 감자는 생명의 덩어리라고. 그 하인리가 지금 죽어가고 있다는데 자기는 감자밭 둑에 앉아 하늘이나 바라본다. 무심한 하늘이었다. 한을은 자신도 모르게 두 손을 깍지 끼어 모아 쥐었다. 자기도 모르게, 하느님 하인리를 살려 주세요, 그렇게 눈물로 애원을 하고 있었다. 하인리와 감자와는 묘한 인연이 있었다.

하인리, 하인리를 감자밭에서 만났다. 한을이 감자밭을 매고 있는데 하인리 혼자 감자밭 저 끝에서 입술에 오른손을 대고 삐릴리삐삐 하면서 기적을 했다. 달포만 기다리면 감자를 먹을 수 있을 만큼 싹이 잘 자라 올라왔다. 감자를 캐야 부실한 보리농사를 벌충할 수 있었다. 감자는 희망이었다.

"포테이토, 감자를 보면 눈물이 나요. 우리 아버지들이 감자가 죽으니까 아일란드를 떠났거든요. 감자는 아일란드에서 생명의 덩어리예요. 감자가 살면 사람이 살고 감자가 죽으면 사람이 죽지요."

한을로서는 처음 듣는 이야기였다. 한 50년 전 아일란드에서 감자 마름병이 생겨 먹고살 게 없어서, 사람들이 목숨을 걸고 대서양을 건너 미국으로 떠났다는 이야기를 하면서 하인리는 눈자위를 붉혔다.

"그렇군요. 우리네는 감자가 주식은 아니지요."

"북쪽 나라들은 햇빛 쬐는 날이 짧아서 곡식이 잘 안 영글어요."

"곡식이 안 되면 소를 길러서 고기를 먹지 그래요?"

"그렇지 않아도 양을 기르지요."

"산돌영감한테 요술송을 가르쳐 주었다면서요?"

"요술송이 아니라 요들송이라 하는 노래요. 헌데… 여기서는…?"

거문도에서는 어떤 노래를 부르는지 궁금하다면서 아는 노래를 불러달라고 했다. 한을은 잠시 멈칫거리면서 하인리의 눈을 바라보았다. 노란 속눈썹 속으로 맑은 눈망울이 깊숙이 가라앉아 있었다. 그 눈망울에 머언 바다의 수평선이 떠올라 보였다.

"그쪽 노래 먼저 불러 봐요. 그러면 다시 생각해볼께요."

자기는 여러 나라의 민요에 호기심이 가는데, 본래 아일란드 출신이어서 아일란드 노래에도 각별한 관심이 있다고 했다. 그러면서 작은 책자를 하나 내주었다. 한을은 하인리가 전해주는 책 표지를 살펴보았다. 금박으로 Ancient Music of Ireland, 라는 문자가 박혀 있었다. 아일란드의 옛노래라는 뜻이었다. 조선의 노래를 책으로 만들어 놓은 게 있었던지 떠오르는 기억이 없었다. 노래라면 동네에서 어른들이 부르는 것 말고는 찬송가 몇 곡을 아는 게 고작이었다. 노래를 모으면 책이 된다는 것도 신기한 일이었다.

"그 노래가 어디 있더라?"

하인리는 한을의 손에 들려 있는 책을 되받아 뒤적거리다가 "여기다" 하면서 한을의 턱밑에 내밀었다. 노래 제목이 런던데리 에어(Londonderry Air)였다.

"런던은 윤돈인 걸 알겠는데, 그리고 에어는 바람일 터인데, 런던데리가 뭐라지요?"

"저기 가서 노래를…."

하인리는 감자밭 끝자락에 울창하게 자라 올라가 짙은 그늘을 만든 동백나무 아래를 손으로 가리켰다. 어느 사이 내외를 한다든지 하는 것은 까맣게 잊은 듯했다. 한을은 호미를 든 채로 하인리를 따라 동백숲을 향해 걸었다. 숲에서 벌이 잉잉대고 꽃향기가 흘러 나왔다. 윤기가 잘잘 흐르는 참나무 위에선 까치가 까작 까작 조잘댔다.

하인리는 낭랑한 음성으로 노래를 불렀다. 그윽한 슬픔이 잠겨 있는 듯, 또 달리 들으면 간절한 소망이 절절하게 울려 퍼지는 멜로디였다. 노래의 끝에 가서 길게 뽑아내는 가락은 마음 자락이 하늘로 퍼져 날아가는 울림을 자아냈다. 이제까지 듣지 못한 노래인데 어딘지 기억의 한 자락에 들어 있던 노래 같기도 했다.

"내가 설명해 줄게요." 하인리가 진지한 목소리로 이야기를 풀어 놓았다.

아마 30년 전이나 될 겁니다. 조지 페트리라는 사람이 있었어요. 그는 민요 수집가, 민요를 모아서 연구하는 사람이었어요. 그때 아일란드는 브리튼의 지배 아래 있었어요. 그래서 아이들이며 어른들 할 것 없이 브리튼의 군가를 배우는 사이 아일란드의 노래 전통이 다 사라질 것을 걱정했어요. 민요가 없는 나라는 식민지 노래만 가득하지요. 조지 페트리는 아일란드 민요를 찾아야 한다면서 민요를 수집하러 전국을 누비고 다녔지요.

북아일란드 끄트머리에 그냥 데리라고도 하고, 영국의 손에 들어간 이후 런던데리라고도 하는 지역이 있어요. 그 지역에 주로 장사를 해서 먹고사는 사람들이 모인 리마바디라는 읍이 있어요. 그게 본래 아일란드 말로 '개가 뛴다'는 뜻이지요. 암튼 리마바디에 제인 로스라는 아주머니가 그 노래를 불러 주었다는 거예요. 그런데 이 아주머니가 노래 이름을 모르는 거잖아요. 그래서 그 고장이 런던데리니까 런던데리의 노래라는 뜻으로 '런던데리 에어'라고 제목을 붙여 놓았다는 겁니다.

"후유, 런던데리, 참 아득한 얘기지요. 본래 데리는 참나무의 고장이라는 뜻이지요."

둘이는 까치가 앉았던 참나무를 올려다보았다. 그런데 1604년에 이 지역이 영국 런던의 통치구로 승인이 된 거예요. 그래서 도시 이름까지 런던이 붙은 거지요. 나라라는 게 뭔지…. 브리튼 병사가 이런 이야기 하는 거 우습지요? 브리튼이 국적이기는 하지만 마음은 늘 아일랜드에 가 있어요. 고향이라는 게 그래요. 자기 부모의 나라, 내나라 노래가 살아 있고, 전설이 살아 숨 쉬는 그 나라가 마음의 고향이지요. 국적과 고향이 같으면 좋겠지만, 그렇지 못한 사람들은 나라보다는 늘 고향을 향해 머리가 돌아가 있는 것 같아요.

"우리한테도 그런 말이 있어요."

"뭔데요?"

"수구초심이라는 말인데 들어봤어요?"

하인리가 수첩과 만년필을 내밀었다. 그 말을 써 달라는 것이었다. 한글로 써 주었다. 자기도 다른 데서 들은 적이 있다면서 한자로 써 보라고 했다. 한을이 한글 밑에 한자로 首丘初心이라고 써 주었다.

"머리 언덕 처음 마음."

"어, 한자도 알아요?"

"그게 여우 얘기지요?"

놀라운 사람이었다. 그 사이에 한글도 제법 알고 어느 사이에 익혔는지 한자도 꽤 아는 모양이었다. 조선에 오게 되었을 때, 조선의 언어와 문자를 나름대로 공부했다는 것이었다. 하인리는 놀라워하지 말라면서, 당신이 잉글리시를 아는 것과 하나도 다르지 않다고 했다. 둘이는 영어로 이야기를 나누고 있었다. 하인리의 고향이며, 영국의 종교며, 해군생활 등 화제가 풍부했다.

"나 그대를 사랑해요."

하인라가 한을에게 달려들어 입을 맞추었다. 한을은 질겁을 해서 하인리를 밀어제쳤다. 그러나 하인리는 막무가내였다.

그때 밭머리 저쪽으로 산돌영감이 집에서 먹이는 멍멍이를 데리고 지나가다가 멈춰서는 눈치였다. 손에 호리병이 들려 있는 걸로 보아, 주막에 술을 받으러 가는 모양이었다. 이쪽을 주시하며 잠시 멈춰서 있던 산돌영감은 가던 길을 그대로 갔다. 다크 펍에 가서 무당 해연이에게 한을이 영국군과 여사여사하더라는 이야기를 할 것 같았다. 이 장면에서 왜 해연이를 마음 쓰는지 참으로 사람 사이라는 것 알 길이 없다는 생각이 들었다. 어쩌면 하인리가 여기 섬에 어떤 노래가 있는지 물었기 때문에 해연이 떠올랐는지도 모를 일이었다. 해연은 한을보다 노래를 잘 불렀고, 장단을 잘 맞추었다. 해연이 하는 일이 노래와 춤을 떠날 수 없었기 때문인지도 몰랐다. 한을은 머리를 흔들어 지지하게 늘어붙는 생각을 떨구려고 하늘을 올려다보았다. 흰구름 한 덩이가 산산한 바람을 타고 산자락을 가로질러 서서히 움직였다. 한을은 자기도 모르게 입술을 달싹였다. '바람은 산산히 고향으로 부는데 애란의 내 님은 어디 있느뇨…' 그런 구절을 전에 배두익 신부한테 들은 기억이 떠올랐다.

"영국이 통치를 했을 때, 아일랜드 주민들은 가만 있었나요?"

"싸웠지요. 피를 흘리면서 싸웠지요. 런던 통치구가 되던 해부터 팔 년간 싸웠고, 육십 년이 지나서 넉 달을 싸웠지요. 전쟁을 하는 동안 아일랜드 사람이 다른 아일랜드 사람을 칼과 창으로 찔러 죽였어요. 그렇게 서로 증오하고 질시하며, 죽고 죽이는 가운데, 처음에는 씩씩한 기상이 넘치던 그 노래도 짙은 애수를 띠게 되었을 겁니다."

"그렇군요."

"선물로, 이 책을 받으세요."

한을은 하인리가 준 노래책을 펼쳐 놓고 하인리가 불렀던 노래를 혼자 불러 보았다. 노래가 잘 안 되어 하인리를 만날 때마다 가르쳐달라고 해서 제법 익혔을 무렵이었다. 웬만하면 그 노래를 하인리와 같이 불러도 좋겠다는 자신이 생겼다. 그런데 그 노래 가사가 맘에 안 들었다. 피눈물을 흘리며 마리아를 찾아 기도를 한대도 그게 무슨 응답이 있을 것인가. 사랑, 죽은 다음에 사랑한다고 말해서 무덤이 따뜻해지고 흥감해지는 것은 거짓말일 시 분명했다. 사랑은 살아서 사랑이지 죽은 다음에 그 사랑을 소통할 길이 모두 끊기는 게 아닌가. 배고픈 사람을 먹이고, 목마른 사람을 마시게 하고, 복통이 난 사람 배를 다스려 주는 게 사랑일 터였다. 노래가 하늘에 미칠진 몰라도 노래로 곽란이 다스려지는 법은 아니지 않던가. 곽란은 사관으로 뚫어 주어야 했다. 세상은 말과 노래로 돌아가는 게 아니었다. 총칼과 말발굽 아래 노래가 죽은 세월도 있는 법이다.

영국군 연락병 하나가 지은 선생 댁으로 찾아왔다. 뜻밖의 일이었다. 저탄장 공사를 하는 공사장에서 병사가 곽란(癨亂. 스토먹 페인)이 나서 금방 죽을 것처럼 땅바닥을 뒹굴고 있다는 것이었다. 어서 와서 살려 달라는 급한 요청이었다.

"의무병이 있을 것인데?" 지은 선생이 물었다. 의무병이 급한 일이 있어서 사령부로 호출되어 갔다고 했다. 도와주지 않으면 조선에서 영국군이 죽는 불명예가 발생한다고 애원하다시피 했다. 지은 선생은 침착한 태도로 일관했다. 가슴속에 생각이 많은 모양이었다.

"내가 나설 계제가 아닌 것 같다. 영국군과 내통한다고 오해를 받기 십상…."

영국군과 내통한다는 이야기가 돌아가고 있는 모양이었다. 그는 유학을 공부하는 선비라서 남의 의혹을 받을 일이 별반 없었다. 그러나 천주학에 줄을 대고 있는 한을을 거두는 처지였다. 세인의 의심을 살 만한 건덕지가 걸려 있었다. 유학으로 내국인들의 신임을 사고 천주학을 이용하여 영국군과 내통할 가능성이 없는 바도 아니었다. 조정에서는 여러 차례 영국군이 거문도를 떠나라는 요청을 했고, 중국의 협조를 얻어 영국군을 내쫓을 궁리를 하는 상황이었다.

"한을이 네가 다녀와라."

한을은 찔끔해서 몸을 옹송그리고 주눅이 들어 앉아 있었다.

"제가 감히."

"침놓는 실력도 그만하면 되었으니 염려 놓고 다녀와라."

한을은 머릿속이 멍하니 눈앞에 안개가 몰려왔다. 전에 사관 따는 법을 어머니한테 배운 적이 있기는 하지만 아직 남의 살에 침을 꽂아 본 적이 많지 않았다. 더구나 영국군의 살에 침을 꽂는 다 생각하니 적잖이 긴장되었다. 한을이 멈칫거리고 서 있자 지은 선생이 차근한 목소리로 한을에게 이야기했다.

"사람이라는 게 동서가 따로 없다. 피가 도는 혈맥이나 침을 받는 경락도 같다. 맥을 잘 짚어 보아. 네 손끝으로 전해져오는 맥을 살피고, 그동안 배운 대로, 아는 대로 사관을 뜨면 된다. 멈칫거리지 말아라."

영국군과 내통을 한다든지 하는 것은 핑계에 불과한 것인지도 몰랐다. 지은 선생은 이미 바깥출입이 어려울 지경으로 몸이 망가진 뒤였다. 때에 맞춰 먹을 것 제대로 못 먹은 것은 물론, 나라 걱정을 하느라고 마음 편할 날이 없었던 나날이 마침내 건강을 잃게 했다. 한을은 지은 선생의 속을 다소 헤아릴 것 같았다.

"저어기, 처마끝에 매달아 놓은…."

지은 선생은 거의 알아듣기 어려울 정도로 말끝을 흐렸다. 한을이 처마끝을 쳐다보았다. 동네에 갑작스런 배앓이 환자가 생긴다든지 하면 담방약으로 삶아서 먹이곤 하던 양귀비대가 바싹 마른 채 걸려 있었다. 그걸 가지고 가서 삶아 마시게 하라는 이야기였다.

한을은 남장으로 입성을 바꾸어 입고 나섰다. 주머니에는 하인리가 선물한 책도 챙겨 넣었다. 영국군 병사가 앞서 가면서 자꾸 뒤를 돌아보았다. 혹시 숲속으로 끌고 들어가면 어떻게 하나 두

렵기도 했다. 여수 나갔을 때 슬근슬근 접근해 오던 사공 지울돌이라는 사람 생각이 나서 혼자 실소했다.

곽란이 나서 배를 웅켜쥐고 땅바닥에 뒹굴고 있는 병사는 낯익은 얼굴이었다. 부랑구, 프랑크였다. 전에 동네 젊은 무당 해연이 굿하는 것을 보고는 혹하니 빠져서, 자기도 그런 기술을 배우겠다고 쫓아다녔다. 안택굿을 하는 자리에서, 해연이 쾌자 자락을 휘날리면서 하얀 술이 불두화처럼 탐스럽게 날리는 대를 잡고 춤사위가 어기찼다. 부랑구는 해연이 춤을 추면서 어깨를 들썩일 때마다 자기도 덩달아 어깨를 들썩였다. 해연이 사설을 읊어 나가면 자기도 입술을 달박거리면서 그 내용을 속으로 음미하는 듯했다. 자기는 기필고 해연의 엑소시즘을 배우고 말겠다는 듯이 달려들었다.

하인리가 해연의 노래나 춤에 대해 민속학적 관심이 있다면, 부랑구는 아예 굿을 배워서 자기가 실연을 해 보이고 싶어했다. 도무지 될성부른 일이 아니었다. 신화와 전설로 정착된 이곳 사람들에게 익숙한 세계를 관념이나 이미지로 달려들기는 그렇게 만만한 게 아니었다. 이 땅에서 오랜 시간을 거쳐 형성된 일종의 문화압력을 견디지 않으면 접근할 수 없는 세계였다. 그러나 부랑구는 집요하게 해연에게 접근해 갔다.

고통을 호소하며 뒹구는 부랑구를 보자, 잠시 해연의 얼굴이 떠올랐다. 그간 같이 잘 지내기는 했지만, 따지고 보면 어느 구석이라고 잘 아는 바가 없었다. 그러나 자신이 염원하는 것과 해연이 하고자 하는 일은 어딘지 맥이 닿고 그 맥락 때문에 서로 소홀히 할 수 없다는 생각이 들었다. 그것은 눈에 보이지 않지만 쇠심 줄처럼 견고한 올가미였다.

해연이 어디서 떠돌다가 섬으로 들어온 여자인지 아는 사람이 없었다. 다만 심청이를 몸주로 모신다고 해서 해연(海蓮)이라고 불렀다. 심청이 인당수에 빠졌다가 연꽃을 타고 용궁에서 육지로 나온 것처럼, 자기는 한 맺히고 원이 깊어 헤매는 인간을 구제하라고 옥황상제가 보냈다고 했다. 인간구제는 하늘이나 할 수 있는 일이고, 일 자체가 간단치 않아 자기는 겨우 잡신들이나 눌러주어 인간이 목숨이 꺾이지 않게 할 뿐이라 했다. 또 더 할 수 있는 게 있다면 기가 약한 인간에게 기를 조금 불어넣어 주는 일. 그밖에는 할 줄 아는 게 달리 없다고 겸손하게 나왔다. 그 겸손함이 한을의 마음을 움직였다. 한을로서는 해연을 하인리에게 소개하고 하인리가 해연에게서 많은 것을 얻어가기를 바랐다.

해연이 하인리를 만나 자기 이름이 왜 해연인지를 설명하는 장면에서, 하인리는 심청 이야기에 눈을 반짝이며 귀를 종긋 세웠다. 물에 빠져 죽은 인간이 되살아나 연꽃을 타고 이승으로 돌아와 부귀영화를 누렸다는 것은 자기 나라에서는 들은 적이 없었다. 그리고 그렇게 깊은 이야기를 알아들을 사람도 없다면서, 그런 신묘한 이야기라면 얼마든지 들을 가치가 있다고 해연에게 다가들었다. 조선은 정신적으로 자기들과 다른 깊이가 있는 나라라고 칭송을 늘어놓기도 했다. 아무튼 심청의 죽음과 연꽃으로 환생한 것은 경이로운 신화적 상상력이라고 놀라워 했다.

해연은 신분이 무당이라서 어디를 가더라도 천덕꾸러기로 살아야 했다. 그러나 심덕이 온후하고 남의 일이라면 자기 일 제쳐놓고 나서는 성미라서 동네에서는 밉보는 사람이 없었다. 소소한 잔병치레가 잦은 집안에서 푸닥거리를 청하면 자기집 쌀독을 뒤져서 밥을 하고 된장국을 끓여 가지고 가서는 풀어 주었다. 한을로서는 도무지 이해가 안 가는 일이었다. 잡귀 잡신이 된장국을 끓여 달래 준다고 해서 달아난다니 말이 되질 않는 처사였다. 그러나 기도로써 악마를 퇴치한 성인들의 이야기가 있고 보면, 그게 조선식의 기도 한가지라는 생각이 안 드는 것도 아니었다. 그런데 해연이 무당 노릇을 하는 것은 한을이 다른 사람들의 고통을 덜어주는 방식과 공통된 점이 있었다.

해연은 동네 애들의 종기도 째고 체한 애들 손을 따줄 줄도 알았다. 한번은 한을이 해연에게 어떻게 침을 배웠는지 물었다. 그런데 놀랍게도 강진댁이라는 분한데 배웠다는 것이었다. 강진댁이라면 십 년 전에 세상을 뜬 자기 어머니였다. 그리고 더욱 놀라운 것은 한을 자신도 어머니한테 열 살부터 침을 배웠다는 사실이었다. 혹시 해연이 자기 동생이 아닌가 하다가, 허벅지를 꼬집으면서 고개를 저었다. 아버지의 기억이 없기는 하지만, 아버지라는 사람이 여기저기 씨를 뿌려 놓고는 몰라라 하고 돌아다니는 홰랭이라고 상상하기는 참말로 싫었다.

해연이 읊어나가는 노래와 춤에 넋을 빼앗겼던 영국 병사 부랑구, 프랑크가 한을 앞에서 배를 쥐고 땅바닥에 뒹굴고 있는 것이다. 인연 치고는 기묘한 인연이었다. 그동안 지내온 역정으로 본다면 해연이 왔어야 마땅했다.

"해연일 불러오지 그랬습니까? 둘이 친하잖아요?"

"이츠 낫 엑소시즘! (이건 퇴마술이 아니요.)"

진땀을 흘리면서 대굴대굴 구르던 부랑구는 눈을 동그랗게 뜨고 단호하게 대답했다. 그럴 만도 하다 싶었다. 병은 의사가 고치는 것이지 무당이 고치는 게 아니라는 것이 그들의 관념일 터였다. 부랑구는 다시 땅바닥을 구르기 시작했다.

땅바닥에서 헤엄을 치듯 구르던 부랑구는 한을이 침을 몇 대꽂고 나서, 엄지손가락에서 꺼먼 피를 뽑아내고 등을 툭툭 몇 차례 쳐주고는 등을 문질러 주자 이마에 땀을 닦으면서 일어나 앉았다. 눈이 똑바로 돌아와 있었다. 양귀비대 달인 물을 먹였다. 얼굴이 환하게 밝아왔다. 부랑구는 웃음까지 띠면서 한을을 우러르듯이 쳐다봤다.

"미스터 프랑크, 댓츠 파인 나우?"

"오. 노 페인. 대단 감사합네다."

부랑구는 휘청하며 일어나서는 한을에게 악수를 청했다. 한을은 수건을 물에 적셔 부랑구의 얼굴을 문질러 주었다. 다음에 그런 일이 또 생기면 손가락을 입에 넣어, 억지로 토하라고 일러주었다. 토하는 게 잘 안 될 경우, 친구가 등을 두드려 주면 토하는데 도움이 된다고 설명을 했다.

"보미트? 이츠 낫 츠리트먼트.(토하라고? 그건 처치방법이 못 돼.)"

그렇겠지, 속으로 뇌면서 한을은 먹은 게 위에서 내려가지 않으면 음식의 길을 거꾸로 돌려 놓아야 한다고 설명했다. 부랑구는 너무 단순하다면서 그런 것도 치료가 되는 거냐고 비웃는 투로 중얼거렸다. 한을은 사람 몸의 운행 이치가 그렇다고 설명하려다 말았다. 이야기를 길게 할 필요가 없는 상황이었다.

아무튼 그날, 한을은 영국 병사 부랑구에게 키스 인사를 받았다. 키스는 존경의 표현이지 사랑을 표현하는 것은 아니라고 했다. 한을은 영국이란 나라 시속(時俗)이 그렇거니 했다. 이제까지 경험하고 생각해 왔던 것처럼 인간의 몸이라는 게 그렇게 대단한 것인가 하는 의문이 머리를 떠나지 않았다. 서로 맞닿을 수 있는 핏줄이 있다면, 그 줄을 통해 서로 간에 정을 나눌 수도 있다는 생각을 했다. 자신이 사고를 당해 피를 많이 흘려 죽게 되었을 때, 부랑구의 피를 받아서 살아날 수 있을 것이라는 생각이었다. 그게 글자 그대로 진정한 의미에서 피를 나눈다는 말이지 싶었다.

부랑구의 관심은 해연에게서 한을에게 옮겨가기 시작했다. 한을에게서 침을 놓는 치료 능력을 배우고자 하는 것이었다. 춤이나 노래만으로 인간을 구할 수 없다는 것을 알았노라면서, 자기 동네 수도원에 수도사들이 왜 약초밭에서 약초를 재배하는지 이해가 간다고 했다. 약을 만들어 자기들 병을 다스리는 것은 물론 이웃마을 사람들이 급한 병이 났을 때, 그들을 치료해 주어야 하는 게 수도사들의 의무였다. 몸을 다스리지 못하는 사제는 정신을 다스리지 못한다는 발상인 모양이었다. 그래서 부랑구가 자기 나라에 돌아가면 동양식으로 침도 놓고 약도 짓고 하면서 환자를 고칠 수 있는 능력을 전수받아 가고 싶다는 것이었다.

통증이 멎고 정신이 든 부랑구는 간이침대에 누워서 멍하니 하늘을 쳐다보았다. 그리고 혹시 다크 펍에서 해연을 만났는지 한을에게 물었다. 해연이 산돌영감과 함께 술도 마시고 시시덕거리면서 농탕질을 치는 것을 부랑구가 알고 있는 모양이었다.

"하인리와 요만큼 다퉜어요."

"무슨 일로요?"

"당신과 사랑하는 것을 금지한대요."

"사랑을 금지해요?"

"해연이만 사랑하라는 거예요."

"왜 그러지요?"

"무당을 사랑하는 사람이 하느님의 딸을 사랑하면 죄가 된대요."

"부랑구 씨는 나를 정말 사랑해요?"

부랑구의 낯꽃이 달라졌다. 부랑구는 얼굴을 옆으로 돌리고 어깨를 들썩이기 시작했다. 나를 정말 사랑하는가 묻는 한 마디가 부랑구의 가슴에 충격을 준 모양이었다.

그때 하인리가 막사로 들어와 한을의 볼에 자기 볼을 비볐다. 이른바 비주 인사였다. 부랑구가 돌아누우면서 하인리를 하얗게 흘긴 눈으로 쳐다봤다. 하인리가 한을의 손을 잡아 끌고 막사 밖으로 나왔다.

"자해를 하느라고 술을 마신 겁니다."

"자해라니요?"

"당신을 사랑하지 못하면 삶의 의미가 없답니다."

결국은 일이 이렇게 꼬여 돌아가는구나, 야속한 생각이 들었다. 하인리 편에서 어떻게 생각할지 몰라도 한을로서는 평생 처음 해 보는 모험이었다. 하느님이 길을 열어 주겠거니 했다. 그래서 배두익 신부를 따라가서 목숨을 부지했고, 구라파라는 데를 알았고, 그리고 어머니를 잊을 만해졌을 때, 이 섬으로 들어온 것이었다. 그렇게 길을 외돌아 오는 데는 나름의 판단과 결심이 있었다. 박해를 피해서 정말 하느님을 아는 사람들이 사는 나라에 가고 싶었다. 하인리에게 접근한 것도, 둘이 마음이 통해서 몸을 허락한 것도, 결국 하인리가 하느님을 믿는 나라 사람이라는 게 가장 중요한 빌미였다.

생각해 보니 낯선 나라에 대한 탐구심이니 문화를 기록하느니 하는 것은 사람을 이끌어들이기 위한 빌미에 지나지 않는지도 모를 일이었다. 한을은 말이 통하고, 호기심을 자극하고, 손을 잡고 입술을 더듬고, 그리고는 살을 섞는 절차를 차곡차곡 밟아가는 중이었다. 달리 손을 쓸 수 없이 진행되는 과정에서 넋을 놓고 있는 자신이 두려워졌다.

자신이 침으로 살려낸 부랑구가 죽었다. 그리고 하인리가 아직 목숨이 붙어 있다면, 어떤 일이 있어도 살려야 한다. 그게 하느님이 행동으로 증거하라는 명령일지도 몰랐다. 한을은 죽을 각오로 배턱에서 물로 뛰어들었다. 헤엄을 치는 게 그리 능숙하지 못해 짠물을 들이켰다. 겨우 목을 내밀고 푸우 소금물을 뿜어내고 눈으로 밀려드는 짠물을 헤쳐낼 때였다. 영국군 병사들이 배를 저어 어디론가 급히 가느라고 일으킨 물결이 출렁하면서 또 한을을 덮었다. 한을은 몇 차례 잠겼다 떴다를 반복하다가 겨우 배턱에 올라와서는 정신을 잃고 말았다.

한을이 눈을 떴을 때는 어떻게 된 일인지 산돌영감의 움막에 누워 있었다. 입이 소태를 씹을 것처럼 썼다. 속에 남아 있던 소금물이 울컥울컥 넘어왔다. 산돌영감이 등을 쳐 주었다. 잠시 눈을 감고 있다가 기운을 수습해서 일어나 앉았다.

"무모한 짓이야."

"하인리를 만나야 해요."

"병사들은 군법을 따르게 돼 있어."

"하인리에게 데려다 주세요."

산돌영감은 불에 덴 아이처럼 보채는 한을을 넋을 놓고 내려다보았다. 자기 평생에 누구 하나를 그렇게 애달아하면서 좋아한 적이 있던가. 목숨 살아가는 일로 해서, 가슴에 솟아나는 불길이란 불길은 모두 날려보낸 세월이었다. 한을이 몸을 뒤치면서 물었다.

"해연이는 부랑구가 죽었다는 걸 아나요?"

"모를 것이여."

"알려줘야지요."

부랑구가 죽었다는 이야기를 들으면 해연이 어떻게 나올까. 혹시 부랑구를 대신해서 하인리에게 들러붙는 것은 아닐까. 엉뚱한 생각이 찐떡거리면서 뇌리에 늘어붙었다. 산돌영감은 뜬금없는 소리를 하고 있었다.

"부랑구 그 사람이 말일세, 해연일 끔찍이나 좋아했거든."

"그래요. 해연이가 뭘 분간할 줄을 아니까요."

산돌영감은 한을이 해연을 깊이 이해하고 있다는 생각을 했다.

"부랑구가 집을 짓는 목수라서 해연일 더욱 사랑한 거라구요."

"그게 서로 무슨 상관이랑가?"

"노래나 춤으로는 집을 못 지어요."

"노래와 춤으론 집을 못 짓는다니?"

"부랑구는 해연의 지혜를 본 걸지도 몰라요. 해연이 슬기롭거든요. 누구보다 사리분별을 잘 할 줄 알아요."

"하기사."

산돌영감은 해연을 품고 자던 어느 밤을 생각하고 있었다. 주막에서 술을 거나하게 마셨다. 크고 작은 탈이 있을 때마다 자기를 찾아오는 돼지먹이는 집에서 돼지를 잡았다면서, 해연이 고깃근을 들고 산돌영감을 찾아왔다.

"수퇘지는 불알을 발라야 잘 큰담서요?"

"암, 그라지러."

해연을 혀를 끌끌 찼다. 그리고는 산돌영감을 쳐다보면서 소리 없이 소매로 눈물을 훔쳤다.

"영감님도 거시기했담서 왜 크도 못하고, 안되었구려."

"내가 말이시, 돼지가 아니니께 그라제."

해연이 입에 물었던 돼지고기를 튀하고 뱉아내며 웃음을 토했다. 그러나 눈자위는 다시 붉게 젖어들었다.

"그 말이 너무 슬퍼요."

"자네가 해결할 수 있는 문제가 아니네."

산돌영감은 막걸리를 한잔 들이키고는 해연의 눈자위를 쓸어 주었다. 그리고 근황을 이야기했다. 아내는 그사이 죽고, 아들들은 배두익 신부를 따라 중국으로 가서 천주학을 공부한다는 이야기였다.

"처자식이 문제가 아니라, 영감님은 어떠냐 말이지요."

고환을 잘랐다고 여자를 여자로 느끼지 못하란 법이 어디 있겠냐고 했다. 젖가슴을 내주면서 등을 쓸어 주던 해연의 손길은 산돌영감의 온몸이 불불 달아오르게 했다. 너무 안달하지 마세요, 몸에 해로워요. 추억이나 더듬으세요. 추억이 있잖아요. 추억은 우리 청이님과 통하는 물길이지요. 살아나서 추억을 이야기하게 되어 있으니까 치마 둘러쓰고 물에 빠졌지, 인당수에 빠져 죽어야 하는 운명을 알았다면 그러지 못했을 겁니다. 해연은 그런 이야기를 산돌영감의 귀에다 속삭였고, 산돌영감은 해연의 젖가슴을 어루만지면서 날이 밝았다. 그 이야기를 한을은 모르고 있었다.

"해연이가 이 일을 알랍뎌?"

"모르지라."

창포를 베어다가 삶고 어쩌구 할 때가 아니었다. 해연이를 만나야 했다. 브랑구가 죽었다는 이야기를 해 주어야 하는 자신의 처지가 묘하게 일그러졌다는 생각이 들었다. 혹시나 요거 잘 되었다는 듯이 일러바치는 걸로 알아들을까, 마음 구석이 가시처럼 찔려왔다. 오해를 살 소지가 없는 바도 아니었다. 부랑구와 하인리를 이간질한 적은 없지만, 그렇다고 아무런 맥락 없이 오간 사이도 아니었다. 돌려서 생각하기로 했다. 해연이가 팔자인지 내림인지 무당 노릇을 하고 있기는 하지만, 사람이 트인 데가 있는 게 마음에 물살처럼 와 닿았다. 사리를 가릴 줄 아는 친구였다. 그러나 부랑구와 하인리가 차례를 바꾸어 관심이 달라짐에 따라 사랑의 대상이 바뀌는 것은 맥락을 어지럽혔다. 아무래도 해연이라면 이해해 줄 것 같았다. 그런 믿음이 갔다. 자기 일과 남의 일을 구분할 줄 아는 지혜가 있는 해연이었다.

해연을 찾아가면서 한을은 전에 있었던 기억을 떠올려보았다.

가막실댁이 혼인한 지 십 년이 되어서야 첫아이를 뱄다. 집안에서 걱정이 컸다. 나이 먹은 산모의 초산은 어김없이 난산이라는 이야기가 돌았다. 아니나 다를까, 아침을 먹고 밭에 나갔다가 배가 아프기 시작해서 돌아온 가막실댁은 다음날 점심때까지도 문이 잡히지 않아 전신이 땀에 흠뻑 젖을 정도로 진통을 했다. 동네 첫아이 낳은 아낙의 속곳을 구해와야 한다는 둥, 남편이 애를 받아야 한다는 둥 별별 방안이 다 나왔고, 그렇게 별별짓을 다 해보았지만 헛일이었다. 산모가 진땀을 흘리면서 방바닥을 쥐어뜯으며 맴을 돌다가는 드디어 나가떨어지고 말았다. 정신을 놓을 만큼 혹심한 통증이었다.

가막실댁의 남편이 해연을 찾아갔다.

"마누라 죽게 생겼는디, 비손을 하든지 굿을 하든지 해서 애 낳게 해주시시오."

해연은 눈자위를 헤번득 굴리면서 가막실댁의 남편을 꼬아보고 한참을 서 있었다. 한 발짝도 움직일 생각이 없다는 태도였다. 한편 등신 같은 인간, 무지몽매한 인간, 그렇게 바라보는 눈초리였다.

"애를 만드는 일이나 또 애를 낳는 것은 인간의 소관사지 귀신의 짓이 아니요." 그러면서 자기는 인간보다 시시한 잡신들이나 다룰 줄 알지 애를 낳게 하는 재주는 없다고 단호하게 잘라 말했다.

"이 일을 어쩌지라? 사람이 죽게 생겼는디 와서 보기래두 해주시오."

"내가 갔다가 산모가 애를 못 낳고 죽으면 무당이 사람 죽였다고 할 거구, 나를 사람 죽인 년이라구 쳐 죽이려고 들고날 것 아니오? 안 되오."

그렇게 잘라서 거절을 하고는 돌아서려다가,

"혹시 약으로 다스릴 수는 있을지 모르겠소. 지은 선생 댁에 가면, 한을아씨가 있을 것이요. 그 아가씨를 만나서 불소산 화제를 낼 줄 아는지 물어봐서 갖다가 달여 먹이시오. 약재가 없으면 지은 선생이 받드는 귤은 선생댁에는 있을 겁니다."

무당 주제에 귤은 선생댁이니 한을아씨니 하는 것이 가당찮다는 생각이 안 드는 것은 아니었으나, 체면이 사람 살리는 법이 아닌지라 한달음에 지은 선생댁으로 달려갔다. 마침 지은 선생은 출타 중이고, 한을아씨가 채마밭을 매다가 일어나 반갑게 쫓아와서 인사를 했다.

"불소산이라면 약재는 있을 터인데, 내가 화제를 낼 줄 몰라서…. 어떻게 하지요?"

"어떻게 해야는지 알면사… 책에다가 적어 놓은 거 없겠소?"

한을은 다급하다는 이야기를 듣고 그대로 물리칠 수 없어서, 지은 선생이 적어 놓은 처방을 찾아보았다. 전신화제집성(傳神和劑集成)이란 책을 전에 본 적이 있는 듯한데, 책들이 많아 어느 구석에 박혀 있는지 언뜻 나타나질 않았다. 가막실댁 남편은 뒷짐을 지고 마당을 서성이고 있었다. 밖에서 멍멍이가 악을 쓰며 짖어댔다. 해연이 대문 앞에 와서 서 있었다.

"귤은 선생께 얻어 두었던 책이 있어서 가지고 왔어라."

기름을 먹인 노란 표지에는 "震檀救急方(진단구급방)"이라는 제첨(題簽)이 붙어 있었다. 귤은 선생이 마을 무당과도 통한다는 게 신통한 일이었다. 선생은 늘 그렇게 말했다. 사람 살리는 데는 남녀가 구분이 없는 법이고, 동서가 따로 없는 법이다. 다만 방법이 조금 다를 뿐이다. 방법이 다른 것은 나라마다 나는 약재가 다르고 사람들의 식습관이 다르기 때문이다. 사람을 살리는 학문을 하려면 실제로 그런 일을 해 보아야 한다. 동네 뜻있는 이들을 모아 약 짓는 법과 맥 짚고 침놓는 법을 가르쳤다. 귤은 선생의 이야기를 하면서 지은 선생은 한을에게 자기가 배운 것을 그대로 가르쳤다.

선생의 말씀이 떠올랐다. 약 짓는 일과 침놓는 기술로 정신을 고치지는 못하지만 정신이란 게 별거드냐, 몸속에 돌아가는 피가 정신을 만들어내는 것이고, 피는 사람이 마시는 물과 먹는 음식으로 만들어지는 것이다. 그러니 약과 밥이 따로 있는 게 아니라, 밥이 약이고 약이 밥이다.

"머슴이 사관을 떠서 안주인 곽란이 나았다면 주인은 어찌해야 하겠느냐?"

"머슴한테라도 절을 해야지요"

선생은 한을의 두리두리한 얼굴을 쳐다보며 흐뭇한 웃음을 지었다. 말귀를 알아듣는 게 사랑스러웠다. 아까운 애가 섬에 들어와 썩는다는 생각이 들었다. 그러나 어찌할 도리가 없었다. 몸이 쇠하고 집안이 기울기 시작한 지는 이미 오래였다. 정신만으로 살 수 없다는 절망감만은 털어버리고 세상을 뜨고 싶었다. 한을에게 자기가 익힌 사람 살리는 법을 전수해야 하겠다는 다짐을 두었다. 선생은 가르쳤고, 한을은 제자가 되어 부지런히 배웠다. 원리는 간단했다. 사람은 밥으로 사는 존재라는 게 그 원리의 기초였다. 사실 사마천의 『사기』에서 읽은 한 구절이 선생의 철학을 뒷받침하고 있었다. '임금은 이민위천하고 백성은 이식위천 (以食爲天)한다'는 간단한 구절이었다. 선생은 명분론에 멀미를 내고 있었다. 공자께서도 그런 말씀을 했느니라, 왈 괴력난신에 대해 이야기한 적이 없다는 게야. 그러니 해연이 같은 무당에게 빠져 지내지 말라는 경계를 잊지 않았다.

지은 선생에게 사람은 수염이 석자라도 먹어야 산다는 이야기를 듣고, 그 말을 음미하던 무렵 해연이가 한을을 찾아왔다.

"한을아씨, 부탁이 있는데요."

"나한테 부탁이 있을 까닭이…?"

해연은 동네 사람들이 자기를 무소불위로 알고 찾아온다고, 어쩌면 좋겠느냐고 하소연을 했다. 그런데 생각을 해 보면 약으로 나을 병이 있고 침으로 째고 고름을 짜내야 낫는 종창이 있는 법인데, 마을 사람들은 아무거나 일만 생겼다 하면 자기를 찾아와 비손을 해달라 굿을 해달라 매달린다는 것이었다. 해연은 그게 두렵다면서 손을 모아 쥐고 오소소 떨었다. 자기는 그런 일을 할 줄 모르는데, 비손을 해서 달아날 병이 아닌데 막무가내로 졸라댄다는 것이었다. 그런 이야기 끝에 둘이는 약속을 했다. 해연을 찾아오는 병객들 가운데 약이나 침으로 다스려야 할 사람들이라면 한을이 맡아서 처리해 준다는 내용이었다. 그러나 아이가 거꾸로 나온다든지 하는 경우는 어찌할 수 없는, 이들로서는 한계 밖이었다.

그런 약조가 있은 이후 해연은 한을을 찾아와 소소한 일에서부터 중대사에 이르기까지 상의하고 의견을 구하곤 했다. 부랑구라는 영국 병사가 해연을 찾아다니며 무당춤을 배우겠다고 졸라대는 바람에, 춤만 가르쳐 주마 했다는 이야기도 바로 해연이 자신의 입을 통해 들었다.

조선의 섬동네에서 졸갱이 무당 하나 만나 춤을 배워서 무얼 어떻게 하겠다는 것인가 사람들의 눈초리는 의문으로 가득했다. 하기는 그들이 정말 군인인지 의심을 두기도 했다. 군인들이라는 사람들이 전쟁을 준비하는 것도 아니고, 막사를 짓더니 석탄창고를 짓는다면서 산자락이나 다듬고 있으니 희한한 일이었다. 석탄 창고도 그렇거니와 슬금슬금 동네 사람들과 사귀면서 마을로 안개 스며들 듯 기어들어오는 게 수상쩍어 보이기도 했다. 아무튼 천주학을 하는 사람과 무당이 결국 거기가 거기라는 이야기가 동네에 돌기 시작했다. 한을과 해연이 영국군과 사귄다고 입에서 입으로 숙덜거리는 소리가 건너가면서부터 동네에서는 이들을 씹어대기 시작했다.

그 무렵 해연이는 주막에서 부랑구를 자주 만났다. 해연이 부랑구의 애를 뱄을 거라는 소문도 돌았다. 그런데 그 부랑구가 죽었다는 것이다. 해연이 어떤 얼굴을 할지 감이 잡히지 않았다. 부랑구가 죽은 게, 귀신의 일이 아니라며 태평할 수 있을까? 그럴 수 없는 일이었다. 해연은 마음을 끓이면서 두문불출이었다.

하루는 영국군 병사들 한 무리가 마을로 찾아왔다. 작대기 같은 데다가 오동상자를 받쳐 놓은 모양으로 된 물건을 들고 왔다. 그리고 무슨 장비를 담은 것인지 나무로 짠 궤짝도 가지고 왔다. 마을 사람들은 고기바탕에 나갔다가 돌아와 고기를 풀어 놓고, 정자나무 아래서 쉬고 있었다. 염소를 치는 산돌영감은 담배를 구하러 마을로 내려왔다가 마을 사람들 사이에 끼어 이야기를 나누고 있었다.

마을 앞에는 영국 병사들이 만들어 준 배턱이 번듯했다. 거기다가 페인트로 칠을 한 배들이 가지런히 정리되어 있었다. 뱃전을 칠한 색깔이 돛이나 노 같은 것들과 어울리지 않기는 했지만,

물이 새들어오지 않는 것은 배를 다루는 이들의 시름을 놓게 했다.

영국 병사들은 금방 잡아온 농어를 흥정했다. 이들은 마을 사람들이 부르는 대로, 불평을 하거나 이의를 달지 않고 생선값을 지불했다. 마을 앞 저만큼 바다 가운데 정박하고 있는 배에 병사가 몇이나 타고 있는지 정확히 알 수는 없었지만, 막사 공사를 하는 걸 보면 백 명은 넘을 듯했다. 그런 숫자가 먹자면 물량이 꽤 확보되어야 했다. 고기를 잡는대야 여수까지 나가 곡식을 바꿔오거나, 소금이며 농기구, 그물 같은 것들을 구해오는 게 고작이었는데 쓰임새가 달라질 만큼 돈이 돌아갔다. 애들 옷가지며 부인들 옷감은 물론, 좀 자상한 남편은 아내의 연지분까지 구해다 주었다. 어떤 집에서는 남편이 사다 주었다면서 연지분을 하얗게 발라 마치 탈을 뒤집어 쓴 모양 얼굴을 하고 우물터에 나오기도 했다.

흥정이 끝난 병사들은, "그림을 가져 드립니다. 얼굴을 만들어 드립니다." 하면서 사람들을 모이라고 했다. 구경하던 애들은 옆으로 서서 바라보게 하고, 어른들만 대개 얼굴들이 서로 가리지 않게 하고는 앉혔다. 얼굴을 잘 그리자면 밝은 해가 있어야 한다, 그러니 오늘처럼 흐린 날은 해 대신 번개를 불러다 써야 한다. 번개가 치더라도 놀라지 말라고 주의를 했다. 영어 반 조선말 반 섞어서 하는 이야기를 동네 사람들은 그런대로 알아들었다. 펑, 소리와 함께 마그네슘 터지는 불빛이 번쩍했다. 사람들의 눈이 휘둥그레졌다. 검은 천으로 가린 상자 안에서 당신들의 얼굴이 며

칠 살아야 그림이 되어 나온다는 이야기를 하고는, 영국 병사들
은 돌아갔다.

사진을 만들어 가지고 나온 병사는 하인리였다. 하인리는 한을
을 찾았다. 부랑구가 한을에게 침놓는 방법을 배우고, 침의 효과
에 감탄해서 열렬한 접문례(接吻禮)를 하고 돌아간 다음날이었다.

"약속 잘 지키는 사람이 좋은 사람야요. 거문도 노래를 나한테
들려준다는 약속."

하인리는 자기가 자기 고향 애란의 노래를 가르쳐 주었으니 거
문도 노래를 알려 달라고 만날 때마다 약속을 확인하곤 했다. 그
런데 문제가 있었다. 그 노래라는 것이 고기바탕에 나가서 부르
는 것이라서 마당에 모여 노래를 하면 흥이 나지 않을 뿐만 아니
라, 남자들을 불러모아야 하는 절차가 적잖이 번거로웠다. 거기
다가 한을이 무당하고 놀고, 영국 병사와 시앗질을 하는 데 걸려
들어가 꼼짝없이 올무를 졌다는 이야기가 도는 바람에 마을 사람
들의 눈초리가 곱지 않았다.

산돌영감하고 상의를 하기로 했다. 그간에 있었던 일을 다 이
야기하고, 하인리에게서 배운 "데리의 노래"를 산돌영감 앞에서
불러주었다. 산돌영감은 어디서, 누구한테 들었는지, 애란이라는
나라가 영국의 지배를 오래 받았다는 이야기를 잘 알고 있었다.
하인리한테 배웠다는 노래가 슬픈 듯 애조를 띠는 까닭을 그 나
라 역사를 통해 알게 되었다고 했다.

그러면서 우리 동네 뱃노래는 단순하면서도 힘차고 생기가 넘
친다며 아마 저들이 놀랄 거라고 자신만만한 태도를 보였다. 그

렇게 해서 산돌영감이 사람 모으는 일을 나서서 주선하기로 했다.

마침 단오도 다가오고 하니 동네 사람들이 모여서 뱃노래를 할 계제였다. 산돌영감이 사람을 모으고 노래를 하게 할 터이니, 염소나 두어 마리 잡고 술을 준비해서 모이면 노래는 누가 시키지 않아도 절로 나올 것이 아니냐, 그때 하인리가 같이 참여해서 노래를 듣고 배우라는 게 산돌영감의 계획이었다. 산돌영감이 일 년이 넘게 염소 장사, 양 장사를 하더니 짱짱하게 됐는 모양이라면서, 마을 사람들도 좋아하는 눈치였다. 먹고사는 데 머리 노란 서양이면 어떻고 얼굴이 검은 게 무슨 대수냐는 듯이 사람들은 너그러워져 있었다.

"배가 풍랑을 만나 흘러가고 흘러가서 영국까지 가면 그들이 우리 멕여줄 거 아닌 갑만?" 하는 이야기를 꾸미기도 했다.

하루는 지은 선생이 안에서 한을을 불렀다. 한을은 내심 두려움이 일었다. 영국 병사와 너무 격의없이 지낸 것이 동네에 불미스런 일로 알려지지 않았나 싶었다. 그러나 지은 선생의 인품으로 보아, 크게 나무람을 들을 일은 아니려니 하면서 대청 위로 올라섰다. 흠흠 기침을 해서 기척을 내고 방문을 열었다. 지은 선생이 수척한 얼굴로 한을을 쳐다봤다. 얼굴에 병색이 가득했다.

"오늘이 귤은 선생 제삿날이다."

쓸쓸한 목소리로 말했다. 한을은 어정쩡하니 서 있었다.

"게 앉어라."

깨끗하게 마전한 당목 고의적삼이 선생의 얼굴을 더욱 창백하게 했다.

"무릎 풀고 편히 앉아라."

한을은 한 무릎만 풀어 다리를 괴고 앉았다. 아무래도 자세가 편하지를 않았다. 지은 선생은 시간이 지나도 찬바람이 돌았다. 차라리 귤은 선생은 편했다. 은사를 떠나보낸 선비의 얼굴이 저렇게 초췌해지나 하는 의문이 들었다. 귤은 선생은 지은 선생이 세상을 보는 안목이 대처에서 거드럭거리고 다니는 사람보다 한결 높다며 칭찬했다. 그걸 한을은 곁귀로 들었던 기억이 났다.

"총기 넘치는 네가 이 외진 섬에서 삭는 게 안 됐구나."

언젠가 지은 선생이 귤은 선생을 만나 유학과 천주학이 무슨 차이가 있는가 묻고 담론을 할 때, 지은 선생이 한을이라는 아이가 신통하게 총기가 있다고 했다. 그 이야기를 곁에서 들은 한을은 자기도 모르게 몸을 떨었다. 총기가 있으니 몸 사리지 말고 나서서, 남들 하지 못하는 일을 떠맡아 하라는 은근한 명령이 거부할 수 없는 힘으로 밀려왔다.

"영국이 거문도에 와서 저탄장을 만든다고 저렇게 버티고 있는 것은, 아라사 때문이다. 영국과 아라사는 서로 앙숙이 될 만한 역사를 지니고 있다. 너도 알겠지만…."

그렇게 시작된 이야기는 세계 정세를 설명하는 내용으로 이어졌다. 영국이 인도를 점령하고 인도를 먹어버렸다. 인도에서는 아편이 엄청 많이 나온다. 깊은 명상을 하기 위해 향을 피우는 데 사용하던 아편이 그들에게는 장사 거리로 비쳤다. 동양천지를 아편으로 뒤덮을 만했다. 인도에서 서양의 다른 나라로 나오는 통로에 아프가니스탄이 자리잡고 있는데, 거기를 아라사(노서아)가 먹으려고 하니까 영국으로서는 눈엣가시처럼 걸치적거리는 것이야. 거기다가 아라사가 울라지오 지역을 점령하고 항구를 만들기는 했으나 겨울에 항구가 얼어붙어 군항으로는 쓸모가 별로 없는 게야. 자연 아라사는 조선반도로 눈을 돌릴밖에. 함흥 근처에 있는 영흥만을 내놓으라 하거나 아니면 남해 어딘가를 덜컥 타고 앉을지도 모를 일이다. 그렇게 되면 영국이 동양에서 주도권을 행사할 수 없게 되지 않겠느냐. 그래서 여기 거문도를 물고 앉아 있는 것이다. 일본에 있던 해군 함대를 여기로 옮겨 놓은 까닭이 그런 것이다. 영국과 아라사가 조선에서 싸움을 벌이면, 청나라는 아라사와 접경하고 있으니 난처한 처지가 되는 것이야. 그래서 정여창이니 이홍장이니 하는 청국 대신들이 오간다는 것은 너도 알지 않느냐. 이 정국이 어떻게 돌아가리라고 생각하느냐, 그게 지은 선생의 질문이었다.

"그렇습니다. 결국 이홍장이 동양을 흔들어대겠지요."

"사단이 그렇게 간다면 일본은 가만 있겠느냐?"

"영국이나 아라사를 늑대라 치면 일본은 살쾡이 앞설 겁니다."

"그렇다면 너는 일본을 공부해야 한다."

"일본을 공부해서 무얼 어떻게 한단 말씀입니까?"

지은 선생은 잠시 입을 무겁게 다물고 앉아서 천정을 쳐다봤다.

"앞으로 네가 반드시 할 일이 있을 것이다."

　자리가 숙연해졌다. 섬을 벗어나 돌아다니고 싶은 열망으로 들들 끓기는 하지만, 밭고랑에 엎어져 풀이나 뜯고 때로 물질이나 하는 자기한테 그런 엄청난 기대를 가지고 있다는 게 부담이 되는 것은 물론, 가닥이 잘 잡히지를 않았다. 하기는 지난 십 년 세월, 서양 신부한테 공부를 한다고 하기는 했지만 서양을 잘 알 도리가 없었다. 신부는 서양 사람들 가운데 특별한 부류의 사람이었다. 그런데다 일본까지 공부를 한다면 이 섬을 떠나라 하는 이야기나 다름이 없었다. 섬을 떠나서 일본으로 가라는 이야기였다. 한을은 일본인들이 영국군과 동네 뱃사람을 끌어들여 돈을 알겨내는 유곽을 생각하고는 눈살을 찌푸렸다.

　지은 선생은 창밖으로 멀리 보이는 고도섬을 내다보고 있다가, 좀 거시기하다만 물어보자 하면서 한을의 얼굴을 똑바로 건너다보았다.

　"듣건대, 네가 영국군과 접문례를 했다던데 그게 사실이냐?"

　"그렇습니다."

　"풍속의 차이일 뿐이라 할 줄 안다. 그러나 그 풍속이라는 게 사람의 정신을 떠나지 않는 한 적당히 무시할 수 있는 게 아니다."

　"무슨 말씀인지요?"

　"영국군 사이에서도 본국 사람이 있고, 애란 사람이 있어서 풍속이 다르고, 서로를 적대관계로 보는 이들도 있다. 오월이 동주를 한 셈이다."

　"원수가 같은 배를 탔단 말씀이지요?"

"그러니 주의를 게을리하지 말거라."

"예, 잘 알았습니다."

말은 그렇게 했지만, 이미 일은 저질러 놓은 판이었다. 접문례를 지나 성교례(性交禮)까지 하고 난 뒤라 이따금 속이 울컥울컥 뒤집힐 때마다 헤어나기 어려운 늪으로 빠져드는 중이었다. 스스로 수습할 수 없는 일을 저지른 대가를 어떻게 치를지 막막했다. 하느님을 찾아서 해결된 문제가 아니었다. 기도의 간절함이 아무짝에도 쓸모가 없었다.

"나가 봐라."

지은 선생은, 공손히 머리를 조아려 인사를 하고 물러나는 한을을 다시 불렀다. 그리고는 뱃노래를 하러 나오는 사람들에게 섭섭하지 않게 대접을 하라고 일렀다. 한을은 어지럼증이 머리를 치는 듯 혼몽해지는 정신을 수습하며 물러나 나왔다.

뱃노래를 들려주기로 날을 잡았다. 노래가 고기바탕에서 부르는 노동요라서 혼자 독창을 하기는 적절치 않았다. 메기고 받고 하면서 돌아가며 불러야 제격이었다. 산돌영감이 일을 지휘했다. 그런데 이왕지사 하기로 한 일, 할 바에는 번듯하게 영국군도 참여를 시키자는 제안이 있었다. 한을은 마을 사람들의 안목이 넓어진 게 놀라웠다. 그러나 한편으로는 귤은 선생이 이야기한 국제정세를 알고 있기나 한 것일까 답답하기도 했다.

뱃노래를 하기 전에 고사를 올렸다. 하는 김에 풍어를 비는 고사를 올리기로 한 것이었다. 고사를 지내기 위해서는 해연이 빠

질 수 없었다. 한을이 해연을 찾아가 고사를 지내는 일에 같이 나
와 달라고 부탁했다. 해연은 무언지 찜찜한 얼굴로 선뜻 대답을
하지 않았다.

"해연이가 부르는 노래 가락과 춤도 같이 보여주어야, 그래야
이 섬사람들을 제대로 알고 가지 않겠어?"

"한을인 말이지라, 부랑구나 하인리가 영국으로 가서 살자면
어쩔랑가?"

"천주님의 뜻이라면…."

"우리 몸주 청이아씨는 그런 걸 몰라."

"한을이, 부탁인디…." 하며 잠시 멈칫거리던 해연은, 노래를
하듯이

"나가야지 나가야지, 고기바탕으로 나가야지 소리하러 나가야
지" 하다가 한을을 끌어안았다. 시큼한 술냄새가 풍겼다. 술을 마
시면서 무슨 고민을 삭이고 있던 모양이었다. 아마 부랑구와 갈
등이 있는 모양이라고만 생각했다. 그러나 그 내막을 묻기는 좀
거북했다. 해연이 편에서 한을에게 그렇게 묻고 대든다면 난처한
처지가 될 것이 두려웠다.

해연이 북과 징을 울리면서 노래판의 시작을 알렸다. 마을에
준비해 두었던 풍물들이 동원되었다. 마을 사람들이 거의 다 집
에서 나와 동네 배턱에 모였다. 한을은 지은 선생을 졸라 고유문
(告由文)을 기어이 얻어냈다. 그리고는 지은 선생을 이끌고 같이
판에 나와 고유문을 읽어 달라고 했다. 지은 선생은 고유문을 한

문으로 읽었고, 한을이 그것을 조선말과 영어로 통역을 했다.

하인리는 수첩에다가 무엇인가 부지런히 적고 있었다. 메김소리를 받는 역할을 맡은 부랑구는 가사를 익히느라고 수첩을 들여다보며 입을 달싹거려 대사를 외웠다.

"시작합시다요. 내가 먼저 메깁니다. 같이 따라 하시오."

산돌영감이 어야디야, 어야디야 메겼다. 동네 사람들이 어야디야, 어야디야 하고 받았다.

"해가 떠서 광명한디" 하고 메기면, 동네 사람들이 "어야디야" 하고 일제히 받았다.

"자아, 한을아씨 차례구나." 산돌영감의 사잇소리를 이어, 한을이 "달이 떠서 임의 얼굴" 하고 이어갔다. 동네 사람들이 다시 어야디야 하고 흥을 돋구었다. 노래는 계속 이어갔다.

산돌영감이 먹였다.

"수로 천리가 멀다해도"

하인리가 받았다.

"아침은 점점 가까이 오고"

부랑구가 가락을 이었다.

"뒤수는 점점 밀려 나가네"

동네 사람들이 어기차게 목청을 높였다.

"어야디야 어야디야"

그렇게 시작한 노래는 힘차게 이어져갔다. 노를 젓는 몸짓도 가락에 처억 어울렸고, 같이 소리를 맞춰 '어기여차 노를 저어가

세' 하면서 소리를 질러 부를 때는 흥이 절로 일었다. 전에 부르
던 노래와는 노랫말이 다르기는 해도 그렇다고 규격에 벗어나지
는 않았다. 또 하나, 전에는 남자들만 어울려 부르던 노래였는데,
무당 해연이며 한을이 같이 어울려 노래를 하는 것은 색다른 경
험이었다. 메마르게 돌아가던 마을이 화기가 가득했다. 동네 부
인들도 짤막한 소리 한마디는 메기고 받고 할 줄 알았다.

어기여차 노를 저어가세
어기여차 노를 저어가세
고향바다가 어디메냐
고향바다가 여기로다
이 물굽이 건너며는 고기 바탕에 다다르네
어야디야 어야디야
어야디야 어야디야 어야디야 노 저어가세

노래가 한판 돌아가는 동안 영국 군인들이 술통을 들고 와서
마을 사람들에게 돌렸다. 산돌영감네서 기른 염소를 잡아 안주로
내놓았다. 염소고기를 구운 것이 영국 군인들이 내놓은 술과 썩
잘 어울렸다. 남정네들을 모여 앉게 하고 사진을 찍기도 했다. 술
들이 거나하게 돌아갈 무렵 산돌영감이 앞으로 나섰다.

"노는 판에서까지 내외를 할 것 없어라우."

산돌영감은 가래울댁의 손을 이끌고 나와 같이 춤을 추자 했
다. 가래울댁은 "망칙해라" 하면서도 싫지 않은 얼굴로 나와서

살가운 춤사위를 보였다. 해연이 덩실덩실 춤을 추었고, 부랑구가 같이 어울렸다.

영국 병사들은 동네 사람들 틈에서 절로 흥이 돋는다는 듯이, 어야디야를 리듬을 달리하여 외쳐댔다. 동네 사람들이 거기 맞춰 잘한다, 하면서 술을 권하기도 했다. 영국 병사들에게 한을이 메기고 받는 방법을 설명했다. 도사공은 캡틴을 뜻한다. 오늘은 산 돌영감이 도사공이다. 도사공에게 말을 걸어 어디로 가느냐고 물으면 자기가 관심이 있는 사람을 들어 대구가 되도록 노래하면 된다는 설명이었다.

설명에 이어 시연을 해 보였다. 한을이가 메겼다.

"여보소 도사공 내 말 들어보오. 뱃머리 어디로 향하여 가나"

하인리가 그럴듯하게 받았다.

"해연이 치맛자락을 끌고나 가세"

춤사위에 휩싸여 돌아가던 해연이 하얗게 흘긴 눈으로 하인리를 바라봤다.

"남의 동네 처녀 치맛자락을 끌고 가다니, 거 불상놈 아녀?"

"치맛자락을 끌고 간다고 했지 누가 처녀를 어떻게 했대나. 노는 판에 잘 놀아라."

해연이가 메겼다.

"여보소 도사공 내 말 들어보오, 물머리 어디로 헤쳐나가나."

부랑구가 받았다.

"한을이 속곳 밑으로 불어나 가세"

아랫배께로 찌르르하는 통증이 날카로운 칼로 긋듯이 스쳐 지나갔다. 눈앞에 피빛노을이 어렸다. 현기증이 일었다. 무슨 사단이 벌어질 것만 같아 불안했다.

"하는 짓들이 이게 뭐랑가, 불상놈들 땜시 동네 망했네, 망했어."

자기 아내가 춤판에 어울리는 것은 곱지 않은 눈으로 바라보던 가래울댁 남편이 벌큰 화를 돋구었다.

"이건 안 되겠다. 저놈들을 잡아다가 조리를 돌리든지 해야지."

"노는 판인데, 좀 거시기하면 어떻든가?"

"아무렴, 그딴 수작도 한때지라."

"자알 히었다. 까짓거."

놀이판에서는 그런 정도는 웃음으로 넘어가는 법이었다. 동네 사람들은 메기고 받고 하면서 노래를 불렀다. 해연이가 가지고 온 꽹과리를 울려 흥을 돋구었다. 한을은 같이 어울리는 동네 사람들과 영국 군인들이 고맙다는 생각을 했다. 가래울댁 남편이 아내를 끌고가다시피 노래판을 벗어난 것 말고는 흥은 그럭저럭 이어졌다.

어야디야 어야디야 어야디야
어야디야 어야디야 어야디야 …
어야디야 노를 저어나 가세
어야디야 물을 헤쳐나 가세

하인리와 부랑구는 손에다 노를 하나씩 들고 배 젓는 흉내를 하며 흥겨워했다. 부랑구가 눈꼬리에 힘을 잔뜩 주어 가지고 하인리를 째려봤다. 그러다가는 노를 휘둘러 하인리를 치는 시늉을 했다. 하인리는 노를 겨눠 총 자세로 어깨에 올리고 부랑구를 향해, 뱅 뱅 뱅 사격하는 동작을 했다. 저러다가 정말 싸움이 나는 거 아닌가 싶을 지경이 되었다. 해연이가 한을의 얼굴을 살폈다. 해연의 눈에서 야릇한 빛이 떠돌았다. 한을은 그저 웃어 주었다. 그러나 속은 거북했다.

어느 사이 부랑구와 하인리는 노를 휘두르며 싸움으로 돌입했다. 산돌영감이 끼어들어 뜯어말렸다. 그러나 둘은 워낙 힘이 세고 몸피가 있어서 냉큼 떨어지지 않았다. 결국 둘 다 얼굴에 피를 묻히는 상처를 입고 나서야 물러나 주저앉았다. 한을과 해연은 둘이 마주서서 붙들고 몸을 달달 떨었다. 노래판은 그렇게 파장이 되었다. 단오를 닷새 앞둔 날이었다.

총질로 부랑구는 그 자리에서 죽고, 하인리는 팔에 관통상을 입었다는 소식이 마을에 좍 퍼진 것은 가래울댁이 저녁을 지으려고 우물터에 나와 입을 놀린 뒤였다.

다음날 같은 시간, 산돌영감은 주막에서 한을과 해연을 앞에 두고 술잔을 기울이고 있었다. 침통한 얼굴이었다. 팔에 관통상을 입은 하인리는, 팔만 상한 게 아니라 옆구리까지 실탄이 파고 들어 결국 목숨을 잃고 말았다고 했다.

한을이나 해연이나 몸이 안 보인 지 석달째였다.

산돌영감이 다그치듯이 물었다.

"그래 어떻게들 할 참이랑가?"

한을이 무슨 생각을 했는지 한참 고개를 숙이고 있다가 확인하듯이 물었다.

"이 섬에서는 못 살겠지라우? 일본으루 가든가…"

해연은 자기가 그럴 줄 알았다면서 어디를 가든 자기가 하던 일을 하겠다는 결심을 내보였다.

"쇠를 다룰 줄 아는 년이 어디 가면 내 입 하나 건사하지 못할랍뎌?"

영국군이 철수할 어름에, 한을과 해연은 섬에서 소리없이 자취를 감추었다. 산돌영감은 까만 염소와 하얀 양 한 자웅씩을 몰고 뭍으로 나가는 배에 올랐다.

*   *   *

집에 돌아와서 메일을 열었다. 리자민(Lizamin)이라는 이름으로 메일이 와 있었다. 발송한 나라가 아일랜드로 되어 있었다.

작가 선생님, 저는 거문도에서 만난 리자민입니다. 대니 보이는 애잔하고 슬퍼서 아름다운 노래입니다. 우리 할아버지가 좋아하던 노래라고 합니다. 대니 보이를 소개합니다. 이 노래의 원형은 '런던데리 에어'라고 합니다. 런던데리 에어가 대니 보이가 된 내력은 이렇답니다.

영국에 변호사를 하면서 작곡가로 활동하던 프레드릭 에드워

드 웨덜리(Frederick Edward Weatherly, 1848~1929)라는 사람이 있었답니다. 그는 이전에 전쟁터로 젊은 아들을 보내야 하는 부모들의 비통한 마음을 묘사한 노랫말로 작사해둔 곡이 있었대요. 라디오 진행자이기도 했던 그가 방송에서 그 가사를 소개했대요. 그 방송을 미국에 살고 있던 친척이 듣고, '런던데리 에어'라는 곡을 보내줬답니다. 자기가 이미 써놓은 '대니 보이'의 노랫말을 '런던데리 에어'에다가 입혀서 '대니 보이'를 만들었대요. 대니 보이 영어 가사도 보내드립니다.

나는 대니 보이의 영어 가사를 읽어보았다. 전절이야 다 아는 그런 것이기 때문에 별다른 흥미를 이끌어낼 만한 게 아니었다. 후절은 그 애절한 감상과 죽음의 이미지 때문에 다시 눈여겨보았다.

But when you come, and all the flowers are dying
If I am dead as dead I well may be
You'll come and find the place where I am lying
And kneel and say an "Ave" there for me.

영국군 묘지에서 조카를 닮은 아가씨들이 부르던 노래 가사 그대로였다. 가사와 함께 대니 보이를 부른 내로라하는 가수들의 음악파일까지 붙어 있었다.

자기 할아버지가 좋아하던 노래라면? 거문도에 왔던 하인리나 부랑구의 손녀뻘 되는 처녀가 지금 아일랜드에 살고 있는 게 아닌가 추정도 해 보았다.

나는 리자민이 보내준 대니 보이를 여러 버전을 거듭 들어가면서, 이전에 아일란드를 여행하던 기억을 더듬어 보았다.

윌리엄 버틀러 예이츠의 고향동네 슬라이고를 찾아갔던 기억이 아스무레한 안개와 더불어 되살아나는 것이었다. 예이츠가 시로 써서 세계적으로 유명해진 "이니스프리 호수섬"이 안개에 잠겨 있는 모습과 함께, 거기서 만난 한국인들의 얼굴이 겹쳐왔다. 비디오 테이프를 만드는 새한미디어 공장이 그 동네에 자리잡은 연유를 알 수 없었다. 그런데 이번 작품을 쓰면서 어쩌면 한을과 해연의 자식들이 거기로 갔을지도 모른다는 생각이 들었다. 그러면 한을과 해연이 어떻게 영국군 군함을 타고 아일란드로 묻어 들어간 것일까, 혹은 일본을 통해서? 그 내막을 알면서 독자가 짐작해서 읽으라고 안 쓴 게 아니라, 상상력이 달려서 못 쓴 부분이었다. 복원이 안 되는 이야기를 재구성한다는 게, 말로야 새로운 세계를 구축하는 일이라고 억지를 부리지만, 그렇게 어설프게 처리하는 것은 아무래도 실감을 자아낼 수 없는 일이란 절망감이 스멀거리면서 밀려들었다.

진형한테 메일이 왔다. 전화를 하려다가 이야기가 길어질 것 같아 메일을 보낸다는 서언 아래, 다소 긴 내용이 적혀 있었다. 주로 내가 보낸 글에 대한 언급이었다. 요즈음 사람들이 쓰는 소설에 비하면 좀 낡은 투라는 평이었다. 그리고 사건 전개가 선명치 않다면서, 소설이라는 게 겉으로 드러나는 이야기 이면을 훑어내야지 이야기만 전개한다고 되는 게 아니라고 했다. 그러면서 부랑구와 해연이 어떻게 육체적 접촉을 하게 되었는지, 하인리가 한을에게 애를 배게 한 과정이 선명히 드러나야 구성이 탄탄한 소설이 될 것인데, 어딘지 푸석하니 차악 안기는 멋이 없는 작품이 되었다는 비판도 곁들였다. 사진작가가 소설에 대해 이렇게 이야기할 수 있는 게 소설의 매력인지도 모른다는 생각을 하고 있을 때였다.

현관에서 요란하게 벨 울리는 소리가 들렸다. 종잡을 수 없이 넝쿨을 뻗던 생각이 마치 정전이 되어 사방이 깜깜해지듯이 일시에 중단되었다.

"택배 왔습니다. 반무식 작가시지요?"

아니라고 고개를 젓지 않고 수취인 사인을 해 주었다. 받침들이 일그러져 언뜻 그렇게 읽을 만했다. 꼭 헐리우드 영화 끝장면 같아서 웃음이 저절로 나왔다. 방문식을 반무식으로 읽는 택배 기사는 누구인가? 작가는 작가지만 반은 무식쟁이로 읽힌다는 게 쓴웃음을 자아냈다. 사실 거문도 여행에서 얻은 소재는 단편으로 정리하기는 너무나 복잡한 맥락에 얽혀 있었다. 소재 자체가 사람을 무식하게 하는 것일지도 모를 일이었다.

상자를 뜯어보았다. 진형이 보낸 것은 자기 텃밭에서 캔 감자였다. 감자를 보내는 것은 감자를 먹으라는 뜻일 터인데, 어렸을 때 지나가는 기차를 향해 오른 팔뚝을 왼손으로 검어쥐고 피스톤 움직이는 행동을 해 보이면서 감자 먹어라, 하던 가난한 시절의 기억이 떠올랐다. 이 양반이 나한테 감자를 먹이자는 것인가? 기분이 좀 찜찜했다. 그럼 자기는 무얼 건졌는데? 나는 속으로 그렇게 물었다.

상자 안에 작은 메모지를 붙인 봉투가 하나 들어 있었다. 영국군 묘지에서 찍은 사진 가운데, 보통 목백일홍이라고 하는 자미화(紫微花)의 사진이었다. 산자락을 배경으로 붉은 꽃이 흐드러지게 피어 산비알이 벌겋게 물들어 보였다. 그 꽃의 꽃말이 '떠난님에 대한 그리움'이라고 들었던 기억이 선명하게 떠올랐다. 한을과 해연이 섬을 떠나면서 두 사람의 무덤에 심어 주었던 나무가 자라서, 130년 가까이 되는 동안 붉게 꽃피는 것이라면, 그 이야기는 빼지 말아야 할 것 같았다.

진형이 보낸 감자를 삶아 먹으면서 원고를 다시 읽어 보고, 전형이 지적한 부분을 고쳐야 하겠다고 한 게 석 달이 되는데, 감자는 다 쪄서 먹었고 원고는 다시 손을 대지 못하고 오늘까지 뭉개고 있다. "네가 나를 찾아올 때까지 나는 평화롭게 잠들리라!" (And I shall sleep in peace until you come to me!) 그럴 수 없었다. "나는 죽지 않았기 때문에 잠들지 못하는 것이다." 액자에 넣어서 책상 위에 세워 놓은 자미화 사진을 보면서, 나는 그렇게 중얼거렸다.

거문도에서 바라본 백도 _ 우한용(촬영)

부처님의 발바닥

여행 출발하기 전날 꾼 꿈으로는 그렇게 산뜻한 것이 못되었다. 아무튼 꿈치고는 희한하게 디테일이 다 드러나고, 천연색으로 펼쳐지는 꿈이었다. 어설픈 소설에서 플롯 해결용으로 동원되는 꿈같은, 그런 느낌이었다.

등뒤로 비잔틴 스타일 아치가 서 있고, 그 아치 앞 돌기둥에 밧줄로 묶인 채 형 집행을 기다리는 중이었다. 손목을 묶은 것은 인도산 마닐라삼 밧줄이었다. 발목도 같은 밧줄로 기둥에 묶인 채였다. 저만큼 앞에 활을 든 궁수가 서서 이쪽을 노려보았다. 그 무고한 인간의 화살이 그에게 날아와 배에, 가슴에 박힐 참이었다. 등줄기로 짜릿한 통증이 훑고 지나갔다.

죄목은 간단했다. 공무원이 국가에서 인정하지 않는 신을 믿고, 이교도들과 내통했다는 것이었다. 해서 몸을 기둥에 묶어놓고 목숨 끊어질 때까지 화살로 쏘아서 한껏 고통을 맛보고, 낯선 신을 믿는 자의 목숨이 왜 욕된지를 알게 하는 끔찍한 형벌이었다. 그는 몇 차례나 화살을 맞아야 죽을 수 있을까 손가락을 꼽으면서 헤아려보았다. 쉬운 일이 아니었다. 황제라는 인간이 내린 형벌이니만큼 만만할 수 없는 것이었다. 기둥에 묶여 화살을 맞고 있는 사나이는 어느 사이 아버지로 바뀌어 있었다. 부친의 발바닥에서 피가 줄줄 흘렀다.

꿈에서 깨어나 생각해 보니 부친의 세례명이 세바스찬이었던 게 떠올랐다. 아프리카로 선교활동을 나갔던 아버지와 어머니가 소식이 끊겼다. 자그마치 3년이나 아무 연락이 없었다. 그 뒤끝에 연락이 온 것은, 이집트 카이로에서 폭탄 테러를 당했다는 것이었다. 아버지는 다리목이 잘려나가고, 어머니는 얼굴 한쪽이 함몰된 채, 생으로 박피를 한 것처럼 흉칙한 모습이었다. 그야말로 넝마처럼 너덜거리는 육신을 끌고 한국으로 돌아왔다. 한국에서 세 해를 병원신세를 지다가, 성도들의 눈물로 상처를 적시며, 둘이 약속이나 한 듯 같은 날 세상을 떴다.

내외가 아프리카 선교활동을 간다고 출발하기 전날 아들을 불렀다. 아버지는 양말을 벗고 탁자 위에다 발을 올리고는 말했다.

"발바닥 가운데 난 상처가 보이느냐?"

오른쪽 발바닥에 검지손가락 마디만한 굳은살이 불거져 있었다. 강선재는 몸으로 찌르르 흐르는 전류를 느끼면서, 부친의 발을 쓰다듬어 보았다. 발바닥은 물론 발등까지 후끈후끈 달아 있었다. 소나기 퍼붓는 밭고랑을 뛰어다니다가 쇠스랑날에 찔린 자국이라고 했다. 쇠스랑날이 발바닥에서 발등으로 관통해서, 어른들이 달려올 때까지 정신을 잃고 기절했다는 것이었다. 부친은 희한한 이야길 천연덕스럽게 늘어놓았다. 기절해서 밭고랑에 누워 있는 동안, 천사들의 호위를 받으면서 하늘나라에 갔었고, 거기서 아프리카에 복음을 전하라는 계시를 받았다고 두 손을 모아 쥐고 불불 떨면서 눈을 헤번득였다.

"나는 선택된 인간이야." 부친의 말은 단호했다.

그리고 이어서 하는 말은 일종의 유언을 닮은 것이었다. 너는 부모한테 받을 만큼 다 받았으니 이제부터는 네가 알아서 네 발로 걸어서 네 길을 가라는 게 부친의 분부였다.

부친은 탁자 밑에서 묵직한 화집을 꺼냈다. 부친이 펴놓은 페이지에는 이탈리아의 화가 만테냐가 그린 〈죽은 예수〉의 발이 앞을 향해 불쑥 다가왔다. 그것은 이제까지 강선재가 보았던 어떤 그림보다도 충격적이었다. 상처가 살아 있었다. 못자국은 손등에도 있었는데 역시 눈앞을 향하여 다가오는 듯했다.

"발바닥 말끔한 인생은 하느님이 축복하는 인생이 아니다."

부친은 화집에 누워 있는 예수의 발바닥에 난 상처에다가 입을 맞추었다. 어머니는 그 옆에 서서 남편을 흘겨보았다. 그리고는 혀를 차면서 고개를 저었다. 이제 다 틀렸다는 눈치였다.

"죽일 놈들! 테러가 어디 따로 있겠냐?" 예수를 십자가에 매달아 죽인 로마인들이 테러 분자라는 말이었다. 그런데 이해가 안 되는 것은 부친이 예수의 발에 난 못자국과 자신의 발바닥에 난 상처 자국을 똑같은 걸로 착각하고 있다는 점이었다.

인생 살아가는 길에 몸에 생기는 상처를 두려워하지 말라면서, 부친은 아들에게 다른 페이지를 펴 보였다. 역시 만테냐의 『세바스찬』이라는 작품이 있었다. 비엔나에 배낭 여행을 갔을 때, 그 그림을 보고 인간에게 신앙이란 무엇이기에 하나밖에 없는 목숨을 내놓는 것인가 의문에 휩싸인 적이 있었다. 그런데 만테냐가 그린 그림이 꿈에 나타날 정도로 심취한 것도 아니고, 세바스찬이라는 이름도 크리스찬 디오르가 정말 크리스찬이었는지 하는 것만큼이나 여전히 낯설었다. 그런데 꿈은 현실보다도 더 선명했다. 현실보다 선명한 꿈은 테러나 다름이 없었다.

부모가 남겨놓은 유산은 아파트 한 채가 전부였다. 거기다가 이집트에서 돌아와 3년 투병하는 동안, 아파트를 담보로 빌린 돈을 갚고 나니 일 억 정도가 손에 들어왔다. 그걸 차곡차곡 까먹고 앉아 있을 수가 없었다.

한국이 테러 안전지역이 아니라는 우려를 언론사마다 방송을 해댔다. 하기는 가끔 인천공항에 폭탄이 설치되어 있다는 전화가 걸려와 경찰을 긴장시키기도 했다. 어쩌면 테러의 전조일지도 몰랐다. 혼밥이니 혼술이니 하는 유행어가 만연된 것은 테러의 다른 모습일지도 몰랐다. 청년들이 일자리가 없어서 결혼을 포기하는 현실은, 여지없는 테러가 아닌. 부친은 반석 위의 신앙을 강조해 마지않는 반면 '아 생각하면 생각사록 죄 많은 내 청춘'이라는 흘러간 노래를 잘 불렀다. 강선재의 부친이 읊조리던 그 죄 많은 청춘의 조국에 발이 묶여 있는 것이었다. 테러 없는 나라로 사람들이 꼽는 게 스리랑카라는 그 '아름다운 섬'이었다. 어떤 여행 정보에서 보았는지 스리랑카라는 말이 그런 뜻이라고 머리에 입력되어 있었다.

사람대접은 고사하고 존재 자체의 의미를 포기해야 하는 나라에서 아등바등 살아야 하는 것이 현실이었다. 이럴 바에는 외국에 나가 살아볼까 하는 생각을 여러 차례 했다. 가난한 나라에 가서 살면 상대적으로 열등감을 덜 느끼지 않겠나, 그냥 그런 생각을 하던 차에 스리랑카에 가서 허브농장을 해 보겠다는 친구가 있어서, 웬만하면 그와 같이 동업을 해볼까 나선 길이었다. 힐링의 시대, 과학을 넘어서야 하는 시대, 원시회귀를 꿈꾸는 시대, 그런 시대에는 원시의 나라로 돌아가 보는 것도, 세상 살아가는 한 가지 길이 아닐까 하며 어물거리던 차였다.

사실 여행을 나서기 전에는 스리랑카가 어디에 붙었는지 아물아물하고 선명한 기억이 없었다. 그는 출발하기 전에 자료를 찾아 서류철에 정리해서 가방 안에 넣어 두었다. 거기 스리랑카의 역사를 간단히 정리해 놓았던 것이다. 비행기를 타고 가는 동안 스리랑카에 대해 대충이라도 훑어볼 생각이었다. 그런데 자리가 창가에 잡혀 가방을 내릴 수가 없었다. 통로 쪽에 앉은 동행 정만복을 불러 가방을 내려달라고 했다.

가방은 소소한 물건들을 챙겨넣어 무게가 꽤 나갔다. 엉거주춤하니 일어서서 가방을 받다가 삐끗 중심을 잃는 바람에 옆자리에 앉은 외국인의 머리로 가방이 떨어져내렸다.

"미안합니다. 암 쏘리!" 그는 미안하다고 거듭 사과하며 머리를 조아렸다. 상대편에서도 괜찮다고, 노 프로블럼! 을 연발했다. 얼굴이 까맣고 반짝이는 두 눈이 총명해 보이는 젊은이였다. 자기는 스리랑카 출신인데 한국의 어느 불교대학에 건강법 강의차

왔다가 가는 길이라고 했다. 이름이 비자야라면서 메모지에다가 Vijaya Nagara 라고 써 주었다. 어디선가 들은 적이 있는 이름이었다. 좀 서툴긴 해도 한국말을 제법 구사해서, 영어와 섞어서 이야기를 하는 데 별다른 지장이 없었다.

"옷깃만 스쳐도 인연이라 하지요. 큰 인연입니다." 비자야가 그렇게 교양있는 소리를 했다.

스리랑카에 가면서, 정작 그 나라에 대한 여행 정보가 거의 없었다. 어색한 장면이 연출되기는 했지만 마침 그 나라 사람을 만난 것이었다. 강선재는 지갑에서 명함을 꺼내 비자야에게 내밀었다. 비자야는 강선재의 명함을 받아 한참 들여다보았다. 그리고는 두 손을 모아 합장을 했다. 그도 따라서 손을 모아 보였다.

"강선재 씨? 좋은 이름입니다."

그는 한자로 강선재(康善財)라고 쓴 다음 참 좋다는 뜻으로 선재(善哉)란 단어를 유려한 필치로 써놓고는 그 뒤에다가 느낌표를 퍽퍽 두 개를 찍어 보여주었다. 아름다운 이름이란 감탄이었다. 일반적으로 선재동자라고 하는 맥락의 선재는 알파벳으로 Sudama Kumāra라고 한다고 했다. 불교에서는 선재가 구도자(求道者)의 표본(標本)이라는 이야기였다. 스리랑카에서는 구도자의 할아버지쯤 된다는 것이었다. 선재동자는 생애 마지막에 보현보살을 만났다는 인물이라는 소개를 하기도 했다. 그렇게 해서 강선재는 스리랑카 방문 기념으로 쿠마라라는 이름, 일종의 법명을 얻었다.

스리랑카는 처음 가느냐, 한국에서 스리랑카를 얼마나 아느냐

등, 비자야는 강선재에게 묻는 게 많았다. 호기심으로 가득한 청년이었다. 대충 대답을 하다가 강선재가 물었다.

"스리랑카 국기에 칼을 든 사자가 그려 있는데, 그게 뭘 나타냅니까?"

비자야는 자기가 스리랑카라는 나라의 시조라는, 뜬금없는 이야기를 꺼냈다. 강선재는 다시 비자야라는 이름을 어디선가 들은 것 같아서 궁금증이 일었다. 비자야가 이야기를 꺼냈다. 역사상의 비자야는 본래 인도 출신 왕자인데 인도에서 쫓겨나 스리랑카로 왔다고 한다. 스리랑카 숲속에서 사자를 만났다. 그 사자는 암놈이었는데 자기에게 머리를 조아리면서 굴속으로 이끌어들였다. 그리고는 하룻밤을 공포와 전율이 흐르는 어둠 속에서 같이 지냈다. 그렇게 사자와 결혼을 하게 되었고, 그 사자가 모아주는 군사들을 운용해서 나라를 만들었다는 것이었다. 그래서 그 후예들을 싱할리족 즉 싱할라(Sinhala)라고 하는데, 사자의 피를 물려받은 족속이라는 뜻이라고 설명했다.

그런 이야기 끝에, 한국사람들은 조상이 곰과 결혼해서 나라를 세웠다고 하는데 둘이 비슷한 경우라서 친근감을 느낀다고 했다. 비자야가 눈을 찡긋해 보이면서 하얀 이를 드러내고 웃었다. 사자와 인간, 곰과 인간의 교환(交驩)이 상징하는 내용의 차이가 무엇인가 의문이 들었다. 아니 인간과 동물의 소통을 신화의 맨꼭대기에 놓는 까닭이 무엇인가 하는 데로 생각이 가지를 뻗었다.

"스리랑카는 무슨 목적으로 갑니까?"

입국서류에는 관광, 투어란에 표시를 하기는 했지만, 스리랑카에 가는 목적이 그렇게 분명한 것은 아니었다. 친구 따라 강남 가는 꼴이었기 때문이었다. 부친은 목적 없는 행동을 몹시 싫어했다. 의식 없는 주장을 용납하지 못했다. 강선재는 옆자리에서 졸고 있는 정만복을 흘금 쳐다봤다.

"그냥, 구경하러, 갑니다."

"한국말 재미있어요. 특히 그냥이란 말, 정말 그냥 알아듣기 힘들어요."

하기는 그랬다. 그냥이란 말은 목적 없이, 이유 없이 그런 식으로 번역될 말이 아니었다. 어떻게 보면 논리도 안 서고, 이치도 닿지 않는 애매하고 모호하기 짝이 없는데, 상황에 따라 의미가 잘 통하는 말이었다. 감각으로나, 맥락으로 짚어서 '그냥' 알 수 있는 말인 셈이었다. 그런 말에 외국인이 맥락에 척 어울리게 적절한 반응을 한다는 게 신통했다. 부친은 그냥이라든지 대충 같은 말을 지독히도 싫어했다. 발바닥에 상처가 그냥 생겼겠느냐고 닦달을 한 적도 있었다. 그런데 그런 닦달의 이유는 납득이 안 갔다. 하느님이 그렇게 점지를 했다고, 운명론자처럼 말하곤 했다.

"스리랑카 건국은 사자와 했고, 한국은 곰과 함께 나라를 세웠으니 비슷하다고 그랬지요?" 강선재가 비자야를 쳐다보며 물었다. 비자야는 고개를 뻑뻑 끄덕였다.

"그런데 연대가 달라요. 우리가 한결 앞서는 역사를 가지고 있어요." 강선재가 다르다는 단어에 힘을 주어 말했다.

"글쎄요. 신화와 역사를 혼동하면 역사가 뒤집힙니다." 까만 얼굴에 살풋 웃음을 띄워올리면서 비자야가 천연덕스럽게 말했다.

"아무튼 스리랑카의 사자는 2500년 전 사자고, 한국의 곰은 4500년 전의 곰입니다." 한국의 역사가 길다는 것을 그렇게 수치로 말하는 셈이었다.

"인류의 지혜는 시간의 길이에 비례하지 않습니다." 비자야가 들이댔다. 단호한 어투였다. 그러면서 인류 문명의 중요한 몇 부분은 대개 5천 년 내지 6천 년 전에 발생했다는 주장이 정설이라는 이야기를 덧붙였다. 아무튼 함부로 대할 인물이 아니라는 생각을 되씹게 했다. 비자야는 자기 나름의 지적 내공을 지니고 있었다.

강선재는 스리랑카를 여행하면서 어느 구석에 필요할지 모른다고 작성해 놓은 메모를 슬그머니 비자야 앞에 내놓았다. '스리랑카 이해 자료'라고 파일 이름을 달아 놓은 것이었다. 자기가 만든 자료에 비자야라는 이름이 있었다는 것을 확인하고, 강선재는 자기 머리를 꿀밤을 주듯이 쥐어박았다. 빙긋이 웃는 비자야에게 자료를 넘겨주었다.

첫 줄에 이런 내용이 적혀 있었다. 'BC 6세기 : 인도 왕자 비자야 또는 위자야(비자야, Vijaya)가 700명 지원자 보조원들을 데리고 남인도에서 스리랑카로 건너와 정착함. 이들이 싱할리즈(Sinhalese)족이고, 스리랑카 토박이 타밀족과 대치하면서 스리랑카 역사를 이루어 감.' 메모를 훑어본 비자야가 고개를 끄덕였다.

스리랑카의 역사를 정리한 종이를 대충 훑어보고나서 비자야가 하는 평가는 과히 신통치 않았다.

"너무 어수선합니다."

"어수선하다니, 나는 간략하게 정리한 건데?" 강선재가 오른손을 펴서 내밀었다.

"여행에는 초점이 있어야 합니다. 역사도 마찬가지입니다." 비자야는 초점, 더 포인트를 강조했다.

하기는 그랬다. 그냥 마음 편하게 살아볼 만한 데를 찾아보자는 식으로 가는 여행이었다. 따라서 초점이 분명하지 않은 게 사실이었다. 초점이 분명한 역사, 초점이 분명한 인생, 초점이 분명한 여행 그런 요청은, 느슨하게 진행되는 삶의 과정에 비하면 과도한 강압이 아닌가 싶었다. 테러까지는 아니더라도 의미의 압력인 것은 사실이었다. 부친은 초점이 분명한 생활, 초점이 확실한 신앙을 원했다. 그래서 부친의 신앙을 떠받치는 초점은 예수의 상처였다.

그런데 강선재는 자기가 선택한 여행은 거꾸로 가는 여행이라는 생각이 들었다. 스리랑카에서 한국으로 일자리를 찾아 일 년에 2천 명이나 3천 명이 온다는데, 그게 한국을 향한 선의의 열정인가 물었다.

"열정이랄 수는 없겠지요." 비자야는 눈을 반짝이며 대답했다. 일반 백성들의 삶은 단순한 것이라서, 돈이 필요하면 어떤 일이든지 한다는 게 그의 주장이었다. 스리랑카 사람들이 한국에 올 때, 돈을 벌기 위한 목적 말고는 다른 동기가 없다고도 박아 말했다. 꼭 그럴까 하는 의문이 들었다. 하기는 현대는 돈이 신이 되어 설치는 시대니까 그럴 만도 하지 싶었다. 그렇다면 오히려 스리랑카가 한국보다 더 열악한 삶의 조건 하에 놓여 있는 게 아닌가 하는 의문이 들었다.

그리고 중국 연변이나 베트남, 필리핀 같은 데서 한국에 오는 이들도 대개는 돈을 벌려는 동기가 첫째였다. 돈을 어떻게 써야 하는지 전전긍긍하는 자신과는 너무 동떨어진 이야기였다. 그들은 돈을 위해서 손가락도 잘리고, 얼굴에 화상을 입기도 하고, 때로는 노예 신세가 되어 고난의 시간을 버텨내야 했다.

강선재는 자기 여행 계획이 어수선하다면, 어떻게 여행을 집약적으로 해야 하는지, 어디를 집중적으로 보아야 하는지 물었다. 비자야는 스리랑카에서 다른 데 못 들르더라도 꼭 보아야 할 데를 짚어 주었다.

아누라다푸라의 아바야기리 사원과 궁전 터, 시기리아의 담불라 석굴사원, 그리고 사자바위와 거기 그려진 벽화, 캔디의 불치사(佛齒寺) 그런 데만 집중해서 보면 충분하다고 했다. 다른 데는 모두 생략하더라도 아유르베다 마사지는 꼭 받으라고 강조했다. 그것은 비자야의 사업이었다.

"그거 안 받고 그냥 돌아오면 평생 후회합니다." 관광 가이드처럼 말했다. 건강강좌를 했다는 이력이 아유르베다 마사지를 꼭 받으라고 강조하는 것이려니 짐작했다. 인도 5천 년 전통 요가를 가미한 천연향유와 목초에서 채취한 식물성 약품을 이용한 마사지이기 때문에, 한마디로 끝내준다는 것이었다. 정만복이 아유르베다 이야기에 눈을 크게 뜨고 귀를 기울였다. 허브농장을 해 보겠다는 계획과 비자야가 소개하는 내용이 딱 맞아떨어지는 모양이었다.

비자야는 가방에서 지도를 꺼내 놓고 꼭 보아야 할 관광지를 설명했다. 인터넷에서 스리랑카 관광의 삼각지라고 소개한 내용에 해당하는 지점들이었다.

"아까, 그냥 투어라고 했습니까?" 비자야가 물었다.

"말하자면 그런 셈이지요." 강선재가 부친이 싫어하는 투로 대답했다.

"누가 안내를 합니까?" 비자야가 호기심을 보이며 물었다

"우린 친구니까, 둘이 그냥 돌아다니려고 합니다." 정만복이 대답했다.

비자야는 컬컬컬 웃었다. '그냥'이라는 말이 또 재미있게 느껴지는 모양이었다. 한참 웃다가는 스리랑카에 있는 동안, 한번은 자기를 꼭 다시 만나게 될 것이라고, 그것은 운명이라고 넘겨짚어 이야기를 하기도 했다. 운명이라니. 이 친구가 한국말을 제대로 알아서 하는 소린가 아니면 예사 인연일지라도 그것을 운명으로 받아들이는 것일까 의문이 일었다. 더구나 얼굴에 보일락 말락 떠오르는 미소가 신비감을 일궈냈다. 혹시 저 친구가 스리랑카에서 도반이 될지도 모른다는 생각이 들었다. 그런 낌새를 채기라도 한 듯,

"내 불알친구 가운데 공부 지독히 한 녀석이 있습니다." 비자야는 그렇게 웃으면서 말했다.

"불알친구란 말을 다 아시네?" 정만복이 놀라워했다.

"사실은 동무라는 말이 더 매력 있어요." 비자야가 한 걸음 나아갔다.

"그렇습니다." 강선재가 손뼉을 쳤다.

"그런데 한국에서 그 동무라는 말을 왜 안 씁니까?" 비자야가 고개를 갸웃했다.

"언어가 이념에 밀려 오염된 셈이지요." 강선재는 한국의 분단과 연관된 언어현상이라는 이야기를 하려다 거두어들였다. 너무 긴 스토리를 전개해야 했다.

"시대에 따른 언어변화라고, 그냥 그러세요." 비자야의 요약이었다.

"그냥?" 정만복이 의문부를 달아 '그냥'을 반복했다.

"내 불알친구, 가이드 하는 물건 하나 있어요. 소개할 테니, 그냥 쓰세요." 비자야가 싱긋이 웃으면서 제안했다.

"위다우트 차지?" 수당 없이냐는 듯, 정만복이 손가락으로 동그라미를 그려보였다.

"아니지요. 그냥이라는 말은, 잘하고 못하고 따지지 말고, 그냥 쓰시라는 뜻입니다."

고개가 갸웃해졌다. 친구가 가이드라지만, 그냥 쓰라는 것은 더 배려를 하라는 뜻인지도 몰랐다. 공짜라는 게 아니라, 자기 친구니까 이런저런 조건 달지 말고 너그럽게 수용해 달라는 점을 강조하고 있었다. 부친은 계약서 없는 사업은 아예 손을 대지 않았다. 이러다 바가지 쓰는 거 아닌가 강선재가 생각하고 있는데, 비자야가 눈치 빠르게 나왔다.

"사람이 사람을 쓰는 건 말이지요, 나의 아바타를 데리고 다니는 겁니다."

강선재도 정만복도 아무런 대꾸를 하지 않았다. 대꾸를 하지 않았다기보다는 대꾸를 할 말이 준비되어 있지 않았다. 강선재는 캐리어를 끌고 가면서 생각을 정리했다. 본유의 내가 있고, 그 아바타가 있다. 그런데 그 아바타의 친구가 있고, 그 친구의 친구, 그 친구의 또 다른 친구 그렇게 차원변경을 거듭하면 인간 생명의 대연쇄가 성립하는 셈이었다. 그런 생각은 자연에 대해서도 비슷하게 유추할 수 있었다. 나와 원숭이와 강아지와 새앙쥐와 개구리…. 풍뎅이, 목련, 모란, 망초, 돌, 바위…. 그렇게 아바타를 설정하면 우주가 모두 그 안에 들어가는 셈이었다. 우주에 나와 아무런 연관이 없는 존재는 상상조차 할 수 없는 정황이 되었다. 그러나 부친은 물론 어머니도 자기와 하느님 사이의 핫라인 말고 아바타 따위는 없었다. 부부는, 겟세마네 동산까지 주를 따라 가려네, 그렇게 노래할 뿐이었다.

공항에 도착하자마자 가이드가 피켓을 들고 일행을 기다리고 있었다. '환영 정만복 강선재' 그리고 그 밑에는 알파벳으로 Ravindra Mahabodhi 라고 적혀 있었다.

"오늘부터 제가 여러분 발을 이끌어드릴 가이드입니다."

정만복이 피켓에 적힌 자기 이름을 고쳐 주었다.

"말복은 보신탕 먹는 날이야!" 라빈드라라고 하는 가이드가 웃긴다면서, 자기는 안 웃었다. 비자야가 가이드를 소개하는 자리에는 스리랑카의 불교를 공부하기 위해 영국에서 유학왔다는 학생들이 함께 나와 있었다. 그들은 일행을 만나자마자 명함을 내놓았다. 키가 껑충하고 머리가 노란 젊은이는 이름이 몽고메리

우드(Montgomery Wood)라고 했다. 아시아인의 피가 섞인 것처럼 얼굴이 좀 까맣고 머리가 검은 청년은 이름이 시그문디 미란다 (Sigmundi Miranda)라고 했다. 그리고 그 자리에는 마하프라자파 티(Mahaprajapati)라는 여성이 함께 나와 있었다. 명함에는 아유르 베다 메디신 회사의 총비서라고 되어 있었다. 까무잡잡한 얼굴에 웃을 때면 하얀 치열이 드러나고, 볼에 보조개가 패였다. 귀엽고 싱그런 인상이었다.

늦은 시간인데 공항에 그렇게 많은 이들이 마중을 나오는 걸로 보아 비자야라는 사람이 어떤 지위에 있는지를 짐작할 수 있었 다. 마중을 나온 사람들과는 명함을 교환한 다음 간단한 인사를 나누고는 싱겁게 헤어졌다.

비자야는 '봉 봐이야지!'(여행 잘 해)를 외치고는, 자기를 마중나 온 이들과 함께 아무 일도 없었다는 듯이 사라졌다. 죽이 되든 밥 이 되든 소개를 통해 만난 가이드와 일정을 짜고 여행을 계획해 야 했다. 둘이 움직이는 여정이라 홀가분하기는 했다. 그러나 어 디든지 먹고 자고 돌아다니는 데는 돈이 들게 마련이고, 비용은 생각했던 것보다 혹독했다. 그놈의 그냥이라는 말 때문에 얽혀들 었다는 느낌이 없지도 않았다. 강선재는 자기가 여행 일정이며 관광지 결정 등 하는 일이 일방적이라는 생각이 들어, 정만복의 눈치를 살피기도 했다. 그러나 정만복은 다 알아서 하라는 식으 로, 여행에 관한 문제는 강선재에게 일임해 놓고 사업을 구상하 는지 모르쇠로 나갔다.

비자야가 소개한 가이드는 자기 이름이 라빈드라 마하보디

(Ravindra Mahabodhi)라고 소개했다. 강선재가 이름이 어렵다고
하자,

"간단하게 그냥, 라비라고 불러 주세요." 그렇게 살갑게 나왔
다. 라비라니? 라비라는 말은 불어에서 생명과 인생을 뜻하는 la
vie를 연상시켰다. 한편으로 네가 인생이면 우리는 그림자라는
거야, 하는 생각이 떠오르기도 했다. 낯선 고장을 여행하다 보면
여행객과 안내자가 자리바꿈을 하는 경우가 종종 있다. 사실 일
상생활에서 실체와 그림자가 그렇게 분명하게 갈리는 것은 아니
지 싶기도 했다.

라비는 한국에 가서 일하고 돈도 벌고 싶어서 한국어를 공부했
는데, 한국분들을 만나 한국어를 쓸 수 있어서 행복하다고 했다.
강선재는 고개를 저었다. 자기는, 산다는 게 곧 테러와 다름이 없
는 한국, 그 헬조선을 떠나 살 만한 데를 찾아 스리랑카에 온 것
인데, 여기서는 사람살이의 위상이 역전되곤 하는 것이었다. 그
까닭을 알 수 없었다. 기내에서 만난 스리랑카 친구 비자야와 이
야기 잠깐 나눈 것 말고는, 라비라는 가이드와 고작 몇 마디 주고
받은 게 스리랑카 체험의 전부인데 생각이 뒤집히고, 안 보이던
의미의 맥락이 선연한 빛깔로 부각되는 것이었다. 몇 가지 기대
를 가질 만했다.

공항 근처 니곰보에서 하루 저녁을 묵기로 했다. 차가 호텔 앞
에 닿자 황적색 제복을 입은 보이 둘이 달려와 굿 이브닝! 하얀
이를 드러내며 인사를 했다. 짐가방을 옮겨주겠다는 것을 강선재
는 자기가 들고 올라가겠다고 했다. 보이는 얼굴에 서운한 빛을

여지없이 드러냈다. 정만복이 턱을 앞으로 내뻗어서 그대로 두라는 사인을 했다.

"왜 그러는데?" 강선재가 물었다.

"몰라서 그래? 여기서는 일 달러면 저들 하루 식비야."

일 달러 한 장을 가지고 하루 식사를 해결하는 나라, 이런 나라에 와서 과연 살 수 있을 것인가, 강선재는 혼란이 밀려오기 시작했다.

트윈 침대가 놓여 있는 객실은 천정이 높아 시원한 느낌이었다. 천정 한가운데에 선풍기 날개가 쉬이익쉬이익 들릴 듯 말 듯한 소리를 내면서 천천히 돌아갔다. 그런데 벽이며 천정이 온통 흰색으로 칠해져 있어 그 속으로 빨려들어가는 것 같기도 하고, 달리 보면 벽과 천장에서 밀려나는 것 같기도 한 감각의 혼란을 일으켰다.

"생각보다 방은 괜찮군." 정만복이 짐 탁자 위에다가 여행가방을 올리면서 하는 말이었다.

"이런 데서 살라면, 난 오래 못 견딜 거 같아." 강선재의 말에 정만복은 왜 그런지 이유를 묻지 않았다. 강선재는 방의 모양과 장식이 영국식이라는 생각을 하고 있었다. 식민지 흔적이었다. 영국이 인도와 스리랑카 네팔 등을 식민통치할 때 남긴 유산들이었다.

노크 소리가 들렸다. 정만복이 대답도 않은 채 문을 열어 주었다. 공항에서 인사를 나눈 마하프라자파티라는 아가씨가 과일바구니를 들고 방긋 웃으며 들어가도 되는가 물었다. 볼에 보조개가 귀엽게 패였다.

"여쭤볼 말씀이 있습니다." 반듯한 한국어였다.

"어떤 질문이든지 아무거나 물어보세요." 정만복이 친절을 보였다.

"제가 보조 가이드로 도와드리면 어떨까요?"

"같이 다니자는 거야? 잠도 같이 자고?" 정만복이 호기롭게 달려들었다.

"한국어는 잘 해요?" 강선재가 물었다.

"그거야 보는 대로 잘 하누만. 그런데 삥땅 뜯으려고 달려들면 안 된다아." 정만복이 다짐을 두었다.

"저를 새끼 가이드로 생각하시고, 큰 가이드 절반만 쓰세요."

"꼭 말이다, 화대 깎자는 것 같아 찜찜하다. 알았어." 정만복이 시원시원하게 허락을 했다.

저래 가지고 어떻게 하자는 작정인가, 강선재는 정만복이 큰형님 같다는 생각을 하면서 한편으로는 마음이 켕겼다.

강선재는 스리랑카에 오면서 잠들었던 의식이 무더기로 일어나 자신의 내면을 혼란에 빠트리고 있다는 생각을 했다. 그런데 그런 혼란을 가져오는 물구멍이 무엇인지는 감이 잡히지 않았다. 마하프라 뭐라고 하는 아가씨의 얼굴이 떠올랐다가는 가라앉았다. 돈을 추구할 때는 여자를 멀리하고, 여자와 사귈 때는 돈을 챙기라던 아버지의 말이 생각나기도 했다. 그날 잠자리가 그렇게 편치만은 않았다.

다음날 아침이었다. 마하프라가 모닝콜이라면서 전화를 해주었다. 정만복이 받아서는 그래야, 넌 잘 잤냐? 잘 때는 홀라당 벗고 자야 잠이 잘 오지. 전화를 통해 깔깔 웃는 소리가 들렸다.

라빈드라, 라비가 객실로 올라와 식사 시간을 알렸다. 식당에서 라비와 마하프라는 저만큼 거리를 두고 앉아 식사를 했다. 식사가 끝나자마자 하루 일정을 시작하게 되었다. 호텔을 출발하기 전 로비에서였다.

"여기는 햇볕이 너무 강해요. 제가 썬크림 발라드릴께요." 마하프라가 썬크림을 손등에 짜가지고 강선재에게 다가왔다. 정만복이 나부터 해야지 하면서 마하프라를 자기 편으로 끌어당겼다. 강선재는 마하프라의 보조개와 웃을 때 나타나는 깨끗한 치열을 보라보았다.

"자아, 우리는 아누라다푸라로 출발합니다. 여권, 지갑, 카메라 다 챙겼지요?"

가이드 라비는 일본 도요타회사에서 나온 유로드(EUROAD)라는 SUV차를 손수 운전하면서 안내를 겸했다. 마하프라는 조수석에 앉아 이야기가 오가는 사이 이따금 뒤로 얼굴을 돌릴 뿐 말이 없었다.

라비는 한국의 드라마며 노래는 물론 한국에서 돈벌이를 할 수 있는 길이 무엇인지를 훤히 꿰고 있었다. 미용이 성업을 하고 성형이 국가적인 사업으로 부를 창출한다는 것도 알았다. 한다는 소리가 한국은 피부공화국이라는 것이었다. 리퍼블릭 오브 스킨, 달리 말하면 껍데기의 나라라는 뜻이었다. 그러면 스리랑카는 속살의 나라라는 뜻인가. 강선재는 가난한 속살과 살 만한 껍데기를 대비해 보았다. 그것은 어느 시인의 말대로, '가공할 만한 대칭'이었다. 대칭은 양분법이기도 했다. 그런데 다시 생각해 보면 대칭이라야 평형을 이루는 것이라서 묘한 느낌이 들었다.

"야, 마하프라야, 넌 속살도 고우냐?" 정만복이 느끼한 톤으로 한마디를 던졌다.

라비가 정만복의 말을 막고 나섰다. 스리랑카는 지역적으로 인도와 맞닿아 있어서 인도의 그늘에 사는 셈이라고, 라비는 스리랑카가 인도 문화권에 들어 있다는 점을 얘기했다. 아주 오랜 옛날에는 스리랑카가 인도와 육지로 연결되어 있었다는 이야기도 했다.

강선재는 문득 고르디아스의 매듭을 떠올렸다. 알렉산더가 그 매듭을 못 풀겠으니까 칼로 잘라버렸다는 이야기는 경영의 발상 전환을 강조하는 이들 누구나 들추곤 하는 예화였다. 그 이야기는 부친도 자주 입에 올렸다. 신앙은 논리를 뛰어넘는 정신영역이다, 부친의 말이었다.

인도에 매달린 섬, 인도 마닐라삼으로 만든 인도 밧줄이 문득 떠올랐다가 사라졌다. 폴란드의 오시비엥침, 그 아우슈비츠의 사형대에 푸른 하늘을 배경으로 걸린 올가미도 재료가 마닐라삼이었다. 가장 값싸게 인간을 죽일 수 있어서 나찌 경제에 도움을 주었다는 그 올가미를 누가 만들었을까? 강선재는 그런 생각을 하고 있었다.

라비는 아는 게 많았다. 한국은 이데올기의 대리전쟁으로 인해 남북이 갈라져 있지만 스리랑카는 민족보다는 불교와 힌두교라는 종교로 갈라져 있다는 이야길 하면서 침통한 표정을 지었다. 힌두교와 불교는 같은 뿌린데 왜 서로 상존을 하지 못하는가 하는 의문이 들었다. 스리랑카에 불교가 세력을 떨치는 것은 어떤 연유인가? 강선재의 의문은 다른 의문을 이끌어왔다.

"제가 커피 가지고 왔는데 드실래요?" 마하프라가 뒷자리를 향해 물었다.

"맥주면 더 좋은데…" 정만복이 컵을 받으면서 던지는 말이었다. 앞에서 달려오는 차를 피하느라고 덜컥 급브레이크가 걸렸다. 커피 물이 찔끔 시트를 적셨다.

"그런 건 내 사타구니에 흘려야지." 정만복이 혀를 찼다.

도로에서 차들이 서로 들이받을 것처럼 마주 달려오다가는 교묘하게 비켜갔다. 마주 다가오는 차를 비켜가는 곡예운전을 하는 중에도, 가이드로서 임무에 충실해야 한다는 듯이 눈에 보이는 것마다 설명을 쉬지 않았다. 가이드 = 설명하는 기계, 여행객 = 무관심의 기계, 강선재는 그런 등식을 만들고 있었다. 아무튼 가이드는 설명에 열중이었다. 설명중독? 세상에 먹고사는 일, 그 직업에 중독이 왜 없던가. 부친은 자기 하는 일에 설명이 거의 없었다. 그래서 목숨을 내놓는대도 믿음을 주었다. 라비는 설명을 이어갔다.

아누라다푸라는 스리랑카의 고대 도시였습니다. 기원전 4세기부터 11세기 초까지 스리랑카의 수도였어요. 이천오백 년이 넘은 아득한 세월을 건너, 우리나라 역사의 기억을 불러오는 도시입니다. 물론 불교가 전래된 이후의 흥성하던 한 시절을 지나면서 도시는 몰락의 길을 걸었습니다만 말입니다.

강선재는 가이드의 설명이 귀로 들어오지 않았다. 이천 년이 넘는 세월 저쪽의 스리랑카를 상상하기는 경험과 안목이 턱없이 짧았다. 어지러운 생각이 꼬리를 물었다. 세월을 거슬러 남아나는 유적은 없다. 모든 것은 세월과 더불어 마모되어 끝내는 자취를 감춘다. 인간의 삶이라는 것도 이와 같아서 정신 말고는 모든 형적(形迹)이 비바람에 불리고 씻겨 달아난다. 허무한 일이다, 산다는 것 자체가 그렇다, 그런 깨달음을 얻어도 결국은 목숨을 살아야 한다. 그러기 위해서는 먹고 마셔야 한다, 육신을 지닌 인간이 육신을 넘어서려는 것 자체가 욕심일 게 분명했다. 그래서 해탈하자는 욕심을 버려야 진정한 해탈에 이를 수 있다는 역설이 성립하는 것인지도 모를 일이다. 그런 생각을 하는 사이 차가 멈췄다. 마하프라가 잽싸게 나와서 차 문을 열어 주었다.

"여기 성전에 들어가는 분들은 모두 신발을 벗어야 합니다."

사원 출입구를 지키던 검표원이 신발을 벗으라고 소리를 지르는 바람에, 강선재는 아득하게 번져가던 상념에서 벗어났다.

"신발은 제가 지키고 있을게요." 마하프라가 커다란 비닐백에다가 신발을 걷어들고 주차장으로 갔다. 팡팡한 엉덩이가 리드미컬하게 흔들렸다. 정만복은 한참 마하프라의 뒷모습을 쳐다보고 있었다. 강선재는 정만복이 정말 침을 흘리는 건 아닌가 주시했다.

아누라다푸라에서 가이드 라비가 처음 안내한 데가, 이수루무니아 비하라(Isurumunya Vihara) 사원이었다. 비하라는 한국에서 무슨 무슨 정사(精舍)라고 하는 이름에 해당하는 곳이었다. 그런

데 마룻바닥이라면 몰라도 모래 흙바닥을 맨발로 다니라고 하는
것은, 자기들 종교적인 성스러움을 일궈내는 데는 털끝만한 기여
를 할지 몰라도, 관광객들에게는 좀 억지스러운 강요였다. 맨발
로 조금 걷다 보니 발바닥에 밟히는 모래가 따듯하게 육감적인
느낌으로 다가왔다. 그것은 말하자면 대지의 감각과 같은 것이었
다. 인간이 자기 발로 땅위에 섰다는 실감이었다. 한국 어느 사찰
에서도 그렇게 다감하게, 아니 선정적으로 다가오는 모래를 밟아
본 기억이 없었다. 발바닥으로 곰실곰실 파고드는 사랑스러운 애
벌레를 밟는 느낌이었다.

이수루무니아 정사는 평지에 우뚝 솟은 바위에 조성한 성사(聖
舍)였다. 평평한 도시 가운데 바위가 기적처럼 우뚝 솟아 있고, 그
바위벽에 기대어 절을 짓고, 그 뒤에다가는 석실을 만들어 좌불
(坐佛)을 앉힌 품새가 제법 짜임새가 있었다. 석실 안의 부처상을
바라보다보는데 눈이 침침하니 앞이 잘 안 보였다. 어디서 쥐들
이 찍찍거리는 듯한 불길한 소리가 귀를 비집고 들어왔다. 눈을
들어 정사 앞에 파 놓은 연못을 내려다보았다. 물은 녹조가 잔뜩
끼어 짙은 녹색으로 상해 보였다. 그러나 그 물에 어리는 나무 그
림자가 어룽거리는 모양은 탁하지 않았다. 썩은 물과 거기 어리
는 그림자의 관계, 진실? 그런 생각이 머리를 어지럽혔다. 약한
현기증이 바람처럼 지나갔다. 탁한 물과 청정해 보이는 나무 그
림자 사이에서 어떤 깃털이 자꾸만 날아오르는 듯했다. 그리고
현기증을 몰아오는 삿된 기운이 뻗어오기도 했다.

법당에서 내려와 오른쪽으로 돌아가는 길로 접어들었을 때, 아

까 들렸던 쥐 떼의 아우성 같은 불쾌한 소리의 정체를 알 수 있었다. 석벽 사이에 박쥐들이 떼를 지어 날아들고 날아났다. 박쥐들이 석벽 사이에 오르르 몰려들어 찍찍거리면서 군무를 추는 것 같이 어지럽게 공중을 선회했다. 법당과 박쥐? 불상을 훔쳐가려는 도둑과 불상을 지키려는 주지스님 사이에 격투가 벌어지고 결국 살인사건으로 비화되고 하는 플롯을 떠올리게 하는 분위기였다. 법당과 살생은 아퀴가 맞지 않는 구도였다.

커다란 바위가 머리를 맞대고 있어 마치 의장병이 칼을 대각선으로 마주 세우고 그 아래로 지나가는 검로사열(劍路査閱)을 받듯이 좁은 석벽 통로를 지나, 거대한 산 모양으로 압도해 오는 바위 위로 올라갔다. 바위 옆에는 히말라야 설산처럼 하얗게 회칠한 스투파가 하나 서 있었다. 스투파는 중국에서 백탑이라고 하는 불교의 탑파 가운데 한 양식이었다. 물론 그 용도가 도가 높은 승려들의 사리를 넣어둔 사리탑이지만, 이국적인 풍광을 만들어 주었다.

스투파 건너편 봉우리 밑에 석실을 파서 감실을 만들고 그 안에 초라한 와불(臥佛)을 안치했다. 그 앞에 낡은 전선이 늘어져 있고, 등갓도 없는 백열전등이 매달려 대롱거렸다. 아퀴가 안 맞는 구도였다. 이런 구경이야 한국에서도 얼마든지 할 수 있는 게 아닌가, 심드렁해져 해찰을 하고 있을 때였다.

"저런 걸 봐야지!" 정만복이 강선재의 어깨를 툭 쳤다.

계단을 올라가 백탑을 향해 가는 돌계단 굽이에 부처의 발모양이 조각되어 있었다. 왜 하필이면 부처의 발바닥을 돌에다 새겼을까, 그런 생각을 하던 강선재는 눈앞으로 날아드는 날파리를 쫓느라고 고개를 가로저었다. 고개를 젓고 팔을 휘둘러 쫓아도 날파리는 우잉우잉 기분나쁜 경적을 울리면서 달려들었다. 날파리 때문에 바위에 새긴 불족적(佛足跡)을 자세히 볼 수가 없었다. 만테냐의 '죽은 예수'의 발바닥에 피가 맺힌 못자국이 생각났다. 그것은 부친의 발바닥에, 쇠스랑을 밟아서 생긴 상처를 떠올리게 했다.

"거 희한하네, 곰 발바닥도 아니고, 부처님의 발바닥 아닌가?"

이제까지 아무 소리 않고 묵묵히 따라다니기만 하던 정만복이, 아이들 장난하는 식으로 한마디 던졌다. 날파리는 어디로 갔는지 더 이상 달려들지 않았다. 마치 두 사람의 발을 붙들어 놓기 위해 앞을 가로막았던 것처럼.

"다른 깊은 뜻이 있겠지…."

강선재는 그렇게 대답은 해 놓았지만, 그 깊은 뜻을 스스로 알 길이 없었다. 발바닥, 그냥 발이 아니라 발바닥이었다. 발바닥이 인간의 헤아릴 수 없는 마음의 심연은 아니었다. 몸을 이끌고 돌아다녀서 생긴 상처 자국도 있고, 흠집도 생긴 발바닥, 거기에 피어나는 원광 아니면 연꽃 같은 법륜의 무늬. 그것을 어떻게 설명할 길이 없었다. 가장 아픈 상처에 피어나는 꽃과도 같은 그 발바닥을 어떻게 설명한단 말인가. 아무튼 석실에 안치한 와불이 초라하기 짝이 없는 데 비하면 발바닥 석조물은 영감을 떠올리게 하는 작품이었다.

왜 발바닥인지 가이드에게 물어보고 싶었다. 그런데 어느 사이에 나갔는지, 가이드는 저 아래 출입구 옆의 보리수 그늘에서 마하프라와 나란히 앉아 스마트폰으로 어딘가 무슨 연락을 하는지 부지런히 손을 놀리고 있었다.

전에 '예수와 부처"라는 교양강좌에서 들었던 기억이 떠올랐다. 부처님은 일반 사람들과 달리 몸에 특별한 32가지 모양이 갖추어져 있다는 것이다. 부처님 32상화, 혹은 상호(相好) 가운데 발과 연관된 것으로 이런 이야기가 생각났다. 발바닥이 평편하다, 발꿈치가 원만하다, 발등이 높고 둥그스럼하다, 등 그런 것들은 대개 발을 미화하는 것으로 이해가 되었다. 그런데 "발바닥에 수레바퀴 무늬가 있다"는 데 와서는 수긍이 잘 안 되었다. 고개가 옆으로 저어졌다. 도무지 발바닥에 수레바퀴 무늬가 있다는 게 무슨 상징인지 알기 어려워서 자꾸 고개가 옆으로 돌아갔다. 언뜻 보아서는 그게 연꽃 문양인 것처럼만 보였다. 못자국이 아니라 연꽃인 것이다.

정만복에게 당신 눈에는 저게 어떻게 보이는가, 생각을 들어볼까 하다가 그만두었다. 공연히 황당한 발상으로 머리 어지럽히지 말라는 핀잔을 들을까 주저되었다. 강선재는 정만복을 흘긋 쳐다봤다. 정만복이 고개를 옆으로 갸웃갸웃 하고 있었다. 그도 자기와 같은 생각을 하고 있을지도 모른다고, 강선재는 혼자 짐작했다. 한 인간이 다른 인간을 완벽하게 이해할 수 있는가? 언어를 넘어서서 존재와 존재가 맞물리는 그런 이해는 불가능한가? 의문이 꼬리를 물었다. 하느님과는 소통이 될망정 인간끼리는 소통이 안 된다. 부친의 말이었다. 그런 말을 들으면 어머니는 샐쭉해져 돌아앉곤 했다. 어느 사이 라비가 올라와 대열에 끼어 있었다.

"라빈드라 씨, 석가모니가 발에 바퀴를 달고 다닌 이유가 뭐요?"

정만복이 가이드 라비에게 물었다. 강선재는 정만복이 그렇게 묻는 의도를 정확하게 알지는 못하지만, 그렇게 한자락 꼬아서 물을 일은 아닌 것 같았다. 바위에다가 발바닥을 조각한 그 부조물은 나름대로 성스러운 분위기를 풍기는 듯했다. 빵 다섯 덩어리와 생선 두 마리로 오천 군중을 먹이고도 남았다는 것을 사실로 믿는 게 아버지의 신심이었다. 예수가 물 위를 걸어갔다는 이적을 이야기하는 아버지 앞에서 강선재는 그게 다 후대에 만들어진 우화일 뿐이라고 실실 웃었다. 종교에 대해서 논쟁하지 말라던 아버지 말이 귓전을 울렸다. 그런 생각을 하고 있을 때였다.

서양 어느 나라에서 온 사람들인지 머리가 하얗게 센 내외가 부처님 발바닥 돌에 입을 맞추었다. 강선재와 정만복은 둘이 한꺼번에 푸푸푸 웃었다. 어느 사이 쫓아왔는지, 부처의 발바닥 돌에다가 입을 맞추는 부부를 같이 바라보던 마하프라가 두 손을 모아 합장했다. 마치 성인을 바로 앞에 대하는 엄숙하고 정결한 자세였다. 정만복이 몇 사람을 제치고 마하프라 옆으로 다가섰다. 라빈드라의 눈길이 희뜩 돌아갔다. 강선재는 여행이 편치 않을 것이란 예감이 들었다.

강선재는 생각했다. 저들 서양인 부부의 소망이란 무엇인가. 한날한시에 둘이 함께 열반해서 저승에 가는 것일까. 하느님에게 바친 몸이라면서 부모들은 부부생활도 제쳐놓고 지내는 눈치였다. 소통이 '절대' 안 된다는 부부이기는 했다. 부친은 기적을 믿었다.

라비는 그 외국인이 영국인 부부라고 묻지도 않는 말을 했다. 브리티시, '영국'이라는 말에 강조점을 두는 투였다. 정만복이 영국이라는 말에 악센트를 두는 라비를 곱지 않은 눈으로 흘겨보았다.

"영국이 당신 먹여살리지 않아, 오늘 당신의 마스터는 코리안이야."

"물론 당근이지요." 어디서 들었는지 당연하다는 대답을 당근이라고 할 줄도 알았다.

"그렇다고 하면 한국 사람 질문에도 답을 해야지." 정만복은 굳은 어투로 말했다.

"질문이 뭐였지요?" 라비는 겸연쩍은 얼굴을 하고는 뒤통수를 긁적거렸다.

"부처의 얼굴이며 몸통은 다 어디로 가고 발만 남았나, 그거야."

가이드 라비는 정만복의 질문에 대답이 소홀해 미안하다는 듯이 눈을 찡긋하면서 감탄부터 하고 나왔다.

"오오 야, 그런 질문 처음 받아서 기뻐요. 요 아래 법보박물관에 가면 금방 의문이 풀릴 겁니다." 맞다고, 마하프라가 맞장구를 치다가 일행을 이끌고 앞서서 돌계단을 내려갔다. 정만복의 시선은 마하프라의 팡팡하게 부푼 엉덩이를 훑고 있었다.

말이 박물관이지 전시품은 빈약했다. 다른 박물관처럼 그 지역의 선사유물에서부터 불상, 불두, 문자가 일그러져 알아볼 수 없는 비석들, 그리고 불구(佛具) 몇 가지가 먼지 앉은 장 안에 정리되어 있었다. 한쪽 벽에 이런 글을 쓴 족자가 걸려 있었다.

法輪常轉於法界(법륜상전어법계), 불법의 수레바퀴는 늘 진리의 세계로 굴러간다는 뜻으로 짐작이 되었다. 가이드 라비는 그 뜻을 알겠느냐고 다져묻더니, 엉뚱한 질문을 했다.

"한국은 종교천국이지요?" 그래서 어떻다는 것이냐고 물으려다가, 강선재는 정만복을 흘금 쳐다봤다. 네가 대답해 보라는 듯이. 아무 대답이 없자 라비가 말했다.

"사륜구동, SUV 아시지요?"

"거기 차도 사륜구동 아닌가?" 정만복이 라비를 가리키며 되물었다. 라비가, 맞아요! 신이 나 했다.

"바퀴가 있어야 차가 굴러가는 것처럼, 세상이 굴러가기 위해서도 금륜, 은륜, 동륜, 철륜이라는 바퀴가 있어야 합니다. 그런 바퀴를 모두 가지고 세상 돌아가는 일을 주관하는 이를 전륜성왕이라고 해요. 아시지요, 전륜성왕이라고." 가이드 라비는 "내가 좀 유식하거든요!" 하면서 자기를 추켜올렸다. 이어서 전륜성왕 이야기를 했다.

전륜성왕은 인도 신화에서 가장 이상적인 왕을 나타냅니다. 간단히 말할 때는 전륜왕 또는 윤왕이라고 하는데요. 이 왕이 세상에 나타나면 하늘에 찬란한 수레바퀴가 웅장한 굉음을 울리면서 홀연히 출현해서 왕을 선도한다는 거지요. 왕은 그 수레바퀴가 인도하는 대로 따라가면서 칼이나 창 같은 무기를 쓰지 않고도, 찬란한 황금 수레바퀴가 모든 것을 알아서 다스려주기 때문에 피흘리지 않고 전 세계를 평정한다고 하는 겁니다. 전륜성왕은 부처와 마찬가지로 몸에 32가지 특색이 있는데, 이는 부처와 동급으로 평가되는 존재를 상징한다고 합니다. 따라서 세속적인 세계에서 부처와 동일한 존재로 진리를 상징하거나 진리 자체를 뜻하기도 하지요. 전륜성왕은 석가가 탄생하여 들은 예언에도 나타나는 존재라고 합니다. 석가는 출가하면 성불해서 부처가 되고, 속세에 머물면 전륜성왕이 된다는 예언이 있었고 그렇게 높은 법으로 도를 전파한 겁니다.

가이드 라비의 이야기를 듣는 동안, 정만복은 '그래 맞아!' 이따금 맞장구를 쳐 주었고, 강선재는 대승불교니 소승불교니 하는 말이 수레와 연관이 닿아 있는 거라고 고개를 주억거렸다. 탄다는 뜻의 승(乘)은 수레가 아닌가.

마하프라가 "한 가지만 더!" 하더니,

"후대에 인도의 역사를 기록한 이들은 전륜성왕을 아소카왕으로 동일시하기도 합니다." 그렇게 덧붙였다.

"아소카왕의 아들이 스리랑카에 불교를 전한 마힌다 왕자 그 사람이지요?" 강선재가 마하프라에게 다가들며 물었다.

"맞습니다. 선생님은 최고로 현명한 여행객입니다." 마하프라는 엄지손가락을 들어 보이며 칭찬을 하고는 이야길 계속했다.

스리랑카 불교는 기원전 3세기 데바남피야티샤라는 왕이 집권하던 시절에 전파되었다. 아소카왕은 피비린내나는 정벌을 거듭하여 인도를 통일한 끝에, 살생의 죄업을 깨닫고 자신이 불교에 귀의함은 물론 불교 전파를 위해 평생을 바쳤다. 아소카왕은 그의 아들 마힌다를 스리랑카로 파견하여 상좌부 불교의 장로가 되어 불교를 전파하게 했다. 당시 아누라다푸라의 왕이던 데바남피야티샤왕은 곧 불교에 귀의하였다. 그리고 아누라다푸라에 마힌다 장로를 위한 거대한 사원을 세웠다. 그것이 마하비하라

(Mahavihara)로 뒷날 스리랑카 대사원의 기원이 되었다. 정만복은 가끔가끔 그렇지, 오케이 등 추임새를 넣으면서 마하프라의 이야기 의욕을 부추겼다.

가이드가 스리랑카에 불교가 전래된 연유를 설명하는 동안, 강선재는 딴 생각을 하고 있었다. 부처의 32상호가 정말 그렇게 생겨서 그런 것인가, 후세에 그렇게 미화한 것인가 하는 의문이 멈추지 않았다. 그런 의문은 왜 부처상의 발바닥에 법륜을 새긴 것인가 하는 데로 모아졌다. 서 있는 부처상은 발바닥이 겉으로 드러나지 않는다. 발바닥을 보여줄 방법이 없다. 또 발등이 원융하다는 것은 서 있는 부처의 발등만 겉으로 드러나게 조각했기 때문일 터였다. 반가부좌상도 발바닥이 그리 중요한 의미를 지니지 못한다. 바라보는 사람에게는 발등만 보일 뿐이다. 그러나 누워 있는 부처는 발을 가리지 않는 한, 발바닥이 밖으로 드러나게 된다. 그런데 그 밖으로 드러난 발을 맨숭맨숭하게 그대로 두면 사람들이 부처의 영험함이나 위력을 알지 못하기 때문에 발바닥에 어떤 것이든지, 부처의 위력을 나타내는 장식을 해야 할 터였다. 그런데 생각해 보면 발바닥이든지 손등이든지 그게 부처 그 자체라야 했다. '달을 가리키는 손가락'을 그 사람과 분리해서 말할 수 없는 것과 같은 이치였다.

부처의 발과 전륜성왕이라든지, 법륜과는 결국 같은 존재로 보아야 하고, 그렇다면 여기 누워계신 이분이 부처님이다, 그런 메시지를 발바닥에 그려넣은 게 아니던가 싶었다. 부처를 절대자로서 드러내는 데 발바닥은 편한 공간이었을 게 틀림없다. 그리고 거기 장식을 했을 따름이었다. 그런 생각을 하는 중에 발바닥이 근질거렸다. 마치 무슨 바퀴가 발바닥 밑에서 굴러가는 느낌이었다.

"발바닥은 매우 예민한 성감대야. 그러니까 예수가 제자들의 발을 씻어 주었다는 것은 제자들의 성감대를 건드린 거야." 정만복은 혼자 말하고 혼자 소리내어 웃었다.

강선재가 양말로 발바닥에 묻은 흙을 털어내고 있을 때, 마하프라가 옆에 다가와서 말했다.

"이따가 저녁에 아유르베다 마사지 받으세요. 제가 끝내주는 데 소개할 겁니다." 마하프라가 부끄러운 듯, 얼굴을 손으로 가리고 말했다.

"기왕이면 네가 내 발바닥이랑 거시기랑 마사지해주라." 정만복의 손가락이 마하프라의 가슴을 가리키고 있었다.

정만복은 마하프라의 가슴을 곁눈질하고 있었다. 가이드 라비는 잠시 난감한 표정을 짓다가는, "발바닥 오케이 거시기 절대 노오!" 하면서 마하프라 앞을 가려주듯 서서 정만복의 손을 잡아 끌었다.

한국에서 나이가 가장 많은 나무가 몇 살인지 아느냐고, 라비가 화제를 돌리려는 듯 물었다. 무슨무슨 보호수라고 팻말을 달아 놓은 나무들은 수령 600년을 넘지 못했다. 강선재가 한 500~600년이라고 말하자, 라비는 손사래를 쳤다. 그리고는 엄지와 새끼손가락을 말아쥐고, 손가락을 펴서 흔들며 여기 나무는 한국 나무보다 세 배는 나이를 더 먹었다고 자랑했다.

"이제 여러분은 세계에서 가장 나이가 오래된 나무를 보게 됩니다. 따라오세요."

가이드 라빈드라가, 발바닥을 툴툴 털고 있는 정만복을 바라보며 말했다.

"거기도 양말 벗어야 합니까?" 정만복이 물었다. 양말을 벗어야 한다면, 그런 데는 가기 싫다는 표정이었다.

"양말 벗고 손을 모아 합장할 수 있는 성스러운 대상을 보는 분들은 복된 사람들입니다. 그게 힐링으로 가는 길이기 때문이지요." 마하프라가 나서서 말을 이었다.

성스러움? 힐링? 강선재는 속으로 되씹듯이 되뇌었다. 성스러움. 신성함, 세이크리드…. 신성함은 때로 폭력을 동반한다, 번제(燔祭)를 드리기 위해서는 희생물이 있어야 한다, 새크리파이스…. 인육을 원하는 마신(魔神)에게서 자신을 던져 줌으로써 인간을 자유롭게 풀어준 것이 석가모니였다. 그것은 백척간두에서 진일보하는 무시무시한 결단이었다. 그리고 인간 자신의 승리였다. 고등종교라면 마땅히 그래야 하는 것이었다.

철학도 종교도 악마로부터 인간을 풀어주는 일이 아닐까 하는 생각이 들었다. 플라톤이 이성을 중심으로 세계를 구축하기 위해 분투한 것은 결국 그리스의 신화로 들끓는 세계를, 신화를 벗겨내는 탈신화화(脫神話化, demythification)한 것에 지나지 않는 일인지도 모른다. 그런데 성스러운 나무, 신화가 된 나무를 보러 간다는 것이다. 여기서 그런 나무를 만난다는 것은 성스러움에 대한 아련한 기대를 가지게 하기도 했다.

가이드는 남쪽으로 곧장 평지에 난 길을 따라가면서, 지금 우리는 한 그루 나무에게 경배를 하러 가는 중이라는 설명을 되풀이했다. 마하프라가 나섰다.

"한국에서는, 뭐라던가, 보리수라고 해요. 보리수는 한국에서 밀, 보리 할 때의 그 보리와는 아무 관계가 없어요. 낫 발리, 보디, 진리…그런 깨달음의 나무가 보리수예요." 정만복이 손을 모으고 나무아미타불을 외웠다. 라비가 빙긋 웃었다. 그리고 설명을 이어갔다.

석가는 생전에 스리랑카를 세 번 다녀갔다고 한다. 그만큼 스리랑카를 중요한 포교지로 생각했다는 증거가 되는 터였다. 석가가 두 번째 스리랑카를 방문했을 때 보리수를 직접 가지고 왔다는 설도 있고, 아소카왕의 아들 마힌다(Mahinda) 왕자가 스리랑카로 오면서 가지고 왔다는 이야기도 전해온다고 했다. 또는 석가모니의 이모가 전해 주었다는 이야기도 있다. 그런데 그 해가 기원전 288년이라는 것은 틀림이 없다는 것이었다. 대충 어림잡아 2300년쯤 나이를 먹은 나무라는 것이었다. 하기는 5천 살 된 나무도 있고, 8천 살이 넘는 나무도 있다는 것이 확인된 사실로 알려져 있지만, 인간의 정신이 깃든 나무로서는 이 나무가 단연 앞자리에 놓일 나이였다. 지상에서 인간이 심은, 연대를 확인할 수 있는 유일한 최고수(最古樹)인 셈이다. 2300년이면 800세대쯤 흘러야 하는 시간이었다. 자신의 위로 800번쯤 거슬러 올라가는 할아버지 대에 심은 나무를 오늘 본다는 것은 상상력의 한계를 넘어서는 일일지도 몰랐다.

강선재는 현기증 나는 연대를 헤아리고 있었다. 놀라운 시간이었다. 2300년 동안 살아 있는 나무. 그 나무가 무엇을 보았을까. 스리랑카의 흥망과 성쇠를 보면서 나무의 목질부에 어떤 기억을 새겼을까. 생각이 훌쩍 공간이동을 하듯이 방향을 바꾸었다. 강선재는 두어 걸음 앞서가는 정만복에게 다가가 조용조용 얘기했다.

"지구는 나무로 덮여 있어서 아름답지 않을까. 천국에도 아마 나무로 가득 차 있을 거야. 지옥에는 나무가 없을 것이고."

"자기는 시적이라고 우쭐할지 몰라도, 천국이 어디 있는지 모르고, 지옥의 주소 모르는 우리들에겐 영양가 없는 얘기야." 정만복은 강선재를 짓눌러 주저앉히기로 작정한 것처럼 말했다.

"지옥이 있다고 해 봐. 거기는 돌무덤이나 민둥산에서 화염이 뿜어져 나올 것이라는 거지?" 정만복이 허허하니 웃었다. 나무로 인해 천국과 지옥이 구분되는 것이라니. 희한한 양분법이었다. 그러나 나무 말고 천국과 지옥을 구분하는 다른 무엇을 그려볼 수 있을 것 같지 않았다. 강선재는 이미 스리랑카의 땅과 나무에 자기도 모르는 사이 빠져들고 있었다.

"보리수 나무는요…." 가이드 라비의 설명이 이어졌다.

보리수는 지혜의 나무, 깨달음의 나무입니다. 본래 지혜와 깨달음을 뜻하는 보리는 보디(Bodhi)라는 범어를 한역한 것인데, 한자로는 보제(菩提)라 쓰고 읽기는 보리로 읽는다고, 메모장에다가 한자와 영문자를 써서 보여주면서 아주 유려하게 설명했다. 보리수는, 석가모니가 보다가야에 있는 그 나무 아래서 명상을 하다가 진리를 깨달았기 때문에 그 나무를 그렇게 부르게 되었다는 것이다. 인도와 스리랑카는 물론 동남아, 아메리카 같은 지역에도 여기서 말하는 보리수, 보 트리(Bo tree)나 보디 트리(Bodhi tree)는 널려 있습니다. 그러나 부처님과 연이 닿은 보리수, 즉 족보가 있는 보리수는 아바야기리 비하라(Abhayagiri Vihara) 대사원에 있는 게 유일한 것입니다. 강선재는 라비에게 형님! 그렇게 외치고 싶었다. 가이드로 밥벌이하기는 아까운 인물이었다.

"사람만 그런 게 아니라, 꽃도, 나무도, 짐승도, 뭣이든지 족보가 중요합니다." 마하프라가 거들고 나왔다.

라빈드라, 라비는 강선재에게, 당신은 양반이냐고 물었다. 엉뚱한 질문이기도 하고, 뼈대 있는 집안이냐는 질문으로 알아듣기는 좀 맥락이 안 닿았다. 무슨 계급과 연관된 질문 같기도 했다. 신화수를 생각하다가 급전직하로 이미지가 실추하는 장면이었다.

"양반 다 얼어죽었습니다." 정만복의 한마디였다. 정만복의 농담을 알아듣는다는 듯이 마하프라가 이렇게 말했다.

"양반은 얼어죽어도 곁불을 쪼이지 않는다는 속담이 있더라구요." 이거 봐라, 하는 표정으로 정만복이 마하프라를 쳐다봤다.

"지금은 양반 시대 아니니 보리수 얘기나 더 들읍시다." 강선재가 하던 설명이나 더 하라고 재촉했다.

"가이드 괴롭히기로 작정한 분들 같습니다." 불평을 하면서도 라비는 설명을 이어갔다. 보리수의 학명은 피쿠스 렐리지오사(Ficus Religiosa)인데 말하자면 종교를 상징하는 무화과라는 것이었다. 성스러운 보나무(Sacred Bo tree) 또는 성수(Sacred tree)라고도 하고, 여기 말로는 피팔 트리라고 한다면서 노트에다가 써서 보여주었다. peepal tree, pipal tree라고 한다는 것이다. 상세한 설명을 하는 품이, 예사로운 가이드가 아니라는 생각을 거듭 불러왔고, 스리랑카의 가이드가 저런 정도의 수준이 된다면, 한국 관광객들 가운데 불교성지 답사 여행에서 보람을 충분히 느끼게 할 수 있겠다는 생각이 들었다. 강선재의 생애 설계 한 페이지였다. 한국 관광객을 모아 스리랑카 여행을 조직해서 라빈드라 정도로 교양있고 지식이 충전된 가이드와 함께 일을 한다면 어떨까 하는 생각도 들었다. 그것은 강선재가 스리랑카에 가서 살아볼까 하는 여행 목적과 연관된 아이디어였다.

"보리심을 얻으려면, 꽃을 바치세요."

마하프라가 꽃 두 바구니를 사다 주면서, 보리수 앞에 바치고 합장을 하라고 두 손을 모아 보였다. 정만복은 고맙다면서 속으로는 꽃값을 생각하고 있었다.

"하나 물어봅시다. 부처님이 여기를 어떻게 왔어요?" 정만복이 물었다. 라비는 힐쭉 웃다가는 조용히 대답했다.

"그냥, 그냥 왔어요."

정만복이 라비의 등을 가볍게 치면서 같이 웃었다.

"이 양반이 농담하나?"

잠시 고개를 옆으로 까닥하면서 빙긋이 웃던 라비가 이렇게 받았다.

"중국의 노자, 라오스도 그런 말 했습니다. 대기만성이라고요."

정만복이 다시 물었다.

"대기만성이라면?"

라비가 정말 몰라서 묻느냐면서 대답했다.

"그릇이 크면 어떤 특별한 물건으로 가득 넘치게 차지 않는다
는 뜻이지요. 그러니까 대기불성이라고 해야 해요. 베풀어도 베
풀어도 끝나지 않는 게 자비심이니까요."

강선재가 라비에게 물었다.

"중생이 그리워서 왔다는 뜻인가?"

라비가 조용한 음성으로 대답했다.

"그런 셈이지요."

정만복이 킬킬거리다가 말했다.

"그럼 하도 돌아다녀서 발바닥에 굳은살이 수레바퀴처럼 박인
모양이군."

라비가 정색을 하고 대꾸했다.

"법륜이라고 하는 다르마 카크라는 특정 방향으로만 구르지 않
습니다. 우주 공간에 편만하게 구르고, 영원을 향해 굴러갑니다."

강선재와 정만복이 꽃을 바치고 합장을 하고 있는 동안 라비는
마하프라와 한발짝 뒤에 나란히 서서 합장을 하고 주문을 외고
있었다.

"앞으로 보시겠지만, 부처님의 숨결만 스쳐도 그게 보물, 성물,
영어로 릴릭이 됩니다. 부처님의 인연은 그렇게 한가하지 않습니
다." 라비의 말이었다.

보리수는 너무 우람하게 자라서 온통 하늘을 덮었다. 그 그늘
아래서라면 일천 신도가 기도를 올리기 충분할 정도로 그늘이 넉
넉했다. 족보가 있는 성수 자야 스리 마하보디(Jaya Sri Maha Bodhi),
그 거수의 그늘 아래 깃드는 부처의 지혜란 게 무언가. 깨달음이

란 무엇인가. 그 실천이란 어떻게 하는 것인가. 아직 식사 시간은 한참 기다려야 하는데, 배에서 꼬르륵 소리가 나고, 머리가 어지러웠다. 의식주를 떠난 지혜가 존재할 수 있는가. 보리수 나무 아래 앉아서 명상을 거듭하기 위해서, 먹고 마시고, 잠자고 싶어 하는 육체는 어떻게 해야 하는가. 다시 배에서 꼬르륵 소리가 올라왔다. 강선재는 배를 슬슬 문질렀다.

그의 앞에서 꽃을 바치고 합장하던 마하프라가 강선재 쪽을 돌아봤다. 자색의 짙은 입술 사이로 하얀 이를 내놓고 가볍게 웃었다. 강선재는 그 웃음을 타고 꽃향기가 흘러나온다는 생각을 했다. 실제로 코끝에 꽃향기가 스쳤다. 정만복이 이쪽을 흘금 쳐다봤다.

"마사지 받으시는 거지요? 값도 쌉니다."

"값이 싸다니?" 강선재는 호기심이 일었다.

"일인실은 오십 돌라, 다인실은 이십 돌라면 됩니다."

일인실과 다인실이 어떻게 다른지 물어보려다 말았다. 마하프라가 부르는 금액이 마사지 값인지, 아가씨 몸값인지는 알 수 없었다. 마하프라와 스리랑카에서 살림을 차린다면? 강선재는 문득 그런 생각을 하는 자신이 우스웠다. 방언하는 이방인을 경계하라, 부친은 이방인을 두려워했다.

부모들이 세상을 뜨면서 남긴 재산은 겨우 일 억 남짓했다. 그 돈을 가지고 스리랑카로 온다면 무슨 일을 할 수 있을까. 그런 현실적인 생각이 강선재의 머릿속에서 고개를 들었다. 스리랑카에서 허브농장 사업을 하겠다던 정만복은 정작 스리랑카에 와서 사업과 연관된 이야기는 겉으로 내비치지 않는 게 이상했다. 그때 정만복이 라비에게 물었다.

"저게, 저 하얗고 뚱뚱한 비만탑처럼 생긴 게 무슨 탑입니까?"

"아니요, 살이 찐 비만탑이 아닙니다. 루완웰리 사야 스투파입니다." 라비가 말하는 탑 이름을 제대로 알아들을 수 없었다.

스리랑카에서 가장 아름답고 영험한 탑이라고 가이드 라비가 설명하는 탑은, 그 이름이 루완웰리 사야 스투파(Ruwanweli Saya Stupa)라고 마하프라가 적어 주었다. 이집트의 스핑크스만큼이나 거대한 모습으로 압도해 오는 벽돌로 쌓은 탑이었다.

한국에서 말하는 탑은 석가탑, 다보탑, 경천사지탑, 오대산 월정사의 팔각구층석탑처럼 날아갈 듯 안정된 모양으로 서 있는 탑인데, 이건 그런 탑과는 종자가 달랐다. 한국에서 흔히 보는 사리탑을 거대하게 조성한 것과 닮았다고 하는 편이 옳았다. 형태가 단순하고 모양이 미적 구조를 보이지 않는 대신 크기로 승부하려는 듯한 인상을 주었다.

강선재는 전에 인도 여행 가이드북에서 본 인도의 스투파를 생각해냈다. 부처가 다섯 제자에게 설법을 했다는 녹야원의 파메크 스투파(Phamekh Stupa)가 그것이었다. 그것은 기단 없이 땅에서 적벽돌을 쌓아올리고, 그 위에다가 층서를 주어 다시 적벽돌로 거대한 드릴 끄트머리처럼 쌓아 올린 형태였다. 여기 스투파는 적벽돌로 되어 있기는 하지만 인도 본토 것과는 사뭇 달랐다. 오히려 라마교 사원에서 볼 수 있는 스투파나 중국의 대사찰에서 볼 수 있는 백탑을 닮은 것이었다. 벽돌로 원형돔처럼 쌓아올리

고 그 위에다가 사각형 건물을 한 층 올린 다음 다시 그 위에 불
탑의 보주처럼 장식을 했다. 보주 장식 아래는 하얗게 눈부신 석
회를 칠해서 가까이 다가서면 거대한 산처럼 위압적으로 다가왔
다. 탑이라고 하기보다는, 피라미드처럼 어마어마한 무덤에 가까
운 구조물이었다.

인도의 스투파는 둥근 기단 위에 다시 둥글게 쌓아올려 마치
불상의 육계를 얹은 원형돌탑처럼 보인다. 여기 스투파는 불탑의
끝에 보주로 마무리한 것처럼 장식되어 있다. 주변 축대 밑에는
똑같은 모양의 코끼리를 만들어서 나란히 열을 지어 배치해 놓았
다. 방문객은 다른 성역처럼 발을 벗고 들어가도록 문앞에서 관
리인들이 눈을 굴리면서 탈화(脫靴)를 명령하며 앉아 있었다.

"어이, 선재 씨 이렇게 말하고 싶지?" 정만복이 농을 걸어왔다.

"어떻게?" 강선재가 되물었다.

"스투파의 크기는 신심과 비례하지 않는다." 정만복이 강선재
의 말을 대신하고 있었다.

"그렇지." 강선재가 응수했다.

"그러니 그냥 지나가자고." 정만복이 '그냥'이라는 말에 악센
트를 넣었다.

"그냥?" 라비가 손을 들어 이마를 짚었다. 잠시 말의 공백을 틈
타 마하프라가 파고들었다.

"거기는 부처님 발자국이 없어요."

마하프라는 강선재의 관심사가 무엇인지 꿰고 있는 것처럼 이
야기했다. 넷이는 그야말로 그냥, 헛헛하게 웃었다. 아무런 소통

이 없어도 같이 웃을 수 있는 것은 언어 이상의 소통이 아닌가 싶었다.

뒤뜰에 수영장이 갖추어져 있는 호텔에서 하루를 묵었다. 호텔 이름이 마힌다였다. Hotel Mahinda는 오성급 근사한 호텔이었다. 스리랑카에 불교를 전했다는 아소카왕의 아들 이름이 마힌다라고 했던, 가이드의 이야기가 기억에 되살아났다. 인도, 불교, 스리랑카가 자연스럽게 연결되는 구도였다. 평생을 전장에서 치달리며 살았던 아소카왕이 마침내 도달한 것이 불교였다면, 부처님의 진리가 무엇인가를 다시 생각하게 했다. 전쟁과 깨달음. 고해를 건너야 만날 수 있는 금강석, 금강석은 만다라로 장엄된 세계가 아니었다. 너무 값진 보석은 악운을 몰고온다, 부친의 말이었다.

호텔 로비에는 남국의 원시림 속에 평화롭게 웃고 있는 젊은이의 얼굴이 금빛이 우아하게 빛나는 액자에 들어 있었다. 밑에는 〈Portrait of Nigrodha〉라는 그림 제목이 금색 판에 새겨져 있었다.

"저게 누굽니까?" 강선재가 라비에게 물었다.

"살생을 일삼던 아소카왕을 감동시켜 불교에 귀의하게 한 젊은 승려입니다." 라비의 설명이었다. 강선재를 한참이나 말을 잃고 그림을 쳐다보고 서 있었다.

"대단한 그림이네, 저 그림 복사본 구할 수 있습니까?" 강선재는 그 그림을 집에 걸어두고 싶었다.

"저 그림의 주인공처럼 우아하게 생긴 사람한테 아유르베다 마사지를 받을 수는 있습니다. 복사본이 아니라 진짜 원본 여성을 만나세요." 라비는 프론트에서 숙박계를 정리하고 있는 마하프라를 가리켰다.

마하프라가 마사지사라는 것인가? 맥락이 닿지 않는 제안이었다. 아니면 가이드로서 직업의식을 드러내기 시작하는 것인지도 몰랐다. 정만복은 아유르베다 마사지에 호기심이 발동하는 모양이었다. 라비는 한국의 마사지 경향이 어떻게 돌아가는지도 잘 아는 듯했다. 중국식 발마사지에서 시작해서, 월남식 마사지, 태국황실 마사지 그렇게 거쳐서 이제는 인도의 신비주의적 감각이 살아 있는 아유르베다 마사지가 유행을 타기 시작하지 않느냐고 물었다. 정만복은 대강은 알고 있다면서, 저녁을 먹은 다음에 구체적인 이야기를 하자고 했다.

그날 저녁을 먹고 나서 정만복이 마사지 가격을 흥정했다. 두 사람이 각기 일인실을 쓰면 1백 달러면 되는데 80달러만 하자는 제안이었다. 가이드는 능청스럽게 "저도 먹고 살아야지요" 하면서 정만복을 덥석 끌어안았다. 정만복이, 죽은 놈 소원도 들어 준다는데, 가자! 하는 바람에, 에누리 없이 가이드가 제안하는 가격으로 마사지를 받으러 갔다.

하릴없이 정만복의 가락을 따라간 셈이 되었다. 전신마사지를 해야지, 그게 아무리 성감대라고 해도 발이나 닦아주고 정강이나 주물러주는 거는 신통치 않다는 것이었다. 부친은 몸에 손을 대는 것을 싫어했다. 그래서 부부사이가 어성버성했다. 저러고 나는 어떻게 낳았을까 강선재는 가끔 그런 의문을 가져보기도 했다.

마사지사는 작달막한 체구에 골격이 단단하고 근육이 골고루 발달된 젊은이였다. 강선재가 런닝셔츠와 팬티만 입고 어정대고 있을 때 마사지사는 모두 벗으라고, 아랫도리를 벗는 시늉을 해 보였다. 남자끼리지만, 아니 남자끼리라서 알몸으로 침대에 눕는 것이 더욱 어설펐다.

마사지 침대에 엎어져 눕힌 다음 따뜻한 물수건에 멘톨향이 나는 향유를 발라 등부터 허벅지를 거쳐 발목까지, 아시 씻김으로 문질러 주었다. 등부터 상쾌한 바람이 일었다. 그리고는 몇 차례 향유를 바꾸어 발라가면서 손으로 등의 경락을 따라 문질러 나갔다. 온몸의 근육이 풀리는 느낌이었다. 아프다 싶은데 한 과정이 끝나면 신경올실이 비 맞은 풀잎처럼 파랗게 살아나는 느낌이 돋아났다. 대퇴부며 종아리를 발로 밀어줄 때는 좀 힘이 팽기기도 했다.

천정을 보고 바로 누우라고 하고는, 레몬향과 아로마향인지, 쌉쌀한 냄새가 섞인 향유를 관자놀이에 발랐다. 그리고는 향내가 나는 보송보송한 수건으로 얼굴을 덮어 주었다. 몸이 노곤해지면서 공중으로 부양되어 올라가는 느낌에 휩싸이기 시작했다. 목밑에서부터 쇄골 밑의 근육을 지나 겨드랑이, 흉부근육으로 죽 내려가면서 손놀림이 정성스러웠다. 이따금 쉿쉿 하는 소리가 들렸다. 힘이 들어 호흡이 가빠지는 모양이었다. 그러다가 단전 근처를 원을 그리듯이 빙빙 돌려가며 문지르다가는 불두덩 옆으로 향유 묻은 손이 미끄러져 들어갔다. 이 작자가 뭘 하는 수작인가 하는 생각이 잠시 스쳤다. 마사지사의 손을 밀어제치려 해도 손이 안 움직여졌다. 혹시 호모한테 잘못 걸려든 것은 아닌가 하는 두려움이 생기는 가운데, 하복부가 팽팽하게 부풀어 오르는 느낌이었다.

"구웃? 노 굿? 구웃? 노 굿?"

마사지사는 강선재의 팽팽하게 부풀어오른 양물을 살갑게 잡고 문질러 주면서 물었다. 굿이고 노 굿이고, 이 자식이 시키지 않은 짓거리를 하고 있는 게 괘씸했다. 마사지사의 손이 슬그머니 빠져나가 허벅지와 종아리 옆을 지나 발등으로 내려가기까지 강선재는 숨가쁜 고개를 넘으면서 가까스로 몸을 추스르고 숨을 골랐다.

복숭아뼈 옆을 문지르던 손이 발등을 쓸어내리다가는 발가락 끝을 딱딱 소리가 나게 잡아뺐다. 그러고는 발바닥을 짝짝 두드렸다. 다른 향유를 골라 바르는 모양이었다. 그리고는 발의 경락을 차근차근 짚어가면서 부드러운 손놀림이 이어졌다. 가라앉았던 양물이 다시 부풀었다. 발 한가운데, 어딘지는 모르지만 검지손가락을 굽힌 끝으로 몇 차례 문지르자, 강선재의 발기한 양물이 정액을 뿜어냈다.

"자식이, 이게 뭐하는 짓이야!"

강선재가 일어나 마사지사를 째려보면서 불쾌한 어투로 다그쳤다.

"이츠 내추럴 디자이어 오브 유어 보디."(네 몸의 자연스런 욕망이야.)

"뭐가 내추럴이야, 내추럴은!"(자연스럽기는, 뭐가?) 자연스럽기는 고사하고, 자연성을 가장한 폭력이란 생각이 들었다.

"몸의 요구를 진실하게 들어 주세요." 도무지 직분에 어울리지 않는 말이었다.

옷을 주섬주섬 챙겨 입고 나서는데, 정만복이 입이 헤벌어져 가지고 스리랑카 마사지 끝내주는데, 끝내줘를 연발했다. 뭐가 그리 좋아 끝내주는지 물어보지 않았다. 강선재는 그날 밤, 아무 꿈도 꾸지 않고 푹 잤다.

다음날 아침, 전날처럼 마하프라가 모닝콜을 보내왔다. 정만복이 기다리기라도 한 것처럼 전화를 받았다.

"그래 수고했어. 끝내주었다니까."

전화기 속에서 깨드러지게 웃는 소리가 들렸다. 강선재는 정만복이 마하프라의 마사지를 받은 모양이라고 짐작을 할 뿐이었다.

가이드 라비는 정확히 여덟 시에 나타났다.

전날처럼 여권, 지갑, 카메라 다 챙겼는가 확인했다. 그리고는 다시 단어를 바꾸어 신분증, 돈, 사진기 그렇게 말했다.

엊저녁 마사지가 끝난 다음 둘이 지하 바에 간다고 했는데 거기서 어떤 이야기를 했는지, 정만복은 가이드 라비, 라빈드라에게 더욱 착 달라붙는 태도였다. 담불라에서는 어떤 특산물이 나오는가, 어느 나라 사람들이 자주 오는가, 한국인들은 얼마나 오는가 그런 질문을 하는 걸로 보아 사업 이야기를 제법 깊이까지 나눈 모양이었다.

"담불라에서는 두 분이 길이 갈릴 수 있습니다. 황금사원을 보기 원하는 분과 석굴사원을 보려고 하는 분들을 같이 모시고 다닐 수는 없어요. 시간은 제한되어 있고, 두 곳이 방향이 정반대로 되어 있어요. 각자 선택해서 보시도록 하세요. 가이드는 주차장 옆 보리수 나무 아래서 대기하겠습니다." 라비는 그렇게 말하고 휘적휘적 카페테리아를 향해 걸어갔다. 마하프라가 라비 뒤를 바짝 따라붙었다.

정만복은 황금사원을 보기로 했고, 강선재는 석굴사원을 택했다. 지난 밤 마사지를 하고 나서는 서로 서먹서먹했다. 털어놓기 불편한 일들이 있었던 걸로 짐작했다.

그런데 황금사원과 석굴사원은 언덕을 연해서 이어져 있는 셈이었다. 주차장 근처에 황금사원이 있고, 그 옆으로 길을 올라가면 석굴사원이었다. 강선재는 편한 대로, 구태여 다른 길을 갈 것이 아니라 정만복과 같이 움직이기로 했다.

"황금에 이끌리기는 강선재도 나와 마찬가지인 모양이지?" 정만복의 어투에는 약간 비웃음이 묻어 있었다.

사실 황금사원은 식상한 불교유적으로 부각되어 왔다. 한 30여 미터는 실히 될 만한, 어마어마한 부처를 황금으로 칠해 앉혀 놓았다. 부처의 발밑에 네모진 현판을 설치하고 그 안에다가 알파벳으로 GOLDEN TEMPLE이라고 새겨 넣은 것은 꼴불견이었다. 그러나 달리 생각하면 부처의 고귀함을 부각하는 데 그 말고 다른 방법이 없을 것 같기도 했다. 싱할리어로 써 놓았다면 감도 못 잡았을 것이고, 한자문화권이 아니기 때문에 한자로 쓸 것도 아니었다. 산스크리트어로 쓰는 것 또한 무의미한 일이었다. 혹독한 식민정책을 폈던 영국을 생각하면 머리가 내둘릴 만도 하지만, 역시 영어가 보는 사람 누구에게나 편한 것도 사실이었다. 그렇게 여러 방면으로 이해를 하려고 해도 여전히 뭔가 걸리적거렸다. 부친은 그렇게 말하곤 했다. 갈급하고 진실한 기도는 통역이 필요 없단다.

골든 템플이라는 현판 아래 귀물의 입모양을 한 입구를 통해 절로 들어가게 되어 있었다. 그리고 한 계단 위에는 승려들이 봉물을 들고 나란히 법당으로 걸어 들어가는 조각상을 만들어서 열을 지어 세워 놓았다. 그 아래 언덕에는 갖가지 꽃들을 심어 화려하기 짝이 없는 돌담 정원을 만들어 놓았다. 강선재는 잠시 황금좌불상을 올려다보았다. 너무 커서 자기 몸을 스스로 감당할 수 없을 것 같았다. 정만복이 농담처럼 하던 얘기, 부처상의 크기가 불심을 가늠하지 않는다는 생각을 거듭했다. 사물의 크기와 정신적 높이의 관계는 헤아려지지 않는, 인식의 지평 저쪽에서 아물대는 무지개 같은 것이었다. 아버지가 말하던 성령이라는 것도 무지개 같은 환영일지 모른다는 생각이 들었다.

"나는 돌아갈 테니 선재는 스리랑카에 남지. 꼭 뭐에 홀린 사람 같아." 하기는 이제까지 생각하지도 못한 생각을 했고, 눈이 열릴 듯하다가는 다시 안개 속으로 풀어져 모습을 감추었다.

석굴사원은 황금사원 왼편으로 난 가파른 돌길을 한참 올라가야 했다. 석굴사원 뒤로 자리잡은 앙바탕한 돌산을 여기서는 골든 힐, 즉 황금언덕이라고 하는 모양이었다. 거창한 성문처럼 누

각을 세운 아래에 설치한 대문을 지나면, 마당 왼편으로 보리수
가 우람하게 자라 올라가고, 그 앞으로 하얗게 칠한 돌난간과 석
문이 즐비하게 배치되어 있었다. 그 안에 석굴사원이 자리잡고
있었다.

둘이 석굴사원 안으로 들어설 때, 라비와 마하프라는 나란히
앉아 커피를 마시는 중이었다.

"여기서 만나네요. 그런데 질문이 있습니다." 라비가 강선재를
끌고 보리수 나무 밑으로 갔다.

"마사지 받고 팁 안 줬어요?" 강선재는 좀 꽤씸하다는 생각이
들었다. 마하프라가 팁 이야기는 하지 않았고, 돈을 달랑 들고 갔
던 터였다.

"걔들 팁으로 살거든요." 지금이라도 내놓으라는 듯한 기세였다.

강선재는 정만복과 히히덕거리면서 서로 붙들고 셀카를 찍는
마하프라를 쳐다보고 맥이 어떻게 돌아간 것인지를 대강 짐작할
수 있었다.

사원의 석굴은 일종의 자연석굴이었다. 인공으로 석벽을 파고
들어간 것이 아니라, 석벽이 사선으로 기울어진 그 밑에 생긴 공
간을 이용해 석실을 꾸미고, 그 안에 부처상과 보살상을 설치한
석굴사원이었다. 석굴은 전체가 100여 미터는 되게 나란히 자리
잡고 있었다. 그 석굴을 십여 개의 석실로 나누었다. 대단한 규모
였다. 석실마다 안치된 불상 뒤에는 인도식 화풍으로 나무와 꽃
을 그려서 장식을 했다. 석굴 벽의 그림은 물론이려니와 천정에

그린 그림들은 놀라울 정도로 구도가 웅대하고 부분은 지극히 섬세했다. 강선재는 천궁도처럼 장식된 석실의 천정을 바라보면서, 그야말로 별세계에 와 있다는 느낌을 받았다. 석벽 천정에 회칠을 하고 그 위에 그린 그림들이 연꽃으로 환하게 피어난 연화세계를 연상하게 했다. 세상이 온통 연꽃으로 가득한 그런 세계를 용화세계라 한다는 것을 들은 적이 있다. 아무런 고통이나 잡념이 없는 그런 세계, 마음의 끝자락이 욕망의 다른 끝자락과 맞물려 설렁설렁 돌아가면서 웅혼한 음악을 연주하는 그런 세계, 그것은 실현이 끝내 불가능해도 그런 꿈을 꿀 수 있다는 것만으로도 아름다운 세계였다.

"거기 너무 빠지지 말아." 정만복이 다가와 강선재의 옷자락을 잡아끌었다. 석굴에서 가장 압권은 와불이라면서였다. 와불? 누워 있는 부처… 와유(臥遊)… 만테냐의 죽은 예수. 그는 발과 손에 난 상처를 그대로 드러내고 처연하게 누워 있었지. 엊저녁 마사지 받던 침대가 떠올랐고 속이 울렁거렸다.

마하프라가 다가왔다. 꽃향기를 솔솔 풍겼다. 그녀는 아무 소리 없이 손가락으로 여기저기를 가리키면서, 잘 보라는 듯이 강선재를 이끌었다. 강선재는 그럴 때마다 다가오는 정만복의 눈길이 불편하기 짝이없었다.

누워 있는 와불은 규모가 상상을 넘어서는 것이었다. 눈을 똑바로 뜨고 팔베개를 하고 누워 있는 석불의 옷자락 무늬는 비단 옷자락이 한쪽으로 물결처럼 쓸리는 모양이었다. 한편으로 물결져 흘러내리는 문양의 비단옷이 부처의 옥체를 감싸고 있었다.

"부처가 죽은 형상이지?" 정만복은 그저 심드렁하니 묻는 듯 답을 채근하지는 않았다. 정만복의 손이 마하프라의 어깨에 얹혀 있었다.

왜 와불인가, 강선재는 잠시 생각을 가다듬었다. 살아 있는 인간의 가장 편안한 자세를 상징하는 것 같기도 하고, 당신도 불심이 깊어지면 이 부처처럼 편하게 자기를 지킬 수 있다는 메시지가 담긴 것 같기도 했다. 그러나 전혀 다른 눈으로 바라볼 수도 있겠다는 생각도 들었다. 그것은 부처상이 누워 있는가 서 있는가를 결정하는 것은, 부처상의 상징성이 아니라 동굴의 위치와 구조였다.

하늘과 키를 재며 높이 솟아올라 자비의 눈으로 중생을 굽어보는 부처상을 조상(彫像)하고 싶어도 석굴이라는 여건이 그렇게 큰 입상불을 세우기는 적절치 않았을 것이다. 천정이 낮은 굴에다가 커다란 불상을 조성하자면 눕혀야 할 일이었다. 석굴을 가로질러 누워 있는 부처상은 무엇보다 크기가 압도적이었다.

"야, 저 양반 배 채우자면 쌀 한 가마는 족히 들겠구만." 정만복이 자기 배를 손으로 쓸면서 하는 소리였다. 거기서 강선재가 던진 한 마디는 이랬다.

"부처의 크기와 불심의 곡진함은 비례지 않는다." 전에 했던 이야기의 변형이었다. 사물의 양과 질이 늘 비례관계를 형성하지 않는다는 관념 같은 것이었다. 그런 생각은 스리랑카를 여행하면서 계속 강선재의 뇌리를 떠나지 않았다.

"그럼 불심은 뭐에 비례한대요?" 마하프라가 물었다.

"셈할 수 없는 그 무엇, 아니 절대라서 수로 따질 수 없는 어떤 것." 강선재가 말을 달았다.

아무리 가파른 바위 꼭대기에다가 정사를 짓고 거대한 불상을 세운다고 해도, 불법이 전기 통하듯 정수리를 지지고 지나가는 것은 아닐 터였다. 뇌수로 파고들 정도로 향기가 짙은 연꽃을 갖다 바쳐도 결국 꽃은 말없이 시들고 마는 것이 아니던가. 가섭존자가 부처님이 치켜든 연꽃을 보고 미소를 지었다는 그 설화만 시간에 부식당하지 않고 살아 있다. 설화라고 시간을 거슬러 부는 바람일 수 없는데 항구적으로 살아남을까. 시대가 달라지면서 그 이야기의 산뜻한 색채는 퇴색하는 것이 아닐까. 강선재의 부모들은 연꽃보다는 백합을 더 사랑했다. 순결하다는 게 이유였지만, 성경에 언급된 꽃이라는 데에 보다 무게가 실렸다. 그래서 그런지 '가시밭의 한 송이 흰 백합화…' 그런 노래를 즐겨 불렀다.

잠시 추억을 더듬고 있는데, 후줄근한 나이키 셔츠를 걸친 늙은이가 제단에 올린 꽃을 쓰레기통에 휘말아 털어넣었다. 꽃의 향기도 잠깐 지나가는 환상일 뿐이 아닌가 싶었다. 더구나 속세의 먼지가 드나드는 코로 들어온 연향은 금방 곰팡이 슨 먼지 냄새가 되고 만다. 살아 있는 것들의 목숨이 얼마나 허허로운가 하는 느낌이 돌벽에서, 돌천정에서 흘러나와 몸안으로 스며들었다. 현기증이 왔다. 스리랑카에 와서 유난히 자주 나타나는 현기증이었다. 발로 밟고 있는 돌바닥이 기우뚱했다. 발바닥으로 찌릿하는 전류가 가볍게 지나갔다. 석실에 더 어정거리다가가는 쓰러질지도 모른다. 겁이 났다. 와불은 여전히 눈을 똑바로 뜨고 정면을 응시했다. 와불의 딱부리눈에는 명상이 없었다. 마하프라가 다가와 강선재를 부축했다.

강선재는 와불을 뒤로하고 석실을 나갔다. 돌난간에 몸을 기대고 멀리 펼쳐진 원시수림을 바라보았다. 저 건너 농가들이 몇 모여 있는 골짜기에서 푸른 연기가 피어올랐다. 농사를 하면서 나온 짚북데기를 태우는 모양이었다. 이곳 기후가 짚을 그렇게 처리하게 하는 것이려니 짐작이 되었다. 짚을 걷어 놓으면 마르긴 해도 냉큼 썩지를 않으니 태워 없애야 하는 것이다. 불교 승려들이 죽으면 화장을 하는 다비식(茶毘式) 장면이 떠올랐다. 한 생애를 마무리한 몸이 몇 줄기 연기로 사라지는 장면은 엄숙할 수밖에 없는 게 아닌가 싶었다. 부모를 몇 줄기 연기로 날려보낸 뒤 세 해가 지나가고 있었다. 부모들의 영혼은 천국에 이르렀을까, 참으로 뜬금없는 생각이었다.

핸드폰이 울렸다. 정만복의 이름이 떴다.

"강형, 아직도 부처님 발바닥을 핥고 있나?" 신성모독 아닌지 모르겠어서 다시 멀리 눈을 주었다. 산 위로 구름이 솟아올랐다. "구름은 바보, 내 발바닥의 티눈을, 핥아주지 않는다." 김춘수 시인의 한 구절이었다. 부처도 바보라서 내 발바닥의 티눈을 핥아주기는 고사하고 겨드랑이에 한 줄기 바람을 보내주지도 못한다.

"염불도 먹어야 하지…." 정만복이 시간을 다그쳤다.

"느긋하게 기다리지 않고." 강선재가 구시렁거렸다.

"돈오돈수라더만." 언제 들은 이야긴지 정만복은 그렇게 기억하는 모양이었다.

"점수돈오." 서서히 공을 들여야 문득 깨달음도 온다는 뜻을 드러내며, 강선재는 혼자 빙긋 웃었다.

"긴긴 망설임 끝에라야 지혜가 문득 다가오는 건 아냐." 어쭈 시인처럼 이야기하네. 강선재는 정만복이 구상하는 사업은 언제 구정이 나는가 궁금증이 일었다. 정만복이 전화를 했다.

창자가 꼬이게 배가 고프니 빨리 내려오라는 독촉이었다. 시간이 어느 사이에 그렇게 지나갔나 싶었다. 그런데 와불이 다시 궁금해졌다. 조금 전에 나온 석실 다음 석실 안으로 들어갔다. 거기도 와불이 눈을 똑바로 뜨고 길게 누워 있었다. 마하프라가 다가와 강선재의 팔에 자기 팔을 걸었다.

"오늘은 내가 서비스할게요. 준비하세요." 강선재는 마하프라의 팔을 슬그머니 밀어제쳤다.

강선재는 석불의 옷자락을 훑어 내려가다가 발이 모아져 있는 데서 멈췄다. 우선 발들에다가 손을 대 보았다. 그저 평범한 발이었다. 발을 만진 손끝에 먼지가 묻어났다. 가이드 라비 말대로 숨길만 스쳐도 성물이 된다는 이야기는 실감이 적었다. 몸을 돌려 발바닥을 쳐다봤다. 역시 법륜 문양이 두 발에 나란하게 새겨져 있었다. 강선재는 부처의 발바닥에 새겨진 법륜을 서서히 더듬었다. 처음에는 싸늘한 냉기가 느껴졌다. 법륜의 문양을 따라 오른편으로 손을 살살 돌리자 손끝에 약한 전류가 흐르는 것처럼 저릿저릿한 느낌이 왔다. 몇 바퀴 손을 더 돌리면서 법륜을 더듬었다. 눈이 스르르 감기고 손끝에 느껴지던 열기가 가슴으로 전해져왔다. 가슴이 훈훈하게 달아올랐다. 자신도 모르게 손이 옆으

로 비껴나면서 가슴을 부처상의 발에 대고 서서 벌벌 떨기 시작
했다. 그 떨림은 대지의 지층 저 밑에서 올라오는 파장 같기도 했
다. 눈앞에 훤한 공간이 펼쳐지면서 아득한 벌판 저쪽으로 구름
을 뚫고 하늘로부터 찬란한 빛살이 번졌다. 그리고 금방 현기증
으로 이어졌다. 비둘기가 떼를 지어 날아올랐다. 거기에는 박쥐
도 섞여 있었다.

그때 스마트폰이 들들드륵 울렸다. 정만복의 이름이 떴다. 강
선재는 종료 버튼을 길게 눌렀다. 와불의 발바닥에서 전해온 말
할 수 없는 그 감각을 날려버리고 싶지 않았다.

강선재는 강렬한 태양빛이 내리쬐는 석불사원을 나와 잠시 보
리수 아래 그늘에 서서 안경을 닦았다. 석실 안에 있는 동안 안경
알에 먼지와 습기가 어린 모양이었다. 먼지를 닦는 일, 살아가는
과정은 어쩌면 생활의 먼지를 닦아내는 것인지도 모를 일이었다.
그러나 그것은 늙은이 생각이었다. 벌써 먼지가 낄 일이 없었다.
강선재는 생각했다. 자기는 아직 생활을 모른다고.

강선재는 석굴사 문을 나서서 계단을 내려가기 시작했다. 길
옆 숲에서 동물들이 끼익끼익 하는 소리가 들려왔다. 저 앞으로
정만복과 가이드 라비가 계단을 올라오고 있었다. 전화를 끊어버
린 것이 무슨 사단이 벌어진 줄로 생각하게 한 모양이었다.

"석불사에서 무슨, 돌 쪼가리 같은 깨달음이라도 얻었나?"

정만복이 비아냥거리듯 물었다. 강선재는 대답을 하지 않았다.
원숭이 몇 마리가 긴 꼬리를 끌고 일행 옆으로 무리를 지어 지나
갔다.

"아 저어기!" 강선재가 놀라는 듯한 소리를 질렀다. 길 양편에 서 있는 높은 나무들 사이에 늘어진 전깃줄 위에서 원숭이 한 마리가 외줄타기를 하며 걸어가는 중이었다.

그 아래에서는 후줄근한 옷을 걸친 사람들이 낡은 백열등처럼 웃고, 확성기에서 나는 염불소리처럼 떠들고 벅석거렸다.

길바닥에서 원숭이 한 마리가 수박 한 쪼가리를 들고 파먹고 있었다. 아마 석굴사에 누워 있는 와불(臥佛) 앞에 받쳤던 봉물이었을지도 모른다. 그런데 그 원숭이는 빨간 고추를 빼내어, 말 그대로 곧추세우고 있었다. 강선재가 원숭이에 다가가 바나나를 내밀면서 목덜미를 슬슬 긁어 주었다. 원숭이는 고추를 슬그머니 들여넣었다. 마하프라가 다가와, 오 나이스! 그렇게 외쳤다.

"색은 나에게 향기로 온다." 원숭이 턱을 긁어주는 강선재를 쳐다보던 정만복이 말했다. 어느 사이 정만복의 어법이 달라지고 있었다. 어디선가 향기가 날아와 코끝에 어른거리는 것 같기도 했다. 강선재가 입가에 웃음을 띄워 올렸다.

석불사에서 내려오는 돌계단 옆으로 하얀 꽃이 피어 흐드러진 나무가 한 그루 서 있었다. 잎이 어찌나 짙푸른지 고동색이나 갈매빛이라고 해야 할 나무는 잎의 끄트머리가 동글동글하니 원형으로 다듬어 놓은 모양이었다.

"야아, 저 꽃 환상이다. 꽃 이름이 뭔가?" 강선재가 마하프라를 쳐다보며 물었다.

"우리나라에서는 그거 템플 플라워라고 해요." 마하프라는 템플 플라워라는 말을 다시 한번 되뇌었다. 마하프라의 하얀 이가 꽃잎을 닮아 보였다.

한국에서 돈나무라고 하는 나무였다. 한 세기 반을 영국 식민지를 겪은 이들답게, 일상 사물을 영어로 말하는 버릇이 들었다. 겉으로 보아서는 영어가 안 통하는 데가 없을 정도였다. 심지어 관광객에게 손을 벌리는 구걸행각도, 한 푼 줍쇼가 아니라 영국식 영어로, '원 돌라'였다. 원 돌라를 외치며 내미는 손바닥에 돈을 쥐어 주는 이는 냉큼 안 보였다.

"색이 향기로 온다? 색과 향은 환상일 뿐이야." 강선재가 정만복을 쳐다보고 말했다.

돌바닥에 메말라 먼지를 풍기는 흙에 뿌리를 둔 선인장이 생을 다한 것인지, 선인장에 침입하는 바이러스에 걸린 것인지 보기 흉하게 말라가고 있었다. 곱게 마르는 게 아니라 벌레들이 달려들어 허옇게 이끼가 핀 것처럼 지저분했다. 그 위로 메이플라워 나무 꽃이 붉은 궁륭을 만들었다. 강선재는 누워 있는 부처와 고추를 빼고 앉아 있는 원숭이, 말라가는 선인장, 꽃을 치우는 늙은이, 남색가, 몸을 파는 여자… 선교에 나섰다가 테러로 죽은 부모… 이렇게 이질적인 것들이 어수선하게 흩어져 있는 공간에서 한 가닥으로 감아잡아 올릴 수 있는 줄기가 무엇인가 하는 생각을 했다.

식당에 들어가 식탁에 앉았을 때, 강선재는 손으로 식탁 바닥을 둥글게둥글게 쓸면서 어루만졌다. 손끝에 부처님 발바닥의 법륜 무늬가 느껴졌다. 그러면서 얼굴이 왈왈 달아올랐다. 가이드 라비가 물었다.

"부처님 발바닥에 입을 맞추었습니까?"

강선재는 고개를 천천히 가로저었다. 이수루무니아 비하라에서 부처님 발바닥에다가 입을 맞추던 영국인들 노부부가 떠올랐다. 손으로 쓸어보고 입을 맞추는 행위라야 진정한 마음이 표현되는 것인가 의문이 들었다. 라비는 깊은 감동은 몸으로 표현해야 더 깊어진다고 속뜻이 얽힌 말을 했다.

"발이라면 제가 전문가잖아요. 마사지의 핵심은 발마사지라구요." 라비는 마사지로 화제를 돌리고 싶은 모양이었다. 강선재는 흥미 없다는 표정으로, 천정에서 더운 바람을 일으키며 서서히 돌아가고 있는 선풍기 날개를 바라보고 있었다. 영국인들이 남긴 유물이었다. 강선재는 식민지와 종교를 마주놓아 견주는 중이었다.

"강 선생님, 내가 좀 아는 체 해도 되지요?" 라비가 물었다.

"물론이지, 본래 지식발이 팍팍 서더만." 강선재가 하는 말을 듣고, 정만복은 잘 논다는 식으로 힝하니 콧방귀를 뀌었다.

"가섭이라고 아세요? 가섭존자라고 하는 분인데요." 정만복이 한 발 다가서며 호기심을 보였다.

"염화시중인가 뭔가 그 얘기 꺼내려는 건가? 그거야 나도 알지."

"아니, 다른 이야기…. 이건 아마 마하프라가 한결 잘 알 겁니다." 라비의 말에 마하프라는 앞으로 다가앉으며 이야기를 시작했다.

미스터 정 말대로, 부처의 설법을 가장 잘 이해한 제자가 가섭인데요. 부처의 다비식에 늦게 참여했다가, 부처가 자기 발을 내밀어 보여주었다는 곽시쌍부(槨示雙趺)의 기적을 이룬 가섭 이야 기를 하려고 합니다.

석가모니의 모든 제자 가운데 가섭이라고 하는 마하카시아파 (Mahakasyapa)가 부처님의 의중을 가장 잘 꿰뚫어 보았다는 데서 이야기를 시작합니다. 영취산의 영산회상에서 일만이천 군중에 게 연꽃을 들어 보였을 때 가섭 혼자서 그 뜻을 이해하고 빙긋이 미소를 지었고, 이를 계기로 부처는 비로소 설법을 했다는 이야 기는 너무 유명하지요. 그것은 염화시중(拈華示衆)의 미소로 잘 알 려진 내용이고요.

그런 이야기 다음에 이어지는 석가모니의 열반에서 보인 이적 은 강선재로서는 처음 듣는 것이었다.

"반야심경 염송할 줄 아는 분들은 다 아는 얘긴걸요." 마하프 라는 수줍은 얼굴로 이야기를 이어갔다. 정만복 쪽으로는 애써 시선을 주지 않는 눈치였다.

석가모니가 설법을 한 지 36년, 80세가 된 2월 8일이었다. 석 가는 쿠시나가라에 있는 살라 나무 아래서 열반을 준비하고 있었 다. 각처에서 모여든 제자들에게 이야기했다.

"내가 맺은 이승의 인연이 다되었으니 떠나야겠다." 하고는 자 리에 드러누웠다. 제자들이 슬피 통곡했다.

"이제 우리는 누구를 의지하고 지내란 말입니까?" 제자들이 통 성으로 호곡했다.

그 소리를 들은 부처가 일어나 몸을 가누어 앉았다.

"이 사람들아, 인간의 몸뚱이란 흙, 물, 불, 바람 그런 것들이 임시로 모여 있다가, 수명이 다하면 본래 있던 자리로 돌아가는 것일 뿐인 게야. 이때까지 그 허망한 내 몸뚱이를 보고, 그대들이 따라다녔단 말인가?" 석가는 잠시 한숨을 쉬었다.

그리고는 그토록 허망한 육신의 겉모습에 목숨을 걸지 말고, 각자 자신의 마음을 믿고 스스로 자신의 마음의 등불을 의지할 것이며, 우주의 법신인 등불에 의지하여 각자가 부처가 되라고, 곡진하게 일렀다. 그게 자등명(自燈明) 법등명(法燈明)이라는 것이다, 그렇게 말했다지요. 그리고는 곧바로 오른쪽으로 팔베개를 하고 누워 열반에 들었다.

시신을 금관에 모시고, 구리로 만든 덧관을 씌워 놓았다. 그리고는 다비식을 하려고 장작 위에 관을 올리고 불을 붙였다. 아무리 애를 써도 불이 붙지 않았다. 그러기를 열흘이 되었을 때 부처의 법을 전하느라고 외지에 가서 돌아다니고 있던 가섭이, 불도 오백여 명을 데리고 당도했다. 가섭은 석가모니보다 여섯 살이 위였다. 가섭이 석가의 보관 주위를 오른쪽으로 세 바퀴 돌고 엎드려 합장을 했다. 관 위로 가섭의 눈물이 주르르 흘러내렸다. 그러자 관 밖으로 두 발이 슬그머니 밀려나왔다. 가섭이 석가의 발에 입을 맞추었다.

"석가모니의 발을 보고 가섭이 무엇을 느꼈을까요?" 가이드 라비는 제법 진지하게 물었다.

강선재는 잠시 아무 말도 없이 정만복을 바라며 앉아 있었다. 정만복이 침묵을 깨고 한마디 했다.

"죽은 자는 말이 없는 법, 그러니 발바닥이라도 내보여야지."

"내가 물은 거와는 너무 먼 대답입니다." 라비가 의젓한 태도로, 다시 생각해 보라는 듯이 말했다.

강선재와 정만복은 다시 입을 다물었다. 잠시 침묵이 지속되었다. 마하프라가 분위기를 바꾸자면서,

"맥주 한잔 어때요?" 그렇게 제안하자 정만복이 강선재를 건너다보면서 의중을 떠보았다. 강선재는 고개만 주억거렸다. 아직도 곽시쌍부의 기적, 그 영상이 눈앞에 오락가락 했다. 사랑하는 제자 가섭이 당신 가는 길에 발이라도 볼 수 있도록 관 밖으로 내밀었던 그 발바닥에도 법륜의 무늬는 박혀 있었을까. 아니면 만테냐가 그린 예수의 발처럼 상처가 나 있었을까. 삶의 과정에 만나는 다리들은 발로 건널 수 있지만, 죽음으로 가는 다리는 발로 건널 수 있는 다리가 아니었다. 내세를 설정하다 보면 죽음을 신비화하는 것이 종교의 필연적 과정일 터였다. 그러나 부친은 몸이 산 채로 들려올라가 천국에 이른다는 이른바 휴거(携擧, the rapture)를 신조처럼 믿었다. 종교의 물신화에 매몰된 부친이었다.

"스리랑카에서 제일 유명한 맥주가 뭐냐? 한 여나무 병 시켜." 정만복이 마하프라에게 맥주 주문을 부탁했다. 가이드 라비가 안된다고 고개를 가로저었다. 오후에 가야 하는 라이온 락, 사자바위는 워낙 높고 올라가는 길이 위험해서 술을 먹으면 절대로, 압솔루트리 안 된다는 것이었다.

"우리가 누군지 알아? 우리가 마나슬루도 술 마시고 오르내린 사람들이야, 걱정 다 접어 두고, 그냥 시켜." 그렇게 해서 라이온 락에 올라가기 전에 스리랑카에서 가장 유명하다는 라이온 맥주

를 마셨다.

"나는, 몸에 벌레가 있는 사자를 안내할 의무가 없습니다." 가이드 라비는 병든 사자, 몸안에 벌레가 들끓는 사자는 곧 죽을 것이기 때문에 자기가 안내를 할 수 없다고 버텼다. 자기는 술 마신 관광객을 안내하는 위험을 감수하지 않는다고 했다. 술 마신 관광객은 몸속에 버러지가 들어간 사자와 같다는 것이었다. 어디선가 사자 몸속에 있는 버러지가 사자의 고기를 파먹어 사자가 죽는다는 이야기를 들은 기억이 살아났다. 왈, 사자신중충(獅子身中蟲)이라는 우화였다. 정만복과 강선재는 가이드 말 안 듣고 낮술 마신 죄값을 치러야 했다. 몸에 버러지가 든 사자가 되어 가이드 없이 사자바위에 올라가야 했다.

"우리만 보내는 건 계약 위반 아닌가?" 강선재가 불평섞인 말로 투덜거렸다.

"저들도 하기 싫은 일 하고 싶지 않겠지." 정만복은 의외로 너그러웠다. 마하프라를 염두에 둔 것 같다는 생각이 들었다.

사자의 나라에서, 사자 술을 마시고, 사자바위를 찾아가는 길은 고행이었다. 사자바위, 즉 사자암(獅子巖)은 지구의 역사가 남긴 절품이라 할 만했다. 평평한 대지가 젖무덤처럼 약간 솟아오른 그 가운데 마치 젖꼭지 모양으로 돋아난 거대한 바위덩어리를 사자바위라고 부르는 것이었다. 제주의 백록담이 꼭 그런 모양이었다. 다만 이곳의 평원이 너무 넓고 광대해서 젖무덤 같다는 생각은 안 들었다.

정만복이 이렇게 말했다.

"우리는 유두족이야."

강선재가 물었다.

"유두족이라니?"

정만복의 대답은 이런 것이었다.

"엄마 젖꼭지 빨지 않고 자란 인간이 없다는 뜻이지."

강선재가 받았다.

"유두보다는 젖무덤이야. 인류는 젖무덤에서 나고 자라고 결국 젖무덤에 묻히는 존재 아닌가, 그런 얘기지."

"야아, 어제 마하브라자인가 하는 애 젖가슴 끝내주더라." 강선재는 정만복의 말을 애써서 무시했다. 한 끗발 접혀 들어간다는 느낌이 들어서였다.

층층이 계단을 만들기도 하고 잘 정리된 논에 물을 대 놓은 것처럼 아기자기한 물의 정원이며, 옥타 폰드라고 하는 팔각연못을 어슬렁대면서 지나는 동안, 정만복은 연방 감탄을 뱉어냈다. 장하다, 장엄하다, 숭엄하다 하는 감탄이 정만복의 입에서 튀어나왔다. 그러면서 가히 사자가 왕국을 이룰 만하다는 이야기를 했다. 그런 이야기를 하다가, 이렇게 좋은 땅에서라면 죽을 인간을 살리는 자연의 선물이 숨어 있는 법이라고, 자기는 이 근처에서 사업을 해봐야 하겠다는 포부를 털어놓기도 했다. 그런데 식당에서 마신 라이온 맥주 때문인지 어제 저녁 무리를 한 것인지 혈색이 좋지 않았다.

강선재는 정만복을 앞에 세웠다. 뒤에 처지지 않게 하기 위해서였다. 다른 것은 몰라도 중간 잔도(棧道) 위의 석벽에 그린 그림은 꼭 보아야 했다. 숨을 헐헐하는 정만복의 뒤에서 쫓아 올라가면서 강선재는 얼굴로 흘러드는 땀을 자주 닦았다. 철로 만든 사다리를 돌고 돌아 올라가는 길목에 감시원들이 지키고 앉아 있었다. 감시원들은 바위너덜을 올라가는 관광객들의 손을 잡아 주기도 하고, 사진을 부탁하는 이들의 카메라 셔터를 눌러 주기도 했다. 이들은 복색이 남루하고 체구가 왜소했지만 얼굴은 미소가 피어나 온화했다.

쇠 난간을 한참 올라가 왼편으로 꺾어도는 고패 옆에 의자를 따로 놓고 앉아 있는 검표원들이 티켓을 보여달라고 했다. 검표원들 뒤로 거창하게 뻗어나온 바위천정 밑에 그림들이 휘황하게 자태를 나타내기 시작했다. 프레스코화 그림이 있었다. 그림의 질감은 프레스코화라기보다는 유화에 가까웠다.

깎아지른 바위 절벽에 잔도를 만들고 눈썹처럼 튀어나온 바위벽에다가 회칠을 한 다음 그 위에 그린 프레스코화는 모두가 여성들이 주인공이었다. 그 가운데 압사라 님프, 또는 천상의 여인이라고 하는 그림은 일천오백 년 저쪽의 어느 화공이 그린 것이라고는 상상도 할 수 없을 만큼 탁발(卓拔)한 것이었다. 균형잡힌 상체와 풍만한 젖가슴이 우선 눈에 들어왔다. 극치에 달할 정도로 화려한 장식, 손에 든 보화(寶華), 가공이 잘 된 화관…여성미와 장식미의 끝간 데가 어딘지를 보여주는 그림이었다. 왼손의 엄지와 검지를 앙징맞게 맞대어 만들어진 공간 안에 볼똑 돋아난 유두는 보는 이들의 눈길이 머무는 초점을 이루도록 디자인되어 있었다. 가히 절품이란 이런 걸 두고 하는 평가 아닌가 싶었다.

일천오백 년 전 그러니까 5세기, 동아시아 미술을 대표한다는 이 그림을 그리던 무렵, 고구려에서는 무덤에 사신도를 그리고, 무용하는 무희의 우아한 옷자락이 펄럭이고, 말을 달리면서 사냥하는 모습을 그렸다. 약간의 선후는 있으나 자기들 사는 방식대로, 자기들 이상대로 그림을 그렸다. 아무튼 아누라다푸라 왕국의 왕권이 튼튼했던 시기에 이런 그림이 그려질 수 있었던 것은 사실이었다. 튼튼한 왕실과 번화한 외교, 무역 등을 하면서 아프리카 지역까지 왕래했던 역사가 그 그림 속에 기록되어 있는 것이었다.

"강형, 나는 여기서 저 여자 젖가슴이나 바라보고 앉아 있을라오."

정만복이 감시인의 의자를 옆으로 이끌어 앉으면서, 오른손을 들어 앞으로 흔들면서 쫓는 시늉을 했다. 너는 가라, 나는 쉰다 하는 식이었다. 시간을 너무 지체할 수가 없었다. 강선재는 정만복에게 가이드가 기다리겠다는 주차장에서 만나자 하고는, 혼자 사자암 꼭대기를 향해 발걸음을 떼었다. 철계단을 지나고 시멘트 계단으로 이어진 계단을 밟아 올라가면서, 주변의 풍경을 바라보기보다는 정만복이 걱정되어 온통 마음이 쓰였다. 속으로는 정만복과 은근한 대결을 하고 있었다. 스스로 생각해도 단작스런 심리였다. 사자암 꼭대기에 올라가는 동안 내내, 강선재는 마하프라와 압사라 님프를 대비해보았다.

사자암 꼭대기에서 바라보는 풍경은 눈부신 태양이 원시림에 축복처럼 쏟아지는 가운데, 인간의 흔적을 지우면서 지구는 운행

된다는 생각을 하게 했다. 벌판 가운데 거대한 불상을 만들어 세운 것도 눈에 들어왔다. 숲을 헤집고 돋아난 불상은 이물감으로 눈에 거슬렸다.

사자바위 꼭대기에서 바라보는 전망은 그야말로 일망무제로 펼쳐진 원시림이었다. 다른 팀의 가이드가 설명하는 데 따르면 애초에 사자바위 위에는 불교 사찰이 자리잡고 있었다고 했다. 저 아래 입구에 사자발톱이라고 하는 거대한 발톱 모양이 실은 사자의 발은 아니었다. 불교 설화에 나오는 어떤 신수(神獸)의 발톱이 분명했다. 앞발을 터억하니 내놓고 앉은 신수의 입에서 연기 같기도 하고, 구슬 같기도 한 물줄기가 흘러내리는 모양을 장식하고, 그 입 아래에 사찰 문을 만드는 것이 이곳 불사건축의 기본 양식이었다. 뒤에 난리를 피해 들어온 어느 임금이 절을 헐고, 혹은 사찰 건물을 왕궁으로 만들었다고 했다. 집터 주변에 붉은 벽돌이 어지럽게 흩어진 속에 나무 몇 그루가 자라나서 그늘을 만들어 주었다. 문명의 잔해 벽돌더미와 자연의 새순이 돋는 나무들의 대조가 너무나 뚜렷했다. 부친은 골고다 언덕을 늘 이야기했다. 부친에게 십자가는 돌산에 돋아난 눈부신 백합꽃이었다.

돌바닥을 잘라내고 조성한 연못에는 맑은 물이 고여 하늘을 반사하고 있었다. 호수 가운데로 흰구름이 흘러갔다. 그 호수 옆으로 한 계단 내려선 구석에는 돌웅덩이에 하얀 연꽃 몇 송이가 호젓하게 피어 있었다. 그 연못에서 바라보는 저 아래, 연잎이 호면 한쪽을 가득 덮은 호수가 숲 가운데 햇살을 반사했다. 강선재는 돌 웅덩이에 얼굴을 비쳐 보았다. 얼굴 그림자가 물결을 따라 흔들렸다.

그런데 이상한 것은, 마음속에 아무런 감회도 느껴지지 않는다는 것이었다. 적벽돌로 지었던 건물들의 잔해, 그 사이에 가끔 풀이 자라 노란 꽃을 피우고 있기는 해도 그게 꽃으로 다가오지 않았다. 왕의 자리라고 앉지 말라는 경고문 팻말이 서 있기는 하지만, 이미 왕의 위엄은 한 줄기도 찾을 수 없는 폐허에 불과했다. 관광객들이 그 그늘 아래 앉아서 땀을 들이고 있는 나무 한 그루가 폐허 가운데 생명이 깃든다는 느낌을 불러올 뿐이었다.

강선재는 돌을 파내어 만든 호수로 다시 내려갔다. 하늘에서 태양이 작열하는 광선을 내리쏘았다. 눈앞에 아득한 안개가 끼는 것 같았다. 강선재는 등산화를 벗어서 옆에 놓고는 옷을 입은 채 물로 서서히 걸어 들어갔다. 물이 꽤 깊었다. 그리고 호수 가운데로 들어갈수록 바닥의 경사가 가팔라 몸을 제대로 가누기가 힘들었다. 자칫 균형을 잃을 것 같았다. 미끈둥하고 발이 헛디뎌지면서 몸이 물속으로 가라앉았다. 처음 물에 들어설 때는 따뜻한 온기가 돌던 것과는 달리, 써늘한 기운이 기분 나쁘게 몸을 휘감았다. 강선재는 몸을 일으켜 세우려고 애를 썼다. 그러나 몸이 이미 물속에 들어가 고개가 물 위로 들리지 않았다. 몸이 스르르 돌면서 물속에서 옆으로 눕혀졌다. 강선재는 가슴 위에 손을 모았다. 장심으로 찌르르하는 전류가 흘렀다. 발에 힘을 주면서 휘저었다. 몸이 물 위로 솟구쳤다. 하늘에서 태양빛이 호수로 내리꽂혔다. 그 태양빛은 거대한 발바닥에서 쏟아지는 빛의 폭포였다. 어디선가 현악기를 연주하는 날카로운 소리가 들려왔다. 강선재는 빛이 폭포처럼 쏟아지는 거대한 발을 붙들고 몸을 일으켰다. 그리고는 얼마간 물 위에 등을 대고 누워서, 몸 전체를 그 거대한 발바닥에서 쏟아지는 빛무리에 내맡겼다. 혼곤한 잠속으로 빠져드는 느낌이었다. 잠시 후 까뭇 정신을 잃었다.

"당신은 리얼리, 진정으로 죽음을 원하는가?" 강선재는 경찰의 물음에 고개를 옆으로 세차게 저었다.

경찰의 손에 붙들려 몸을 의지하고, 임금의 자리 즉 옥좌라고 하는 돌 의자에 앉아 몸을 말렸다. 일반인들은 앉지 못하는 것은 물론 사진도 찍지 말라고 경고문을 써 붙인 자리였다. 경찰은 강선재가 빠졌던 연못을 가리키며, 그 안에 거대한 사자가 몸을 감추고 앉아 있다고 했다. 한 해에 한 명씩 사람을 끌어들여 잡아먹는다는 것이었다. 그런데 그 사람은 지고지순해야만 사자의 밥이 될 자격이 있다고 했다. 손톱만큼이라도 하자가 있으면 사자가 그를 밖으로 토해낸다는 것이었다. 당신의 하자, 플로는 무엇이라고 생각하는지 경찰이 물었다. 강선재가 대답했다.

"이유가 분명한 하자라면 그건 흠결이 아닙니다." 자신은 모르는 채 자기를 몰아가는 정염 같은 것이 하자의 진면모가 아닌가 하는 생각이었다.

경찰이 다시 물었다.

"당신의 발바닥에는 무늬가 있는가?"

강선재는 무릎 위로 오른발을 들어올려 발바닥을 살폈다. 발바닥이 벌겋게 달아올라 화끈거렸다. 알 수 없는 일이었다. 경찰이 손을 모아 합장을 했다. 강선재도 따라서 양손을 모았다.

"두유 와너 로터스 온더 푸트?"(발바닥에 연꽃 그려줄까?)

경찰이 손으로 기념품상점 안쪽을 가리켰다. 사람들이 취침의 자에 누워 있고, 젊은 여자들이 그들의 발에 연꽃을 그리고 있었다. 강선재는 그게 무엇을 하는 것인지 경찰에게 물었다.

"판타지 컬트."(환상 비의) 그런 거 관심이 있는가 묻던 경찰은 강선재에게 명함을 요구했다. 자기가 환자를 구해주었다는 걸 보고하는 데 필요하다는 것이었다. 그리고 어떤 호텔에 머무는가 물었다.

강선재가 땀을 닦으며 주차장으로 들어섰을 때, 정만복은 코브라 춤에 취해 있었다. 정만복 뒤에 서서 같이 구경을 하고 있던 가이드 라비와 마하프라가 이쪽을 향해 손을 흔들었다. 그리고는 다 좋아요? 올 이스 굿? 하면서 눈을 찡긋해 보였다. 가이드의 손가락은 정만복의 등을 가리키고 있었다.

"술은 깨셨나?" 강선재가 물었다.

"가라앉았어. 사자바위 꼭대기는 근사하고?" 정만복의 응대였다.

강선재는 정만복이 왜 코브라 춤에 관심이 있는지 물었다. 정만복의 대답은 간결했다. 한국에 돌아가서 '코브라 마사지'를 연구해 볼참이라는 것이었다. 강선재는 헙헙하게 웃었다. 호텔로 돌아오는 차 안에서 자기들이 낮에 겪은 이야기를 주고받았다.

"그러지 말고 코브라 수프를 만들어 팔아요." 마하프라는 콧등에 주름을 잡으면서 웃었다.

"코브라 수프?" 정만복이 이해가 안 간다는 듯이 마하프라를 쳐다보았다.

"다 알아요, 한국 사람들 정력에 좋다면 바퀴벌레도 잡아먹는다던데요."

"애가 하다하다 못하는 소리가 없네." 정만복이 마하프라의 볼을 꼬집는 시늉을 했다.

일행은 한참 말없이 앉아 있었다. 정만복은 마하프라의 젖가슴을 흘금거렸다.

"젖가슴이 그렇게도 좋던가?" 강선재가 정만복을 느끼하니 쳐다보며 물었다.

"젖가슴이야 영원한 어머니 품이 아닌가, 좋다마다…" 정만복은 진저리라도 치듯 양손을 쥐고 타르르 떨었다.

"여기 화가들이 여인의 젖가슴과 유두를 당당하게 그리고 있을 때, 우리나라 화가들은 발로 더터가면서 알게 된 산수의 진경을 그렸지." 강선재가 하는 말이었다.

"5세기 그림이라는데." 정만복이 의문을 보였다.

"후에 여러 차례 덧칠을 한 거라구. 프레스코화는 그대로 보존이 안 돼. 바탕에 칠한 석회가 낡아 떨어지면서 그림이 훼손되거든." 강선재가 설명투로 나왔다.

"그럼 우리가 본 게 언제 그림인가?" 정만복이 물었다.

"18세기나 그 이후 개칠했을 거야. 단원, 겸재 그런 화가들이 발로 걸어다니며 본 것, 동네에서 늘 마주하는 풍경, 관념상의 대나무가 아니라 서실 앞에서, 동네 정자 옆에서 설경설경 바람타는 대나무를 그렸지 않아?" 그게 진경산수라는 강선재의 설명이 었다.

"세상을 보는 방식이 이들과 달랐던 거라는 얘긴가?" 정만복의 이야기는 다소 추상적이었다.

"아니, 기후. 하기는 우리야 저들처럼 젖가슴 다 드러내고 살라 고 해도 할 수 없었을 거잖아. 날씨가 추웠으니까. 한국 겨울은 모나리자도 얼어죽을 판이니 말이지. 기후가 인간 행동을 규제하 고, 그 행동이 예술을 만들지. 여자가 옷을 벗게 하려면 불을 때 야 하는 법이야, 불은 돈이고, 돈은 로마로 통하는 길이야." 강선 재가 비교적 유창하게 이야길 늘어놓았다. 정만복은 졸기 시작했 다. 졸고 있던 정만복이 마하프라에게 느글거리는 농담을 던졌 다.

"야, 너 마하브라자, 사이즈가 얼마나 되냐? 내가 브라자 사주 마."

그날 저녁 카레 요리를 맛있게들 먹었다. 그러나 정만복은 여 행에서 삼겹살에 소주 한잔이 아쉽다며 궁시렁거렸다. 강선재는 삼겹살과 소주를 이야기하는 정만복의 무신경이 부러웠다. 사업 을 하자면 그래야 할 것 같기도 했다. 감각의 섬세함은 돈과는 거 리가 멀었다. 어머니는 바이올린 현처럼 섬세한 신경의 소유자였 다. 그런 어머니가 휴거를 믿는 부친을 따르는 것은 그나마 종교 가 있어서 견뎠지, 사는 게 천형이었을 것 같았다.

"마하프라 끝내주는 애던데 생각 없지?" 라비와 마하프라가 계 산을 하러 나간 사이, 정만복이 강선재에게 은근짜를 놓았다. 넌 당연히 그럴 것이라는 전제로, 강선재를 떠보듯 정만복이 물었다. 강선재는 여자 말고도 얼마든지 황홀한 세계가 있다는 것을 이야기하려다 입을 닫았다. 그 황홀하다는 것에 사실 자신이 없었다.

라비는 자기 숙소로 가면서, 좋은 꿈들 꾸세요! 인사를 했다. 강선재는 정말 아름다운 꿈을 꾸고 싶었다. 그 아름다운 꿈을 위해, 이곳에서 유명하다는 라이온 맥주를 마시는 것도 괜찮겠다는 생각을 하고 있을 때였다. 마하프라가 뒤를 쫓아오다가,

"그냥 자면 심심하지 않아요?" 말을 걸었다.

"어휴, 요걸 그냥…!" 정만복이 마하프라의 볼을 비틀어 꼬집는 시늉을 했다.

"마실 것 좀 가지고 올까요?"

"여행이라는 게 뭐야. 먹고 마시는 재미, 노는 재미, 몸 푸는 재미, 그런 재미가 있어야지."

정만복이 꿍덜거리다가 마하프라에게 달러를 내밀었다. 스리랑카의 문화유산이라는 책자를 뒤적이다가, 강선재는 눈이 아려와, 책을 차탁 위에 놓고는 침대에 누웠다. 몸이 깊은 시간 속으로 가라앉았다. 아주 멀리서 들려오는 공명음이 강선재를 휩싸고 돌아갔다.

문 여닫는 소리가 들리고, 이 꽃 향기 끝내주죠? 그래도 네 입술만은 못한 거 같다, 향도 맡아볼래요? 이거 피워놓고 자면 꿈나라 가는 거 같아요, 뭐냐고요? 뉴 헤븐이라고 하지. 저 친구 이제 완전히 잠에 빠진 거 같다. 슬슬 시작해 봐, 그런 소리가 들리

고는 까뭇 의식이 잦아들었다.

어디선가 서늘한 바람이 불어왔다. 사자바위 위에 있던 연못 같았다. 연잎이 어우러진 넓은 연못이 풀 덮인 늪지대에 연해 있는 바위 언덕에 이어져 펼쳐졌다. 그 늪을 건너오는 바람은 연꽃 향기를 품고 있었다. 바람 속에는 물비린내도 섞여 있었다. 하얀 연꽃이 송이송이 돋아나기 시작하더니 수면을 온통 다 덮었다. 강선재는 혼잡한 사람들의 행렬을 벗어나 혼자 물로 걸어 들어갔다. 물속에서 아무런 옷가지도 걸치지 않은 여인이 연꽃과 함께 솟아올라왔다.

여인은 커다란 젖가슴에다가 강선재의 머리를 이끌어 안았다. 뽀얀 젖이 흘러내려 얼굴을 덮었다. 비린내 밴 꽃향기가 몸으로 번졌다. 여인은 곰살궂게 강선재의 안가슴으로 파고들었다. 어느 사이인가 강선재는 여인의 몸안에서 물살을 타며 흔들렸다. 이래서는 안 된다고 발을 저어 몸부림을 쳤다. 사자가 나타나 입을 벌리고 으르렁거렸다. 거기가 시기리아의 사자바위 꼭대기였다. 강선재가 바위를 내려가려고 하는데 코브라가 교황의 보관 같은 대가리를 들고 앞을 가로막았다. 강선재는 이게 마지막이로구나 하면서 소리를 질렀다. 그러나 목울대가 막혀 소리는 밖으로 터져 나오지 못했다. 바위언덕 위에 부친과 어머니가 이쪽을 향해 손을 흔들고 있었다. 거기는 따라가면 이승으로는 못 돌아오는 망각의 언덕이라고 했다. 강선재는 안 돼애…. 소리를 질렀다.

"허물을 벗느라고 번뇌가 크구나." 엉뚱하게도 정만복의 목소리였다. 그 목소리가 문을 닫는 소리에 끊겼다.

가위눌린 강선재가 깨어나 이마의 땀을 씻으며 흘긋 바라보았을 때, 정만복은 끙 소리를 내면서 옆으로 돌아누웠다. 아직 잠이 안 들었던 모양이었다. 혹시 자기를 지켜보고 있었는지도 모른다는 생각이 들었다. 얼굴로 땀이 죽 끼쳤다. 갑자기 발바닥이 간지러웠다. 손가락으로 발바닥을 득득 긁었다. 단청에 쓰는 것 같은 빨간색과 짙은 청색 물감이 손에 묻어났다. 일어나 앉아 발바닥을 들여다보았다. 거기 커다란 연꽃 두 송이가 그려져 있었다. 그리고 사타구니가 축축해서 손을 넣어보았다. 미끈둥하니 양물이 손에서 미끄러졌다.

정만복이 일어나 앉으면서, 발이 왜 그러냐고 천연덕스럽게 웃었다. 그러다가는 혼자 킬킬킬 웃었다. 그의 얼굴에 보살의 미소를 닮은 웃음이 떠올랐다. 정만복이 건너편 침대에 걸터앉아 발바닥을 내보였다. 거기에도 연꽃이 그려져 있었다.

"어떻게 된 거야?" 강선재가 물었다.

"너가 경찰한테 부탁했다던데." 정만복은 네 덕에 한 껍질 벗었다면서 고맙다고 했다. 여자들이 왔다갔는지는 물어보지 않았다. 왔다갔다면 마하프라가 누군가를 데리고 왔을 걸로 짐작되었다. 그러나 짐작일 뿐, 영 개운치 않은 컬트를 치른 셈이었다.

도무지 뭐가 뭔지 혼란이 거듭되었다. 간절한 갈망도 없이 어슬렁대는 해찰의 대가 같은 것이라는 생각이 들었다. 무엇인가 실체를 알 수 없는 어떤 허깨비 같기도 하고 성스러운 영혼 같은 것에 시달리고 있었다. 그것은 부정할 수 없는 현실이었다. 그 시달림을 만들어내는 실체는 손에 잡히지 않았다. 실체라는 것이 그림자에 지나지 않았다. 아니, 바람결에 일렁이는 연꽃 향기 같다는 비유가 적절할 듯했다. 형적이 없는 향기 같은 것. 사자의 갈기. 사자 몸속에 우글거리는 벌레들. 그리고 부지불식간에 당하는 능욕…. 부친에게는 혼란이라는 게 없었다. 판단은 명쾌하고 결단은 단호하며 실천은 엄격했다. 그 뒤에 당신의 하느님이 있었다.

불치사로 부처님의 송곳니를 보러 가는 날이었다. 아침은, 지난 며칠처럼 마하프라의 모닝콜과 라비의 인사로 시작되었다.

"굿 모닝, 올 이즈 굿?" (모두 잘 나가지요?)

"올 이즈 파인! 라비." (모두 다 좋소.)

정만복이 그렇게 인사를 받았다. 라비는 여전히 전에 하던 대로 "패스포트, 모니, 카메라" 하면서 양쪽 주머니를 손으로 가리키고, 그리고는 오른손 검지를 눈썹께 대고 까딱까딱하면서 셔터 누르는 시늉을 해 보였다. 카메라를 잘 챙기라는 제스처였다. 강선재가 호텔방에 팁을 안 놓고 나왔다면서 지갑을 찾았다. 달러로 바꿔 넣었던 500불이 온데간데없고 지갑은 비어 있었다. 지갑을 통째로 쏟아 보았다. 카드 두 장이 손바닥으로 쏟아져 나왔다.

"혹시?" 지갑을 열어보이며 정만복에게 물었다.

"자기 한 일을 자기가 모른다?" 정만복의 얼굴에 비웃음이 돋아났다.

"내가 뭘 어떻게 했는데?" 아가씨의 머리결을 쓰다듬었다는 생각이 문득 스쳤다.

"그 따뚜…. 아가씨한테 다 줄 때는 언제고 이건 뭐야?" 정만복이 불만스럽게 말했다.

더 물었다가는 정신병자 취급을 받을지도 모른다는 생각이 들었다. 혀끝에 혓바늘이 돋아 쓰리고 아팠다. 자파티라는 아가씨의 입에서 치즈냄새 같은 구취가 배어나오던 기억이 살아났다. 그게 어쩌면 연꽃향기인지도 몰랐다.

"그간 즐거웠어요. 저는 다른 데를 가봐야 해요." 마하프라가 손을 살랑살랑 흔들면서 작별을 고하는 중이었다. 다른 팀을 안내해야 한다면서.

"몸은 가도 정은 두고 가라구." 정만복의 그 말이 몸은 가더라도 돈은 챙기라는 말로 들렸다. 강선재는 500달러의 행방이 그저 궁금할 뿐이었다.

"회자정리라고, 만나면 헤어져야 한다잖아요." 공항에서 만날지도 모른다는 말을 남기고, 마하프라는 하이힐 굽을 또각또각 아스팔트 바닥에 박으면서 뒷모습을 감췄다.

캔디라는 도시 이름은 최근에 들어와 그렇게 부르게 된 모양이었다. 영국식 영어로 읽자면 칸디가 맞을 것 같았다. 본래 이곳 사람들은 이 도시를 마하 누와라(Maha Nuvara)라고 불렀다. 줄여서 누와라라고 부르기도 했다. 이 도시는 콜롬보 다음 가는 스리랑카 제2의 도시다. 주변이 산들로 둘러싸인 분지여서 경관이 수려하고 산물이 풍부한 도시로 이름이 나 있었다. 빼어나게 아름다운 풍경 가운데, 인근 고산마을에 차밭이 조성되어 세계적인 명물 실론티를 만드는 본고장이 되었다.

라비는 차밭을 가보자고 했다. 거기 가면 스리랑카의 차밭, 즉 티 가든을 볼 수 있고, 가는 중에 폭포가 장관이며, 차 공장에서는 특급품 실론차를 살 수 있다고 했다. 아마 정만복의 복안인 듯했다. 정만복은 차 이야기가 나오자 호기심 어린 눈을 반짝였다. 실론차를 수입하거나 한국에 공장을 차릴 수도 있는 여건이었다.

강선재는 심드렁하니 자리에 앉아서 창밖을 내다보았다. 차밭을 꼭 보아야 하는가 묻고 싶은 눈치였다. 한국의 보성 같은 데서 보는 차밭과 별반 다를 것 같지 않아서였다. 그러나 정해진 여정에 딴죽을 걸 생각을 말라는, 라비의 단호한 태도여서 여정을 조정하고 어쩌고 의견을 바꿀 여지가 없었다. 말로는 당신들은 나의 형님들이나 다름이 없다고 하지만, 아무 말 말고 따라다니기나 하라는 태도였다. 일정을 조정하자는 이야기를 할 수 없는 데는, 이쪽 편의 면밀한 여행계획이 없었기 때문이었다. 결국 어슬렁대는 여행이 되었고, 그냥 따라나선 여행에서 자신이 주도할 수 있는 일은 아무것도 없었다. 일종의 신비체험과 같은 체험 또한 아웃사이더로 그냥 참여할 뿐이었다.

가이드 라비의 설명을 따르면, 스리랑카는 16세기부터 영국을 비롯한 서구 식민지로 있었다. 영국이 1815년부터 1948년까지 133년이나 스리랑카를 지배했다. 1948년에 독립이 되기는 했지만 여전히 영국의 군주를 모셨다. 실질적 독립은 1953년에 가서나 이루어진다. 영국이 스리랑카를 식민지로 운영하는 동안, 질

좋은 차를 값싸게 마시는 호사를 했다. 사철 차나무를 기를 수 있는 기후 조건과 식민지의 값싼 노동력은 차를 생산하는 데 더없이 좋은 조건이었다. 식민지 시대의 이름대로 실론에서 생산한 실론티를 유럽으로 실어나르는 사업은 그야말로 돈을 걷어담는 돈놀음이었다. 실론티는 영국이 스리랑카를 수탈한 역사를 떠나서는 이야기가 안 되는 물건이었다. 차를 재배하여 수출하는 데서 얻은 이득을 모두 걷어간 식민지 역사의 유물이 실론티인 셈이었다. 차밭이나 차 공장을 구경하는 과정에서 스리랑카의 식민지 경험을 이해하는 것만으로도 충분한 가치가 있다고 생각하기로 했다.

아무튼 캔디에서 티 가든이라고 하는 차밭을 거쳐, 차공장으로 가는 길은 1천 미터가 넘는 산길을 오르내리면서 조성된 험로였다. 길이 험한 만큼 주변의 자연은 절경의 연속이었다. 정만복은 차를 재배하고 거두는 과정이라든지 일꾼들에게 일당을 얼마를 지급하는지 등 현실적인 문제를 집요하게 물었다. 가이드 라비는, 차사업과 연관된 문제는 자기 친구 비자야 나가라가 잘 안다면서 대답을 회피하는 눈치였다.

차밭을 구경하고, 차공장이라는 데를 둘러본 다음, 발걸음을 돌려 차기념품 매장을 나서려고 할 때였다. 라비, 라빈드라의 친구 비자야가 일행 세 사람을 데리고 와 있었다. 공항에서 만난 사람들이었다. 영국에서 스리랑카의 불교를 공부하러 왔다는 시그문디 미란다라는 젊은이가 강선재에게 반갑게 손을 내밀어 인사를 했다. 미란다라는 단어를 어디선가 들은 듯한 느낌이 왔다. 강선재가 물었다.

"미란다라는 성은 영국 본토 것입니까?"

영국인이 대답했다.

"아닙니다. 그리스계 인도인이 우리 조상입니다."

"그래요? 복잡하군요." 강선재는 정리가 안 되는 미란다의 계보를 복잡하다고 밖에는 달리 말할 방법이 없었다.

미란다가 손가락을 들어 머리에다가 원을 빙빙 돌려 그려 보였다. 그러다가는 말했다.

"그래도 불법은 온천하에 가득한 달빛으로 빛납니다."

강선재는 어깨를 죽비로 얻어맞는 것 같은 충격을 받았다. 월인천강지곡(月印千江之曲)의 시적 이미지를 똑 떼어 놓은 것처럼, 미란다라는 이야기하고 있었기 때문이었다.

"월인천강지곡을 읽었습니까?" 강선재가 물었다.

"그것은 모릅니다. 다만 우리 선조 이야기를 알 뿐입니다." 미란다의 선조가 월인천강지곡 같은 불교 사적과 어떤 연관을 지니고 있다는 것인지 감이 잡히지 않았다.

미란다는 자기 조상이 박트리아 지역의 미란드로스왕이라고 했다. 알렉산더가 인도를 침략했을 무렵이라고 덧붙였다.

"박트리아라면?" 강선재가 물었다.

"지금 인도의 힌두쿠시산맥과 아무다리아강 사이에, 지금부터 한 2200년 전에 세운 나라지요." 이야기가 길어질 것 같아 강선재가 이야길 치고 나섰다.

"간단히 말해줄 수 있나요?"

"간단히 말하는 걸 듣고자 하는 것도 욕심입니다. 간단히 말해서 시간을 단축한다는 게 근대인들이 겪는 시간 컴플렉스입니다." 강선재가 고개를 끄덕였다. 차공장에서 차를 갈고 섞고 말리는 과정을 기계가 대신하기 때문에 시간이 단축된다던 설명을 환기하게 했다. 대신에 실직자가 우글거리는 차밭이 되었다는 것이었다.

미란드로스왕이 나가세나(Nagasena)라는 현자를 만나 진리에 대해 묻고 대답하는 내용을 플라톤 식의 대화체로 기록한 책이 『밀란다 판하』라고 하는데, 중국에서는 두 가지 번역본이 있다고 했다. 미란다왕을 중심으로 한역한 책 이름이 『미란다왕문경(彌蘭陀王問經)』이고, 미란다왕이 질문을 했던 현자 나가세나를 중심으로 번역한 것은 『나선비구경(那先比丘經)』이라고 차근차근 이야기했다.

초면에, 그것도 그리스 인도계 영국인과 그 조상 이야기를 하기로는 자리도 자리고 시간 여건이 영 마땅치 않았다. 그러나 영국인들이 스리랑카에 불교를 공부하러 온 것과 영국의 식민지 경영은 내적으로 무슨 연관이 있을 것만 같은 궁금증이 일었다. 머슴과 주인이 뒤바뀌는 과정을 인류사는 반복한다던 역사 선생의 말. 그것은 강선재에게 풀리지 않는 화두와 같은 것이었다. 평화와 테러도 같은 맥락에 자리잡은 것일지도 몰랐다. 하느님의 사랑을 전파한다고 갔다가 테러로 세상을 끝낸 부모들의 경우는 희생을 넘어서는 어떤 섭리에 의해 운영되는 체계의 톱니바퀴에 생명이 끼어 돌아간 것은 아닌가 하는 생각이 들기도 했다. 강선재는 카르마, 업이란 말을 입속으로 되뇌었다. 부모들이 테러로 세상을 뜬 이후 자기 살아가는 방법은, 그게 선업인지 악업인지는 여전히 분간이 안 갔다.

"여기 스리랑카 차를 수입하면 한국 녹차를 능가할 수 있을 거 같애?" 정만복이 조심스럽게 물었다.

"그러지 말고, 여기 와서 나랑 살면서, 차밭에 투자하는 건 어때?" 강선재의 어설픈 제안이었다. 정만복은 순진하긴, 하면서 강선재의 어깨를 툭 쳤다.

매장 아래층에서 차를 한잔씩 하고, 점심은 이층 식당에서 하기로 했다. 그러다 보니 자연 세 나라 사람들이 어울리게 되었다. 스리랑카 본토 사람 둘과, 1백 년이 넘게 스리랑카를 식민지로 지배한 영국에서 왔다는 젊은 학승 둘, 그리고 일본의 식민지를 겪어낸 한국인 두 사람이 같은 자리에 앉게 되었다. 식민주의의 색동저고리 혹은 조각보라고나 할 만한 자리였다.

"어떤 계기에 불교를 공부하게 되었습니까?"

강선재가 영국인들에게 물었다.

"오늘날의 영국을 있게 한, 영국의 합리주의로는 인간의 영혼을 구원할 수 없습니다."

미란다가 깊이 가라앉은 눈을 허공에 주고 그렇게 말했다.

"합리주의 시대에 영혼의 구원을 도모하는 것은 모순이라고 생각하지 않습니까?"

강선재가 다시 물었다.

"아닙니다. 모든 것이 마음의 지은 바를 따른다고 하지만, 마음은 실천으로 구체화됩니다. 그래서 나는 스리랑카를 나의 종교적 모국으로 삼고, 스리랑카의 테라베다 불교를 공부하러 왔습니다."

미란다의 이야기에 설명을 덧붙이겠다는 듯이, 비자야가 이야기를 이어갔다. 스리랑카에 전파된 불교는 수행을 중시하는 소승불교의 계열에 속한다. 이를 테라베다(Theraveda) 불교라 하는데, 북방으로 간 대승불교와 대립되는 수행 방법을 구사하는 특징이 있다. 불법은 같은데 수행방법이 다르다는 것이었다. 대승불교에서는 불경의 탐구 등을 통해 진리에 이를 수 있다고 하고, 따라서 학승들의 불경 공부가 중심적인 종교활동이 된다. 그런데 불경을 읽고 해석하는 일은 이론으로 치달아 현실적인 실천이 약화된다. 그래서 불교의 진리를 몸으로 실천한 선배들의 수행을 존중하고 이를 본받아 따름으로써 진리에 이를 수 있다는 것이 테라베다 불교의 특징이라는 것이었다.

"한국에도 스리랑카 불교가 들어가 있어요. 한국에서는 상좌부 불교라고 해요. 상좌부의 상좌들의 가르침을 추종한다는 뜻이지요. 상좌들의 가르침, 엘더스 티칭을 따르는 실천불교라서 많은 분들의 호응을 얻어요." 정만복이 그런 이야기를 하는 것은 뜻밖이었다. 아마 불교의 수행 방법으로 동원될 만한 차마시기에 그의 관심이 가 있을지도 몰랐다.

상좌부의 가르침(elders' teaching)이라는 것이 꼭 수행으로 이어지는 것인지는, 강선재로서는 선뜻 이해가 안 가는 점이기도 했다. 깨달음과 수행이 각기 다른 길인가 하는 물음이 일어 가라앉지 않았다.

"내 마음의 식민지를 몰아내는 것이 수행의 일차 목표입니다."

영국인 미란다가 그렇게 말했고, 강선재는 자기도 모르게 그 앞에서 손을 모아 보였다. 조상의 식민활동에 대한 반성 없이 도를 찾는다든지 수행을 입으로 외치는 것은 별 의미가 없다는 생각을 했다.

"누구나 마음에 식민지를 경영하는 거 아니던가요?"

정만복이 끼어들었다. 영국인 몽고메리 우드가 맞다고 맞장구를 쳤다. 그리고는 곧 이어서, 마음속의 식민지, 그 식민지에 심어 놓은 노예들을 추방하는 것이 진정한 깨달음으로 가는 첫 번째 길이라고 손가락을 들어 공중을 가리키면서, 퍼스트 웨이를 반복했다. 자기 마음이니 당연히 식민지를 경영할 수 있고, 누구라도 그렇게 하는 것이려니 하는 안일한 의식이 진리를 향한 눈을 흐리게 하는 것이 아닐까, 강선재는 그런 생각을 했다.

점심이 끝나갈 무렵 정만복이 강선재의 귀에다 대고 속삭이듯 말했다.

"식사비는 누가 내지?"

강선재는 커커커 소리내어 웃었다. 스님더러 밥값 내라고 하는 법이 어디 있느냐면서, 강선재가 계산서를 청했다. 현금이 도둑 맞은 것처럼 빠져나갔기 때문에 카드를 썼다. 그러고 보니 영국서 온 스님 둘, 비자야도 스님 한가지고, 그의 친구도 같은 계열이고 해서, 결국 신앙이 분명하지 않은 강선재가 스님들에게 둘러싸인 폭이었다. 해서 뜻하지 않게 한국인 강선재가 스님들에게 공양을 바친 꼴이 되고 말았다.

"밥값 싸서 좋구먼. 일인당 만 오천 원으로 썼다 벗었다 하겠네." 강선재는 맘 좋은 얼굴을 해가지고 허허 웃었다. 부친이 이야기하던 '오병이어의 기적'이 떠올랐다. 그러나 카드 결제는 기적을 모른다.

점심 후, 정만복은 비자야에게 스리랑카에서 허브농장 하는 문제를 상의한다고 그쪽 팀에 어울렸다. 강선재와 가이드 라비 둘이서만 단촐하게 캔디로 돌아오게 되었다. 캔디의 말리가와 절, 불치사에서 불치 공양이 있는 여섯 시 반에 만나기로 했다.

"내가 라비를 독점해도 되나, 원." 강선재가 가이드 라빈드라를 쳐다보며 말했다.

"그게 다 부처님의 공덕이지요." 뭘 두고 하는 이야긴지는 분명하지 않았다.

라빈드라는 캔디의 불치사에 대해 자세한 설명을 했다. 강선재는 그놈의 설명이라는 것에 진절머리가 났다. 들을 때는 모두 기억할 수 있을 것 같지만 금방 증발해 버리고 시덥잖은 에피소드만 남는 게 가이드의 설명이 지닌 속성이었다. 그러나 자기 의사대로 여행을 선택했고, 가이드를 부탁한 판에 설명을 거부할 명분이 없는 것 또한 사실이었다. 헌데 나는 왜 내 생애가 설명이 안 되는 것인가 하는 의문이 고개를 들었다. 그것은 부친의 종교에 대한 탐닉을 이어받은 것일지도 몰랐다. 강선재는 여행 안내책자를 펴들고 경내를 돌아다녔다.

캔디라는 도시를 캔디답게 하는 것은 절 하나가 있어서다. 그게 불치사(佛齒寺)다. 부처가 열반에 들고, 부처의 애제자 마하가섭에게 발을 내밀어 보여주고 나서, 그 육신을 장작더미에 올려 다비(茶毘)를 치렀을 때 수많은 사리와 송곳니 두 개가 나왔다. 그 송곳니 하나가 참으로 많은 곡절을 겪은 끝에 스리랑카의 캔디까지 왔다. 불교 신앙을 바탕으로 하는 이곳 정치와 행정에서는 불치 즉 부처님의 치아사리를 소유하는 자가 나라를 소유한다는 관념이 국민적 신앙처럼, 전설처럼 전해져 내려왔다. 그래서 스리랑카 싱할리 왕조의 궁궐과 치아사리를 모신 사찰이 같은 권역에 자리잡게 되었다고 한다. 포르투갈을 비롯해서 화란, 이어서 영국 그렇게 자그마치 500년의 식민통치를 당하면서도 스리랑카가 자기를 지킬 수 있었던 것은 불교의 정신적 힘이 아니면 도저히 불가능한 일이라고 거듭 강조했던 기억이 났다. 이 지점에서 라비는 라빈드라라고 불러주어야 한다는 의무감 비슷한 생각이 들었다. 가이드 라비가 아니라 스리랑카인 라빈드라라고 해야 마땅한 게 아닌가 싶었다. 라빈드라의 말로는, 불은(佛恩)으로 이어가는 나라가 스리랑카였다. 하얀 깃털 같은 것이 구름덩이처럼 날아나 강선재의 머리를 휘둘러 놓았다.

"부처님의 송곳니 다른 하나가 한국의 금강산 건봉사라는 절에 있는 거는 알아요?" 강선재가 물었다.

"정말, 리얼리?" 라빈드라가 양 어깨를 들썩해 보였다.

"설마하니 내가 헛소리 할까?" 강선재가 자신 있는 투로 말했다.

"그러니까 말이지요. 부처님 은혜를 입은 내가 한국에 가서 관

광 가이드를 해야 한다니까요." 자신 있는 어투와 달리 말에 논리
는 서지 않았다.

"그러지 말고, 내가 한국 관광객을 여기로 데려올 테니 나랑 동
업하면 어떨까?" 강선재가 넌지시 제시해 보았다. 정만복도 그런
제안을 했을지 모른다는 생각이 들었다.

라빈드라는 무슨 생각을 하고 있는지, 운전대를 잡고 앞만 응
시하고 있었다. 어쩌면 한국에 가기 어렵겠다는 생각을 하는지도
몰랐다.

"부처님의 법륜은 보편세계에 편만하다 이거야. 그런데 개인에
게는…." 강선재는 꺼냈던 이야기를 걷어넣었다. 그런 이야기는
자신이 없었다. 일본의 식민지를 경험한 한국과 대비되는 식민지
역사를 지닌 스리랑카였다. 포르투갈에서 시작해서, 네덜란드를
거쳐, 영국의 식민지에 이어지는 500년 넘는 세월을 식민지인으
로 살아온 스리랑카에, 불법이 보편적 진리로 받아들여질 수 있
을까 하는 의문이 들었기 때문이었다. 영국인 몇 사람이 여기 와
서 부처님의 발바닥에 입을 맞추고, 스리랑카 불교를 공부하고
한다고 해서, 그게 스리랑카의 역사에 얼룩진 식민지의 상처를
말끔하게 씻어낼 수 있을 것 같지를 않았다. 그리고 영국으로서
도 스리랑카에 대한 빚을 갚을 길이 없는 게 아닌가 싶었다.

"여섯 시 반에 치아성물 의식이 있습니다. 그거 보고 주차장에
서 만나는 겁니다." 라빈드라가 이제까지와는 달리, 잘라 말하는
톤으로 이야기했다.

"정만복 씨와 같이 만나게 연락해 놓을래요?"

"알았습니다." 라빈드라는 뭔가 바쁜 모양, 간단히 대답하고는 입구로 걸어가다가 뒤를 돌아보았다.

가이드 라빈드라는 손을 흔들어 인사를 하고는 차를 몰고 호수 옆으로 빠져 나갔다. 강선재는 갑자기 주변이 허전해 옴을 느꼈다. 정만복이라는 사람이 옆에 있다는 것이 어떤 의미인지를 생각하게 했다. 두 시간여를 혼자서 돌아다닐 형편이었다. 공연히 옆이 헤적거렸다. 강선재는 팜플렛을 펴들고 불치사 경내를 돌아다니며 느긋하게 구경했다.

한국에서 흔히 불치사라고 하는 사찰은 스리랑카의 국보 중의 국보였다. 그 이름은 스리랑카 말로 스리 달라다 말리가와(Sri Daladha Maligawa)라고 했다. 이 사찰이 건축된 지는 400여 년이 된다고 한다. 캔디호수와 나란히 자리잡아 앉힌 건물은 서쪽의 부속건물과 동쪽의 본관 건물로 대칭을 이루고 있다. 부속건물 북쪽으로는 캔디 왕국의 왕궁 건물들이 이어져 있고, 본관건물 뒤에는 영국 식민지시대 여왕의 관저가 깨끗하게 보존되어 있다. 여왕의 관저는 지울 수 없고, 지우지 않으려는 역사의 치욕적인 성물이었다. 영욕이 교차한다는 말이 떠올랐다.

본관 건물은 2층으로 되어 있고, 아래층의 한가운데 치아사리가 보관된 별실이 있다. 치아사리가 보관되어 있는 방을 스리랑카 말로 아툴말리가바라 한다. 치아사리는 칠중(七重)으로 된 금장 함에 들어 있는데, 그것을 스투파 안에 안치하는 형식으로 보관했기 때문에 일반인은 볼 수 없다고 한다. 치아사리를 위한 의식이 진행될 때 승려들만 그 방으로 드나들고 관람객은 밖에서 구경하는 데 그친다.

　본관의 2층은 말하자면 한국의 절에서 볼 수 있는 성보박물관으로 꾸며져 있었다. 강선재는 2층 박물관부터 보기로 했다. 하얀 제복을 깔끔하게 입은 젊은이가 따라왔다. 무엇을 가장 보고 싶은가 물었다. 부처님의 치아사리라고 말했다.

　"알았습니다. 한국분들 대개 그렇게 말하더라고요." 젊은이가 한국어로 말했다. 강선재는 몸이 무엇엔가 묶이는 느낌이었다.

　젊은이는 자기를 따라오라고 하고는 앞질러 계단을 올라갔다. 박물관은 코끼리 상아로 장식한 법당이 우선 압도적으로 다가왔다. 상아장식은 한국에서는 엄두도 못 낼 정도로 어마어마했다. 그것은 상아의 숲이었다. 상아의 숲이란 코끼리의 무덤이기도 했다. 스리랑카가 사자의 나라고 코끼리의 나라라는 것을 실감하게 하는 소장품이었다. 인간은 죽으면 무엇을 남기나? 이름을 남긴다고 한다. 그런데 그 이름이라는 게 구체적인 이야기 가운데 드러나는 게 아니라면, 그 추상적인 안개 같은 것을 누가 알기나 할 것인가. 상아 장식품의 숲을 지나 치아사리가 있다는 데로 안내를 받았다. 부친은 심한 충치를 앓았다. 치통을 하느님의 은혜로 이겨낸다면서 치과에 가는 걸 거부했다.

　"부처님 치아사리는 모조품이지요." 젊은이가 손을 말아 강선재의 귀에다 대고 말했다.

　"진품은 어디 있는데?" 강선재가 낮은 소리로 물었다.

　"진짜는 아래층 슈라인에 모셨어요."

　젊은이가 말하는 슈라인이라는 것이 성골함을 뜻하는 것은 알겠는데, 부처님의 치아를 모신 데를 거침없이, 투스 렐릭 슈라인 이라고 영어로 말하는 것은 거슬렸다. 마음속에 식민지가 언어에 착색된 채 자리잡고 있어서 그런지도 몰랐다. 상아로 깎아 만들었다는 치아는 확대경을 들이대야 겨우 모양을 알 수 있을 정도로 작았다. 그리고 상아가 때를 탄 것처럼 거뭇거뭇한 게 청결해 보이지도 않았다. 하기는 유치가 빠지고 영구치가 나서 팔십이 되도록 견딘 것이라면 그럴 만도 했다. 치아사리를 위한 예불이 있다니 그때를 기다리기로 하고, 다른 것들을 보기로 했다. 강선재는 갑자기 어금니가 아파왔다.

강선재 옆으로 키가 자그마한 아가씨가 다가와 손을 모으고 합장을 했다. 귀고리가 달랑거리는 모습이 눈에 익었다. 일이 있다면서 먼저 가버린 보조 가이드 마하프라자파티의 얼굴을 빼닮았다. 연꽃 향기가 코를 스쳤다. 입에 침이 괴었다.

"하나 물어봐요. 이 박물관에도 부처님 발바닥이, 아니 발이 있습니까?" 강선재가 물었다.

"물론 있습니다."

"볼 수 있습니까?"

"따라오세요."

젊은이는 크고 작은 불상들과 인도와 스리랑카의 신상들을 안치한 진열장 끝으로 강선재를 이끌고 갔다. 아직도 신이 살아 있는 만신전과도 같은 박물관이었다. 신이 살아 있다면, 아버지가 늘 입에 달고 살던 '역사를 하는' 신일 것인가. 하느님의 역사(役事)를 이야기할 때마다 아버지는 목을 움츠리곤 했다. 어떤 때는 등을 웅크리고 체머리를 흔들듯 머리를 흔들었다. 안으로 진저리를 치는 모양이었다.

"이런 일은 나만, 오직 나만 할 수 있습니다." 그렇게 말하면서, 젊은 안내인은 주머니에서 하얀 장갑을 꺼내 까만 손에 깔끔하게 끼었다. 보물을 다루는 문화재 관리사처럼 조심조심 진열장을 열었다. 그 안에서 가로 세로가 각각 두 자는 됨직한 동판을 꺼냈다. 부처의 발이 부조되어 있는 동판이었다. 동판을 진열장 옆에 조심해서 세워 놓고는 조용히 장을 닫았다. 의례를 집전하는 사제처럼 조심하는 품이 성스러운 분위기마저 자아냈다.

젊은 안내인은 별실처럼 만들어진 방으로 강선재를 이끌고 들어갔다. 하얀 보자기를 덮은 탁자 위에 동판을 놓고는 손을 모아 합장했다. 강선재도 따라서 두 손을 모았다. 만져봐도 되는가 물었다. 잠시 기다리라고 했다. 그리고는 커튼을 열었다. 거기 금빛이 눈부신 부처가 누워 있었다. 안내인은 강선재를 이끌고 가서 부처의 발바닥을 만져보게 했다. 수레바퀴가 좌우로 둘씩 새겨진 발바닥은, 수많은 사람들이 손으로 만진 터라 그런지, 반들반들 닳아서 유난히 반짝이며 빛을 발했다. 담불라의 골든 템플 대웅전 지붕에 앉혀 놓았던 금빛 좌불상과는 달리 우아하고 깊은 느낌이 귀에 공명을 일으키며 울림으로 다가왔다. 십자가에 달린 예수의 발등에 박힌 대못처럼 감각을 찔러오는 고통은 없었다. 평안한 발의 형상이었다. 타투를 한 발바닥이 근질거렸다.

"이 부처님의 족문을 예술가 스님이 금동판에 조각한 것입니다." 젊은이의 아르티스트, 예술가라는 말을 두어 차례 거듭했다.

"예술가 스님이라면?" 강선재가 물었다.

"평생 세상에 이름을 알리지 않고 살았기 때문에 생애는 아무도 몰라요. 다만 영국에 저항하다가 죽었다는 이야기만 전해지고 있어요. 아는 사람은 아는데, 간다라 미술을 공부한 영국의 고고학자라고 해요. 정확하지는 않지만 이름이 미란다바실리아스라고 하던가 그래요."

강선재는 영국의 식민정책에 저항했다는 승려예술가 미란다바실리아스가, 낮에 만난 시그문디 미란다와 어떤 연관이 있는지 궁금해지기 시작했다. 혹시 영국에서 불교를 공부하러 스리랑카에 왔다던, 몽고메리 우드와 시그문디 미란다를 다시 만난다면, 젊은이가 예술가라는 인물이 누군지 어떤 단서를 얻을 수도 있겠다는 생각이 들었다. 그러나 그게 누군지 어떤 행적을 보인 사람인지를 알아서 무엇을 어떻게 하겠다는 작정은 없었다. 역사적으로 전개된 일의 연원을 따지는 일은, 거스를 수 없는 시간에 대한 저항일지도 몰랐다. 그것은 발바닥에 화인을 지져 족문을 만든 것과 다름이 없었다. 족문을 문질러 닦으면 닦을수록 더욱 새롭게 선연한 무늬를 드러내는 상처처럼 통증을 일으킬 게 틀림없었다.

족문이 조각된 금동판 앞에 섰을 때, 강선재는 아무 생각도 떠오르는 게 없었다. 머릿속이 휑하니 비어 나가는 느낌이었다. 그것은 바람이었다. 머릿속을 불어가는 바람, 존재를 지우면서 불어가는 시간의 바람이 그런 것인지도 몰랐다. 지혜가 그렇듯이, 현상으로는 존재하는데 실상을 내보이지 않는 모순된 존재, 그게 부처님 발바닥의 족문이라는 생각이 들었다. 금동판에 손을 대기가 겁이 났다. 거기 손을 댔다가는 몸이 굳어붙을 것만 같았다. 한참 몸을 움츠리고 얼어붙은 채 서 있었다.

"바우, 바우, 레스펙트풀리 바우…." (존경심을 가지고 절하세요.)

젊은 안내인이 경배를 강요하다시피 했다. 강선재는 그냥, 손만 모으고 머리를 숙였다. 그때 눈앞에 환상이 나타났다. 젊은이가 발가벗긴 채로 나무기둥에 묶여 서 있었다. 그 앞에 입에 피칠을 한 아버지가 활을 들고 이쪽을 향해 시위를 당겼다. 눈에 화살이 날아와 박혔다. 눈에서 불이 튀었다. 화살은 쉬지 않고 쉭쉭 날아왔다. 눈을 떴다. 금불상 뒤로 영국 국기 유니온잭이 걸려 있는 게 보였다. 눈을 손등으로 문질렀다. 유니온잭이 사라졌다. 대신 부처의 이마에 새겨진 백호(白毫)에서 피가 흘러내렸다. 다시 눈을 손등으로 문질렀다. 핏자국은 또 가뭇없이 사라졌다.

"강형 여기서 뭐하는 거요?" 정만복이었다.

낮에 점심을 같이 했던 영국인 유학생과 정만복이 함께 홀에 들어와 있었다. 영국인들은 부처 앞에 절을 했다. 그리고는 손을 모으고 다가와서는 금동판에 새겨진 부처의 족문(足紋)을 손으로 쓸어 문질렀다. 강선재도 그들을 따라서 금동판을 서서히 문질렀다. 발바닥의 수레문양에 손이 닿았을 때 손가락 끝으로 따끔따끔한 기운이 전해져왔다. 금동판이 서서히 달아오르기 시작했다. 강선재는 손가락이 타들어가는 듯한 통증을 참아가면서 금동판을 계속 어루만졌다. 손끝에서 연기 같은 게 올라갔다.

"미러클, 댓쓰 미러클!" (기적입니다.)

영국인 시그문디 미란다가 떨리는 음성으로 외쳤다. 눈앞이 깜깜해지면서 현기증이 몰려왔다. 어떤 헤아릴 길이 없는 힘이 몸을 나꿔챘다. 지평선 멀리서 사람의 형상이 떠올라 이쪽을 향해 서서히 다가왔다. 아버지 어머니의 얼굴이 나타났다가 홀연히 사라졌다. 문득문득 나타나는 환상 때문에 강선재는 몸을 마음대로 움직이기조차 버거웠다.

웅얼거리는 공명음 속에 강선재가 눈을 떴을 때, 영국인들과 가이드, 가이드의 친구 비자야의 얼굴이 천정에서 빙빙 돌았다.

"이제 치아성물 예불을 올릴 시간입니다. 내려가시지요." 라비가 강선재의 팔을 슬그머니 잡아당기면서 말했다.

동판을 제자리에 갖다 놓은 안내인이 손을 내밀었다. 입장료에 포함되지 않는 별비를 내라는 것이었다. 강선재는 지갑이 비어 있다는 것을 확인했다. 정만복이 10달러 지폐를 안내인의 손에 쥐어 주었다. 강선재는 고맙다고 안내를 한 젊은이 손을 잡았다. 야들야들한 피부가 마사지사의 손길을 떠올리게 했다.

건장한 사내들이 둥둥두둥 둥둥두둥 북을 울렸다. 사내들이 울리는 북소리가 뱃가죽을 지나 등골로 번져나갔다. 나팔수가 한국의 새납 같은 나팔을 불었다. 북소리 사이를 뚫고 지나가는 나팔소리는 박쥐 울음처럼 들리기도 했다. 북소리와 나팔소리가 계속되는 동안, 관광객들은 사진을 찍느라고 부지런히 셔터를 눌러댔다. 그러나 성물이 보관되어 있다는 건물의 실내는 끝내 보여주지 않았다. 승려들이 드나들 때마다 문이 삐끔 열리고는 다시 닫히기를 반복했다.

"저어, 선재 쿠마라 씨, 이제 우리 밥먹으러 가자구."

정만복이 강선재의 손을 잡아 끌었다. 강선재는 정만복의 손을 제치면서 가이드에게 치아사리를 언제 공개하는가 물었다. 매년 8월에 열리는 에살라 페라헤라 축제 때 일 년에 한 번, 일반 신도들에게 치아사리를 공개한다고 했다. 성물은 그렇게 감추어야 하는 법이었다. 감춰야 드러나는 것, 시가 그런 속성을 지닌다고 누군가 얘기하기도 했던 것 같았다. 그런 생각을 계속 이어간다면 죽어서라야 삶의 본모습이 본상을 드러내는 것일 터였다. 허무한 일이었다. 부친은, 나뭇잎이 한 잎 두 잎 떨어지던…. '허무한 마음'을 잘 불렀다.

법당 입구에 설치된 신발 보관소에서 등산화를 찾았다. 발이 부풀어올라 등산화 안으로 잘 안 들어갔다. 발바닥이 후끈거렸다. 손바닥도 쓰렸다. 도무지 알 수 없는 일이 계속되고 있었다.

강선재는 칸디 왕국의 최후와 조선의 최후를 대비해 보면서, 가로등 불빛이 잠긴 호숫가를 걸었다. 내분과 외침은 늘 맞물린다. 국가의 내분은 외침을 불러들인다. 스리랑카에 서양 제국주의가 침입한 것은 내분이 계속될 때였다. 포르투갈은 부처님 대신 하느님을 앞세워 쳐들어왔고, 더치페이란 말을 듣는 화란인들은 장사를 통해 스리랑카를 강탈했다. 제국주의 영국이 스리랑카에 와서 식민화 작업을 하고 있을 때, 캔디의 마지막 왕은 백성들이 말을 안 듣고 난리를 일으켜 도무지 다스려먹을 수가 없으니, 당신들이 아무쪼록 무섭게 다스려 달라고 애걸하기도 했다. 그래서 영국 식민지 통치가 계속되었다. 자그마치 500년이 넘는 세월을 식민지인으로 살아온 이들에게 종교란 무엇인가 하는 의문이 머리를 어지럽혔다. 이들의 피맺힌 역사를 부처님의 두 발이 디디고 있는 것인가, 그런 의문도 들었다.

낮에처럼 여섯 명이 한 식탁에 앉았다. 여행을 마무리하는 날이라서 근사한 식당을 골랐다고 라비, 라빈드라가 엄지손가락을 올려 보였다. 제복을 입은 종업원이 다가와 주문을 하라고 했다. 정만복이 손가락을 까닥까닥해서 종업원을 가까이 불렀다.

"보일드 케이나인, 앤 케이나인 수푸, 포시블?"(송아지 고기와 수프 먹을 수 있나?)

종업원은 오른손 검지를 볼에 대고 마치 반가사유상처럼 서 있다가는, 알았다는 듯이 빙긋이 웃었다. 그것은 식당에 있지 않고 말라가와 사원에, 황금상자 안에 보관되어 있다고 정중하게 설명했다. 종업원은 이 낯선 손님이 부처님의 치아사리를 찾는다고 짐작하는 모양이었다.

"허허, 이 친구가 수육과 보신탕을 모르누만." 케이나인은 개의 형용사도 되고, 송곳니라는 뜻도 지닌 단어였다.

그러면서 두 손을 들어 입에 대고 위아래로 놀리면서 왈왈왈 개 짖는 시늉을 했다. 영국인 유학생이 알았다는 듯이 말했다.

"성인께서는 살생을 금하라 하셨습니다. 여기 성지에 와서 그런 주문을 하는 것은 성지를 더럽히는 일입니다." 미란다의 항의 섞인 말투는 다부졌다.

"그런 건 나도 알 만큼 알아요." 정만복이 한자락을 깔았다.

"당신은 전생에 사냥개였을지도 모릅니다. 당신의 아버지도, 어머니도 그렇습니다." 미란다의 말에 강선재는 손으로 이마를 짚었다. 형틀에 붙들려 매달린 채 화살을 맞는 세바스찬은 어쩌면 복날 다리 밑에 매달려 몽둥이찜질을 당하는 개와 다를 게 없는지도 몰랐다. 성인의 세계라는 게 정말 그럴까 하는 의문과 함께, 몸이 떨렸다.

잘못하다가는 자리가 이상하게 돌아갈 판이었다. 강선재가 정만복에게, 그런 이야기 할 자리가 따로 있는 거 아니냐고 뜯어말렸다. 정만복은 개 먹는 거나 양 잡아먹는 거나 거기가 거기 아니냐면서 잠시 군시렁거렸다. 참으로 낡고 식상하는, 한국 관광객의 가십거리였다. 그런 가시 같은 가십거리를 왜 마음속에서 내몰지 못하는지 납득할 수 없는 일이었다. 영국인 유학생 둘이 자리에서 일어나면서, 자기들은 베지테리안 식당에 가겠다고 했다. 강선재가 따라나가 미안하다고 허리를 굽혀 사과했다. 영국인들은 알았다면서, 스리랑카에서는 개를 안 먹는다고 귀띔을 해 주었다. 여행 끄트머리의 한판 해프닝이었다. 결국 식당의 품위에 어울리지 않게 고기 안 든 카레로 저녁을 때웠다.

식사를 하고 나서 차를 마시다가 강선재가 하품을 했다. 정만복도 이어서 입을 벌리고 하품을 했다. 라빈드라가 강선재와 정만복을 번갈아 쳐다보다가는 슬그머니 밀고 들어왔다.

"힘드시지요? 이럴 때는 아유르베다 마사지가 최고입니다. 식사하시고 마사지, 오케이?"

"그래, 와이 낫, 가자구." 정만복이 손바닥을 치면서 나섰다.

"전신 마사지 말고, 발만 하면 어때?" 강선재가 진중하게 나왔다.

강선재는 전날 마사지 받은 일을 떠올렸다. 더는 몸을 맡기고 마사지사에게 시달리고 싶지 않았다. 그것은 몸이 원치 않는 바였다. 자연의 욕구니 뭐니 해도 변명의 여지가 없었다. 그것은 황홀한 고문이나 다름이 없었다. 폭력의 황홀함? 강선재를 그럴 수 없다고 고개를 저었다.

발 마사지를 받으면서 강선재는 생각했다. 고난을 디디고 다니면서 고해를 건너간 발, 그 발바닥엔 연꽃이 피기도 한다. 남의 발을 닦아 주는 일이란 무엇인가. 말하자면 역사의 위로일 터인데, 식민지 역사의 위로를 어디에서 찾을 수 있는가? 역사에서 위안을 받을 수 있는가? 역사가 아이러니를 만들지만 아이러니라는 관념이 역사를 만들기도 한다. 시기리아의 사자바위처럼 멸망한 역사가 뒷사람들의 구경거리가 된다. 결국 저항하는 힘이 못 미쳤던 셈이다. 나를 자꾸 용납하다 보면 나와 대결하는 의지가 약해져서 결국은 나를 부지하지 못하게 된다. 인간사 그렇거니, 세상사 그렇지, 그렇게 인정하는 사이 나를 견뎌내던 억센 지지목이 무너져 내린다. 스리랑카에서 불교는 결국 자신을 안 내준, 용납하지 못할 자존심과도 같은 정신적 지주였다. 그러나 5백 년은 너무 긴 시간이었다.

"강형, 나 스리랑카에 다시 와야 할 모양이요. 아유르베다 마사지를 공부해서, 한국에서 마사지 집을 운영하면 뭔가 될 거 같지 않소? 코브라 마사지라든지 그런 거 말요."

강선재는 할 이야기를 잃었다. 정만복이 뭔가 들린 사람처럼 들떠 흔들리고 있다는 느낌이 들었다.

"나는 놈 위에 기는 놈 있다고, 당신은 인천공항에서 아유르베다 마사지 집 광고 전단을 받게 될 거야." 강선재가 그렇게 틀어댔다.

정만복은 잠시 생각을 다듬는 듯, 천정을 쳐다보고 있다가 대꾸했다.

"시대는 바야흐로 힐링의 시대, 자기 힐링을 위한 방법으로 아유르베다 의학을 이용하자는 것이라." 힐링이니 하는 이야기를 하지만 역시 관심은 돈벌이에 가 있는 정만복이었다.

"그렇게 하려면 인도로 가야 할 것이야." 강선재가 말했다.

강선재는 눈을 감았다. 천정에 커다란 발바닥이 나타났다. 그 발바닥 위에 세바스티안의 형상이 겹쳐져 너울거렸다. 강선재의 아버지는 통나무에 묶인 채 하늘을 우러러 보고 서 있었다. 옆구리에서 화살을 맞아 발등 위로 핏방울이 떨어지고, 그 핏방울이 강선재의 미간에 방울지기 시작했다. 마하프라자파티가 하얀 너울을 들고 와서 강선재의 발을 문질러 닦기 시작했다. 짙은 향이 머리 위로 불꽃처럼 타올라 번져나갔다.

텔레비전에서는 인천공항에서 발생한 폭탄 테러 장면을 방영하고 있었다. 공항이 폐쇄되고 승객들은 혼비백산해서 달아났다. 스님이 피 묻은 가사자락에 어린애를 싸서 안고 폴리스 라인 밖으로 걸어나왔다. ✳

세 갈래 길

1. 길 위의 아침 햇살

대학 입학원서까지 친구에게 부탁을 해서 사온 그는, 순전한 시골뜨기라서 서울이라는 데가 너무 낯설었다. 입학시험을 앞두고, 입주 아르바이트를 하던 민사장네 서울집을 찾아간 것이 처음 하는 서울 나들이였다.

민사장네는 큰아들이 서울서 대학교를 다니고 있었다. 그 밑으로 대학교에 들어갈 아들, 고등학교 다니는 아들, 그리고 그가 입주를 해서 가르치던 아들이 고등학교에 들어갈 나이였다. 그 아들들을 위해 신당동에 방을 두 칸 얻어 가지고 있었다. 그러니까 대학 입시를 앞둔 그가 고등학교 수험생을 대동하고 상경을 한 셈이었다. 입시생이 다른 입시생을 업고 서울로 올라온 것이었다.

서울에 처음 올라온 그는 지리를 익힌다고 하루는 종일 나가

돌아다녔다. 그리고 다음날, 대학 예비소집에 다녀왔다. 교무과
장이라는 교수가 하얀 장갑을 끼고 입시 절차를 설명했다. 그리
고는 교무과 직원이라는 사람들이 수험표를 나누어 주었다. 수험
번호가 38번이었다. 삼팔 따라지라는 말이 께름칙하게 안에서
걸리적거렸다.

집에 들어왔을 때는 주인집 아들이 친구들과 고스톱 판을 벌리
고 있었다. 그는 자기가 가르치는 중학생을 데리고 옆방에서 수
학문제를 풀게 하고는 지켜보다가, 판이 끝나는 눈치를 보아 잠
자리에 들었다. 눈이 알알하고 잠이 오지 않았다. 주인집 아들들
이 밥을 비벼놓았다고 야참을 먹자고 해서 억지로 어울렸다. 기
름을 너무 많이 넣어 느끼했다. 야참을 먹은 속이 부하니 꺼지지
않았다. 겨우 잠이 든 것은 자정이 훨씬 지난 뒤였다.

어지러운 꿈을 떨치고, 자리에서 일어나자 머리가 휘뚱하고 휘
둘렸다. 밤에 연탄가스가 방으로 들어온 모양이었다. 거기다가
반 억지로 먹은 밤참이 얹혔는지 속이 느글거리고 거북했다. 아
침밥은 먹는 둥 마는 둥 했다. 대학 입학시험을 보러 가는 날 아
침은 그렇게 느글거리는 삭지 않은 기름기로 시작했다.

철대문을 밀고 밖으로 나섰다. 아침 바람이 쌀랑하게 품으로
몰려들었다. 신당동에서 용두동까지, 전날 길을 대충 알아 두었
지만 한 시간은 족히 걸어야 하는 거리가 발걸음을 서두르게 했
다. 신당동 길은 찬바람이 몰아쳤다. 매캐한 연탄 냄새가 코로 몰
려 들어왔다.

청계천 8가 쪽 우측으로 돌아 골목길을 걸어 들어갔다. 겨울이라서 청계천 복개공사를 하다가 방쳐둔 모양이 어지러웠다. 삐쭉삐쭉 돋아 있는 철근 끄트머리가 허옇게 먼지를 둘러쓴 공사자재들 사이로 강철 철사처럼 독기를 세우고 있었다. 잠시 걷자 청계천 얼어붙은 바닥에 기둥을 세운 판자집들이 열을 지어 다닥다닥 붙어 서 있는 게 보였다. 꺼먼 루핑으로 지붕을 이은 집들의 함석 굴뚝에서는 연탄 타는 연기가 하얗게 올라왔다.

"오빠야, 놀다 갈래?"

분홍색 티셔츠 폴라가 가느다란 목을 가린 여자애가 이쪽을 향해 쫓아와서는 주머니에 손을 넣은 팔을 잡아당겼다. 여기가 이름으로만 들었던 홍등가로구나 하는 생각이 들었다. 전날 이 골목이 그런 덴 줄 알았으면 다른 길로 갈 것인데, 길을 잘못 들었던 것이다.

"오늘 시험보러 가는 날입니다."

"씨발, 허우대 보고 쫓아왔더니 애숭이네."

여자애는 길바닥에 침을 퉤 뱉고는 돌아서서 판자집 안으로 들어갔다. 그는 잠시 판자집으로 들어가는 여자애의 분홍색 스웨터를 쳐다보고 서 있었다. 중학교 때까지 살던 동네 풍경이 떠올랐다.

하숙집이라고 불리는 고패집이 있었다. 남편이 '구루마'를 끌어서 생계를 유지하던 만근네 엄마는 '손님'을 잡아오는 데 이골이 났다고 소문이 돌았다. 하숙집에서 손님 잡아온 수당이 구루마꾼 남편보다 낫다는 이야기도 들렸다. 하숙이라면 한 달이든지 몇 달을 거기 묵어야 하는데, 만근엄마 뒤꽁무니를 졸졸 따라 올라갔다가는 금방 내려오는 손님들이었다. 동네에서는 애들 못된 본을 받는다고 눈길들이 곱지 않았다. 그 하숙집에도 분홍빛 스웨터가 예쁜 영란이라는 아가씨가 있었다. 아침나절 목욕 용품을 담은 비닐 바구니를 들고 나서면 동네 사람들이 흘금거리면서, 그러나 잠시 발길을 멈추고 입을 헤벌린 채 영란이를 쳐다보곤 했다. 눈부시게 아름다운 얼굴이었다.

청계천 다리를 건너 용두동 쪽으로 들어섰을 때는 등으로 땀이 배고, 속이 울렁거렸다. 시원하게 게워내고 싶은데 그럴 만한 데가 안 보였다. 공중변소가 어디 있는지 모르는 것은 물론 담모퉁이로 돌아 들어서면, 골목마다 '소변 금지'라고 뻘건 글씨로 써놓고는 가위가 그려져 있었다. 거기다가 오줌질을 하면 물건을 잘라 버린다는 위협이었다. 헛걸음을 하고 골목을 돌아나왔을 때 파출소가 눈에 들어왔다. 친절한 경찰이라는 입간판이 파출소 앞에 서 있었다. 파출소는 공공건물이고 시민 누구나 이용할 수 있는 기관이 아니던가. 잘 되었다 싶었다.

그는 파출소로 다가가 문을 밀고 들어갔다. 철창 안에 고개를 처박고 구겨져 있던 청년 둘이 고개를 들고 이쪽을 쳐다보다가는 아무런 관심이 없다는 듯이 다시 고개를 떨구고 머리를 긁적거렸다.

"무슨 일이야?"

"수험생인데, 일이 급해서요."

"자식이 여기를 공중변소로 아나…"

젊은 순경은 당장 꺼지지 못하겠느냐는 듯이 눈을 부라렸다. 경찰은 국민의 지팡이, 민주사회의 봉사자 그런 말들이 수멀거리면서 떠올랐다. 그는 사타구니 앞을 틀어쥐고 다리를 꼬았다. 젊은 순경이 파출소 뒤를 손으로 가리켰다. 거기 화장실이라는 작은 팻말이 붙어 있었다. 오줌이 시원하게 나오지 않았다. 분홍쉐타 생각으로 그랬던지 물건이 저절로 부풀어올라 있었다. 제발 너라도 내 속 좀 알아주라, 열중쉬어. 한참만에야 오줌을 누고 나왔다.

겨우 시간을 대서 시험장에 도착했다. 어제 보아 두었던 시험장으로 올라갔다. 낡은 책상 위에 먹으로 쓴 38번이라는 번호표가 붙어 있었다. 운명을 결정할 번호고 생을 좌우할 책상이었다. 그런데 그 자리가 바로 벌겋게 달아오른 난로 옆이었다. 땀으로 젖어서 아직 끈끈한 등에서부터 열이 나서 몸이 달아올랐다. 시험을 망칠 조짐이 겹으로 닥쳐오는 중이었다. 그는 눈을 감고 호흡을 골랐다. 아는 만큼만 쓴다, 다른 놈들이라고 용빼는 재주 있으랴, 칠 대 일? 〈수험번호 1236번〉이던가 하는 책도 있지 않던가, 천 대 일이라도 뽑힐 놈은 뽑히겠지. 내가 그 뽑히는 사람 되지 말란 법이 있더냐, 그렇게 다짐을 두고 오기를 발동하면서 속을 달랬다.

다른 친구들 어떻게 하고 있나 주위를 둘러보았다. 별로 신통하게 생긴 놈들이 눈에 안 들어왔다. 초등학교 이래 선생을 우습게 보는 외진 버릇이 있던 그인지라, 선생질이나 할 작대기들이 모이는 사범대학을 대수롭게 보지 않았다. 오기 때문인지 만용 때문인지 마음은 좀 가라앉기 시작했다.

마음이야 그저 눌러 가라앉힐 수 있는데 옆에서 활활 타오르는 난로는 점점 열기를 더 내뿜었다. 속이 메슥거리고 골치가 깨지는 것처럼 아팠다. 불을 줄여달라고 해야 하나 말아야 하나 하면서 문제를 풀었다. 메뚜기이마를 한 늙은 교수가 머리가 까만 젊은 교수에게 나무를 더 넣으라고 시킬 때쯤, 첫째 시간이 끝나가고 있었다. 첫 시간은 국어 시험이었는데 자신 없이 답을 한 문항은 거의 없었다. 수학은 예상한 대로 망쳤지만 그래도 세 문제는 풀 수 있어 다행이었다. 국사는 평균작이고, 생물은 예상한 문제들이 나와 그런대로 무난하게 답을 했다. 과락이라는 게 없기 망정이지, 과락이라는 제도가 있었더라면 대학 구경도 못할 형편이었다. 수학 때문이었다. 참고서를 장별로 찢어가지고 주머니에 넣고 다니면서 외기까지 했는데 돌아서면 아득한 망각의 영토로 바람에 날려가 버리고는 머리는 백지장으로 돌아갔다. 수학 실력이 그런데도 별로 마음을 졸이지 않은 것은 다른 과목이 그런대로 짱짱했기 때문이었다.

고등학교에 진학해야 하는 민사장댁 아들은 시험을 한 주일 남겨놓고 있었다. 그러나 성적이 제대로 닿지 않아 다른 학교에, 이차, 삼차 지원서를 내놓고 기다리다가 차곡차곡 끌려다니는 것처럼 시험을 보아야 했다. 그는 자기가 돌봐주어야 하는 학생의 입

시가 마무리되지 않는 바람에, 대학 입학시험이 끝나고서도 집에
내려갈 수가 없었다. 더욱 마음이 쓰이는 일이 있었다. 입주과외
를 맡았던 아이가 재수를 해야 하는 형편이 되면, 그는 잠자리는
물론 서울에서 오갈 데가 없이 거리에 부려진 신세가 되어야 했
다. 안팎으로 부모들의 형제가 단촐한 집안이라, 그 흔한 이모,
고모 아무도 서울에 자리잡고 사는 사람이 없었다. 거기다가 정
세까지 불안했다. 이른바 1 · 21사태가 일어난 직후였다. 뒤에 어
떤 매체는 그 1 · 21사태를 다음과 같이 정리하고 있다.

　　이 사건은 북한의 특수부대인 124군부대 소속 31명이 청와대 습격
과 정부요인 암살지령을 받고, 한국군의 복장과 수류탄 및 기관단총
으로 무장하고 휴전선을 넘어 야간을 이용하여 수도권까지 잠입하는
데 성공하였다. 그러나 이들은 세검정고개의 자하문을 통과하려다 비
상근무 중이던 경찰의 불심검문을 받고 그들의 정체가 드러나자 검문
경찰들에게 수류탄을 던지고 기관단총을 무차별 난사하는 한편, 그곳
을 지나던 시내버스에도 수류탄을 던져 귀가하던 많은 시민들이 살상
당하였다.
　　군 · 경은 즉시 비상경계태세를 확립하고 현장으로 출동, 28명을
사살하고 1명을 생포하였다. 이 사건으로 많은 시민들이 인명피해를
입었으며, 그날 밤 현장에서 비상근무를 지휘하던 종로경찰서장 총경
최규식(崔圭植)이 무장공비의 총탄에 맞아 순직하였다. 그날 유일하게
생포된 김신조(金新朝)는 그동안 김일성의 허위선전에 속아 살아왔음
을 깨닫고 한국으로 귀순하였다. 이 사건을 계기로 정부는 북한의 비

정규전에 대비하기 위한 향토예비군을 창설하였다.

　〔출처〕 1 · 21사태〔一二一事態〕 | 네이버 백과사전

　주변에서는 김신조 일당이 청와대를 쳐부수기 위해 내려와서 분탕질을 하는 바람에 종로경찰서 경찰들이 죽음을 당하고, 자주 국방을 강력히 하고 반공태세를 공고히 해야 한다는 이야기가 오갔다. 한편 북한이 다시 쳐들어오면 우리는 끝장이다, 아니다 반 공정신으로 무장한 군인들이 나라를 지킬 것이다, 반공하는 놈들이 혁명을 하느냐, 그런 이야기들이 돌아갔다. 몇 십년 만에 처음이라는 강추위가 연일 계속되었다.

　합격자 발표가 있던 날이었다. 아침 햇살이 환하게 창으로 비쳐들었다. 몸이 가뜬하고 머리가 맑았다. 빨아 말려 놓았던 운동화 깔창을 갈아 끼워 신고 집을 나섰다. 입학시험을 보던 날 들어섰던 청계천 그 길로 해서 가고 있었다. 전혀 의도하지 않은 길이었다. 분홍쉐타 아가씨가 나와 있을까 하는 호기심 어린 의혹이 지나갔다. 미친 생각이라는 느낌과 함께였다.

　게시판에 합격생들의 수험번호를 붓글씨로 써서 붙여 놓았다. 앞뒤가 휑하니 비어 나가고, 그의 수험번호가 또렷하게 눈에 들어왔다. 합격이로구나 하면서 게시판을 다시 쳐다보았다. 서무과에 와서 합격통지서를 받아가란 게시문이 합격자 명단 옆에 붙어 있었다. 통지서란 구절을 보면서 그는 입학금을 떠올렸다. 그리고 자연스럽게 입학금을 못 내면 합격이 취소된다는 생각을 했

다.

게시판을 다시 한번 흘끗 쳐다보고는 돌아설 때였다. 모피코트를 입은 여자와 맞부딪쳤다.

"눈을 어디 두고?"

짙은 향수 냄새가 풍겼다.

"죄송합니다."

모피코트 뒤에서 얼굴이 뽀얀 여학생이 물기 어린 눈으로 이쪽을 쳐다봤다. 그는 여학생의 깨끗한 목덜미를 바라보았다. 공연히 미안한 생각이 들었다. 그의 이름이 게시판에 붙어 있다는 것만으로도 죄송해야 할 판이었다. 내가 붙었기 때문에 너는 떨어져야 하는 것. 너와 나의 함수관계가 무엇인지 계산이 되지 않는 것이었다. 만일 저편에서 합격을 양보하라 한다면 의당 그렇게 해야 할 것 같은 생각이 들었다. 합격을 양보하고 무엇을 받는다는 생각은 없었다.

그는 대학에 합격하고 민사장댁 아들은 3차까지 모조리 떨어졌다. 스무 살의 영광과 패배가 그렇게 엇갈렸다. 합격증을 들고, 오랜만에 집으로 갔다. 어른들은 잘 했다, 애썼다 그런 치하를 했고, 그의 여섯이나 되는 동생들은 그게 뭔데? 하는 얼굴들이었다. 집안의 장남으로, 장남은 아버지 다음이라는 이야기를 하도 귀아프게 들은 나머지, 장남은 마땅히 그렇게 해야 하는 것쯤으로 생각을 하는지도 몰랐다. 집안을 위해 성공해야 하는 의무를 진 게 장남이었다.

입학금을 내야 하는 날짜가 차곡차곡 다가오고 있었다. 의도적으로 학비가 싼 학교를 선택하기도 했지만, 당시 입학금이 8천 원이었다. 대학교 교복 한 벌 값이었다. 그리 큰돈은 아니었다. 문제는 그 돈이 없다는 것이었다. 그의 아버지와 어머니는 백방으로 돈을 구하러 다녔다. 일주일을 사방으로 돌아다녀도 돈이 마련되지 않는 눈치였다.

그가 중학교 은사를 찾아가 형편을 이야기하고, 알아보기는 하는데 하는 기약 없는 대답을 듣고 어깨가 축 처져 돌아온 날이었다. 그의 어머니가 연탄아궁이에 연탄을 갈면서 코를 훌쩍거렸다. 그의 아버지가 다가가 어깨를 쳐주며, 참고 살아야 한다는 이야기를 했다.

"너무 분해서 그래요."

대개 이런 가닥이었다. 동네에서 돈 안 떨어진다는 맹씨네를 찾아가 사정을 이야기했다고 한다. 이야기를 다 듣고는, 가난한 집에서 뼈빠지게 자식 길러봐야 효도 하는 놈 하나 없다, 그러니 합격증서를 팔아라, 그러면 돈을 돌려 주마, 그런 제안을 했다는 것이다. 맹씨네 아들도 그와 같은 또래였다. 대학 합격증을 판다는 게 말이나 되는 소리냐고, 그러지 말고 좀 도와달라고 사정을 했다고 한다. 맹씨네 예편네가 한다는 소리가 이랬다는 것이다.

"가난한 집 애 많이 낳는다고, 당신은 그거 선수잖어? 징그럽게 칠남매를 어떻게 낳는다우. 건너말 최부자네가 씨받이를 구한다는데, 거기나 가 보시지 그러우?"

그의 어머니는 연탄집게로 부뚜막을 탕탕 두들기면서 헉헉 소

리내어 울기 시작했다. 그의 아버지는 먼산바라기를 하고 입맛을
쩍쩍 다실 뿐이었다. 그는 자신이 나서기로 했다.

2. 물에 빠진 베레모

그는 고등학교 삼학년 담임선생을 찾아갔다. 담임선생은 입학
상담을 하면서 그에게 교대를 추천했다. 그가 교육대학을 가야
하는 이유는 대개 이런 것들이었다. 우선 학교 다니면서 공부하
는 기간이 짧다는 것이었다. 당시 교육대학은 2년제로 운영되고
있었다. 졸업하면 금방 취직이 되는 것도 매력이었다. 거기다가
장남으로서 집안을 돌볼 의무도 있는 게 아니냐고 했다. 그는 담
임선생의 그런 권유가 못마땅했다. 풍금을 치거나 피아노를 칠
줄 모르면 초등학교 선생 노릇 하기 어려웠는데, 그는 음악에 재
주가 없을 뿐만 아니라 악기를 다룰 줄 아는 게 없었다. 속셈은
딴 구석에 있었지만 핑계는 그런 것이었다. 자기가 심사숙고해서
천거하는 교대를 마다하고 구태여 사대를 가겠다고 나서는 그가
달가울 까닭이 없었다. 아무리 서울대라지만, 사대와 교대는 거
기가 거기 아닌가 했을 터였다. 해서 마지못해 원서를 써 주었던
담임선생인지라, 찾아가기가 이만저만 면구스럽지 않았다.
그의 형편 이야기를 다 들은 담임선생은, 끝내 내가 뭐라고 하
더냐 하는 책망섞인 이야기는 하지 않았다. 아마 그가 졸업기념
으로 내는 교지에 「거울을 들여다보는 아이」 라는 소설을 썼고,

그 소설의 주인공에게 담임선생의 이름을 그대로 옮겨 달았기 때문에 달리 보는 구석이 있었을지도 모를 일이었다. 아무튼 알았다, 방법을 찾아보자 하는 답을 듣고 돌아왔다. 돌아오는 길에 철둑 아랫집 득수를 만났다. 득수는 리어카에다가 자기 아버지와 배달할 연탄을 싣고 있었다.

"대학에 합격했다지, 축하해."

그러면서 장갑낀 손을 등뒤로 돌렸다. 그러나 그의 얼굴에는 이미 연탄검정이 수염을 그리고 있었다. 그는 초등학교 때 아버지를 도와 연탄 배달을 하기도 했다. 일찍 웃자란 터라 어른 한몫을 넉히 해냈다. 연탄 한 장 배달하는 데 3원, 100장이면 300원, 입학금 8천 원을 마련하자면 2천6백6십6장, 그것은 나누어 떨어지는 숫자가 아니었다. 수고하라고 얼버무리고 돌아섰다.

집으로 가는 길옆에 캬바레에는 낮인데도 네온사인이 번쩍이고 있었다. 캬바레집 아들이 체대가 빨간 혼다 오토바이에다가 자기집 아가씬지 파마한 여자를 태우고 부웅 요란한 소리를 내며 지나갔다. 그 집은 무슨 소릴 들어도 돈 걱정은 안 할 거란 생각에 미치자, 목이 뻑뻑하니 막혀왔다. 가래를 돋구어 뱉았다. 머리를 스치는 한 장면이 있었다. 맞아 하고, 속으로 외치고는 가던 길을 곱집어 돌아섰다. 초등학교 육학년 때의 담임선생을 만나야 했다.

캬바레 주인은 근처에다가 색시집을 차려놓고 손님을 끌어들였다. 읍내의 내로라하는 인사치고 거기 드나들지 않은 이가 없다는 소문이 자자했다. 어떤 집은 거기 드나들다가 파탄이 나기도 했다.

어느 일요일이었다. 입주 아르바이트를 하루 쉬기로 했다. 일종의 휴가였다. 집에 가서 속옷을 갈아입어야 했다. 그의 어머니는 맹씨네서 장작을 패 달라는데 네가 할 수 있겠느냐고 물었다. 일당을 준다는 것이었다. 장작패기야 놀이 삼아서라도 할 수 있는 일이었다. 점심 먹고 시작한 장작패기가 거의 끝날 무렵이었다. 해가 뉘엿뉘엿 기울었다. 한나절 일당을 챙길 생각을 하면서 도끼질을 하다가, 옹이가 박히고 나뭇결이 꼬여 도끼날이 잘 안 먹는 등걸을 놓고 몇 차례 허탕을 치는 바람에 팔에 쥐가 날 지경이었다. 그는 이마에 땀을 훔치다가 퍼뜩 눈앞을 지나는 그림자 때문에 몸이 얼어붙었다. 손에 힘이 스르르 풀렸다. 머릿속으로 싸늘한 바람이 지나갔다.

초등학교 담임 이숙남 선생이 어떤 젊은 여자와 손을 잡고 그 유명한 색시집으로 들어가는 참이었다. 눈을 비비고 다시 쳐다봤다. 틀림없는 이숙남 선생이었다. 그렇게 존경하는 이숙남 선생이 타락해서 악의 구덩이로 빠져들다니. 친구가 될 만한 다른 여자라면 몰라도, 창녀와 사창가를 드나들다니. 이제는 구제할 수 없는 인간이 되었구나 싶었다. 존경하는 스승이 더러운 인간으로 추락하는 순간이었다.

도끼로 패서 흩어놓은 장작개비를 가지런히 정리해 쌓아 놓았다.

"공부만 잘 하는 줄 알았더니, 장작도 잘 패네."

맹씨네 주인여자가 한나절 일당을 챙겨 주면서 하는 소리였다.

칭찬인지 빈정대는 소린지 알 수 없는 말이었다.

그는 맹씨네서 받은 한나절 일당을 어머니 앞에 던지듯이 내놓고는 입주과외를 하는 집으로 돌아왔다. 주인아주머니가 저녁을 먹었느냐고 물었다. 먹었다고 대답을 해 놓고는 책상에 앉았다. 도덕적으로 건전해야 한다고 가르치던 선생이 사창가를 드나든다면, 누굴 믿을 수 있는가 싶었다. 속에서 울컥거리는 것이 올라와 아무 일도 손에 잡히는 게 없었다.

그는 편지지를 찾아 펼쳐놓고 편지를 썼다. '존숭하는 선생님께' 그렇게 시작한 편지를 다섯 장에 걸쳐 써 내려갔다. 초등학교 육학년 때부터 만나서 자기를 사랑해 주고 키워 준 이야기를 써 나가다가 이어서 스승에 대한 존경이며, 가장으로서의 책임이며 그런 이야기를 썼다. 끝에 가서는 사모님한테 매독 같은 성병을 옮기면 어떻게 하려느냐는 늙은이 같은 걱정을 적어 넣기도 했다. 아무튼 핵심은 아버지보다 더 존경하는 선생님을 잃은 제자의 슬픔을 아는가, 제자를 진정 사랑한다면 악의 소굴에서 어서 벗어나기를 바란다는 것이었다.

다음 일요일이었다. 입주과외 집으로 이숙남 선생이 찾아왔다. 그는 자기 선생 앞에서 고개를 푹 꺾고 서서 얼굴을 들지 못했다. 선생과 제자 둘 가운데 누가 더 부끄러웠는지는 알 수 없는 일이었다.

"자네 편지를 읽고, 가슴에 총알이 들어와 박히는 것 같은 충격을 받았어."

이숙남 선생은 고개를 떨구고 서 있는 그의 손을 이끌어 잡고는 입맛을 쩝쩝 다실 뿐 다른 말을 하지 못했다. 그날 그 이야기 말고는 다른 어떤 이야기를 했는지 그는 기억이 없었다. 그 뒤로 무슨 문제만 있으면 이숙남 선생을 찾아가 상의했다. 이전의 사제관계가 회복된 셈이었다.

그는 이숙남 선생 앞에서 사범대학 국어교육과를 선택한 까닭에서부터 입학금을 아직 마련하지 못한 것이며, 서울에 거처가 없다는 이야기를 자세히 털어놓았다. 그의 어머니에게 씨받이로 나서 보라는 이야기를 한 사람이 있었다는 것은 터놓지 않았다.

"자네 실력이면 법대 가서 판검사 할 재목인데."

"사범대학도 겨우 붙었을 걸요."

"안 그렇지, 자네는 이담에 대통령 해도 될 재목이야."

그는 속으로 피시시 웃었다. 초등학교 때 자주 듣던 이야기였다. 이숙남 선생은 늘 그렇게 말했다. 놈들이, 순전히, 똥 만드는 똥기계들만 모여가지고는, 똥기계가 뭔지 알기나 해? 유식한 말로 제분기라고 하는 거야. 딴 반 선생들은 그런 유식한 말 몰라. 그렇지만, 너희들 가운데 대통령도 나오고, 장관도 나오고, 도지사도 나올 거야. 그런데 떠들고 공부를 안 하면 누가 대통령을 하겠냐? 자, 이제 공부하자. 그런 일장 연설 끝에 아이들은 쥐죽은 듯이 조용해졌다. 그렇게 떠드는 애들에게 허풍을 불어넣기도 하고 겁을 주어 구슬러 놓았다.

입학금이 간데없는 주제에, 씨받이의 아들, 남의 집 장작이나 패 주는 녀석이, 대통령? 가당치 않은 이야기였다. 입학금은 고등학교 선생님이 해결해 줄 것 같으니 기다려 봐라, 서울대학교에 다닌다고 꼭 서울에서 살아야 하는 건 아니지 않으냐, 당분간 아버지가 인천에 있다니까 인천서 다닐 생각을 해 봐라, 그런 대답을 듣고 나왔다. 그나마 해결 방법은 방법이었다.

고등학교에서 입학금을 해결해 준 맥락은 그가 뒤에 들어서 안 일이었다. 그가 다닌 천안고등학교에서는 학생들의 학습의욕을 높이기 위해 장학제도를 이용하고 있었다. 월말고사에서 80점 이상을 받은 학생에게 장학생시험을 볼 자격을 주었다. 기말고사가 끝나면 2주 동안 다시 공부를 하게 하고, 이른바 장학생시험을 보았다. 그 시험에서 85점 이상을 받으면 장학생으로 학자금은 면제해 주었다. 3년 다니는 동안 세 번 이상 장학생이 된 학생이 서울대학교에 합격할 경우 입학금과 등록금을 대주는 제도였다. 그는 서울대학교에 입학한 학생 가운데 학교의 규정에 미치지 못했다. 장학생 시험을 볼 수 있는 성적은 늘 유지했는데, 85점 고개를 넘긴 적이 한 번도 없었다. 유례가 없는 일이었다. 교무회의가 열리고 논의가 길었다고 한다. 규정에 없는 일이 생겼으니 입학금만 지급하자는 결정이 났다고 들었다.

그가 고등학교에서 입학금을 해결해 주기로 결정했다는 소식을 들은 날, 그의 부모들은 신고 끝에 장만한 입학금을 들고 양복점으로 직행했다. 그렇게 해서 국립서울대학교의 첫머리 자모를 모아서 디자인한 '공산당 마크'가 새겨진 교복을 입고 입학식에 참석할 수 있었다.

대학에 들어가면 날개를 달고 하늘로 날아오를 것 같았던 기대는 그야말로 환상이었다. 환상은 늘 잔인하게 깨지는 법이다. 왜 대학에 왔는가를 자성하면서 진리를 향한 열정을 불태우는 순수의 성(城)을 지켜나가라는 총장의 축사하고는 아무 연관이 없는 시간이었다. 쭈글스럽고 신산한 날들이 이어졌다. 입주과외 자리가 나오기 전까지는 그의 부친에게 신세를 질 수밖에 없었다. 아들이 아버지의 신세를 진다는 게 말이 될 성싶지를 않지만, 그것은 틀림없는 신세였다.

당시 그의 아버지는 온양온천에서 일거리가 신통치 않게 되자, 막벌어 먹기는 그래도 낫다는 인천으로 거처를 옮겼다. 그 유명한 옐로하우스가 있는 숭의동에서 멀지 않은 지역에 여관촌이 들어섰다. 그의 아버지는 여관 건축공사에 미장공으로 일을 했다. 그것이 인천에서 버티는 언턱거리가 되었다. 한 번 뜬 동네로 돌아가면, 다시는 그 동네 떠나지 못한다는 이야기를 철석같이 믿었다. 그야말로 인천을 사수해야 한다는 의지가 돌과 쇠처럼 굳었다. 그래서 구한 것이 봄에 여관 개업을 하기 전까지 건물 관리하는 일이었다. 말이 건물 관리지, 여관 '조바실'에 연탄을 넣고 잠을 자면서 혼자 끓여 먹고 지내는 한심한 생활이었다. 이부자리며, 세탁이며, 식사 어느 하나도 편한 게 없었다. 대학에선 공부를 어떻게 하느냐, 대학 선생들은 얼마나 훌륭한 분들이냐, 데모라는 게 뭐냐, 4·19가 또 난다더냐 그의 아버지는 그런 질문을 퍼부어댔고, 그는 잘 모른다고 퉁명스럽게 대꾸를 했다.

인천에서 학교까지 통학을 했다. 그의 아버지가 끓여 주는 밥을 먹고는 동인천역까지 급히 걸어 나갔다. 동인천역에서 기차를 타고 서울역까지 와서, 다시 이문동행 버스를 갈아타고 용두동까지 가서 사람들 틈을 비비고 내리면, 학교에 들어가기도 전에 몸이 녹초가 됐다. 아침나절에 하루가 다 가버린 느낌이었다.

입학을 하고 두 주일이 지나자 친구들은 놀러갈 일들을 만들었다. 신입생 엠티 장소가 인천 송도로 결정되었다. 4월 초 개나리도 아직 피지 않은 송도는 갯바람이 매섭고 흙먼지가 일어 어지러웠다. 잎이 돋지 않은 나뭇가지 끝에 추위에 지질린 바람이 바르르 떨었다.

점심을 어떻게 먹었는지 기억이 없지만, 노래하고 술 마시고, 그리고 어깨를 겯고 사진을 찍었다. 그는 초등학교 4학년 때던가 술을 마셔 보고는, 술에 관한 한 순결을 지키던 터라서 술을 거의 안 마셨다. 한 친구가 술이 과해 몸을 가누지 못했다. 인천에 사는 사람이 그 친구를 집으로 데려다 재우는 게 좋겠다는 것이었다. 그런데 누가 이 술꾼을 집으로 데리고 갈 것인가가 문제였다. 한 친구는, 자기는 술 취한 친구 데리고 가면 같이 쫓겨난다고 발을 뺐다. 다른 한 친구는 술 먹은 친구와 어울려 다닌다는 것이 금기라 했다. 결국 그가 김주식을 데리고 그의 아버지가 관리하는 개업 전 여관집으로 갔다.

그의 친구는 밤새 토악질을 해대며 화장실을 드나들었다. 친구가 화장실에 다녀올 때마다 그의 아버지가 대야에 물을 떠다가 화장실 청소를 했다. 아침에 그의 아버지가 김치를 넣고 달걀까지 풀어 라면을 끓여 내놓았다.

"속 때문에 못 먹겠는데요."

"사아람이, 곡기가 들어가야 속이 가라앉어. 그래도 먹어야 헌
다."

친구는 입을 틀어막고 화장실로 달려갔다. 그가 쫓아가 친구의
등을 쳐 주었다. 깡마른 몸이기도 하지만 등쪽으로 뼈가 만져졌
다. 토기가 좀 멎었는지, 진저리를 치면서 일어나서는 몸을 화장
실 벽에 기대고 벌겋게 충혈된 눈으로 그를 바라봤다. 한참 쳐다
보다가는 뜬금없이 들이대듯이 물었다.

"너네는 어머니도 없냐?"

왜 아버지라는 사람이 걸레나 빨고 라면이나 끓이는 거냐는 물
음이었다. 그는 대답을 하지 않았다. 이 환경을 빨리 벗어나야 한
다는 생각뿐이었다. 그의 어머니는 온양온천에서 공사장을 쫓아
다니며 잡역을 하기도 하고, 식당 일을 돕기도 하면서 식구들의
식생활을 책임지고 있었다.

대학출판부에서 새로 편찬된 교과서들은 하나같이 무게가 있
었다. 책 판형이 크고 페이지 수가 많아 가지고 다니기가 여간 불
편하지 않았다. 대학에서 뭔놈의 교과서라는 게 있나 싶었다. 그
러나 교과서를 지참하지 않으면 강의를 따라가기 어려웠다. 억지
로 들고 다니는 교과서는 제쳐두고 교수들은 다른 이야기를 주로
했다. 교과서를 나가도 겨우 몇 장을 읽고 요약해 오라는 정도였
다.

당시 교육학개론은 필수과목이었는데, 줄담배를 피워 잇속이
누렇게 니코틴이 낀 모양이 영락없는 촌로 같은 김정화 교수가

맡았다. 그런데 그는 학교 출판부에서 발행하는 교과서를 쓰지 않았다. 자기 이름이 달린 『교육원리』라는 얄팍한 책을 교재로 썼다. 저렇게 빈약한 책 속에 무슨 원리가 들어있겠나 싶질 않았다. 거기다가 입가에 거품이 뽀글거릴 정도로 열심히 이야기를 했는데, 앞자리에 앉아 있다 보면 뺨으로 교수의 침이 튀곤 했다. 이른바 해타(咳唾)였다. 그는 윤동주의 시에 나오는 '늙은 교수의 강의를 들으러 간다'는 구절을 떠올리곤 했다. 맛있는 떡도 담는 그릇이 신통치 않으면 제 맛이 아니다. 그래서 그런지 뻐드렁니 김정화 교수의 강의 내용이 신통치 않게 들렸다.

〈사회과학개론〉은 아침부터 얼굴이 불콰해진 채 갸름한 가방을 들고 다니는 원융명 교수가 맡아서 강의를 했다. 막스 베버 이야길 할 때면 혼자 흥이 나서 열강이었다. 특히 사회과학 방법론을 개척한 막스 베버의 공적을 이야기할 때는 신명의 절정에 이른 듯했다. 이른바 이데알 튀푸스(ideal Typus)를 설정한 것이 막스 베버의 학문적 업적이라고 했다. 사회현상이 하도 복잡해서 일일이 묘사를 할 수도 없고, 전형적인 사회상을 관찰하기도 어려운데 이상적인 형태를 가설적으로 설정하고 그와 대비하여 사회현상을 기술하고 해석할 수 있는 방법이라는 설명이었다. 원교수는 소시알 사이언스라는 영어 명칭보다는 조찌알 비센샤프트라는 독일어 이름을 늘 썼다. 듣기로는 대학에서 독일어 강의를 할 정도로 실력이 쟁쟁하다고 했다. 언젠가 그는 원융명 교수에게 질문을 했다.

"사랑의 이데알 튀푸스는 무엇인가요?"

원교수는 신통한 질문을 다 받아본다는 듯, 안경 너머로 눈을 반짝이며 그를 쳐다보았다. 그러다가는 희랍철학에서부터 사랑의 개념이 어떻게 전개되어 왔는가 이야기를 제법 길게 늘어놓았다.

"요컨대, 이데알 튀푸스가 그렇듯이, 사랑 그건 유토피아, 없는 땅, 그저 이상향일 뿐이야. 하나 분명한 것은 안경은 도수가 맞아야, 도수가 맞아야 한다는 사실입니다."

그는 안경은 도수가 맞아야 한다는 말의 속뜻을 음미하고 있었다. 어쩌면 서울대학교가 너희들에게는 버거운 학교라는 이야기를 하는지도 모른다는 생각을 했다. 속중(俗衆)은 속중들끼리 어울려 살아야 한다는 이야기로도 들렸다. 올라가지 못할 나무는 쳐다보지도 말라는 그런 뜻일지도 몰랐다. 원교수는 자기 안경은 도수가 맞지 않는다는 듯, 안경을 벗어서 손수건으로 문질러 닦았다.

해외문학파의 한 사람으로 널리 알려진 이하윤(異河潤) 교수가 문학개론을 가르쳤다. 토마스 벌핀치의 '전설의 시대'를 읽으라고 권했다. 이후는 외국 돌아다닌 이야기, 술 이야기로 강의가 끝났다. 문학과 술이 무슨 관계가 있는가, 비교문학이라는 게, 한국에서 성립 가능성이 있기나 한 것인가 그런 의혹 가운데 처삼촌을 비롯한 집안 제사가 많기도 해서 휴강이 잦았다. 그러나 학교에서는 대단한 대접을 받는 듯했다. 프랑스 그로노블에서 전시를 했다는 시를 읽어 주기도 했다. 그가 뒤에 찾아본 걸로는 다음과 같이 되어 있었다.

끝없이 돌아가는 물레방아 바퀴에
한 잎씩 한 잎씩 내 추억을 걸면
물속에 잠겼다 나왔다 돌 때
한없는 뭇 기억이 잎잎이 나붙네

바퀴는 돌고 돌며 소리치는데
마음속은 지나간 옛날을 찾아가
눈물과 한숨만 자아내 주노니

······························

나이 많은 방아지기 하얀 머리에
힘없는 시선은 무엇을 찾는지—
확속이다! 공잇소리 찧을 적마다
강물은 쉬지 않고 흘러내리네.

　그들은 사월, 느티나무처럼 피어나는 젊은이들이었다. 거기 비
하면 늙은 교수는 머리가 허연 물방앗간 늙은이와 다를 게 없었
다. 시문학파고 해외문학파고 '늙은 비애'나 다름이 없었다. 퇴영
적 정서를 강요한다는 느낌을 받기도 했다. 그래서 당시 못마땅
하고 신통찮은 장면에서, 에이, 확속이다! 그런 감탄어가 유행이
었다. 치열한 내면의 고뇌를 그 낡은 물방아에 빗대는 것이 우스
운 일이기도 했을 터였다.

3. 무서운 버선코

철학개론을 비롯해서 몇 가지 강의 듣는 재미로 그럭저럭 학교에 나가고 있을 무렵이었다. 이숙남 선생한테 연락이 왔다. 입주할 데를 구했다는 것이다. 그는 역시 담임선생님 잘 만났다는 생각을 했다. 쩡쩡한 목소리와 부리부리한 눈, 푸릇한 수염자리가 늘 빛나던 이숙남 선생은 학교에서 거의 제왕처럼 군림했다. 그러나 누구도 그를 말리거나 제지하는 것을 그는 본 적이 없다. 그가 초등학교 6학년 일년 내내 전체반장으로 3천명 학생들 앞에서, 담임선생 표현으로 쪼무래기들 앞에서 차렷 열중쉬어 하는데 따라 착착 움직여주는 것을 보는 재미를 익힌 것은 순전히 담임선생의 의욕 덕분이었다.

"치사하지만 참고 지내도록 해라. 다른 데 구해지면 옮기지."

그렇게 해서 삼선동에 있는 시장 가운데 새우젓집에 입주 과외를 들어가게 되었다. 여관집 조바실에서 아버지와 같이 등 돌리고 자지 않아도, 누울 공간이 생긴 것이다. 옷가지며 책이며 해서 짐보따리를 지고 가는 길은 가로수가 녹음이 우거지기 시작하는 오월이었다. 담임선생이 치사하다는 것은 잠자리를 제공하는 것은 하지만, 그밖에 용돈이나 학비는 줄 수 없으니 같은 학년 애들을 모아 과외지도를 해서 용돈을 쓰라는 조건을 두고 한 이야기였다. 젓갈 냄새 가득한 2층 방에서 초등학생들을 모아 가르친다는 게 말이 가르치는 것이지, 조용히 하라고 목청을 돋우는 일로 시작해서 그렇게 끝나는 호통치기나 다름이 없었다. 오로로 몰려

들었던 애들이 돌아가면 졸음에 옭혀들어가는 주인집 애를 따로 앉히고 가르쳐야 했다. 눈꺼풀이 내려앉는 시간, 그는 졸고 학생은 얼레리꼴레리를 읊었다.

그 무렵 그가 다니는 사범대학에서는 서클활동이 잘 돌아가고 있었다. 방송반이니 경암회니 한국유네스코클럽, 향토개발회 같은 간판들이 청량대 언덕 밑에 자리잡은 학생회관에 즐비했다. 그 가운데 사대문학회가 있었다. 그는 중학교 때부터 소설을 써보기도 하고, 고등학교를 졸업하면서는 제법 길이가 긴 소설을 써서 교지에 싣기도 했던 터라, 다른 서클을 고를 생각 없이 사대문학회에 들어갔다. 사대문학회에는 쟁쟁한 선배들이 이름을 날리고 있었다. 시인 김원호, 시인 김광협, 그리고 소설가 박해준, 올라가서는 시인 김남조, 시인 김후란, 그리고 교양과정부의 김윤식 교수도 문학 선배라고 소개를 했다. 소설을 쓰는 구인환 교수도 선배라고 했다. 이름을 듣기만 해도 대단하다는 느낌이었다. 그러나 그가 대학에 들어오기 전에 읽어본 작품은 하나도 없었다.

사대문학회에서는 주말마다 모여서 합평회라는 것을 했다. 당시의 정황을 시인 유자효는 다음과 같이 전한다.

사대문학회는 매주 합평회를 열었다. 합평회에 작품이 오르면 성하게 돌아가는 경우가 별로 없었다. 작품에 대한 무자비한 비평과 난도질이 횡행했다. 살벌한 합평회가 끝나면 우리는 학교 근처의 막걸리집으로 몰려갔다. 안주 없는 카바이트 막걸리를 마시며 문학을, 인생

을 논했다. 시계며 학생증이며 사전이며 교과서까지 술집에서 맡아주
는 모든 소지품들이 막걸리 값으로 대체되었다. 격론이 도를 넘으면
때로는 서로 부둥켜안고 엉엉 울기도 했다. 그때는 왜 그렇게도 슬픈
일들이 많았을까? 이념과 전쟁으로 빚어진 가족사며 잘 안 되는 연애
며 잘 안 되는 문학이 우리에게는 눈물의 원천이 되곤 했다.

박정희 정권의 서슬이 퍼렇던 시절, 학기마다 데모로 교문이 잠기
던 시절. 우리는 시대의 암울함을 습작으로 풀었다. 당시 우리의 작품
소재 가운데 유난히 '겨울'이 많았던 것이 그런 시대상과 무관하지 않
았으리라.

그는 사대문학회원 가운데서도 무척 열성적으로 활동하던 학생이
었다. 그의 작품은 자주 합평회 석상에 올랐다. 그때에도 가차없는 비
판의 칼날이 가해졌다. 그러나 그의 경우 특이한 것은 인신공격에 가
까운 비판에도 전혀 동요하지 않는 것이었다. 그는 무서운 동료들의
비판을 겸허하게 수용했다. 그리고는 또 다른 작품으로 대답했다. (청
명시집 해설,156-157쪽)

이첨저첨해서 술자리가 잦았다. 군대까지 다녀온 선배, 김일태
가 같은 학년에 다니고 있었다. 하루 원고지 백장을 넉히 소화하
는 글꾼이었다. 그리고 군대를 경험한 때문인지 아는 게 많았다.
약간의 지적 시니시즘을 바닥에 깔고 있기도 했다. 술자리에 앉
으면 혼자서,

"육신의 해방 없이 영혼의 자유를 구하는 어리석음을 용서하소
서." 하고는 막걸리 잔을 들어 벌컥벌컥 들이켰다.

“자신을 구하라. 그대는 자지가 왜 자지인지 아는가? 스스로 안다 함은 존재의 궁극인에 대한 인식인 바, 소크라테스 영감태기도 너 자신을 알라고 외치지 않았던가? 이십 성상을 구름 낀 볕뉘도 쬔 적이 없는 그대들의 물건을 부활의 동굴에 담가야 마땅하지 않겠나.”

일장 연설이 끝나고 ‘착취 결사대’라고 해서 선배들한테 사대문학회 운영할 돈을 걷어온 데서 일정 금액을 나눠가지고, 미아리로 진군을 감행했다. 그는 미아리 텍사스촌 입구에서 갑자기 오줌이 마려워 사타구니에 손을 넣고 다리를 배배 꼬면서 선배들을 따라 여관으로 들어갔다. 천정에 쬐그만 형광등이 매달린 여관방은 바닥이 따뜻하고 침구도 깔끔한 편이었다. 옷을 입은 채로 누웠다. 피곤이 몰려와 몸이 가라앉았다. 혼곤한 잠에 빠져 물살에 흔들리는 듯 리듬감이 몸안에 돌아가기 시작했다. 잠이 들었다. 그러나 의식은 잠들지 않고 부지런히 들판을 헤맸다.

여기는 창녀의 집, 사창가에 와 있는 것이다. 인천에 있는 아버지 얼굴이 떠올랐다. 이어서 아무런 연관 없이 이런 말들이 떠올라 웅성거렸다. 창녀, 씨받이, 창녀의 아들? 창녀와 성인이 만나면? 매독, 성기를 잘라야, 자식을 둘 수 없는 형벌, 그게 정말 형벌일까. 이숙남 선생의 얼굴도 훤한 모습으로 나타났다가 사라졌다.

그가 눈을 떴을 때, 코빼기가 약간 꼬부라진 버선코가 눈앞에 하얀 살결을 드러내고 가지런히 놓여 있었다. 버선등 바로 위로 치맛자락이 하늘거렸다. 그는 고개를 돌려 버렸다. 흰 버선, 그것은 아득한 촉나라를 생각하게 했다. 서정주의 시처럼 '진달래 꽃 비 오는 서역 삼만 리'에나 아롱아롱 눈물젖어 있음직한 버선이었다. 그는 자기도 모르게 진저리를 쳤다. 버선코가 비수가 되어 가슴으로 파고드는 환상을 본 것 같기도 했다. 다시 진저리를 쳤다. 가슴으로 싸아하니 찬 기운이 지나갔다.

"왜 그러고 있어요?"

고운 목소리였다. 그가 올려다보았을 때 여자는 윗저고리를 막 벗는 중이었다. 치마를 졸라맨 위로 도톰한 가슴이 둥두렷이 떠올랐다. 그는 여자의 손을 잡아 저고릴 더 이상 못 벗게 제지했다. 손바닥이 군살이 박혀 딱딱하게 만져졌다. 시골에서 금방 올라온 모양이었다.

"내가 싫어?"

"아니, 우리 엄마가 생각나서, 그리고 누나가 생각나서…."

"바보 같긴, 워쩌면 우리오빠랑 똑같으까…."

여자가 먼저 울었는지 아니면 그가 먼저 눈물을 보였는지 둘이는 얼마동안 눈가를 훔치다가 여자가 결심을 한 듯 밖으로 나갔다. 그는 옷가지를 챙겨 걸치고 밖으로 나왔다. 맑은 하늘에 별이 쓸리고 있었다.

뒷날, 전과를 보고하는 자리가 술자리를 겸해서 벌어졌다. 그는 사실대로 털어놓을 수가 없었다. 먼촌 친척을 만나는 바람에, 소식을 묻고 하다가 그대로 나오고 말았다는 식으로 약간 스토리를 윤색해서 보고를 했다.

"생기긴 황우인데, 하는 짓거리는 고자야."

김일태 형이 그런 평가를 한 이후 얼마간 그에게 '고자' 씨란 별호가 붙었다. 그는 혼자 웃는 적이 있었다. 입에 침을 튀기며 강의하던 김정화 교수가 고자 이야기를 하던 것이 떠올라서였다.

"교육을 이야기하는 사람들 가운데, 성악설을 내세워 교육의 중요성을 강조하는 이가 있는가 하면, 성선설에 터한 가능성을 논하는 이들도 있습니다. 그런데, 성인 가운데 희한하게도, 불알이 없었는지 고자라는 양반이 있는데, 맹자하고 같은 시대 사람이고, 맹자한테 박박 대들었던 사람이 있어요. 그 양반은 사람의 본성이 본래 선도 아니고 악도 아니라서, 말하자면 타불라 라사인 셈일 건데, 물길 트는 대로 물이 흘러가는 것처럼, 사람을 어떻게 교육하는가, 어떤 방향으로 가르치느냐에 따라 어떤 인간이 되는가가 결정된다고 주장한 사람이 있었는데, 나는 그 사람을 따르는 편입니다."

그렇게 얘기한 내용이 기말고사에 출제가 되었다. 그는 고자에 관심이 있어서 맹자를 찾아 읽은 덕에 답안을 시원시원 제대로 쓸 수 있었다.

그에게는 강의가 일찍 끝나는 날이 없었다. 학교에서 강의가 끝나고 집에 돌아가야 편히 쉴만한 여건이 아니었다. 온갖 젓갈 냄새로 찌든 2층 방은 통풍이 시원치 않아 초여름부터 찜통이었다. 거기다가 입을 옷들이 반반한 것이 없어서 평상복이 잠옷이 되고, 잠옷이 교복을 대신하기도 하는 판이었다. 학교 도서관이나 빈 강의실이 그의 안온한 안식 공간이었다. 대학이라는 데서 받을 수 있는 혜택 가운데 혼자 앉아 공상할 만한 공간이 있다는 게 얼마나 큰 혜택이었던가.

4. 의상철학

어느 날이던가, 화사한 목련이 이울어 봄이 아쉽게 가는 날이었다. 3학년에 다니는 김대홍 선배가 그를 불렀다. 4·19 학생의거에 희생당한 학생상이 횟불을 들고 서 있는 교정에서 김선배는 그에게 바이올린을 켜 주었다. 그 곡이 슈만의 트로이메라이라는 것은 한참 지난 뒤에야 알았다. 바이올린 소리에 매혹되어 앉아 있는 그에게 겸연쩍고 미안한 듯 말머리를 꺼냈다.

"저기 거 뭐냐, 새것은 아니지만 다른 생각 하지 말고 받아 가지고 갔으면 좋겠다."

그렇게 멈칫거리면서 가방에서 신문지에 참하게 싼 물건을 꺼내놓았다. 올이 깔깔해서 제법 시원하게 느껴지는 여름용 검정 모직 바지였다. 그는 자기 아랫도리를 쳐다봤다. 한 달짼가 입고 다니는 낡은 골덴 바지였다. 바지에서 지린내 비슷한 냄새가 풍기는 것 같았다.

양복바지를 전해준 김대홍 선배는 그에게 서울 생활과 공부하는 법에 대해 몇 가지 이야길 했다.

"대학이라는 데가 말야, 사람을 용광로에 집어넣었다가 쇳물이 되면 완전히 새로운 모양으로 주형을 하는 데야. 대학은 말하자

면 일종의 멜팅폿이라고나 할까, 그런 곳이야. 나도 프렛시맨 때
는 그런 거 잘 몰랐는데 한 이년 다녀 보니까 대학이 뭔질 좀 알
겠더라니까. 과학을 하는 곳이야. 과학을 불어로 시앙스라고 하
잖아? 문학도 시앙스를 지향해야 해. 그러자면 방법론이 필요하
고. 메소돌로지, 그게 문제야. 문학도 과학으로 가야 해. 감수성
이니 열정이니 하는 얘기는 과학 못하는 작자들의 뜬구름 잡는
얘기일 뿐이야. 시앙스 드 라 리떼라뛰르를 지향해야 한단 말야.
문학의 과학, 그게 필요한데 그러자면 언어학을 공부해야 해. 언
어학하면 소쉬르, 페르디닝 드 소쉬르를 알아야 하는 거 아닌가.
꾸르 드 링귀스티크 제네랄(Cours de Linguistique Générale), 일반
언어학 강의, 그걸 원어로 읽을 정도는 돼야 문학을 과학으로 이
끌어가는 방법론을 모색할 수 있단 거야. 너 그 책이 얼마나 대단
한 책인지 모르지? 문학한다고 겉멋만 들어 가지고 이마에 주름
이나 잡고 술 퍼먹으면서 변설이나, 자아류의 변설이나 늘어놔선
암 것도 안 돼. 그러니까 공부해야 되는 거지. 그래서 작가들을
능가하는 비평을 하는 거야, 비평 말야. 그거 근사한 사업이라
구."

　그가 잠시도 끼어들 틈을 주지 않고, 김선배는 이야길 이어갔
다. 문학은 과학이 돼야 한다, 열심히, 언어학을 공부해야 한다,
그리고 비평을 해야 한다는 등이 요점인 것 같았다. 우리말 사이
사이 끼어 넣는 불어 단어 때문에 그는 기가 질렸다. 고등학교에
서 독일어를 공부했음네 하면서, 첫걸음은 아니니까 교양불어 정
도는 무난하겠지 하고 수강신청을 하긴 했는데, 진도가 지지부진

인 상태였다. 당시 카프카를 번역해서 한국에 소개한 김정진(金晸鎭) 교수가 기초 독어를 가르쳤다. 휴강이 잦았고 때로는 조교가 대강으로 들어오기도 했다. 김교수는 두터운 안경을 끼고 늘 베레모를 쓰고 다녔다. 교양 독일어 교재 내용이 신통치 않다는 듯, 설렁설렁 넘어가기도 했고, 독어과와 축구시합을 하기로 했다면서 휴강하면 안 되겠느냐고 대표가 묻자 말로는, 그렇게 자주 강의 빼먹으면 되겠냐 하면서도, 마침 잘 됐다는 표정을 감추지 못하고 "젊을 땐 운동을 해야 하느니", 그렇게 너그럽게 학생들의 청을 들어주곤 했다. 교수가 저러는데 그저 대충 하면 되겠거니 하고 지내는 동안 독어에 관심이 점점 멀어졌다. 이래서 대학이 자유로운 건가, 의문이 들면서도 당장 과제에 시달리지 않아 편하고 일과 끝나면 입주 아르바이트 집에 들어가야 하는 형편인 그에게 할랑한 강의는 학교생활을 견디게 하는 숨통과도 같았다. 옹색한 흙집의 바람구멍처럼 여겨지는 휴강이었다.

"비평도 문학에 들어요?"

"자네가 아직 비평 공부를 안 해서 그런 모양이구나. 영어권에서는 문학의 이론(Theory of literature)나 크리티시즘(Criticism)이나 거의 같은 뜻으로 쓰이는 형편이야. 비평의 과학화, 객관화를 도모해야 하고, 그래야 헛소리 못하고 문학에 진지하게 달려들 수 있는 거야. 비평의 예술성도 인정을 해야 할 것이지만, 분석과 구조화가 바탕이 된 비평은 결국 과학을 지향해야 해. 왜냐고? 소쉬르에 따르면 언어 기호는 기표와 기의로 되어 있어. 기표는 형식이고 기의는 내용이야. 불어로 기표는 시니피앙이라 하고 기의는 시니피에라고 하잖아. 문학도 그런 구조로 되어 있다 그런 설명이야. 그러니까 비평을 공부해야 한다구."

"이제 아르바이트 때문에 가야 하겠네요."

김대홍 선배는 일어나서 옷을 터는 그를 바라보고 딱하다는 표정을 지었다. 아르바이트에 얽매이면 공부는 언제 하느냐는 걱정이 어려 있었다. 사실 시간은 좀 일렀다. 그러나 선배의 이야기에 기죽고 앉아 있기 싫어 둘러댄 빌미가 그 아르바이트였다.

"아, 문득 생각나는 일이 있군. 자네 고등학교 교지에 소설 쓴 적 있지?"

"그걸 소설이라고 할 수 있을지, 아무튼 하나 써 봤어요."

"그렇지? 제목이 거울을 쳐다보는 아이던가?"

"거울을 쳐다보는 게 아니라, 들여다보는 아이지요."

"그래 맞아. 잘 썼더라구. 뭐랄까, 고등학생 수준의 나이에 빠져들 만한 자의식의 세계랄까. 그런 소설 쓰기 쉽지 않다구. 소설 계속 써 봐."

"비평을 해얀다고 그랬잖아요?"

"자네가 뭘 몰라서 그래. 비평가는 소 등에 붙은 쇠파리 같은 존재라고 프랑스의 사르트르가 그렇게 말했단 말야. 작품 없는 비평이 어디 있어? 그리고 매슈 아놀드는 문학은 인생에 대한 비평이라고 했어. 둘 다 해야 하는 거겠지."

"알았어요."

"뭘 알았는데?"

"공부 열심히 하라는 거잖아요?"

"구체성이 없어. 소설도 치열하게 쓰고, 비평도 열심히 공부하란 말이지."

그는 대충 알았다고 하고 넘어갈 선배가 아니라는 생각을 하며, 김대홍 선배를 올려다보았다. 마침 목련꽃이 지고 있었다. 4·19 희생자 동상 옆에 선 목련 나무에서 하얀 꽃잎이 툭툭 떨어져 내렸다. 김대홍 선배는 일어서서 양손을 허리에 올리고는 노래를 부르기 시작했다.

"목련꽃 그늘 아래서 베르테르의 편질 읽노라

……빛나는 꿈의 계절아 눈물 어린 무지개 계절아."

김대홍 선배는 신념에 가득 차 있었다. 문학은 과학을 지향해야만 한다는 신념은 당시 '의미론' 초창기에 의미론을 공부하며 저서를 계획하고 준비하느라고 얼굴이 하얗게 쇠도록 연구실에서 공부를 하던 이주용 교수의 영향인 게 분명했다. 당시 그렇게 알았다기보다는 뒤에 알게 된 것인지도 모를 일이다.

"오늘 알바 제킬랍니다."

"쫓겨나면 또 딴 수가 없겠니. 좋다, 가자."

그렇게 해서 그는 선배들과 술자리에 어울려 늦게까지 어지러운 말잔치 속에 휘둘렸다. 인생이 죽고, 문학이 죽고, 젊은이들의 가슴에 비애의 안개가 스멀거리는 그런 말들의 잔치였다.

그는 이주용 교수한테 교양국어 강의를 들으면서 이교수가 어떤 공부를 하고 있는지 대강은 이해하고 있었다. 교양국어 시간에 『논어』 이야기를 하면서 틈틈에 소쉬르도 소개하고 투르베츠

코이의 음운론도 설명했다. 음소의 기능에 대한 설명은 매우 인상적이었다. 언어의 최소 단위로 의미를 부여해 주고 의미의 변별을 가능하게 하는 단위가 음소라는 것이었다.

"물, 불, 술… 여기서 ㅁ,ㅂ,ㅅ 그런 게 음소인데, m, p, s 같은 소리 단위가 각각 水, 火, 酒라는 의미를 갖게 하고, 물의 m과 불의 p가 두 단어의 의미를 달라지게 하기 때문에, 음소에 의미 변별 기능이 있다는 것입니다. 알겠지요?"

"선생님, 질문 있습니다."

"질문? 해 보게나. 공부 잘하려면 질문을 잘해야 돼요. 뭐랄까, 문제 제기를 잘해야 한다는 뜻이지요."

"술은 불이 물에 녹아 있는 상태의 물질인데, 그 두 요소가 함께 표현되지 못했으니 의미부여는 미흡하고, 의미 변별 또한 잘 안 되는 거 아닌가요?"

"자네 어제 술 먹었지?"

그는 대답을 하지 못했다. 그러고 보니 머리가 지끈거리고 이마에 열이 있어 잘잘 끓는 듯했다.

"그런 책도 있어. 불타는 샘이라고, 영어로 버닝 파운틴 (Burning Fountain)이란 책이야. 필립 휠라이트라는 사람이 쓴 책인데, 비유를 이해하는 데 크게 참고가 될 수 있는 책이지. 그건 비유, 즉 메타포지 사실을 지시하는 게 아닙니다. 메타포는 동일률을 무시하고 모순율을 인정하는 데서 출발합니다. 잘 모르겠다는 표정인데, 자네 선배 가운데 김대홍이라고, 공부 열심히 하는 친구가 있으니 가서 물어보게. 그 사람은 문학과 어학을 같이 공부하는 사람이야. 아마 앞으로는 어학 모르고 문학 한다고 못할 거네."

이주용 교수는 잠시 말을 끊고 창밖을 내다봤다. 분필가루가 하얗게 묻은 손이 메말라 보였다. 손등에 푸른 핏줄이 유난히 돋아나 보였다.

"박목월의 시 사월의 노래에 말야, 그렇게 되어 있지? 돌아온 사월은 생명의 불꽃을 밝혀든다. 생명의 불꽃은 생명 이퀄 불이라는 도식으로 되어 있지? 또 다른 예로 조지훈의 시에 '세사에 시달려도 번뇌는 별빛이라' 하는 빛나는 구절이 있는데, 자네들도 알지? 말하자면, 별과 벌은 어와 여가 의미를 변별하게 해주고, 그러니 어와 여는 각각 한국어에서 음소가 되는 것이고, 벌, 뻘, 펄에서는 ㅂ, ㅃ, ㅍ이 대립되면서 음소 자격을 획득해서 의미를 변별해 주는 겁니다. 이들을 상관속이라고 하는데, 그건 다음에 이야기하기로 하고."

"그럼 발, 빨, 팔의 경우, 빨이란 말은 없는데 그건 어떻게 설명합니까, 선생님?"

"쌍비읍(ㅃ)이 동일한 음운 환경에서 의미부여 작용을 못하는 예가 되는 거지, 그건."

그는 속으로 발, 빨, 팔이란 단어를 떠올려 보다가, 그것도 같은 방식으로 설명이 되겠구나 하는 생각을 했다. 그런데 발이란 말에 연상이 되어 그런지, 양말, 버선, 버선코, '사뿐히 접어올린 외씨 버선이여' 하는 구절도 떠올라 머릿속을 어지럽게 흘러 다녔다. '무서운 버선코'란 단어와 함께 미아리에서 그놈의 한 코를 끝내 못하고 돌려보낸 아가씨의 군은살이 못박힌 손이 떠올랐다.

5. 목련꽃 그늘 아래

사월이 저물어가던 어느 날이었다. 부산고등학교를 나온 친구 한왕석이 점심을 같이 먹자고 했다. 구내식당에서 볶음밥을 맛있게 먹었다. 식당 문을 나서는 그의 뒤에서 따라오던 한왕석이 그를 불러 세웠다.

"다리 아프나? 와 잘룩거리며 걷노?"

발꿈치에 티눈이 자기도 모르게 조금씩 자라올라 근육을 자극하는 바람에 절룩거리며 걸은 모양이었다.

"티눈이 있어서."

김춘수 시인은「나의 하느님」이란 시에서 하느님이 내 발바닥의 티눈을 핥아주지 않는다고 불평을 털어놓았다. 푸줏간에 걸린 살점, 슬라브 여자의 기억 속에 가라앉은 놋쇠항아리… 고등학교 국어선생 손정준은 그렇게 설명했다. 하나의 대상을 성질이 다른 여러 대상들과 연결짓는 상상력이 돋보이는 시라는 것이었다. 그는 하느님도 핥아줄 수 없는 티눈에 시달리고 있었다.

그를 한참 쳐다보던 한왕석은 이런 고약한 질문을 했다.

"그래? 그런데 구두는 왜 안 신노?"

그는 무슨 못된 짓을 하다가 들키기라도 한 것처럼 자기 발을 내려다보았다. 고등학교 때 신던 검정 운동화를 아직도 그대로 신고 있었다. 친구 한왕석의 시선이 와서 꽂히는 운동화는 가난의 땟국이 잘잘 흘렀다. 운동화 속의 발은 물에 빠진 것처럼 음습한 물기 속에 첨벙거리는 듯했다.

"아르바이트하제? 그 집에서 구두도 하나 안 맞춰 주더나?"

그는 고개를 들어 하늘을 올려다보았다. 청량대에 서 있는 느티나무 가지 끝에 작은 잎눈들이 막 피어나려고 톡톡 터지는 소리가 들리는 듯했다.

"뭘 그리 보노?"

"느티나무 잎이 터지는 소리 들려?"

"그런 소린 시인이나 듣는 거 아이가? 정신 나간 시인들이 하는 소린 기라."

"느티떡이라고 알아?"

"내둥 밥 놔두고 뭘라꼬 느티나무 잎을 뜯어다 떡을 찌겠노? 빈티나는 소리 그만 하그라."

그는 다시 입을 다물었다. 하기는 빈티가 절절 넘치는 소리인지도 모를 일이었다. 쑥의 약효가 어떠니 하는 소리는 녹용으로, 인삼으로 몸을 보하지 못하고 병이 깊어져야 쑥 뜯어다 삶아먹는 이들이 늘어놓는 자기변명인지도 모를 일이란 생각이 들었다.

"와 그래 풀이 죽는 거가? 내 뭐 못할 소리 했나? 내 모르는 소리 하니까 그런 대답이 나오제. 니 고향이 어디라?"

"왜? 충청도 촌놈이다."

"촌놈, 참 촌놈답다."

그는 부산 동래가 한왕석의 고향이라는 것을 신입생 환영회에서 들은 게 기억에 남아 있었다. 하긴 동래라면 부산이 부각되기전에는 경상도의 중심지였고, 부산에 진(鎭)이 설치되었을 때 동래는 부사가 동헌에서 호령을 하던 땅이라 촌티는 벗어난 고장이

어다. 그건 옛날 이야기고 부산의 동쪽 구석 고을쯤으로 그는 동래라는 곳을 평가하는 편이었다.

"오후 강의 있제? 그 전에 나랑 갈 데가 있다. 따라온나."

한왕석은 그의 대답을 듣지도 않고, 그 훤칠한 다리를 움직여 경충경충 걸어갔다. 한왕석이 걸어가는 뒤로 짧은 그림자가 짙게 드리워 출렁거렸다.

그는 자기 의향도 묻지 않고 일방적으로 끌고 가다시피 가는 한왕석이 좀 도도하다는 생각이 들기도 하고, 한편으론 그렇게 자신 있는 태도가 믿음직해 보이기도 했다. 맘 좋게 허허 웃는 웃음도 소탈해서 그의 빈 구석에 듬직한 물결로 다가오는 믿음이기도 했다.

한왕석은 청량대를 지나 왼편 운동장으로 접어드는 길목에서 뒤를 흘금 쳐다보고는 빙긋 웃었다. 악의가 있어 보이지는 않았지만 여전히 속셈을 알 수 없는 웃음이었다. 언덕 밑으로 학생회 사무실과 서클 사무실들이 나란히 배치되어 있고, 학생들이 부지런히 드나들었다. 거기는 친구들이 자주 드나드는 데라 익숙하기도 하면서, 한편으론 그가 가입한 서클이 없는 터라 낯설기도 했다. 구내다방 다빈(茶賓) 옆에 구둣방이 있었다. 학생들 구두도 수선해주고 가방끈을 갈아준다든지 하는 소소한 일로 겨우 명맥을 이어가는 구둣방이었다. 어쩌다가 구두를 맞추어 신는 사람이 있기는 한 모양이지만 그런 손님은 많지 않아 보였다.

"아무 소리 말래이. 내 하라는 대로 하그라."

구둣방 문을 밀고 들어가면서 한왕석은 그에게 다짐을 받듯이 말했다.

"나는 구두가 불편한 사람이야."

"졸업할 때까지 운동화 신고 다닐 참인가? 하나 맞추거레."

그의 변명이 통할 까닭이 없었다. 사실 변명이 아니었다. 어쩌다가 구두 맞춰 신고 다니는 사람들이 발꿈치가 까졌네, 발가락이 부르텄네 하는 소리는 들었어도 자기가 구두를 길들여 신어본 적이 없었기 때문에 구두가 불편한지 아닌지는 알 수 없는 동네의 일이었다.

"이 친구 이 구둣방에서 제일 좋은 걸로 하나 맞춰 주이소."

"아니, 불편하대두 그러네."

"친구가 하나 해 준다는데 맘놓고 맞추세요."

그는 잠시 생각을 정리하느라고 어정쩡히 서서, 발끝으로 구둣방 바닥을 문지르고 있었다.

"정 그러면 가장 저렴한 걸로 하세요."

"저렴한 구두? 그거 몬써요. 발꿈치 다 까지고 발병도 나고 그래요. 그리고 노상 와서 구둣골을 치기도 해야 하니까 불편하죠. 기왕 해준다는데 제일 좋은 걸로 하세요. 친구 좋다는 게 뭔데요."

"안 했으면 좋겠는데, 나는 역시 운동화가 편해."

"정 그러기가? 내가 니 오해해도 좋으나? 내 하라는 대로 하그라. 암 소리 말고."

그는 발 사이즈를 재기 위해 골판지 위에 발을 대고 앉아 있기가 너무 불편했다. 발냄새가 솔솔 올라오는 것 같고 양말이 뚫어지지 않았나 마음이 조이기도 했다. 발바닥에 땀이 나서 종이 위에 물기 밴 발자국이 찍히는 것도 마음이 쓰였다. 그런 발에다 구두를 신고 다닌다고 해도 금방 발냄새와 가죽냄새가 엉켜 더 지독한 빈취를 풍길 것만 같았다.

"발이 상당히 크시네요. 이 발에 맞는 구두골이 있을라나 모르겠네."

"뭘 먹고 발이 그렇게 컸노? 발 큰 도둑놈이라던데."

"발은 우리 몸의 기초랍니다. 발이 커야, 몸의 기초가 든든해서 떡 버티고 서서 잘 걷고 달리고 할 수 있습지요. 공부도 기초가 튼튼해야 대성하는 것처럼 말이죠."

발이 크면 도둑이고 머리가 크면 장군감이라고 하던 할아버지 얘기가 떠올랐다. 한자어로 두대왈 장군이요 족대왈 도적이라 했는데, 발만 커서 신발 너무 쉬 닳는다고 나무라면서도 기특하다고 그윽히 바라보고 흐뭇한 웃음을 짓던 할아버지였다. 그래 그 큰 발로 온 세상 누비고 다니면서 큰일 많이 하거라, 그런 이야기를 참 많이도 들으면서 자랐다. 할아버지의 얘기처럼 큰 발을 옹호해 주는 구둣방 아저씨는 화법의 모범이라는 생각이 들었다.

발을 다 재고 겨우 발 크기에 맞는 구두골을 찾았다고 하며 사흘 뒤에 와서 맞추어보자고 하는 이야기를 듣고 구둣방을 나왔다.

교내 찻집 다빈 앞에서였다. 소 길마처럼 척 구부러진 널판에다가 녹색 글씨를 쓰고, 새긴 솜씨가 눈에 띄는 간판이었다.

"저 글씨가 우리 과 이응백 선생님이 썼다지, 아마."

"차 마시러 오는 손님, 뜻이 좀 무덤덤하지 않아?"

"아닌기라. 다방이니 찻집이니 하는 것보다는 품위가 있잖노?"

그러면서 한왕석은 그에게 차를 한 잔 하자고 이끌었다. 그는 또 거북했다. 차라고는 중학교 때 수학을 담당했던 정순영 선생 댁에 갔다가 홍차를 내왔는데 찻잔에 담긴 티백을 스푼으로 찢어내어, 홍차 찌꺼기가 찻잔에 퍼지는 바람에 촌놈 소릴 들은 게 전부이다시피 했다. 다방에는 가본 적이 없었다.

"난, 차가 불편해."

"세상에, 왼갖 거 다 불편함사 무슨 재미로 사노?"

그는 끌려들어가다시피 찻집으로 들어갔다. 마침 손님이 없는 시간이라 마담이 마룻바닥에 물을 뿌리고 걸레질을 하는 중이었다.

"우리 위티 하나씩 주세요."

홍차에다가 위스키를 타주거나 홍차와 위스키 한 잔을 따로 주는 것을 위티라 했다. 대낮에 위스키를 마신다? 그것도 교내에서. 몸에 맞지 않는 옷을 입고 옷이 조여 오는 것처럼 온몸이 조여 왔다. 한왕석은 그의 찻잔에다가 위스키를 부어주었다. 차만 마시고 위스키는 남길까 봐 하는 행동 같았다.

"티눈말야, 그거 내버려두면 고생하니라. 병원에 가서 수술 받아라."

"티눈을, 그까짓 걸로 수술을?"

"얕보면 안 된다니까. 병은 병이야. 병은 은유가 아냐. 티끌의 눈이 아니라니까. 병은 치료의 대상이야. 그건 그렇고, 선배 김대홍 형이 스터디그룹 하나 만들자던데, 같이 할 생각 있어?"

"그 형 노상 공부하는 얘기만 하지. 무슨 공부를 하자는데?"

"문학의 이론이란 책을 같이 읽는 데서 출발해서 공부하자는 모임이라카던가."

"우리한테 너무 어렵지 않을까? 그 책 번역판을 읽어보니까 뭔 소린지 하나도 모르겠더라고."

"번역이 엉터리니까 영어로 된 원서를 읽자는 거라. 그게 오히려 쉽다는 기라."

위스키 탄 홍차가 슬슬 술기운을 올리는 바람에 얼굴이 후끈거리기 시작했다. 번역판도 어려운데 영어 실력이 얼마나 된다고, 이른바 원서를 읽자는 것인지 도저히 맞상대를 할 수 없는 적수들에 둘러싸인 느낌이었다. 대학의 친구들은 동지이면서 적이기도 했다. 우호적인 분위기 가운데 그의 열등감을 하나하나 들춰서 햇빛 아래 내놓은, 살벌하기 그지없는 사막 한복판에 발가벗고 선 존재가 되어가는 듯했다.

"아무튼 같이 참여하는 걸로 한다. 알제?"

그렇게 해서 두어 차례 모임이 이루어졌고 문학의 이론(Theory of Literature) 첫글자를 모은 TOL이란 모임이 결성되었다. 김일태 형은 불길하다 했다. 소리가 같으면 뜻이 같다면서, TOL이나 TOLL이 결국 그게 그건데, 헤밍웨이의 소설 『누구를 위하여 종은 울리나』에 연상되는 조종이 톨 아니냐는 것이었다. 우리 청춘의 조종을 미리 덩그렁대며 잔망스런 짓을 할 일이 아니라는 것이었다.

"한왕석이 너, 부산 동래가 집이라고 했지? 서울선 어디서 다녀?"

"우리 자형네서, 누님이 해주는 밥먹고 다니는데, 자형한테 영 미안하고 누님한테 죄송하고 그러네."

"누님댁이면 마땅히 그래야지. 동생이 서울 와서 공부하는데, 나 몰라라 하면 안 되지."

"안 될 건 또 뭐고? 이십 넘었으면 혼자 살아야지."

한왕석은 오히려 그의 이야기를 알아듣기 어렵다는 반응이었다. 그는 자기가 뭔지 잘못 생각하고 있는지도 모른다는 일종의 억압감과 안에서 돌아가는 이상기류 때문에 열이 올랐다 내렸다 했다. 봄날 오후의 연무 낀 가로로 바람이 사납게 지나갔다.

"자형이 뭘 하시는데?"

웬만큼 자별한 사이가 아니면 남의 직업을 묻지 말아야 한다던 도덕 담당 김용무 선생의 이야기가 의식의 틈바구니를 비집고 삐끔이 밀고 올라왔다. 그는 가정환경조사서 보호자 직업란에 '건축업'이라고 써 넣곤 했다. 따지자면 건축과 관련된 일을 하기 때문에 그렇게 쓴 것이 생판 허위라 하기는 어려울지 모를 일이다. 그러나 헌 집 수선해주는 직업을 '고건물복원전문가'라고 쓰는 거나 별반 다를 바가 없었다. 사실, 그의 부친은 촌동네에서 방이나 뜯어 놓아주고 연탄 화덕이나 갈아 묻어 주는 게 주업이었다. 재수가 좋아 어디 집 짓는 데 불려가면 벽에 몰탈을 솜씨 있게 바르는 미장공이었다. 흙손 한 자루로 육남매와 장인, 장모 그리고 아내 그렇게 열 식구의 호구를 해결해야 하는 고단한 생애였다. 그만한 식구가 살자면 그야말로 건축업을 해야 마땅하기는 했다.

"대학 접장이라, 신당동 산꼭대기에 있는 대학에서 경제학 가르치는 훈장인기라. 접장하고 사느라고 누님이 고생이라."

"교수란 말이잖아?"

"보그래, 사람이 어찌 그리 순진하노."

"순진하다니?"

"접장이 뭐라꼬?"

"성균관 대제학 그런 거 아냐?"

"그런 소리 차뿌라."

그는 친구 한왕석이 교수를 접장이라고 하면서 신통치 않은 존재로 바라보는 안목을 이해하기 어려웠다. 그가 운동화 코끝을 쳐다보며 눈을 내리깔고 있을 때, 한왕석이 다짐을 받듯 말했다.

"자형한테 책값을 받았는데 잔뜩 남아. 그래 친구 구두 하나 해주는 거니 부담 갖지 말레이."

다빈을 나와 교정으로 들어서는데 김대홍 선배가 신입생 여학생 박록윤과 나란히 교문을 나서는 게 보였다. 그와 한왕석은 거의 동시에 저런, 하며 발을 멈췄다. 전날 엠티를 간다고 가서 친구들 앞에서 '제비'를 시원하게 불러 부러움을 샀던 박록윤에게 선배가 눈독을 들이다니, 숨이 막히는 장면이었다.

6. 도서관과 관음보살

그가 대학에 들어갈 당시, 과외는 두 가지 유형이 있었다. 하나는 입주 과외로 학생의 집에서 숙식을 해결하며 그 집 학생이 공부하는 것을 거들어주는 형태였다. 숙식을 해결해 주기 때문에 급료가 그리 넉넉하지 않은 편이었다. 다른 하나는 학생들을 모아놓고 가르치고 매월 보수를 받는 형식인데 그룹 과외라고 했다. 그는 두 가지가 복합된 형식의 과외를 해서 호구를 해결했다. 입주해서 그 집 중학생 아이를 돌보아 주는 한편, 작은 아이 또래들을 모아 놓고 가르쳤다. 주인집에서는 따로 보수를 주지 않아도 되는 이점이 있고, 두 아이를 한꺼번에 돌봐주는 효과도 있었다.

대학 일학년, 말이 좋아 프렛시맨이지 이미 폭삭 늙어버린 몸을 이끌고 하루하루 견뎌내는 것이 그의 서울살이 초엽의 실상이었다. 우선 체력이 딸렸다. 시도 때도 없이 졸렸다. 수마란 말이 실감이 날 지경으로 졸음이 몰려와 그의 의식의 머리채를 나꿔채곤 했다. 억지로 도서관에 가 자리를 잡고 앉으면, 책 한 페이지를 제대로 넘기지 못하고 고개가 꺾이곤 했다. 졸릴 때 최선의 방책은 자는 것이라고 변명을 하면서, 자기를 위로해 가다가 책상에 엎어져 자면 도서관 사서가 보다 못해 슬그머니 다가와 깨워주곤 했다.

어지러운 꿈이 오가는 가운데 잠에 빠져 있다가, 다가오는 인기척과 함께 향긋한 화장품 냄새가 풍겨오면서 부드러운 손길이 어깨에 와 닿을 때, 그는 안온한 부끄러움 속에서 잠을 깨곤 했다. 그때 청량대 맞은편 돈대(墩臺) 위에 있던 도서관에 사서가 몇이 있었는지는 잘 기억되지 않았다. 그러나 그의 잠을 깨워주던 사서 두 사람을 그는 선명히 기억하고 있다. 하나는 정경진이란 사서였는데, 광대뼈가 좀 불거지고 얼굴 피부에 주근깨가 닥작거렸는데, 얼굴 윤곽선이 각이 져서 좀 날카로운 인상이었다. 그러나 짙은 눈썹 아래 물기 머금고 반짝이던 눈빛을 그는 선명히 기억한다. 반납 창구에서 책을 받을 때 책장을 풀풀 넘겨보고는 연필로 밑줄을 그었거나 메모한 데가 있으면, 용서 없이 한소리를 들어야 했다.

"학생 혼자 보는 책이야, 이게? 개념이 쪽박이야."

어떤 때는 지우개를 가지고 와 낙서를 꼼짝없이 지워야 돌려보내기도 했다. 복사시설이 신통치 않아 미국 유학 간 선배들이 복사하는 일로 아르바이트했다는 이야기가 부러움의 대상이 될 때였다. 필요한 내용을 손으로 베끼자면, 자연 책에다 이런저런 표시를 해야 했다. 한번은 반납기한이 지나 읽지 못한 채 그대로 반납을 하게 되었다. 사서가 그를 불렀다. 그리고는 물었다.

"읽으면서 더럽혀진 책과 안 읽어 깨끗한 책, 어느 게 더 책답다고 봐요?"

대답할 말이 없었다. 빌린 책을 안 읽고 돌려준다는 데 대한 책망이 담겨 있었기 때문이었다. 책을 더럽히더라도 읽어야 책이라는 이야기는 강의실에서 들을 수 없는 진실이 담겨 있었다. 그는 그 사서의 이야기가, 텍스트는 독자의 독서를 통해 의미체로 완성된다는 독자반응비평(reader response criticism)의 논지와 상통한다는 것을 대학원에 가서야 비로소 알았다.

그가 책상에 엎어져 자고 있을 때 와서 깨워준 다른 사서 하나는 이순덕 사서였다. 얼굴이 둥글고 갸름한 데다가 피부가 깨끗해서 거부감 없는 인상이었다. 오른쪽 볼엔가 검은 사마귀가 하나 있어 평범한 얼굴에 매력의 점을 찍은 것 같았다. 학생들은 그 사서를 두고 삶은 무 같다며 별 매력이 없다고 했다. 그러나 그는 달랐다. 그의 어머니는 '무던한 사람'이 가장 좋은 사람이라고 그의 귀에 못이 박히도록 이르곤 했다. 그가 문학을 공부한다고 하니까 뻐딱쟁이 며느리 데려올까 봐 하는 소린지는 몰라도, 사람은 특히 여자는 모나지 않고 무던해야 한다는 것이었다. 별 주변머리 없는 남편과 쪼들려 살면서 개성적인 모서리가 닳아버린 자기 삶을 생각해서 하는 소리 같기도 하고, 무던하지 못했던 삶에 대한 회한이 그런 식으로 표현된 것인지도 모를 일이었다. 어머니의 지론에 따르면 이순덕 사서야말로 그의 이상형이 될 만했다.

　해가 뉘엿뉘엿 도서관 서쪽 언덕으로 기울고 있었다. 하루 저무는 게 한 세기가 끝나기라도 하는 것처럼 서글프고 처연한 생각에 휩싸이게 했다. 구일환 교수의 문학개론 리포트를 준비하느라고 책을 빌려 놓고, 구상에 구상을 거듭하다가 아무 소득 없이 날이 저무는 것이었다. 그는 책을 책상 위에 놓아 둔 채 도서관을 나섰다. 청량대의 선농단(先農壇) 향나무 밑에 가 앉았다. 서쪽 노을이 대지를 달구면서 타오르는 불꽃처럼 황홀할 지경으로 고왔다. 문학에서 낭만주의적 지향과 현실주의적 지향의 속성을 자료와 작품을 바탕으로 규명해보라는 것이 구일환 교수가 제시하는 화두였다. 대학 신입생으로서는 만만치 않은 과제였다.

그는 잠시 낭만주의의 빛깔은 무엇일까 하는 생각을 했다. 노을이 어쩌면 그런 빛깔일 거라는 짐작이 갔다. 그러면 현실은 어떤 빛깔일까? 회색일 터였다. 콘크리트와 아스팔트로 덮인 도시의 빛깔, 그게 현실일 것. 이론과 현실이 찢긴 틈새에 노을은 피어난다. 그런데 하늘은 물어뜯고 싶게 푸르다. 그는 머릿속에 그런 명제를 하나 만들어 넣었다. 땅은 검다. 검은 땅과 푸른 하늘 그 사이가 낭만과 현실이 갈리는 지평선이다. 그런데 괴테는 이론은 모두 회색이고, 생명의 황금나무는 초록이라고 했다. 초록의 반대편, 혹은 초록의 대지나 초원이 끝나는 곳 거기 피어나는 노을. 낭만과 현실 사이에 멜랑꼴리가 있다고 바꿔보았다. 비애? 어디도 정착하지 못할 비애.

해가 지고 땅거미가 밀려들기 시작했다. 땅거미는 고혹적이면서도 소름 돋는 두려움을 불러오는 묘한 시간이었다. 그는 하고 싶은 것이 많았다. 과학자도 되고 싶었고, 화가도 되고 싶었다. 세상을 놀라게 할 만한 소설을 써 보고 싶기도 했다. 그런데 사범대학이라는 데는 그런 꿈을 이루어 낼 수 있는 의욕을 길러내는 요람이 아니었다. 거기다가 절인 배추처럼 늘어지고 처지는 몸을 이끌고 하루를 견뎌가야 했다. 노을이 땅거미로 스며드는 그 시점에 이미 와 있는 것이 자신의 현실이란 생각에 이르렀다. 교사, 박봉, 루틴한 삶, 문학 공부도 신통치 못하고, 언어도 깊이 탐구하지 못함은 물론 작품에도 자신이 없었다. 구일환 교수의 과제는 결국 낭만과 현실의 틈바구니에서 찢겨 선혈이 노을처럼 번지는 너 자신을 분석해 보라는, 그래서 다른 결단을 해보라는 명령과도 같은 것이었다.

쿼바디스, 쿼바디스 도미네, 나는 어디에 머리를 두고 자리를 잡아 누워야 하나? 그런 의문 끝에 눈앞에 새까만 어둠이 절벽처럼 밀려왔다. 이래선 안 되지. 이렇게 무너져선 안 되지. 몸은 점점 현기증의 소용돌이 속으로 몰려 들어갔다. 어둠은 콜탈처럼 짙은 점액질이 되어 그의 온몸을 휘감았다. 머리를 흔들고 눈살에 꼿꼿이 힘을 주어 정면을 응시했다. 저만큼 앞의 공간에 그윽한 미소를 띤 얼굴로 관음보살이 이쪽을 향해 천천히 걸어왔다. 옷자락을 나부끼는 대로 향이 번져 공중에 퍼졌다.

"관음보살!"

그는 관음보살의 품으로 쓰러져 안겼다. 엉치로 찌릿한 전율이 다가왔다. 그 전율은 등뼈를 타고 목으로, 목에서 머리로 지지직 소리를 내며 올라와 두피를 뚫고 공중으로 퍼져갔다.

"학생, 정신 차려."

사서 이순덕이 땅바닥에 자빠져 있는 그를 내려다보며 정신 차리란 말을 거듭했다. 그는 얼얼한 엉치를 털며 일어섰다.

"뭐랄까."

사서 이순덕은 잠시 망설이다 얘길 했다. 퇴근할 때까지도 학생이 안 들어오길래 책을 보관했다 다음날 줄까 했는데, 가방도 옆에 있고 해서 수위에게 잘 봐 달라고 일러 놓고 나오다가 선농단에 앉아 있는 그를 발견하고는, 어떻게 하나 지켜보고 있었다는 것이었다. 그대로 두고 가면 무슨 일을 저지를 것 같아 발이 떨어지지 않았다고 했다.

이순덕 사서는 그를 끌고 가다시피해서 적십자병원 응급실로 갔다. 당시 적십자병원은 마장동에 있었다. 의사의 말로는 빈혈이라고 했다. 무엇보다 푹 쉬면서 잠을 제대로 자고 잘 먹으라고 했다. 많이 듣던 공식과 같은 얘기였다. 그게 의사의 이상이라면 그의 현실은 의사의 이상과 반대방향으로 치달아가고 있었다.

"설렁탕 먹을 생각 있나? 내가 사주고 싶은데."

그는 대답을 하지 않았다. 영양제 한 병을 맞는 동안 이순덕 사서는 아무 말도 없이 무슨 책인지 책에 눈을 박은 채 의자에 앉아 있었다.

"내가 거기 있을 거라고 어떻게 생각했어요?"

그가 설렁탕에 든 국수사리 가닥을 건져 올리다가 물었다.

"책을 읽으면 그런 예감이랄까 예지력이랄가 그런 게 생기더라구."

도도록한 이마며 군데 없이 도톰한 광대뼈, 약간 살이 붙어 복성스러워 보이는 볼, 그리고 깊은 생각에 잠겨 연민 어린 듯한 눈빛이 정말 관음보살의 얼굴 같다는 생각이 들었다. 수월관음이 저렇거니 하고 있을 때였다.

"절망 직전에 환상이 오는 법이야. 아예 절망하면 환상도 없어요. 학생이 환상을 보는 걸 봐서는 아직 절망은 멀었어. 잘 먹어야 해. 영혼은 육신 안에 깃드는 거야. 우리 같은 사람들은 육신이 부실하면 정신도 못 견디지."

"설렁탕 속에 이데아가 있다는?"

"남의 얘길 그렇게 세속적으로 둘려치면 되나, 못 써."

그는 식탁에 팔굽을 대고 턱을 괴고 앉아 이순덕 사서를 한참 올려다보았다. 왼쪽 다리를 오른쪽 무릎 위에 접어 올리고 앉은 모습이 점점 반가사유상을 닮아가고 있었다. 그는 후우하고 참았던 숨을 내 쉬었다. 사서가 다리를 옮겨 괴자 스커트자락 사이로 분홍색 내복 끄트머리가 문득 내비치다가 덮였다. 그의 눈이 반짝 띄었다.

"그래, 나는 국민학교 삼학년 학생의 엄마야. 관음보살이 아니니까 착각하지 말아. 애엄마란 게 뭔지 알아?"

그가 위대한 모성, 거룩한 희생, 생명을 탄생하게 하는 창조자, 그런 단어를 떠올려 꾀고 있을 때, 이순덕 사서가 의자를 뒤로 밀면서 일어서서 한 마딜 던졌다.

"현실주의자, …자기 몸은 자기가 주인이야. 악착같이 먹어야 돼."

이순덕 사서는 그의 어깨를 두어 번 두드려 주곤 식당을 나갔다. 밖에 가로등이 환하게 밝았다.

봄 가뭄이 너무 오래간다고 걱정하던 날씨는, 유월로 접어들면서 때이른 무더위까지 몰고 왔다. 캠퍼스는 종강 분위기로 술렁였다. 1·21사태를 겪은 해이기는 하지만, 어느 정도 안정을 되찾아가고 있었다. 대학생 군사훈련을 실시한다는 정부의 발표가 있었고, 거기 반대하는 데모가 자주 벌어졌다. 그는 그해 초에 입영 신체검사 연기원을 제출하지 못하고 신체검사를 받아 갑종 판정을 받았다. 다음해 5월에 입대가 예정되어 있었다. 그는 〈유토

피아의 현실화 표상으로서의 관음상〉이라는 보고서를 썼다. 낭만
주의와 현실주의 사이에 노을처럼 피어나는 미학 이념의 형상이
설정되는데, 그 표상이 관음보살이란 가설을 가지고, 문학작품에
다루어진 관음과 연관된 모티프를 찾아 정리해서 제출했다. 내용
이 구일환 교수의 낭만적 이상주의 이념에 맞았는지 최고점을 받
았다. 독일어는 조교가 낸 시험문제에 동사 변화를 손도 못 대어
결국 D를 받았다.

7. 나그네 설움

날이 점점 더워지면서 그의 입주 아르바이트집, 새우젓 도가는
젓갈 냄새로 집 안이 가득했다. 숨이 막힐 지경이었다. 아이들도
공부하는 데 진력을 냈다. 거기다가 중학교 무시험 입학 실시를
국가의 교육정책으로 발표했다. 과외가 떨어지고 주인집에서 나
가라 하면 오갈 데 없는 처지가 된다는 걸 생각하면 앞길이 아득
했다. 그래서 그는 궁리 끝에 주인댁에게 기초 학력이 중요하다
는 이야길 하기 시작했다. 중학교에 들어가는 것은 시험 없이 들
어간다고 해도 중학교에 가서 공부 잘하자면 기초학력이 튼튼해
야 한다는, 하나마나한 이야기였다. 그리고 학급배정을 위해 정
치고사를 보게 되는데 거기서 좋은 점수를 받자면 하던 과외는
반드시 지속해야 한다는 논지였다. 그러나 이순덕 사서가 얘기하
던 그 현실주의자 애엄마들에게 그의 알량한 낭만주의적 설득이

씨가 먹힐 턱이 없었다. 그는 당시 한기언 교수의 '기초주의'에 대한 책을 읽은 결과가 학생들의 기초가 튼튼해야 한다는 논지로 전개된 것은 아닌가 생각하기도 했다.

방학, 대학에 들어와 처음 맞는 방학이었다. 그러나 아무 계획도 세울 여건이 아니었다. 김대홍 선배는 부산 한왕석의 집에 며칠 가서 머물다 오겠다며 '떠나는 거야' 그렇게 힘주어 목소릴 높였다. 서울 친구들은 가뭇없이 지붕 밑으로 숨어들고, 지방 친구들은 귀향이었다. 분명한 작정이 없는 친구들 몇몇이 도서관에 나왔다가 학교 앞 다방, 당구장, 주점 그런데서 어슬렁거렸다. 방학에는 TOL도 쉬자고 했다. 부담이 없어 편하기는 하지만 주위가 허전하고 공연히 허적거려졌다.

그는 입주하고 있는 집주인한테 일주일만 여행을 하고 오겠다고 시간을 얻었다. 흑산도에 사는 친구 이영소에게 전보로 흑산도행을 알리고는 거의 무작정 기차를 탔다. 목포행 완행열차였다. 가뭄은 가히 살인적이었다. 철로 연변 들판이 한 군데도 성한데가 없이 벼가 누렇게 말라가고, 어떤 데는 논바닥이 쩍쩍 갈라진 것을 멀리서도 눈으로 확인할 수 있었다. 논 가운데 밀짚모자를 쓴 농부들이 허수아비처럼 망연히 서있기도 했다.

농민, 농촌, 박동혁, 계몽운동, 문학의 계몽화 그런 생각들로 머리는 어지러웠다. 비평론을 들은 선배들이 자기들 들은 강의 내용을 두고 왁자한 토론을 벌이던 일이 떠올랐다. 그 가운데 '농민'을 생각하게 하는 게 '농민소설'이었다. 농촌소설은 농촌을 배경으로, 농촌을 소재로 한 소설이라고 했다. 거기 비해 농민소설은 농민의 의식이 계층개념과 함께 전형으로 형상화된 소설을 가리킨다고 했다. 농촌소설은 가짜 농민소설이라는 것이었다. 그렇다면 이광수의 『흙』 같은 작품은 사이비 농민소설이 되는 셈이었다. 농민의식이 생활 속에 구체화된 게 아니라 도시의 지식청년이 농촌에 들어가 시혜적으로 농민을 위한 봉사를 한다는 내용은 농민의식과는 거리가 멀다는 것이었다. 김대홍 선배의 동기생 가운데 입이 건 신하철이 있었다.

"의식만 가지고 살아? 농자 천하지대본이라고 하지? 엿먹으라고 해. 대본? 푼돈도 안 돼. 천본."

"그렇게 말하지 마, 농민 없으면 뭘 먹고 살아?"

"농꾼들이 대단한 건, 그들은 하늘을 믿거든. 자연의 질서에 순응하는 생활을 하고 말야. 해 뜨면 일어나 밭에 나가고 해 지면 돌아와 밥해 먹고 마누라랑 슝슝해서 새끼도 낳고, 그래서 나라가 유지되는 거잖아. 그런데 좆도 모르는 것들이 농촌계몽을 한다고 나서서 염병지랄들을 하고 그래? 엿이나 먹으라고 해라."

신하철은 손으로 감자를 먹이면서 그렇게 열을 올렸다.

"농촌을 이해하자면 농촌체험이 필요한 거는 당연하지."

"농민이 이해의 대상이란 말이지? 누구를 위한 이해야, 그게?"

"그래야 이해의 지평이 열리는 거잖으냐구."

"지평? 호리즌트 말이야? 조절, 지금 우리한테 그런 한가한 지평이니 전망이니 하는 허깨비가 도무지 뭐라는 거야?"

"안 그러면 계층의 이동가능성이 막힌단 말야."

"계층, 그게 누구네 가게에 배달할 물건인 줄 알아? 계층은 재생산된다구. 혁명하는 것들 말로는 그렇지. 사실이 그렇지 않아? 좆빠지게 공부해서 너네 집안이 계층 상승이 될 줄 알아? 좁쌀 계급 훈장은 대를 이어 훈장질이나 하는 거야. 귀족은 몇 놈만 있어도 된단 말야. 속지 말라구. 농민의식, 그게 뭔데? 나중에 의병에나 참여해서 패가망신하던 데 소용되는 그런 아둔한 의식이잖아? 왜 모가질 내놔? 미쳤어? 비굴하게 살아도 비굴한 삶을 증거하는 작자는 두엇 있어야지. 그래서 소설가가 필요해. 소설가 입아구에 안 걸려 들어오는 것들이 없잖아? 편견 없이, 편 가르지 않고 세상 바라보는 게 그게 작가잖은가 말야. 농민은 농민이야. 마찬가지로 작가는 작가야. 누구네 집이나 지키는 개가 되면 작가 아니지. 권력에 아부하는 작가는 작가가 아냐."

"너무 비관적 비전 아닌가? 우리 나이가 몇인데?"

"비극? 비극적 황홀이란 거 몰라?"

저 마른 들판에 허수아비처럼 서 있는 농민의 의식란 과연 뭘까? 그런 생각이 머리를 부글부글 끓어오르게 했다. 그런 가운데 계층이 재생산된다는 말이 메슥하게 안에서 밀고 올라왔다. 사대, 교직, 직업안정성, 인간을 육성하는 일, 국가 백년의 대계 그런 말들은 일종의 이데올로기에 기반된 허위의식일지도 몰랐다. 교대를 가라고 추천하던 고등학교 담임선생의 주름진 이마를 보고, 나는 저런 상이 되지 말아야 한다고, 사대를 선택하기는 했지만 신신한 구석은 없었다.

목포로 내려가면서 중학교 2학년 때부터 펜팔로 사귄 친구를 생각했다. 친구는 편지에서 꿈을 이야기하곤 했다.

청소년 시절은 꿈과 함께 성장하고 꿈 때문에 좌절하는 시기이다. 중학교 때 그는 온통 꿈에 젖어 살았다. 그가 꿈에 몸을 담그고 꿈에 젖어 살았던 원인은 대체로 두 가지인 듯하다. 하나는 척박한 삶이 그를 꿈에 잠기게 했다. 막노동이나 다름없는 미장이로서 열 식구의 목구멍을 틀어막아야 하는 그 아버지의 호락손을 생각하면 현실에 발을 붙인다든지 하는 것은 생각만 해도 머릿살 내둘리는 일이었다. 그는 하루하루 살아가는 고단한 삶 가운데, 삶이 견디는 것이라는 점을 조금씩 깨달았다. 호락호락한 삶이 아니었다. 먹을 것이 생기면 먹고 마실 것이 생기면 마셔야 하는 게 삶의 철칙처럼 그의 마음속에 자리 잡았다. 아무 음식이나 생기면 아구적대고 먹어야 했고, 잠자리도 타박하지 말아야 했다. 그런 중에 소위 잘사는 사람들의 삶에 대한 기대 혹은 장래 소망이 그로 하여금 꿈에 잠기게 했다.

다른 하나는 가망성 없는 의욕을 발동시키는 것이었다. 위대한 과학자, 위대한 문인, 위대한 교육자. 그는 그런 꿈들로 머릿속이 가득했다. 국민학교(초등학교)는 물론 최소한 중학교 때까지 그는 학교에서 성적으로, 도덕적 품행으로, 리더십에서 남이 따르지 못할 능력을 발휘했다. 성적은 늘 최상위였고, 그림도 잘 그리고, 글도 제법 잘 썼다. 몇몇 백일장에 나가면 장원도 하고 교내 백일장에서는 그 나름 두각을 나타내었다. 학교 선생들은 그에게 대단한 기대를 갖고 그에게 일종의 완장을 채워 주었다. 완장을 찬 인간의 행동이란 대부분 가식과 허위의식으로 가득하기 마련이다. 그의 경우도 그와 별반 다르지 않았다. 그가 자기인식이 비교적 분명해진 것은 고등학교에 진학하면서부터였다. 기대하기로는 입학 성적이 수석이 틀림없다는 것이었다. 그러나 입학 성적이 전교 8등, 10등 밖으로 밀려나지 않은 것만도 체면유지는 되는 셈이었다. 학비 면제를 받을 수 있는 여건이 전혀 아니었다. 그래서 입학 때부터 학자금 때문에 수많은 곤욕을 겪어야 했다. 아무튼 중학교 때까지 그가 꾸었던 꿈이 깨지는 시기가 고등학교에 입학하면서부터였고, 버릇이 남아 허황된 시도를 자주 하기는 했지만 대부분 물거품이 되곤 했다.

대학에 들어오면서 서울 어디에도 머리를 둘 곳이 없다는 절박한 상황은 현실에 대한 깨달음을 키우는 동시에, 그를 더욱 낭만적 꿈을 향해 치달리게 하는 무작정의 열정을 불러왔다. 그가 떠난 여행도 그런 열정의 한 자락인 셈이었다. 아르바이트를 해서 조금 유축한 돈을 가지고 친구 이영소를 찾아 흑산도로 향한 것은 여행의 여건 따위는 아랑곳 없는 '만행'에 가까운 짓이었다.

목포에서 흑산도로 들어가는 배를 탔다. 그는 당시 친구 이영소가 흑산도의 중심부, 그의 중학교가 있던 '진리'라는 데에 살고 있는 줄만 알았다. 간다고 했으니 마중이야 당연히 나오리라고 믿었다. 그러나 실제로 그의 친구 이영소의 고향은 흑산도 옆에 있는 '대둔도'라는 섬이었다. 동네 이름이 수리(水里)였다. 그렇게 무작정으로 길을 나서는 버릇은 그 뒤에도 그가 살아가는 데 빈발하는 일종의 증상과도 같은 것이 되었다. 그는 자신의 행적을

두고 헤겔의 낭만적 아이러니의 법칙을 따라 자신도 그렇게 살아
왔다고 분석하곤 했다.

아무튼 여름 방학, 흑산도로 들어가는 배는 귀향하는 사람들로
가득했다. 같은 해 서울대 법대를 지원했다가 떨어진 이영소는
학원에서 수강생 관리를 돕는 '기도'로 일하면서 학원 그늘에서
생애를 부지하며 지냈다. 그가 이따금 찾아가면 뿌루퉁한 얼굴로
맞이하는 것과는 영판 다르게 먹고 마시는 데는 부잣집 아들이
따르지 못할 정도였다. 그렇게 지내던 그가 고향으로 돌아가는
것은 그의 형 때문이었다.

월남전에 맹호부대 요원으로 참전했던 그의 형 이광소가 귀국
해서 고향으로 돌아가는 길이었다. 형을 따라 고향으로 돌아가는
낙방생과 대학에 합격한 친구가 같은 배를 타게 되었다. 그게 인
연인지 우연인지 알 수 없는 일이지만 같은 배에서 이영소 형제
와 그가 같이 만난 것은 예사로운 일이 아니었다. 그때부터 그는
정작 중학교 때부터 편지를 주고받은 친구보다는 그의 형과 더
가까운 사이가 되었다.

배에 올라 선실에 들어가지 않고 갑판 위에서 멀어져 가는 육
지 풍경을 바라보며 다도해의 경치에 넋을 잃고 서 있을 때였다.
머리에 빵이 커다랗게 오글오글한 모자를 쓴 홀태바지 차림의 또
래가 이쪽을 바라보고 있었다. 배 위에서 친구를 만난 것이었다.
친구의 차림은 좀 불량스러워 보였다. 서울에서 만나면 반색을
하곤 하던 친구는, 이상하게도 반가운 내색을 하지 않았다. 자기
는 대학에 떨어지고 그는 대학에 합격해 다니고 있다는 것이 그

런 표정을 하게 하는 것이거니 하면서, 그는 반갑다는 이야기를 좀 과장되게 거듭했다.

"우리 형이다, 인사해라."

딱딱 굳은 음성이었고, 어정쩡한 태도였다. 콧날이 우뚝하고 눈이 형형한 빛을 발하는 청년은 얼굴이 검게 그을어 보였다.

"저 꼬라지 봐라. 공부한다는 놈이 완전 딴따라 꼴로 돌아다니면서 저 꼴이니 내가 억장이 무너진다. 저 놈 앞길이 훤하다 훤해."

그렇게 시작한 동생에 대한 타박은 쉬지 않고 계속되었다. 월남이란 데가 어디 야자수 그늘 아래 꽁까이 처녀랑 사랑이나 속삭이는 그런 낭만적인 곳으로 아느냐. 총알이 핑핑 날아다니고, 베트콩의 화살이나 칼이 언제 날아와 가슴에 박힐지 모르는 그런 사지에 가서, 돈 좀 벌어서 동생놈 하나 가르치겠다는 일념으로 목숨을 걸고 월남에 갔던 것인데, 제 형 죽을 고생하는 것은 생각도 않고, 자식이 저 꼴을 하고 다니면서 술 처먹고 담배 피고, 제 형이 목숨과 바꿔온 돈을 저따위로 쓰는 게 정신이 있는 놈이냐 나간 놈이냐. 부모님이 내게 하지 못한 것을 형이 하는 것인데 그걸 몰라주고 인생 거지처럼 저따위로 돌아다니니 한심하고, 원통하다. 비애감이 너무 깊어서 눈물도 안 나온다. 계속되는 타박 속에 친구는 멀리 뱃머리 위로 돋아 오르는 수평선을 바라보고 있었다. 그의 넓은 이마와 큼직한 눈, 유난히 좁은 턱으로 해서 밸런스가 안 맞는 얼굴이 좀 불안한 분위기를 풍겼다. 거기다가 눈을 불안하게 굴리기 때문에 어떤 행동이 나타날지 짐작이 안 되었다.

그의 친구 형은 그에게 마치 촌동네 당숙어른처럼 다감하게 이 야기를 해왔다. 중학교 때부터 둘이 편지를 통해 사귀는 과정을 보면서 인품이 출중한 젊은이라는 것을 알았다는 데서부터, 대학 진학에 이르기까지 추켜올렸다. 자네가 자네 집안을 일으켜 세울 기둥이라면서, 자신이 장남으로서 역할을 다하는 것처럼 자네도 그래야 한다는 식으로 의무감을 불어넣었다. 그는 한편으로는 뿌 듯하기도 하고, 다른 한편으로는 큰아버지며 동네 일가붙이들한 테 하도 자주 들은 이야기라 질리기도 했다. 그러나 선실 저쪽으 로 돌아가 담배를 피우다 돌아와 형에게 등을 돌리고 앉아 있 는 친구보다는 그 형이 더 푸근했다.

꿈에 그리던 흑산도였다. 전광용의 소설 『흑산도』를 머릿속에 요약하면서, 흑산도를 소설로 써 보자는 생각을 하기도 했다. 그 러나 아니었다. 그의 그런 의욕은 인정의 온기 속에 나른하게 녹 아나고 말았다. 그의 친구 어머니가 손수 물질을 해서 건져올린 소라며 갯고둥 같은 것들을 삶아 내놓는 그릇 전두리에 어리는 김에는 젖냄새가 서려 있었다. 바위너덜에 붙은 따개비를 깨서 미역을 넣고 끓인 국은 그 뽀얀 빛깔부터 젖을 연상하게 했다. 간 간하게 전 자반을 올려 먹는 밥은 진부한 표현이지만 입에서 살 살 녹는 천상의 음식과도 같았다. 그렇게 사흘, 동네 옆에 숲으로 가려진 깨끗한 모래밭에서 수영을 하고, 낚시를 다녀오는 데 사 흘, 그의 친구 형이 월남전에서 돌아왔다고 동네 청년들이 모여서 벌이는 노래자랑을 구경하는 데 하루 해서 한 주일이 훌쩍 지나갔다. 동생에게 실망한 형의 안타까움이라든지, 서울살이 고달 픔이라든지 하는 것은 깡그리 잊은 채 한 주일이 가고 말았다.

"시간이 거시기해서, 저는 이제 올라가야겠습니다."

"쩌그, 거 머시냐, 흑산에 왔는데 홍도를 안 보고 가면 쓰겄냐?"

"주인한테 양해받은 시간이 일주일이라서."

"이자 애들 과외도 틀렸더만, 너처럼 문학하는 사람은 바다를 보아 두어야 하겄제. 짐 챙기그라 오후 배로 홍도 들어가자."

그의 친구는 좋다 싫다 말이 없었고, 과묵한 친구의 부친은 언제 다시 흑산에 오겠느냐면서 홍도에 다녀가는 게 좋겠다고 홍도행을 권면했다. 그는 고등학교 교과서에서 읽은 최기철의 「홍도의 자연」이란 글을 떠올리며 친구 형의 권유를 따르기로 했다. 권유를 따르기보다는 자신의 의지를 접어 두고 그렇게 돌아가는 상황에 의존하는 편이었다.

돌섬으로 되어 있는 홍도도 가뭄의 피해에서 벗어날 수 없었다. 배에서 내리자 길바닥에 지렁이가 말라 비틀어져 죽어 있고, 길섶의 풀은 누렇게 말라 물기라곤 느껴지지 않았다. 가뭄을 더욱 실감하게 하는 것은 물이 끊어져 다른 섬에서 물을 실어다 먹어야 하는 형편이라는 것이었다. 물을 실어 나르는 배들이 바삐 드나들었다.

친구 형은 아무리 가물어도 물이 풍족한 데가 있다면서 앞장서서 산길을 더터 오르내리다가 등대에 닿았다. 등대 소장을 만나

양해를 구하고 등대 마당에다가 천막을 쳤다. 서울서 온 손님이 있다는 게 그런 양해를 가능하게 했는지도 모를 일이었다. 그의 친구 형은 월남전에서 입었던 군복을 풀밭에 펼쳐 놓고 사진을 찍었다. 그는 계급장이며 훈장이 달린 옷이 마치 사자의 옷처럼 생각되었다. 주인이 죽어서 몸과 영혼이 다 빠져나가고 껍질만 남은 옷을 마지막으로 소하기 전에 사진을 찍어 두는 것 같아 마치 어떤 신당에 들어간 것처럼 머리끝이 쭈뼛했다. 그런 생각은 잠시 동안뿐이었다.

홍도는 꿈의 섬이었다. 낙원이었다. 죽음의 골짜기를 지나와 이제 아무런 악령도 겁날 것이 없는 친구 형이 있었다. 홍도는 속살을 드러내고 농염하게 넘실거렸다. 매끄러운 물길과 싱싱한 성의 냄새를 피우면서 뒤눕는 리듬 속에 시간을 굴려갔다. 낚시를 드리우면 입감을 물려고 달려드는 물고기의 지느러미까지 환히 들여다보이는 초록색 바닷물. 그야말로 손을 담그면 초록색 물이 들 것 같은 그 색정적인 빛깔을 그는 잊지 못하고 홍도 이야기에서 빼놓지를 못한다.

아침을 먹고나면 나른하게 몰려오는 졸음을 즐기다가 낚시를 하면서 한나절이 간다. 점심을 먹고는 수영도 하고, 등대의 펌프 물로 바다에서 묻은 짠물을 씻어내면 몸이 날아갈 것처럼 가볍게 되살아났다. 친구 형과 산책을 하는 동안 입담 좋은, 타고난 이야기꾼의 장남의식 곁들인 이야기는 그를 아득한 과거로 되돌려놓곤 했다. 그러다가 미래로 방향을 틀었다. 햇살이 잘게 부서지는 동백나무 숲에서 낮시간을 이야기로 보내는 것은 그에게 참으로 예사롭지 않은 체험이었다. 느긋하게 사랑을 이야기하는 가운데 죽음의 그림자도 볼 수 있는 그런 이야기였다.

그렇게 꿈같은 한 주일이 갔다. 흑산에서 보낸 일주일과 합치면 보름이었다. 부지런히 올라가도 이미 약속한 날짜에서 아득히 멀어진 시간이었다. 친구와 친구 형과 더불어 현실로 돌아오는 배를 타고 가차를 타는 동안, 아직도 가뭄이 끝나지 않았다는 것을 갈피갈피 눈 아프게 확인해야 했다. 입주하는 집 분위기 또한 가물대로 가물어 버석거렸다. 그가 잔뜩 긴장해서 젓갈 냄새 나는 새우젓 도가에 들어서자 주인댁과 마주쳤다.

"오늘이 며칠인지 알기나 해, 학생 말야?"

"죄송하게 되었습니다."

"우리 애들이 학생 같은 사람 닮을까 겁나네."

"본래 그럴 생각이 없었습니다만, 죄송합니다."

"안 됐지만, 오늘 나가 주어야 하겠어요."

"오늘이라면, 지금 당장 말인가요?"

"그만한 말은 알아들어야 하는 거 아닌가?"

그는 염병할, 하는 소리가 치미는 것을 가까스로 누르면서 2층으로 올라가 짐을 꾸리기 시작했다. 온몸에 땀이 흘러 범벅이 되었다.

홍도에서 보았던 노을보다 더 황홀한 노을 속으로, 그는 짐보따리를 걸머지고 걸어 들어갔다. 유행가투로 돌아가는 판이었다. "눈물 어린 보따리에 황혼빛이 젖어든다" 그러나 그는 그렇게 흥얼거릴 기운이 이미 소진된 뒤였다. 대학 신입생의 한 학기가 마무리되는 노을은 처연했다.

8. 돈 버세요, 여러분

그는 애들 가르치는 것 말고 살아갈 다른 방법이 없을까 궁리를 거듭했다. 한 달 남은 방학에 2학기 등록금을 벌어야 했다. 한 학기를 쉬고 군대를 다녀오면 4년이란 시간이 어긋나는 구도였다. 그는 다른 일거리를 찾았다. 그의 어머니가 바닷가에서 주워 온 바지락을 삶아 밀국수를 해서 먹은 뒤, 쪽마루에 앉아 그의 아버지가 이야기를 꺼냈다.

"네가 할 일인가 모르겠다만, 공사장에 일거리가 있긴 한데, 어떨지, 원?"

그의 아버지가 입에서 안 나오는 이야기를 하는 사람처럼, 흐리멍덩하게 조마조마하면서 이야기하는 게 그는 못마땅했다. 차라리, 사내자식이 몸 성하면 뭘 못하냐, 공사판에 노가다 하러 가라, 그렇게 밀어내면 속이나 답답하지 않을 것 같았다.

마침 공사장에 일거리라는 게 두 가지였다. 하나는 질통을 지고 2층, 3층으로 모래며 자갈을 져 나르는 일이었다. 다른 하나는 철근을 절단하는 일이었는데, 아직은 전기 절단기가 널리 보급되지 않았던 무렵이라 철근을 꼼쇠에 놓고 절단용 자귀를 댄 다음 햄머로 내리쳐 철근을 끊는 작업이었다. 둘 다 할 만한 일이었다. 할 만하다는 것은 그런 일을 소화하는 방법을 그 나름대로 터득하고 있었다. 이런 식이었다.

　두꺼운 베니어판으로 못을 툭툭 박아 만든 질통은 그 무게만
해도 꽤 부담이 되었다. 질통을 지고 밑뚜껑에 연결된 손잡이를
쥐고 있으면 다른 일꾼이 모래를 퍼 담아 준다. 그러면 아시바[飛
階] 옆으로 만든 받침계단을 항창항창 올라가 모래를 쏟아 놓고
는 심호흡을 한번 하고 다시 내려온다. 모래를 담고 올라가 쏟고,
다시 내려와 모래를 담고 올라가 쏟고 내려오는 일을 반복하는
일정은 시지프스의 신화와 구조적 동일성을 지닌 것이었다. 올라
가면 끝이 나는 게 아니라 다시 올라가야 하는, 정상에서 다시 굴
러내리는 바위, 그걸 알면서도 바위를 굴려 올리는 시지프스에서
인간의 성실성이라는 철학을 발견한 카뮈의 안목, 그런 생각을
하면서 모랫짐을 하루 종일 지고나면 밤에는 몸이 녹초가 되어
잠에 떨어지곤 했다.

　철근을 자르면서는 〈강철은 어떻게 단련되는가?〉 그런 책을 떠
올리기도 했다. 그리고 도구를 만드는 인간에 대해 생각을 가다
듬기도 했다. 쇠를 자르는 데 쓰는 도구들이 모두 쇠로 되어 있다
는 것, 쇠가 쇠를 자르면, 그 도구를 만들고, 도구 만드는 도구를
또 만들고, 만들고, 만들고…. 그렇게 자꾸 거슬러 올라가면 맨
위에 무엇이 있는가? 희한하게도 그런 과정이 메타 코그니션이
라는 사고기제와 같고, 비평에 대한 비평을 메타 크리티시즘이라
고 하는 용어법과 원리가 같으며, 로만 야콥슨의 언어기능 도식
에서 메타언어기능이라는 것도 그런 식이 아닌가 생각을 하는 동
안 한나절이 훌쩍 지나는 것이다. 이를 두고 철근공의 언어유희

라 할지 모르나 그로서는 일하면서 노는 방법이었다. 그가 『용접공(鎔接工)』이란 소설을 썼던 적이 있는데 그의 그런 작업과 무관하지 않은 듯하다.

그는 그런 일을 하는 과정에서 그저 언어유희만 즐긴 것은 아니었다. 건축공사장에서 일하는 이들의 언어를 실감있게 들을 수 있는 기회가 되기도 했다. 그리고 그가 그의 아버지 삶을 이해하는 계기로 삼기도 했다. 몰탈을 만지느라고 장갑이 너덜거리게 닳고, 거기 드러나 손가락이 봉투라지가 생기는 그런 과정을, 그래서 지문이 없는 사람이 되는 과정을 비교적 자세히 볼 수 있었다.

9월이라고 하기는 하지만 여름 끝자락의 노염(老炎)은 불볕이었다. 그 해 2학기에는 특강이 꽤 많았다. 그는 성균관대학교 불문과에 근무하던 손우성 교수의 특강을 오래 기억했다. 손우성 교수는 인상이 에너지가 넘쳤다. 거무튀튀한 얼굴에 눈이 움푹 들어가고 코는 뭉툭하고 좀 납작한 편이었다. 학자라기보다는 전장을 치달리는 장군을 방불게 하는 풍모였다. 얼굴이 하얗게 쇠어서 허리를 구부정하니 구부리고 다니는 체형을 학자의 전형으로 생각하던 그로서는 호기심을 불러일으킬 만한 풍모였다.

당시 손우성 교수는 몽테뉴(Michel de Montaigne, 1533-1592)의 수상록(Les Essais)을 번역하여 출간한 뒤라 그 이야기를 듣기 위해 초청한 모양이었다. 뒤에 안 일이지만 당시 그가 다니던 학교에 해외문학파의 일원이었던 이하윤(異河潤) 교수가 손우성 교수

를 초청하게 하였던 것이다. 손우성 교수는 이하윤 교수와 이른
바 해외문학파의 일원으로 참여하여 활동했던 인물이었다. 강연
은 기대했던 것처럼, 몽테뉴의 생애를 설명하고, 『수상록』이라는
책이 근대수필의 아버지 격으로 가치를 인정받는 이유가 뭔가 하
는 쪽으로 돌아갔다.

　그는 강연 내용을 메모하면서 집중해서 들었다. 강연 내용보다
는, 달리 기억에 떠오르는 일이 있어서였다. 그가 졸업한 고등학
교 친구 가운데, 고등학교 3학년이 되자마자 결혼을 한 이가 있
었다. 담임을 비롯한 교사들은 결혼한 친구를 영감으로 불렀고,
학생들은 형님으로 불렀다. 수업 시간에 다른 학생들이 교과서를
파고 있을 때, 영감이라는 학생은 몽테뉴의 『수상록』을 읽었다.
다른 학과 담당 교사들도 『수상록』을 읽는 늙은 학생을 그다지
나무라지 않았다. 아마 결혼을 했다는 것이 성인으로 인정하는
기준이었던 모양이었다. 영감 학생은 도시락이 늘 풍성했다. 계
란말이며, 쇠고기 장조림, 연근조림, 멸치볶음 그런 반찬을 가지
고 와서는 다른 친구들에게 나누어 주곤 했다.

　"장가드니까 도시락이 부자가 된다고, 호호호."

　"그런데, 왜, 노상 몽테뉴를 들고 다녀요?"

　"우리 장인이 읽으라고 사다 맡겼거든."

　"장인한테 꼼짝 못하는 모양이네요."

　"그럼, 당연하지. 나는 학생이고 장인은 선생이거든."

　"이 학교 선생님도 아닌데도 그렇게 꼼짝 못해요?"

　"선생님은 어딜 가도 선생님이야, 일제시대 선생님들 못 잊어

지금도 연락하고 지내는 이들 있지? 그게 그저 그렇게 된 게 아니라 학생을 사랑으로 가르쳤기 때문이야. 교육적 애정은 제국주의에 맞설 수 있는 대단한 힘이라고. 그러니까 학병 나가라고 연설하고 다니는 조선 선생보다 몰래 숨겨주던 일인 선생을 못 잊어 하는 것은 당연하지."

"그럼 장인 겸 선생?"

"군사부일체를 내가 실현하는 거라니까."

장가든 사람은 뭐가 달라도 다르다면서, 그의 친구들은 그런데 밤일은 어떻게 하느냐고 묻곤 했다. 그러면 대답이 그런 건 생이 지지하는 것이니까 방정식이나 잘 풀라고 대답을 회피하곤 했다.

손우성 교수의 강연 가운데 그가 기억하는 것은 몽테뉴를 이야기하면서 교육에 대한 견해를 밝히는 것이었다. 몽테뉴를 교육하는 방식이 특별했다는 것이었다. 다른 하나는 강연을 마무리하는 멘트였다. 손교수는 먼저 몽테뉴의 집안 내력을 죽 이야기했다. 몽테뉴의 가문은 그의 증조부 때부터 부각되기 시작한다. 보르도의 생선과 향료를 영국 등지로 무역 형식으로 내다 파는 상인이 있었는데 그런 상인은 귀족에 속하지 못했다. 에라스무스라는 네덜란드의 인문학자는 생선장사를 하는 상인을 '고약한 냄새나 풍기는 바보'라고 비하했다. 그런 이들이 귀족으로 신분 상승을 하는 길은 험하고 멀었다. 우선 귀족으로 진입하기 위해서는 성을 구축할 영지를 마련해야 했다. 영지를 마련한 다음에는 무인이 되어서 왕에게 충성을 맹세하고 전공을 세워야 한다. 그런데 그런 공을 세울 기회를 얻기 위해서는 인근 지역의 제후에게 충성을 맹세하고 가신이 되어 충성심을 보여주어야 한다. 그리고 40년 동안 왕에게 세금을 바치는 재력을 지탱해야 한다. 귀족사회로 진입하는 다른 길은 법관의 자리를 얻어 세력을 구축하는 것이다. 이런 과정은 최소한 삼대는 지나가야 할 만큼 시간이 필요하다. 그래서 신분상승은 법칙으로 설명할 수 있는 사회과학의 대상이 되는 것이다.

몽테뉴 가문의 증조할아버지는 땅을 장만하고, 할아버지는 상업으로 일가를 이루었으며, 보르도 시정에 참여하여 지역사회에 헌신함으로써 귀족의 자격을 공인받게 되었다. 몽테뉴의 할아버지 대에 와서는 상업을 집어치우고 아들들을 법관으로 키워 귀족으로서의 위상을 정립하게 된다. 몽테뉴의 아버지는 보르도 시장을 지낼 정도로 귀족으로 신분상승을 했다. 그리고 세상을 마무리하면서 몽테뉴에게 귀족의 신분을 잘 지키고, 성을 잘 경영할 것이며, 정치인으로 귀족의 위상을 지속하라는 당부를 한다. 결국 몽테뉴는 보르도, 그 포도주로 유명한 보르도 시장을 역임하게 된다. 손교수는 거기까지 이야기하고 학생들에게 물었다.

"어때요? 생선장사의 손자가 보르도 시장까지 했으면 성공한 집안으로는 꽤 괜찮지요?"

청중들은 고개를 끄덕이는 정도의 긍정적인 반응을 보였다. 손교수의 표정이 달라졌다. 멍청하다는 비난이 섞인 표정이었다. 손교수는 말을 이었다.

"그런데 아닙니다. 안타까운 것은 그 집안의 영광이 거기서 끝난다는 점입니다. 왜 그러냐고요? 교육이 잘못된 때문인 게 아닌가, 책을 번역하면서 그런 생각을 했습니다. 수상록, 레제세 제일 권에 몽테뉴는 자기 자신의 교육에 대한 이야기를 펼치고 있습니다. 여기가 사범대학이니 그 이야기를 조금 하고서 내 강연을 마칠까 합니다. 강연료 받고 헛소리나 하고 가면 안 되지 않겠어요?"

손교수의 이야기는 교육으로 돌아가 얼마간 계속되었다. 학생들은 좀 지루한 표정으로 듣고 있다가 몸을 꼬기도 하고 하품을 하기도 하다가는 못 견뎌서 일어나 나가는 축도 있었다.

몽테뉴의 아버지는 몽테뉴를 유다른 방법으로 교육하기로 작정을 했다. 우선 아이가 태어나 젖도 떨어지기 전에 자기 영지에서 소작을 하는 가난한 집안에 양자를 보낸 것이었다. 이 아이가 자라서 귀족의 신분으로 살아가겠지만, 하층민들이 겪는 삶의 애환을 알고 그들을 우호적으로 이해함으로써 존경을 받자면 어려서부터 소작농에게 맡겨 자라게 해야 한다는 것이 그의 아버지가 주장하는 생애 출발의 형식이었다.

"이건 맹자 어머니의 교육방침과도 일맥상통하는 겁니다. 맹자 어머니가 교육환경을 개선하기 위해 이사를 세 번이나 했다고 하지요? 정말 그럴까? 나는 아니라고 생각합니다. 삶의 가장 밑바닥부터 경험하게 하려고, 일부러 작정을 하고, 집을 옮겨다닌 겁니다. 공동묘지 근처에 사는 사람들의 삶을 보여주고, 이어서 장사꾼들의 생활을 체험하게 하고, 그러다가 그렇게 사는 게 얼마나 비참한 것인가를 알 무렵 해서 학교 근처로 거처를 옮기지 않습니까? 맹모 삼천지교라는 말이 거기서 나온 것인데, 맹모의 결단에 적극적인 의미를 부여하자면 고통스런 삶부터 체험하게 하는 거라고, 나는 그렇게 봅니다."

뻥하니 앉아 있는 학생들을 향해, 손교수는 눈길을 흘긋 주고 나서 다시 이야기를 계속했다. 그는 맹모삼천지교의 새로운 해석을 듣고, 그럴 듯한 견해라는 생각을 하면서도 한편으로는 불문학을 하는 양반이 웬 맹자를 들추는가 의아하게 생각하기도 했다. 하기는 그랬다. 맹자는 웬만한 생활 여건이 되니까 이사를 하면서 살 수 있었겠지만, 아버지가 공동묘지 관리인이었다든지, 그가 아르바이트를 하다가 쫓겨난 집처럼 새우젓 장사를 하는 집에서 태어나거나 리어카 장사의 자식으로 태어난 경우는 어떻게 보아야 하는가 하는 의문이 솟아났기 때문이었다.

몽테뉴의 아버지는 소작인 집에서 아들을 데려와서는 언어교육을 하기 시작했다. 그것은 라틴어 교육이었다. 당시 라틴어는 유럽 보편의 언어였다. 영국과 프랑스는 물론 독일, 네덜란드, 이탈리아 등지에서 교양 있는 시민에 속하는 이들은 라틴어를 자유롭게 구사할 줄 알아야 했다. 그것은 일종의 문화적 보편주의를 보장하는 언어권력이었다. 당시 학술활동은 거의 모두가 라틴어로 이루어졌다. 몽테뉴의 아버지는 아들이 라틴어를 자유자재로 구사하는 인재로 키우기로 결심했다. 돈이 얼마나 드는지는 문제가 아니었다. 그만큼 재력이 확보된 귀족으로 신분상승이 되었던 터였다. 몽테뉴의 부친은 독일에서 의사이며 라틴어 학자인 선생을 초빙했다. 독일서 불러와야 불어에 오염되는 것을 방지할 수 있었다. 저속한 불어 나부랭이는 물론 보르도 방언을 입에 대지 못하게 하는 조치였다. 그리고는 독일서 불러온 학자를 도와주는 조수도 두 사람이나 고용했다. 부친과 모친은 물론 하인들까지도 라틴어를 배워서, 몽테뉴가 리틴어 외에 다른 언어에 오염되지 않도록, 가족이 모두 라틴어를 사용해야 하는 환경으로 바꿔 놓았다. 아침에 일어나서 저녁에 잠들 때까지, 그야말로, 아 마네 우스쿠에 아드 베스페룸(a mane usque ad vesperum) 온 집안 식구들이 라틴어로 살아야 했다. 그렇게 되다보니 몽테뉴는 '혀도 풀리기 전부터' 라틴어를 이야기하고, 오비디우스의 『변신』을 라틴어로 읽게 된다.

그런데 이런 라틴어 교육은 중학교에 들어가면서 실효성을 잃고 만다. 이 중학교는 우리 교육제도로는 초등학교에 해당하는 학교기 때문에 기초교육 기관이다. 생활교육을 할 수밖에 없는 환경에 라틴어밖에 모르는 학생이 들어왔으니, 시쳇말로 왕따를 당하기 십상이었다. 중학교에서는 모든 과정을 라틴어로 교육하는 것이 아님은 물론, 생활에 익숙한 영악한 아이들 사이에서 부대껴야 하는 생활이 지속되는 가운데 라틴어는 몽땅 잊었다고 한다.

"몽테뉴의 부친은 일테면 품위 있는 속물이었습니다. 라틴어를 통해 어렵사리 상승을 기한 신분을 유지하고, 그런 환경 속에서 아들이 왕권에 밀착된 귀족으로 살아가기를 염원했던 것입니다. 아들 잘 되라고 온갖 노력을 다하는 것은 지금이나 오백년 전이나 다를 바가 없습니다. 그게 아비들의 위대한 속물근성입니다. 아들을 그렇게 가르치자면 뭐가 필요하지요? 잘 모른다는 표정인데, 돈이 있어야 합니다. 근대사회는 돈이 신이 되어 있는 사회입니다. 돈이 있으면 죽은 자도 무덤에서 일으켜 세워 불러낼 수 있다지 않습니까? 그러니까 게오르그 짐멜이라는 사람이 『돈의 철학』이라는 책을 쓴 것은 역시 사회학자다운 작업을 한 셈입니다. 서정주라는 시인이, 아주 한가하게 '가난이야 한갓 남루에 지나지 않는다'고 했는데, 그런 발언은 바늘끝만한 진실밖에 담고 있지 않습니다. 서머셋 몸의 말대로, 돈은 제 육의 감각입니다. 더 식스드 센스 말입니다. 그래서 속언에 잘 먹고 죽은 놈은 송장 빛깔도 좋다고 하는 겁니다."

손교수의 돈 이야기는 한참 계속되었다. 그는 실감을 하기는 하면서도 돈을 넘어서는 어떤 본질적 가치가 있을 게 아닌가 궁리를 거듭해 보았다. 그러나 그 실상이 떠오르지는 않았다. 타골, 간디, 석가, 공자 그런 인물을 떠올려 보다가, 고개를 가로 젓고 말았다. 풀리지 않는 화두 같은 말이었다. 그의 눈앞에 신하철 선배의 비웃음을 흘리는 얼굴이 떠오른 것은 알 수 없는 환상 같은 것이었다. 교직으로는 계층이동이 불가능하다던 그 이야기가 손교수의 강연에 묘하게도 맞물리는 것이었다.

"여러분이 환상을 지우라는 이야기를 하고 싶어서 돈 이야기를 했는데, 오해 없기 바랍니다. 몽테뉴는 이런 이야기로 글을 맺고 있습니다. 읽어 보지요. 〈어린애의 교육에는 욕망과 애정을 돋우어 주는 것보다 더 좋은 방법은 없습니다. 그러지 않으면 책을 진 당나귀밖에 만들지 못합니다. 사람들은 그들을 매질해서 그 주머니에 학문을 잔뜩 넣어 줍니다만, 이 학문을 잘 하려면 담아 두기만 해서는 안 됩니다. 자기 것을 만들어야 합니다.〉 이런 일은 진정 뛰어난 선생들만 할 수 있습니다. 여러분이 진정 뛰어난 선생이 되자면 어떻게 해야 하는지 하는 이야기를 몽테뉴 자신이 하고 있는 부분이 있습니다. 자료집에 들어 있으니 버리지 말고 읽어 보기 바랍니다.

내 결론은, 돈을 벌어라 하는 것입니다. 여러분이 돈을 벌어 여러분 자신을 이해하고, 여러분 자신의 삶을 제대로 살고, 그 가치를 학생들에게 전달하라는 겁니다. 그래서 회의하는 정신이 인격으로 스며들게 하라는 것입니다. 나는 무엇을 아는가, 크 세 즈(Que sais-je?), 그겁니다."

강연은 그렇게 돈 벌라는 결론으로 끝났다. 그는 자료집에 실려 있는 내용을 읽어 보았다.

《《우리 선생님들은 학생이 단순히 기억을 통해 무엇을 얻었는지가 아니라, 그가 자기 삶의 증언을 통해 무엇을 얻었는지를 평가해야 한다. 젊은이가 읽은 것을 모조리 스스로 검토하고 걸러내게 하고, 그 어느 것도 그냥 충실하게 믿거나 권위에 기대어 무조건 받아들이게 해서는 안 된다. 극히 다양한 의견들을 젊은이에게 제시하는 것이 옳다. 능력이 있다면 그는 스스로 선택할 것이요, 그렇지 않다면 그대로 의심스러운 상태에 있게 될 것이다. 하지만 다른 사람의 의견만 좇는 사람은 진짜 사태를 따라잡지 못하며, 아무것도 발견하지 못하고, 심지어는 찾으려고도 하지 않는다.》》(Stefan Zweig, *Montaigne*, 안인희 옮김, 63-64쪽)

교사가 되어서 돈을 번다? 그게 가능한 일이던가? 현실감각을 잃지 말라는 이야기로는 이해가 되는데, 돈을 번다는 데는 고개가 갸웃해졌다. 아무튼 손교수는 사범대학 학생들에게 도덕적인 교훈보다는 현실문제를 제기해 주고 싶었는지도 모를 일이라고 그는 생각했다.

9. 임이 오시는지

막노동을 해서 가까스로 등록을 한 그는 2학기를 견뎌내기가 조련치 않았다. 그의 부친이 전세방을 얻고 그의 어머니가 합류하면서, 동생들을 데리고 올라왔다. 식구들이 모이게 되니 사람 사는 온기가 도는 것은 좋은데, 그가 비집고 들어가 자리를 틀 구석이 없는 게 문제였다. 그는 궁리에 궁리를 했다. 아무리 돌아보고 되짚어 생각해도 몸을 눕힐 자리가 마땅치를 않았다.

10월 들어 며칠은, 열이 나고 머리가 휘둘리는 현기증까지 간헐적으로 지나가곤 했다. 이러다가 그대로 무너지는 것은 아닌가 싶은 두려움이 물결처럼 몰려들기도 했다. 학교에 가면, 도서관보다는 청량대 향나무 아래 앉아 궁상스런 생각에 잠기곤 했다. 손우성 교수의 이야기가 떠오르기도 했다. '가난이야 한갓 남루에 지나지 않는다'는 서정주의 시를 안이하다고 깎아내리던 이야기가 자꾸 머릿속을 어지럽혔다. 그는 그 명제를 여러 가지로 변형해 보곤 했다. 가난은 독약이다, 가난은 질병이다, 가난은 저주다, 가난은 천형이다. 그로서는 자신이 겪는 가난으로 인한 괴로움이 천형처럼만 생각되었다. 친구가 맞추어 준 구두나 선배가 물려준 양복바지로 해결될 수 없는 빈곤의 갈고리를 벗어나는 것이 절체절명의 과업이었다. 그런데 방법이 없었다.

그런 생각을 하고 있다 보면 남세희 선생 얼굴이 떠올랐다. 중학교 때부터 유별나게 그를 아껴 주었고, 그가 존경하는 선생이었다. 그가 사범대학을 지원한 데는 남세희 선생의 영향이 컸다. 남세희 선생은 이따금 성경 구절을 들어 학생들에게 마음을 잘 다스려야 한다는 이야기를 하곤 했다. 그 가운데 하나가 '심령이 가난한 자는 복이 있나니 천국이 저희 것임이요' 하는 마태복음 5장에 나오는 구절이었다. 욕심과 욕망은 쉬운 말로 하면 마귀들인데, 욕심으로 인해 마음속에 번민이 가득하게 된다는 것이었다. 물욕은 물론 지식을 탐하는 욕망, 남들로부터 존경받고 싶어 하는 명예욕, 사랑하는 사람을 사귀고 싶어 하는 사랑의 욕망 그런 것들로 가득한 심령, 그런 마음에는 천국이 자리잡을 수 없다고 했다. 마음에 천국이 자리잡는다는 것은 우주를 마음에 품는 일인데, 너그럽고 가득한 마음으로 우주를 품은 사람에게 괴로움은 없다는 다소 추상적인 설명이었다. 그렇게 본다면, 욕심을 버리고 또 버려서 욕심을 버리고자 하는 욕심, 해탈하고자 하는 욕심마저 버릴 때라야 진정한 자기를 찾을 수 있다는 불교의 가르침과 예수의 가르침이 상통한다는 이야기를 하곤 했는데, 까까머리 애숭이들로서는 아리송한 이야기일 뿐이었다. 그가 그 이야기의 진의를 깨닫는 데는 시간이 필요했다. 아무튼 아산에 사는 남세희 선생을 만나고 싶었다. 마침 아산에는 그의 외할머니가 혼자 낡은 집을 지키고 있었다.

그는 한글날 휴일을 맞아 아산으로 내려가는 기차를 탔다. 목포로 해서 홍도를 다녀오던 생각이 떠올랐다. 이영소가 사귀는 여자의 얼굴도 눈앞에 어른거렸다. 김대홍 선배와 나란히 교정을 벗어나 나가던 박록윤의 얼굴도 스치고 지나갔다.

오산을 지나서였다. 철로 연변으로 해바라기들이 줄지어 서 있는 게 휙휙 지나가면서, 반 고흐의 해바라기를 떠올리게 했다. 그림에 미쳐 살던 화가, 생애를 온통 불살라 살던 남자, 자살로 생애를 마감할 수밖에 없었던 그 사내의 가난 그런 생각들이 머리에서 부글거리기 시작했다. 그래 해바라기처럼, 태양을 향해, 마음에 태양을…. 그러다가 문득 중학교 교실 뒷벽에 해바라기 그림과 함께 붓글씨로 써서 붙여 놓았던 조지훈의 시 「마음의 태양」이라는 게 떠올랐다. 중학교 때 국어를 담당했던 윤추식 선생이 붓글씨로 정갈하게 써서 붙여 놓고 학생들에게 읽고 외라고 하던 시였다. 그는 차창을 스치는 해바라기를 바라보면서 그 시를 속으로 읊조렸다. "꽃 사이 타오르는 햇살을 향하여/ 고요히 돌아가는 해바라기처럼/ 높고 아름다운 하늘을 받들어/ 그 속에 맑은 넋을 살게 하라./"

그런데 다음 구절이 마음에 걸렸다. "가시밭길을 넘어 그윽히 웃는 한 송이 꽃은/ 눈물의 이슬을 받아 핀다 하노니/ 깊고 거룩한 세상을 우러르기에/ 삼가 육신의 괴로움도 달게 받으라./" 신하철 선배의 어투로는 이럴 터였다. 조지나, 육신의 괴로움을 달게 받다가는 몸 다 망가지고, 그사이 세상은 천박하게 황폐화될 것인데 언제 눈물이 나서 꽃을 피우냐, 웃기는 소리 작작 하고 가시밭길을 피해 가란 말야, 가시밭길 너머 꽃은 웃을지 몰라도 너는 꽃이 아니라는 걸 알아야 해, 가시밭길 가다가는 피흘리고 쓰러져 해골이 달밤에 인광을 흘리며 웃을지 모르지. 그는 대학이라는 데를 다시 생각했다. 꽃과 해골이 공존하는 곳, 그런 사고를 가능하게 하는 것이 대학이었다. 은유와 상징의 숲에서 헤매는 젊은이들을 명징한 논리로 이끌어 현실의 실상을 보게 하는 데가 대학이 아닌가 하는 생각을 했다. 대학에 진학한 그 자신과 대학 진학 대신 고등학교 졸업하고 취직해서 일하면서 살아가는 윤무상, 둘 가운데 그 자신은 이념의 너울에 실려 끝을 알 수 없는 하늘 한 자락에 흔들리는 존재처럼만 생각되었다. 일자리가 있다는 게 얼마나 대단한 일인가 하는 생각이 들었다.

그는 천안에 내릴까 아산에 내릴까 잠시 망설였다. 남세희 선생을 만나자면 천안에 내려야 하고, 윤추식 선생을 찾아가거나 동창생 윤무상을 만나자면 아산에 내려야 하기 때문이었다. 아무튼 해바라기 때문이었는지, 부담이 적어서였는지 윤추식 선생의 아들이며 학교 동창인 윤무상을 먼저 만나고 싶었다. 윤무상의 동생 윤서로의 곱상한 얼굴이 동시에 떠올라 눈앞에 어른거렸다. 외할머니는 늦게 찾아가도 된다는 식이었다. 그는 천안과 아산 사이에 있는 모산역에 내렸다. 윤무상은 공고를 졸업하고 모산에 근래에 세운 섬유공장에서 기계기사로 일하고 있었다. 그는 수위실에서 윤무상을 찾아 왔다고 면회 신청을 해 놓고 기다리는 동안, 공장 근처를 서성거렸다. 공장 근처의 밭둑에는 코스모스가 청초하게 피어 바람에 하늘거렸다. 윤서로의 금방 물로 씻은 듯이 깔끔한 얼굴이며 짙은 눈썹이 눈앞에 어른거렸다. 맑고 싱싱하면서도 코스모스를 닮은 청초함이 깃든 얼굴이었다.

"야, 오랜만이다. 잘 지내고?"

그가 먼저 윤무상에게 손을 내밀며 말했다.

"잘 지낸대야 그렇지, 뭐."

좀 심드렁한 반응이었다. 윤무상은 그를 한참 올려다보다가는 다시 물었다.

"대학교에서는 한글날이 공휴일인가? 우리는 일하는데."

"국어로 밥벌이하는 데라서, 세종대왕 덕보며 살지."

"세종대왕, 죽은 사람 덕이 뭐 있겠남, 서울살이 어뗘? 힘들지?"

그는 대답을 하지 않았다. 마치 마음속에 틀어쥐고 앉아 고민하는 문제를 들킨 것 같은 느낌이었다. 오랜만에 만나 인사를 하기는 했는데, 어디 가서 어떻게 시간을 보낼 것인지는 아무런 작정이 없었다. 윤무상은 직장생활을 시작한 지 얼마 되지 않는 형편이고, 또 집안 어른이 워낙 완고해서 자유롭게 나돌아다닐 여지가 없었다. 당구장이니 맥주집이니 막걸리집 그런 데는, 그나 윤무상이나 익숙하지 않기는 서로 마찬가지였다.

"퇴근할 시간은 아직 이르고, 어쩌지? 이러면 어쩔라나? 성당에 가서 기다리면, 거기 친구들도 나올 거고 하니까, 그렇게 하면 어뗘?"

"친구들?"

그는 친구들이라는 말이 좀 마음에 걸렸다. 초등학교 두 해, 그리고 중학교 세 해를 아산에서 보낸 이후 고등학교는 천안에서 다녔고, 그리고 서울로 올라가 대학에 다니다 보니, 짧은 기간이기는 하지만 아산 친구들과는 서먹해지는 느낌이 들었다. 사실 친구들은 좀 부담이 되었다.

"그렇게 하면 좋은 일이 있을지도 모르잖아?"

"좋은 일이라면?"

"아마 걔가 성당에서 노래 연습하고 있을 건데, 얘기하고 있으면 쓰겠네."

"걔라니? 누구?"

"누군 누구, 서로 말이지."

"아, 윤서로. 지금 천안에서 학교 다니지 않나?"

"전학했는데, 웃기는 일이 있어. 너 알잖아, 우리 아버지. 통학하는 데 사내놈들 따라다닌다고, 아산으로 전학을 시켜버렸지 뭐야."

"서로가 다니던 그 학교 좋은 학교였는데."

"나랑 같이 다닐 때는 기차에서 내가 지켜주니까 믿거라 하고 있더니, 아버지가 말야, 사내놈들 쫓아버리려고 기차역에 몽둥이 들고 나와서 걔를 데리고 들어갔거든, 그러다 내가 졸업하니까 더는 그 짓 못하겠다고, 전학하라고 해서 전학했어."

그는 푸시식 웃었다. 윤무상이 왜 웃느냐는 듯이, 눈가에 주름을 잡으며 같이 웃다가는, 알아서 해, 알기 어려운 한 마디를 던졌다.

그는 알았다고, 일 끝난 다음에 성당으로 오라 하고는 아산으로 가는 버스를 탔다. 그는 중학교 때부터 설이면 윤추식 선생댁을 찾아가 세배를 했다. 사실 세배를 한다든지 친구를 만난다든지 하는 것은 핑계였다. 윤무상의 동생 윤서로를 보기 위해 윤추식 선생댁을 찾아가는 것이었다. 그 속셈을 모를 리 없는 어른들이었지만 어떤 은근한 기대를 가지고 있었던 모양이었다. 거기다가 그가 서울대학교에 들어갔다고 인사를 갔을 때는 자주, 꼭, 언제든지 들르라고 당부를 하기도 했다.

붉은 벽돌로 견고하게 지은 성당은 시내가 다 내려다보이는 언덕 위에 서 있었다. 성당 벽에 햇살이 비쳐 붉은 색깔로 타올랐다. 그가 화집에서 보았던 샤갈의 그림을 떠올리게 했다. 샤갈이 말년에 성서를 모티프로 해서 그린 그림들 가운데 '아가' 시리즈들의 붉은색 색조가 거기 그대로 살아 있었다. 푸른 지붕 위의 십자가를 비껴가는 햇살은 푸른 하늘로 날아가는 외로운 영혼을 떠올리게 했다. 그는 성당 꼭대기를 한참 바라보고 서 있었다.

성당 안에서 그윽한 노랫소리가 울려 퍼져 나왔다. 그가 대학에 들어가서 처음 들었던 노래이기는 하지만, 귀에 익었다. 남녀 몇이서 합창을 하고 있었다. 음정이 썩 잘 어울리지는 않았지만 화음이 그윽했다. 들릴 듯 그치는 듯 흘러가는 멜로디를 따라, 속으로 중얼거렸다.

'물망초 꿈꾸는 강가를 돌아/ 달빛 먼 길 님이 오시는가' 그렇게 시작하는 노래는, 선율이 너무 곱고 애잔해서 사랑을 노래하는 걸로는 너무 가라앉았다는 생각을 했다. 더구나 '풀물에 배인 치마 끌고 오는 소리' 하는 구절에서는, 이 노래의 주인공이 혹시 몽유병자가 아닌가 싶을 정도로 사랑이 현실에서 발을 떼고 허공으로 떠도는 듯한 느낌이라서 섬찟한 기운이 밀려오기도 했다.

한참 망설인 끝에, 그는 성당의 출입문을 밀고 안으로 들어갔다. 일시에 노래가 그쳤다. 친구들이 우르르 몰려나와 손을 잡고 인사를 했다. 중학교와 고등학교를 같이 다닌 동창들이었다. 그날이 한글날 휴일이고 다음날이 토요일이라 연휴였다. 일요일 미사에 노래를 하기로 하고 연습을 하는 중이라고 했다. 그를 의식한 것 같은 설명이 좀 의도적이라는 느낌이 없지 않았다.

그는 윤서로와 눈인사만 주고받았다. 특별히 티를 내고 싶지도 않고 또 그럴 처지도 아니었다. 거기 모인 친구들과 후배들은 말 그대로 친구고 후배일 뿐 같은 교우는 아니었기 때문이었다. 철학개론 시간에 독사(doxa)라는 말을 설명들은 게 기억에 떠올랐다. 그는 종교는 억견을 공유하는 이들의 집단인도 모른다는 생각을 하고 있었다.

"무상이 오빠가 오빠 얘기 많이 했어."

"오다가 공장에 들렀었는데, 퇴근해서 여기로 온다고 하더라구."

"저어기, 어이 여러분들, 친구도 오고 했는데, 꼭 한 번만 더 연습하고 나갑시다."

그와는 중학교와 고등학교 동창인 남춘택이 그렇게 제안을 했다. 고등학교를 졸업하고 대학에 간 대학생 다섯과 여고생 다섯이 같이 갈 만한 데가 딱히 없었다. 남춘택이 제안한 것이 신정호 돈까스집이었다. 거기에 가면 고등학생들은 돈까스를 먹고 대학생들은 맥주를 마실 수 있었다. 한 삼십분 정도면 걸어갈 수 있는 거리였다.

윤무상에게는 성당에 메모를 해 놓고 나오긴 했지만, 좀 미안한 일이었다. 돈까스를 먹고 맥주를 마시고 하는 동안, 그의 친구들은 그가 서울대학교에 갔다는 것에 대해 새삼스러울 정도로 칭송을 늘어놓았다. 남춘택은 그와 함께 서울대에 지원했다가 떨어지는 바람에 이차로 성균관대학에 들어간 친구였다.

"윤서로, 아까 연습한 노래 한번 하지."

"왜 내가 먼저 해야 해요?"

"님이 오셨는데, 노래 한 곡 없으면 쓰나? 자리 깔았을 때 해. 후회하지 말고."

"오빠가 먼저 하세요."

"어떤 오빠?"

"춘택이 오빠지, 물론."

"갈숲도사가 먼저 하지."

그는 춘택을 치올려 쳐다봤다. 갈숲도사라는 이야기가 환기하는 기억 때문이었다. 김소월의 「엄마야 누나야」라는 시 때문에 생긴 해프닝이 있었다. "뜰에는 반짝이는 금모래 빛, 뒷문 밖에는 갈잎의 노래"라는 구절에서, 문학을 담당하는 지연술 교사는 갈잎이 갈대의 잎이라고 설명했다. 그때 그가 일어나 질문을 했다. 떡갈나무 종류를 뭉뚱그려 갈나무라고 하고, 갈나무 잎새가 널찍

해서 바람이 불면 서걱거리는데, 이 작품의 갈잎은 갈대 잎이 아니라 떡갈나무 잎이라고 보아야 하지 않느냐는 게 요지였다. 국어교사는 불같이 화를 냈다. 강가에는 당연히 갈대가 있어야 하는데 엉뚱한 질문을 해서 수업분위기를 망친다는 것이었다. 그는 '갈숲에 이는 바람'이 떡갈나무 숲에 이는 바람이라야 옳다는 생각을 했다.

윤서로가 '님이 오시는지' 이절을 부를 때 그의 오빠 윤무상이 들어왔다. 윤무상은 자기가 음식값을 치르고는, 부득부득 자리를 정리하자고 나왔다. 대학생들이 여고생들과 어울려 노래하고 노는 게 가당치 않다는 태도였다. 그는 윤무상의 표정이 굳은 듯한 얼굴에서 윤추식 선생의 얼굴을 읽고 있었다. 어딘지 해바라기같이 환한 열정이 얼굴에 비치는 듯도 했다.

"애들 갔으니까, 우리끼리 가라오케는 어때?"

"남자들끼리 뭔 재미로."

"그런 도둑놈 심뽀 버려야."

가라오케에서 윤무상이 기선을 제압하디시피 했다. 전에는 그렇게 노래를 잘 하는 줄 몰랐는데, 사회에 간 지 채 일 년도 안 된 시점인데, 노는 가닥은 완전히 프로로 다가가고 있었다. 서로 한 마디씩 노래를 하다가 당시 바닥을 흘러 다니던 노래를 돌려 부르며 흥을 돋구었다.

꽃 같은 처녀가 꽃밭을 매는데 쪼이나 쪼이나

나비 같은 총각이 내 손목 잡노라 얼씨구 절씨구

아 이 총각아 내 손목 놓아라 놓아라

호랑이 같은 우리 오빠 날 찾아 온단다 쪼이나 쪼이나

아 이 처녀야 그런 말을 말아라 얼씨구 절씨구

호랑이 같은 너의 오빠 내 처남 되노라 얼씨구 절씨구

남자 동창들끼리 어울려 돌아가면서 메기고 받고 하는 가운데 밤이 이슥해졌다. 그는 앞으로 일이 어떻게 전개될지는 몰라도, 하여튼 너의 오빠가 내 처남이 된다는 구절에 유별난 의미를 두고 있었다. 물론 다른 친구들은 눈치를 채지 못했을 것이지만. 윤무상이 잘 데가 있는가 그에게 물었고, 그가 대답을 안 하는 사이 그는 윤무상의 집으로 슬그머니 끌려가고 있었다.

윤무상이라고 넓는 방을 혼자 여유있게 쓸 까닭이 없었다. 고등학교에 다니는 그의 동생 윤주상이 한 방을 같이 쓰고 있었는데, 칼잠을 자야 했다. 밖에서 찌개 끓이는 냄새가 방으로 솔솔 기어들어오는 통에 잠이 깼다.

"오빠, 양말 마루 반다지 위에 말려 놓았어."

윤무상이 벌떡 일어나 마루로 나가려는 그를 잡아 앉혔다. 아직 바지를 챙겨 입기 전이었음은 물론 그의 팬티자락이 거세게 부풀어 오른 채로였다.

그는 윤무상이 갖다 주는 양말을 신고 안에 들어가 어른들한테 인사를 하고, 아침 먹고 나오기까지 길고 긴 동굴이라도 빠져나오는 것같이 힘들게 시간을 보내야 했다. 어른들이 하는 말 한 마디 한 마디가 의미 깊은 약속처럼 들렸다.

"학교 다니기 힘든 모양이구나, 얼굴이 여위었다."

윤추식 선생이 건강을 잘 챙기라면서 하는 이야기였다. 그는 그런 이야기를 아버지한테 들어본 기억이 없다는 생각을 했다.

그는 외할머니한테, 얼굴만 빼꼼 내밀다 말고 돌아갈 거면 뭐 하러 왔느냐는 책망을 들으며 낡은 집을 나서면서도, 윤서로의 노래를 떠올려 속으로 흥얼거리고 있었다. 갈숲에 이는 바람 그대 발자췰까, 흐르는 물소리 님의 노래인가. 그는 편지에 그 구절을 적어서 윤서로에게 보냈다. 둘의 편지질과 연애질은 그렇게 시작되었다.

10. 다마스커스 가는 길

그는 아산에 내려간 길에 남세희 선생과 이숙남 선생을 찾아갔다. 인사를 하려는 목적과 잠자리를 마련할 방책을 찾기 위한 두 가지 목적이었다. 잠자리에 대해서는 아무 신통한 대답을 얻지 못했다. 그러나 펄펄 살아 있는 스승들이 울타리를 치고 있다는 믿음을 확인하는 것만으로도 가슴이 뿌듯하게 달아올랐다.

이숙남 선생은 여전히 패기만만하게 그를 고무했다.

"자네가 내가 가르친 놈 가운데 처음 선생이 될 인물이야. 사내 자식 불알 달고 나와서 잠자리 좀 험하다고 주눅들면 그게 어디 사내냐. 잘 견뎌 봐. 자네라면 대통령 해도 될 사람이야, 허니 선생을 할 바에는 선생 가운데 선생이 되어야 한단 말야."

　구체성은 없었지만 계층이동의 가능성이 제한되어 있다는 현실을 이야기하던 신하철 선배의 말보다는 달콤하게 들렸다. 그게 자기속임일지 몰라도, 그렇게라도 가슴에 불씨를 살려 놓아야 할 일이라는 생각을 했다.

　말이 행동을 지배한다는 게 남세희 선생의 지론이었다. 가난타령을 하지 말라는 것이었다. 그는 또 마음이 가난한 자는 복이 있나니, 하는 구절이 튀어나올까 조마조마하고 있었다. 그러나 남세희 선생은 아무 말도 않고, 별책으로 된 『사도행전』을 그에게 건네주었다. 문학을 공부한다는 게 사람 사는 이치를 궁구하는 게 아니냐면서, 자신은 바울로, 다른 이름으로는 사도 바울에게 매료되어 있는데, 그 사람 이야기를 잘 알고 있으면 문학 공부에 도움이 될 거라고 했다. 중학교 때에도 그랬다. 가르치는 과목은 생물이지만 가끔 예수 이야기도 하고, 함석헌 선생 이야기도 했다. 씨알이니 장자의 비유니 노자의 무위자연설이니 그런 이야기를 하곤 했는데, 그로서는 알아듣기 힘들었다. 그런데 대학에 와서 한 해를 보내는 동안 그런 이야기들이 좀 부드럽게 귀에 안겨오는 것이었다.

　그는 기차를 타고 올라오면서 사도행전을 읽었다. 앞부분은 주로 베드로 이야기였다. 그가 흥미를 가진 것은 뒷부분 바울로 이야기였다. 바울로 이야기 가운데, 다마스커스에서 눈이 멀었다가, 눈을 뜨는 은혜를 통해 선택된 자가 되어 전도를 하는 이야기는 충격적이었다. 함석헌 선생의 책 『뜻으로 본 한국역사』에서, 어떤 민족에게든지 고통을 통해 역사적 사명을 부여한다는 논지를 읽은 게 떠올랐다. 그는 자신의 삶 또한 그런 맥락에 닿아 있는 것이라고 생각했다.

여덟 식구가 복작대는 방에서는 책 한 페이지를 읽기가 어려웠다. 그는 아침 일찍 도망하듯이 역으로 달려갔다. 동인천역에서 서울역까지, 그리고 서울역에서 이문동행 버스로 용두동 사대 캠퍼스에 이르기까지 두어 시간은 실히 걸리는 그 구간에서 그는 책을 읽었다. 그러나 그것도 만만치 않았다. 12월 종강할 때까지 석 달만 어정거리면 그 다음에야 국가에서 마련한 호텔, 군대에 갈 것이었기 때문에 이를 물고 견뎠다. 그때 큰 언덕이 되어 준 것이 사대문학회였다. 그리고 내집처럼 드나들며 밥 먹고 잠자고 할 수 있게 넉넉한 품을 내주는 친구들이 정녕 고마웠다.

소도 언덕이 있어야 머리를 비빈다는 말을, 그는 질색을 했다. 누구한테 돈을 빌린다든지 양곡을 얻어올 때마다 고맙다는 이야기를 하면서 들이대는 그 말에, 자기가 남의 언덕이 되어 주지는 못하고 남의 언덕에 머리나 들이대려 하는 부친의 태도가 못마땅했던 것이다. 그가 문학회 회원들과 어울려 다니면서 문학과 인생과 사회와 역사에 대해 고담준론을 늘어놓을 수 있는 것은 그야말로 언덕이고 숨통이었다.

그는 친구네 집에서 잠을 자고 도서관에 가서 소설을 썼다. 토요일마다 합평회가 열렸다. 합평회는 김기상, 지창정, 이일무 그런 선배들이 있었지만 주로 삼학년 선배들이 주도했다. 사학년만 되어도 졸업반이라고 한발 물러서서 후배들 하는 모양을 느긋하게 바라보며 잘들 해 보라는 태도였다. 물론 한마디 할 때는 다부지고 단호한 평가가 내려지곤 했다. 복학생 김일태 형은 그에게 유별난 애정을 보였다. 자신이 소설을 쓴다고 하는 처지라서 일종의 장르적 동류의식을 느끼고 있었는지도 모른다. 김일태 형은 달변이었다. 그리고 속필이었다. 하룻밤에 원고지 백매는 너끈하게 다루어내는 필력을 지니고 있었다.

"군대 가 봐라. 사람이 사람이 아니다. 한 마리 짐승도 가련한 짐승이 된다. 네 이념의 정수리에다가 철모를 씌워 놓아 의식이 하얗게 바래고, 젊은놈의 배짱은 탄띠로 조여매서 좆도 안 서게 하지. 달변의 아구리는 방독면으로 틀어막아 숨죽이게 하는 데가 군대야. 거기 그 감옥에 들어가기 전에 치열하게 써야 한단 말이다."

그로서는 주눅이 들 지경의 훈계였다. 그런 훈계를 이어 신하철 선배는 다른 각도에서 비평을 하곤 했다. 그로서는 찔리고 질리는 말들뿐이었다.

"월남 가서 피 팔아다가 그 돈으로 근대화를 해본들 별거 있겠냐. 월남 가는 놈들 그게 미국놈들이 똥칠한 아시아 역사에다가 피칠하러 가는 거지. 뭣도 모르는 것들이 겨우 탄피나 주워다가 팔아서 종삼이나 청량리 오팔팔에 좆물이나 뿌리다가 임질 걸려 질질 흘리고 다니지 별거 있어? 너어, 너도 월남 갈 생각하냐?"

그는 찔끔해서 한 발짝 물러앉았다. 사실 월남에 가서, 이영소 형처럼 학비라도 벌어 와야 한다는 생각을 하면서 하루하루를 견디고 있는 중이었다. 그런 자리에서 김대홍 선배는 문학을 치열하게 하다 보면 비집고 들어갈 틈새가 생기지 않겠나 하는 희망을 이야기했다. 시조와 시를 쓰던 불어교육과 유자효는 마음 좋은 얼굴에 주름을 잡고는 "인생사 다 그렇지 않은교? 너무 타내지 마소." 그렇게 한마디 던지곤 했다.

문학회 종강 합평회에서 그가 작품을 내놓고 평을 듣기로 되어 있었다. 작품이 잘 되면 신춘문예에 내자면서 야심찬 이야기도 했다. 당시 학부생이 신춘문예로 등단하는 경우가 심심치 않게 있었기 때문에 심상한 이야기로 들었다. 시에 황동규니 소설에 황석영이니 그런 이들이 고등학생 신분으로 등단하는 판이라서, 그런 분위기가 사대문학회에도 번져 있었다. 군입대를 앞두고 작품을 하나 발표해 놓아야 네 문학인생에 뿌다구나는 이정표 하나 세우는 거 아니냐면서, 그런 주문을 했다. 그로서는 한 해를 정리한다는 뜻도 있고, 삼 년 뒤에나 만날 수 있는 친구들 앞에 작품을 내놓아야 한다는 것 때문에 부담이 컸다. 작심을 하고 틀어박혀 원고지와 그야말로 씨름을 했다. 며칠 밤을 새우다시피 했다. 갱지로 된 원고지를 수도 없이 찢어내면서 문장을 다듬고 다듬었다. 한번도 잘했다는 칭찬을 들은 적이 없기 때문에 맷집이 생기기는 했지만, 그래도 대사를 앞두고 하는 발표라서 적잖이 긴장이 되었다. 그 긴장은 스스로 만들어서 자기를 단련하는 문학수업 방법에서 오는 것이기도 했다.

그는 남세희 선생이 준 사도행전을 다시 읽었다. 그리고 바울로 이야기를 교단으로 옮겨 소설로 구성하기로 마음을 먹었다. 학교의 제도적 모순이며, 교장 교감을 포함한 학교 운영자들의

왜곡된 교육관과 교사들 사이의 갈등이 주 내용이 되는 작품을
구상하고 있었다.

영육학원에서 운영하는 영육고등학교는 예도시(禮度市)에 자리
잡고 있었다. 정의와 의리로 단단히 뭉쳐진 국어교사 장학섭이
주인공이다. 장학섭은 점심 못 먹는 학생들에게 점심을 먹이고,
돈이 없어 과외를 못 받는 학생을 모아 특별지도를 한다. 서울에
있는 모모하는 대학에 진학을 할 수 있도록 학습방법을 개선하여
학생들의 성적을 올려 준다. 학교의 비리를 말리다가 고발하게
되고, 재단측에 미움을 사서 학교를 떠나라는 압력을 받게 된다.
장학섭은 학교의 압력을 견디면서 교사로서 의롭게 하는 방법이
무엇인가를 생각하며 번민에 빠진다. 재단 이사장이 학교 돈을
빼돌려 외제 세단차를 산 일이 있었다. 그 사실을 비난하는 글을
어느 신문에 실었다. 재단이 감사를 받고 재단 이사장이 바뀌고
장학섭 교사는 교감으로 승진하여 학교를 정상화하는 데 헌신한
다. 그 결과 학교는 명문고등학교로 성장한다.

합평회는 용두동 사대 본관건물 사층 강의실에서 열렸다. 다과
는 물론 물 한잔 없이 삭막한 방에 멤버들이 책걸상을 둘러놓고
앉아서 이야기를 시작했다. 마침 지도교수 구일환 선생이 같이
참여했다. 저녁에 푸짐한 술판이 벌어질 것을 기대하는 눈치들이
었다. 사회자가 구일환 선생에게 인삿말을 해 달라고 부탁했다.

"이렇게 작품을 써 가지고 만나서 이야기하는 자리에 오니, 여
기야말로 내 집이라는 생각이 들어요. 내가 교수로서보다도 작가
로서 여러분을 만나는 자리는 각별한 의미가 있어요. 여러분들은

내 제자가 아니라 내 친구 동료가 되기 때문입니다. 문학이 아무 것도 아닌 것처럼 말하는 사람들이 있는데, 이주용 교수가 그런 사람이지요. 작품을 통해서 현실을 직시하고, 이상향을 향한 꿈을 성취하며, 구원의 인간상을 창조하는 것이 문학의 진정한 가 치입니다. 여러분은 그런 문학을 하기 위해 이렇게 모였어요. 여 기서 장래에 소설가, 시인, 평론가가 나와 도리만천하라고, 세상 구석구석 삶의 진실을 밝히는 사람들이 되기 바랍니다. 열심히 하세요."

지도교수의 인삿말에 이어 작살질과 타작이 시작되었다. 그는 이를 앙다물고 멤버들을 훑어보았다. 어떤 비판과 악담을 퍼붓더 라도 눈 하나 깜작하지 않겠다는 다짐을 두고 있었다.

"너 말야, 아무래도 사대 온 거 후회하는 거 같다. 후회하려면 일찍 그만두는 게 신관 편할 걸. 널까 뺄까 질질 끌다가 찍싸고 나가자빠진다구. 교직이 신분상승에 별 도움이 안 된다는 이야기 는 했지만, 교육 그 자체가 호락호락한 거 아니니까 어설프게 다 루지 말란 말야. 사대 다니면서 사대 부정하는 자기부정적 발상 이 사대 망하게 하는 거야. 소설이 사대 옹호하자는 것은 아니지 만. 아무튼, 선생이 선생 얘기 쓰면 신춘문예 문턱에도 못 간다는 거, 너 몰라? 심사위원도 그런 생애 콤플렉스가 있는 거야. 아무 튼, 황소같이 써대는 건 놀랍다, 놀라워."

이어서 동급생 김두영이 "선배 말이 맞아" 하면서 달려들었다. 김두영의 비평은 이랬다.

"니 대답해 보그레, 선생이 학생들 아버지가? 아이제? 아니면

아닌 거지, 와 그레 쓰노? 애들 거지 만들지 말고, 선생을 선생답
게 하그라. 알겠나? 더 할 얘기 없다."

  말하자면 어쭙잖은 우월감으로 교육이 오도될 수 있다는 지적
인 셈이었다. 알겠나 하는 물음이 그에게는 가시박힌 말로 들렸
다. 자기 이야기나 할 것이지 가르치려고 든다는 느낌이 거북했
다. 이어서 김대홍 선배의 평이 이어졌다.

  "내가 읽은 바로는, 근대의 영웅은 모두 가짜 영웅이라는 겁니
다. 영웅의 시대는 갔습니다. 근대 부르주아 자본주의가 생산해
낸 인물은 심리와 욕망이 간접화된다는 것이, 사회학하는 이들의
지적인데, 이 소설에서는 인물이 너무 영웅화되어 있다는 생각이
들어요. 인물이 영웅화되면 소설이 설화로 퇴행해요. 그런 점만
명심하면, 이야기를 이끌어가는 힘도 있고, 자신의 삶을 성찰하
는 자세도 건실하고, 신입생이 그 정도면 충분히 발전할 가능성
이 있는 거 아닌가? 애썼어요."

  그는 고등학교 교지에 썼던 「거울을 들여다보는 아이」라는 작
품을 생각하고 있었다. 교육 내측에서 교육을 살피는 일은 지속
해야 할 과제 같다는 느낌이 들었다. 복학생 김일태가 손을 들었
다.

  "군대 가기 전에 작품 하나 내놓고 짓깨지는 게 그렇기는 하지
만, 그게 맷집 늘린다 생각하시오. 나도 사도행전을 읽어보기는
했는데 말입니다. 거 뭐랄까, 사울, 그 바울이 다마스커스에서 눈
이 멀잖아요? 그런데 다시 먼 눈을 뜨게 해 주지요? 그런 이적을
행하는 주체가 누구라고 생각하나?"

"물론 신이겠지요."

"그럼 학교 현장에서 교사가 신과 같은 초월적 존재가 될 수 있어요?"

"그야 대비일 뿐인데."

"그래도 구조가 같든 관습이 같든 어디가 같아야 설득력이 있지 않겠나, 그런 의문이 들어서. 그냥."

생각해 보니 그냥 하는 이야기가 아니었다. 바울로가 신앙을 바탕으로 한 용기가 출중한 것은 사실이지만, 눈이 멀고 먼눈을 뜨게 하는 것은 자신이 자의로 하는 일이 아니었다. 바울로는 선택된 인간이었다. 신의 존재를 상정하지 않는 한, 바울로가 겪은 신비체험은 설명할 방법이 없는 것이었다. 신의 존재를 인정하지 않으면, 이방인들의 시각으로는, 사도들의 행적은 "아는 것이 많아서 미쳐버렸다"(리더스 다이제스트 판,702)는 비난의 대상이 될 뿐이었다. 그는 그런 생각 끝에 성경을 함부로 건드리지 말아야 한다는 생각을 했다. 아울러 바울로의 용기와 과감한 실천이 소설감이 되기 어렵겠다는 생각을 하기도 했다.

그날 밤, 술자리가 벌어졌고, 구일환 교수의 곱추춤 춤판이 벌어졌다. 먹이고 받는 뱃노래 가운데, 그가 먹이는 차례가 되었을 때, 내심을 담아 먹임소리를 했다.

"구일환은 좋겠네, 구일환은 좋겠네, 소설 쓰는 제자 두어 구일환은 좋겠네."

"에야 아 누 야아 누, 에야 아 누 야아 누, 어기여어차 뱃놀이 가아잔다."

그렇게 소리가 이어지다가 구일환 교수가 앞으로 나섰다.

"내가 다른 노래 하나 하지."

멤버들은 박수를 치고 술들을 들었다. 그리고는, 일환이는 좋겠네, 하면서 흥을 돋구었다.

"우리 집 시어머니 염치도 좋아, 그 잘난 것 낳아 놓고 날 볶아대네."

턱을 들고 눈가에 주름을 잡고 웃으면서 노래를 듣고 있던 선배 신하철이, 노래가 끝나자 옭아드는 이야기를 했다.

"말하자면 그런 거 아니겠어? 너 보러 그 잘난 거라 하는 거고, 당신은 시어머니 격이라는 거야. 잘난 척하고 싶지 않다는 말씀이잖아? 군대 가서 꼬질대 부러지게 고생하고 와야 소설 될 거 같다."

그는 자기가 쓴 게 소설이라고 빡빡 우길 생각은 없었다. 다만, 문학과 문학이론 공부도 해야겠고, 사대에 들어왔으니 교육 문제도 심중하게 생각해야 하겠고, 언제 될지 모르지만 소설 쓰는 일도 버릴 수 없는 생애의 과제로 삼아야 하겠다는 각오가 뚜렷해지는 순간이었다. 그게 사대를 들어왔고, 공부했고, 문학하는 친구와 어울렸고 하는 데서 비롯되는 맑은 물줄기와도 같은 것이었다. ✱

작가 우한용과 아내 원유은, 북경 798예술거리 어느 화랑에서 _ 우은별(촬영)

작가의 소설론

사랑을 이야기하면서 웬 고고학인가

사랑은 없다. 사랑의 이야기가 있을 뿐이다.

사랑을 이야기하는 도구는 언어다. 사랑을 이야기하는 언어는 과거와 미래 사이의 칼날 위에 존재한다. 근본적으로, 언어는 현재를 표현하지 못한다. 더구나 서술주체와 행위주체가 다를 경우 현재를 표현하는 것은 거의 불가능에 가깝다. "나는 네가 지금 나를 사랑한다고 생각한다." 이런 문장에서 '지금'은 그 말을 하는 순간에 과거로 편입되고 만다. "나는 십년 후에도 너를 사랑할 거야."라는 말은 내용상 미래를 뜻하지만, 이는 미래와 연관된 화자의 의지를 드러내는 상(相, aspect)일 뿐이다. 시제와 관련된 언어는 어느 비평가의 표현대로 '언어의 감옥'이다. 시제라는 언어형식으로는 살아 있는 사랑을 통째로 거머잡지 못한다.

사랑이 아니라, 사랑을 이야기하는 것은 과거형에 의존한다.

한상일의 「웨딩드레스」는 사랑의 과거형을 노래한다. "당신의 웨딩드레스는 정말 아름다웠소." 그렇게 회상하다가 지난날을 이제와 생각하는 방식으로 사랑을 노래한다.

"우리가 울었던 지난날은 이제와 생각하니 사랑이었소." 울음 속의 사랑이 과거 회상으로 피력될 때 그게 왜 아름다운지를 노래한다. 이렇게 이어진다. "우리가 미워한 지난날은 이제와 생각하니 사랑이었소." 지난날의 미움과 시샘 증오 그런 감정이 지금 돌아보니 사랑이었다는 것이다. 지금 생각한다는 것은 개념상으로만 가능하다. "내가 당신한테 지금, 사랑한다고 말하잖아." 그렇게 말하는 순간 지금은 금방, 조금 전, 아까, 지난날 그렇게 과거로 편입되어 물러난다.

그래서 우리는 일정한 시간폭을 가지고 지속하는 현재를 상정한다. 지금, 이제, 현재 등은 시간폭을 상정하지 않고는 성립되지 않는 말이다. "지금 비가 내린다."는 언표는 그 앞뒤로 일정한 시간을 거느린다. 오늘은 24시간을, 이 주일은 7일을, 보름은 15일을, 이 달은 30일을 시간폭으로 가진다. 현재라는 말은 점이나 선처럼 개념상으로만 존재하고 실체는 없는 말이다. 세상사 모든 게 이름뿐이라는 유명론식으로 말하자면 사랑은 없고 사랑이라는 기억과 소망이 있을 뿐이다.

청마 유치환의 「사랑하였으므로 행복하였네라」에는 이런 구절이 나온다.

"오늘도 나는/ 에메랄드 하늘빛 환히 내다뵈는/ 우체국 창문 앞에 와서 너에게 편지를 쓴다."

'오늘, 편지를 쓴다' 등은 문법에서 규정하는 '현재'의 행위이다. 오늘 하루 중에 편지를 쓰는 것은 우체국이 문을 연 다음 업무를 종결하고 닫기 전이다. 그 가운데도 에메랄드 하늘빛이 보이려면 봄날의 어느 오후쯤은 되어야 할 것이다. 다음 구절에 나오는 오늘이라든지, 안녕! 하는 인사는 현재를 떠올리게 한다. 그런데 자신의 그러한 행위가 '이 세상의 마지막 인사가 되'는 시점은 미래개념을 동원해야 이해가 된다. 그런데 결국 시의 내용은 과거로 귀결된다.

"오늘도 나는 너에게 편지를 쓰느니/ 그리운 이여 그러면 안녕!/ 설령 이것이 이 세상 마지막 인사가 될지라도/ 사랑하였으므로 진정 행복하였네라."

지금 우체국에 와서 편지를 쓰는 가운데 생각하니 '사랑하였으니 진정 행복했다'는 것이다. 그래서 사랑은 과거의 일이 되고, 그 의미에 대한 평가나 해석 또한 과거로 표현된다.

우리는 과거의 맞은편에 미래를 설정한다.

과거, 현재, 미래라는 삼분법의 시간인식이 보편화되어 있다. 인간이 기도(企圖)하는 일은 미래행으로 표현된다. 우리말은 미래형을 다룰 때 시간범주와 문법범주가 일치하지 않기 때문에 편법을 쓴다. "나는 내일도 너를 사랑하겠다." 이 말은 어색하다. 미래를 표현하는 문법범주로 간주하는 '~겠다'는 정확히 말해서 미래라기보다는 화자의 의지를 나타내는 일종의 양태범주이다. 그런데 문제는 지금 사랑하는 사람들은 과거와 지금만 생각하는 것이 아니라 미래를 생각하게 된다. 김소월의 「진달래 꽃」에서 그런 예를 발견하게 된다.

　　나 보기가 역겨워 가실 때에는/ 말없이 고이 보내드리오리다.// 영
변에 약산 진달래꽃/ 아름 따다 가실 길에 뿌리오리다.// 가시는 걸음
걸음 놓인 그 꽃을/ 사뿐이 즈려밟고 가시옵소서.// 나보기가 역겨워
가실 때에는/ 죽어도 아니 눈물 흘리우리다.

　이 시를 이별의 시라고 하는 이들이 있다. 그런데 이별은 아직
안 왔다. 지나가지도 않았다. 지금 불달아 어쩔 줄 몰라하는 이
사랑은 장래에 네가 날 싫다고 해서 떠나간다면 보내주겠다고 말
한다. 그렇게 말할 수 있는 것은 너의 사랑이 장래에도 변치 않을
것이라는 '현재'의 굳은 믿음이 있기 때문에 가능하다.
　이 시에 민족정서인 한이 잘 형상화되었다는 평가도 정황에 맞
지 않는다. 한은 실패로 돌아간 지난 일이되 가능성은 아슴하게
남아 있을 때, 회한과 더불어 실낱같은 소망이 아스라하니 남아
있을 때 발생하는 정서다. 그런데 이 시에서는 미래의 이별이 가
정되어 있을 뿐이고 그 가정을 강하게 부정하는 데서 현재 이루
어지고 있는 사랑이 얼마나 지고한가를 서술하고 있다. 그러한
점에서 이 시는 사랑의 미래형이라 할 수 있다.

　사랑을 현재형으로 이야기하는 것은 외설스럽다.
　현재형은 순치되지 않은 날것이기 때문이다. 전일적 감각으로
이루어지는 사랑을, 행위수반적으로 언급하는 것은 사랑의 행위

만을 부각하기 때문에, 맥락을 제거하고 성행위 동작을 반복하여 지속적으로 보여주는 것처럼 외설스럽다. 그런데 언어는 전일적 감각이라든지 총체적 행위 등을 보여줄 수 없다. 언어는 대상을 분절하여 표현한다. 어떤 단어든지 대상의 어느 한 부분만 부각된다. 언어상으로 이마와 얼굴은 갈라져 있다. 두려움과 환회와 고통과 안타까움에 휘돌아가는 사랑의 전일적 행위를 '사랑'이라고 분절하면 사랑은 변질되고 왜곡된다.

나의 사랑을 내가 이야기하는 것은 관음증이다.

다시 말해 사랑을 현재형으로 이야기하는 것은 관음증이라는 뜻이다. '나는 지금 사랑하고 있다.'는 명제가 있다면 이를 잘게 잘라 표현하려고 할 때, 사랑의 과정에 나타나는 현상을 전신적 감각의 의미망을 벗어나 한정된 어휘로 서술해야 한다. 기껏해야 비유를 하거나 상징을 동원하여 말할 수 있을 따름이다. 서술주체가 행위주체의 행위를 바라보는 것, 내 행동을 언어화하는 것은 필연적으로 인격의 이중화를 요구한다. 내 행위를 내가 바라보는 것은, 내 행위를 언어의 거울에 비쳐놓고 내가 바라보는 것과 다르지 않다. 사랑은 전신의 총체적 감각으로 수행되는 행위이기 때문에 언어가 도달할 수 없는 피안이다.

사랑은 동사다.

사랑이라는 실체가 있는 것이라기보다는 사랑한다는 말로 도저히 포괄할 수 없는, 사랑의 행위가 있을 뿐이다. 동사는 그 언표가 표출되는 동시에 과거형이 된다. 나는 당신을 사랑한다고 말하는 순간 시간은 과거로 물러선다. 사랑이라는 현상을 그게 이렇고 이런 속성을 지니고, 이렇게 진행되는 행동이라고 설명하는 언어는 무시제로 표현될 수 있다. 그러나 그런 이야기를 읽는 사람에게는 과거형이 된다. 지금 이루어지는 사랑은 객관화할 수 없기 때문이다. 사랑을 객관적 언어로 서술할 수 없다. 서술한다는 것, 이야기한다는 것의 시제적 운명은 어쩔 수 없이 과거형으로 전개된다.

고고학은 옛것, 지나간 것을 고구하는 학문이다.

고고학(考古學, archaeology)은 땅 속에 묻혀 있는 옛사람들의 유물을 발굴하는 데서 출발한다. 옛것을 고찰, 고구하는 것이 고고학의 문자적 의미에 해당한다. 옛사람들의 유물을 발굴해서 모으고 분류하고 해석하는 과정에서 옛사람들의 생활상을 파악하고자 하는 것이 고고학이다. 파편화된 작은 조각들을 통해 그들의 사회구조라든지 이념까지를 확인하는 데로 나아가면 고고학은 역사학으로 연결된다. 그런데 고고학에서는 주관적 해석을 애써 피하려 한다. 고고학은 실증사학으로 연결되는 것이다.

기억으로 떠오르고 과거형으로 기록해야 하는 사랑은 총체적 인간행위의 파편들이다. 그 파편을 찾고 모아서 조립하고 그걸 가지고 사랑의 전체적인 모습을 그려보는 것이 문자언어로 사랑을 다루는 방식이다. 사랑의 온전한 모습을 한꺼번에 거머잡을 수 있는 것인 양 호들갑을 떠는 이들을 나는 의혹의 눈으로 바라본다. 또한 그러한 요구를 하는 독자들을 천박하다는 눈으로 흘겨본다. 현재형으로 환원될 수 없는 사랑의 파편을 늘어놓고, 그것도 거듭 반복하면서 그게 사랑의 모든 것인 양 이야기하는 작가들의 용기를 나는 두려워한다.

고고학은 줄기가 여럿이다, 사랑이 그러한 것처럼.

토기 한 점이 발견되었을 때, 그걸 가지고 당시 사람들의 가옥 구조, 생활양태, 행동패턴, 사회구조, 공동체의 지향 등을 짚어내는 것이 고고학이다. 마찬가지로 사랑의 줄기 또한 다양다기하다. 감정과 정서와 윤리와 나아가 시대이념까지 사랑에 관여하는 터라서, 순수한 사랑을 이야기하다보면 금방 허상을 그리고 만다. 다기다양한 사랑을 어느 한 부분만 과장해서 이야기하는 것은 사랑의 실상을 왜곡한다. 인간은 물질적 존재이며, 또한 성적인 존재이고 영적인 존재이기도 하다. 사랑 또한 물질, 정념, 정서, 행위, 이념 등과 연관된다. 사랑을 이야기하자면 플롯이 복잡해지는 까닭이 여기 있다.

발굴된 도자기 한 쪼가리를 가지고 당시 생활상을 복원해야 하는 것처럼 사랑의 정념에 불타올랐던 어느 계절의 한 폭 그림을 가지고 인간사 다면성을 이야기해야 하는 것이 사랑의 고고학이다. 그렇게 해서 사랑의 자장은 폭을 넓혀간다. 사람 살아가는 삶의 전체 과정이 사랑과 연관된다. 지층에서 찾아낸 거울을 들여다보면서 나르시시즘에 빠졌던 어느 인간의 초상을 그려보기도 하고, 거기서 인간 인식의 구조를 밝힐 수도 있다. 아름다움의 역사, 남녀관계, 권력과 성, 인간의 이념 등을 사랑의 행위가 남긴 파편에서 찾아볼 수 있는 것이 아니겠는가. 그렇기 때문에 사랑하는 남녀의 이야기를 정념의 파도로 단순화하는 것은 서사의 본질에 어긋난다.

고고학은 돈이 있어야 하는 학문이다.

발굴은 인디아나 존스 혼자서 외롭게 돌아다니면서 할 수 있는 일이 아니다. 자료를 읽고 가설을 세우는 단계에서 나아가 사전 조사를 해야 하고, 그럴 경우 여행비가 필요하다. 팀을 조직해서 하는 여행은 많은 돈이 든다. 지표조사에서부터는 인부를 써야 한다. 인부는 돈이다. 일당을 주어야 하기 때문이다. 때로는 남의 나라에 가서 어느 지역의 한 구획을 모두 매입해서 땅을 파들어 가야 한다. 장비와 인력이 있어야 하고, 장비나 인력이나 다 돈이다. 한때는 연구자들의 비용을 국가에서 대기도 했다. 그런 때의 국가는 대개 제국주의적인 체제를 갖춘 국가였다. 그래서 고고학은 제국주의의 비호 아래 성황을 이루었다. 고고학의 발굴 유물은 제국주의 박물관에 화려하게 전시되어 있다.

사랑을 이야기하는 사람은 고고학자처럼 사랑의 파편을 발굴하러 돌아다닌다. 발굴된 유품을 가지고 역사를 다시 기록한다. 여기서 역사는 고고학의 대상이 아니다. 탐구하고 해석해야 하는 대상이다. 일상 속에 묻혀 있는 사랑의 양모(樣模)는 일일이 밝히지 않아도 된다. 다만 작은 조각을 모아서 커다란 전체를 재구성하는 방법은 여전히 고고학적인 방법이다. 우리는 여기서 돈을

들이기보다는 고고학의 방법론을 차용하여 사랑을 발굴할 수 있
게 된다.

　사랑은 허구로 구축한 성채다.

　우리는 사랑을 이야기하면서 회상하고 예측한다. 회상과 예측
은 일정한 시간 폭을 가진 현재라는 개념으로 본다면, 즉 실존적
자아 편에서 본다면 남의 일이다. 나 스스로의 사랑을 이야기할
때도 마찬가지다. 지난날의 사랑을 이야기한다면 이는 회복되지
않는 사랑이기 때문에 현재의 나 자신으로부터 멀리 떨어진 사랑
이다. 지난날의 나는 남이나 한가지로 아득하니 먼 존재다.

　미래 또한 마찬가지로 지금의 나로서는 감당하기 어려울 정도
로 멀리 있다. 현재의 내가 아무 변화 없이 지속되어야 한다는 점
을 전제하고서라야 미래를 이야기할 수 있다. 그러나 오늘의 내
가 내일까지 같은 나로 남아 있을 거라는 보장은 어디에도 없다.
내일 내가 어떻게 될지 알 수 없다. 나의 것이라도 미래는 남의
시간인 양 불확실하다.

　그래서 과거의 사랑을 이야기하든지 미래의 사랑을 이야기하
든지, 똑같이 허구개념이 동원되지 않으면 안 된다. 시간적으로
과거사는 지금의 입지에서 재구성된다. 미래는 지금의 상황이 지
속될 것을 전제해서 구성된다. 아니 미리 구성된다. 과거나 미래
나 방향은 다르지만 절대치는 같다. 독자는 작가가 재구성한 사
랑을 자신의 의식공간에서 다시 구성하여 읽는다. 읽는 과정은
재구성의 실현을 상정한다. 사실을 지시하는 한갓된 언어로 전체

를 드러내려 한다면 만용이다. 그러나 그런 까칠한 의식 다 지우고 과거도 미래도 내 것인 양 수용하는 것이 서사의 독서 특징이다.

사랑은 총체적 감각으로 수행된다.

사랑이 과거사가 될 때 사금파리 조각이 되어 땅속에 묻힌다. 땅속이라 함은 실체로서 인간의 다른 면이다. 인간의 육신은 아니마를 가린다. 마음속에 있는 사랑을 이야기할 때 인간의 외모가 그 진상을 덮어버린다. 그래서 아니마는 발굴의 대상이다. 의상과 피부와 체면 등을 걷어내야 아니마가 드러난다. 그것은 언어로 도달하기 어려운 신기루에 가깝다. 그래서 발굴이 필요하다. 그런데 발굴 도구라고는 허접한 언어밖에 없다. 사랑을 이야기하기 어려운 까닭이다.

섀도우는 육신을 비치는 광원의 반대편에서 너울거린다. 혹은 육신의 언덕 너머에서 혼자 춤춘다. 섀도우는 손에 잡히지 않는다. 구체적 형상을 띠지 않기 때문이다. 우리는 그림자는 있으되 실체가 손에 잡히지 않는 그런 존재를 유령 혹은 귀신이라 한다. 사랑을 하면 눈에 콩깍지가 씐다는 말은 실상을 놓치고 허깨비를 본다는 뜻이다. 사랑을 하면 예뻐진다는 것 또한 마찬가지다. 같은 대상인데 달리 보이는 것이다. 그래서 사랑 이야기는 그림자놀이와 같다.

조각나서 지층에 묻힌 사랑을 캐내는 작업을 하는 데 소용되는 연모는 언어가 가장 쓸모있다. 언어이되 이야기를 만드는 언어이다. 언어로 이야기를 만드는 이 작업은 끊임없는 자기분열을 겪어야 한다. 남의 이야기를 자기 이야기처럼 해야 하기 때문이다. 그래서 작가들은 일인칭서술이라는 기술(奇術)에 이끌리곤 한다. 내 이야기를 내가 하는 것은 자기기만이고 관음증이다. 나를 대상으로 하는 이야기는 명상과는 성격을 달리한다. 명상은 나라는 대상을 무화하고 자신의 내면에 침잠하는 일이다. 나라는 대상을 무화한다는 것은 나의 시간성과 공간성을 소거하는 일이다. 그런데 이야기는 시간과 공간을 전제하지 않으면 아예 성립되질 않는다.

모든 사랑은 자기 사랑에서 비롯된다.

문제는 내가 나를 모른다는 데 있다. 내가 누구인지를 아는 일은 인간이 무엇인지를 간파하는 작업이다. 인식은 분명하지 않아도 실감은 있는 게 나라는 존재다. 미당 시인의 말대로 내 존재는 '팔 할이 바람'이다. 이 경우 바람의 뜻은 명확하지 않다. 나를 흔드는 바람인지(風), 동사 '바라다'의 명사형 바람(所望)인지 알기 어렵다. 나를 바라보며 흔들어대는 남들이 바람일 수도 있다. 내 소망과는 다른 방향으로 나를 평가하는 이들 앞에서 나의 바람은 깨져나간다. 풍상과 소망이 이루어내는 결과는 마찬가지이다. 그런데 그 바람 말고 나의 실체는 달리 어디에도 없다.

중요한 것은 나의 실존이다. 실존의 감각은 내 존재에 대한 뿌듯한 감각이다. 발레리처럼 '바람이 분다, 애써 살아야겠다!' (Le vent se lève…. il faut tenter de vivre!) 하는 감각을 일깨우는 것, 그게 자신에 대한 사랑의 원상이다. 따라서 내 실존의 감각은 인식에 앞서 윤리성을 띠는 것이다. 내 존재에 대한 긍정은 다른 존재에 대한 긍정으로 전이된다. 누구라도 단독자로서 존재할 수 없기 때문에 이는 필연적이다. 그러나 내 존재에 대한 긍정은 남에게 웃기는 짓으로 보일 수도 있다. 다시 그러나, 유행가 식으로 말해서 '제 잘난 멋에 사는 게 인생'이다. 다만 제 잘난 멋을 순치된 형식으로 이야기해야 하는 것은 작가의 의무이다.

우공이 사랑을 이야기한다면 소가 웃을 일이라고, 혹자는 웃을지도 모른다.

그러나 신경림에 기대어 말하건대 "가난하다고 해서 사랑을 모르겠는가" 내 가난한 문학의 도정에서, 남들과 다른 방법으로 사랑을 이야기하고 싶었다. 내가 말하는 '사랑의 고고학'이라는 것도 사랑을 이야기하는 방법 가운데 하나일 뿐이라는 것을 나는 잘 안다. 그렇게 희미하고 가슴 뛰지 않는 사랑을 누가 이야기하려 할 것인가 물을 수도 있다. 그 물음이 정당하다는 것을 나는 안다. 가슴이 뛰든 눈이 멀든, 저 신라의 사랑귀신 지귀(志鬼)처럼 가슴에서 불길이 솟아 타죽든, 사랑은 인간 삶의 파편에 불과하다는 게 내 생각이다. 사람들이 말하는 완전한 사랑은 지층 밑바닥에서 캐낸 사금파리 조각을 조립해서 만든 항아리에 불과하다. 그 항아리를 보고 웃을 소는 없다.

사랑은 진정성 있는 삶의 구석구석에 흩어져 있다.

봄에 지각을 뚫고 싹터나오는 함박꽃 싹, 산자락을 붉게 물들이는 진달래, 바람에 간지럼 타는 느릅나무 이파리, 눈을 둘러써서 가지가 늘어진 히말라야시다, 그런 데에 사랑은 깃들인다. 푸른 하늘, 흰구름, 절벽을 기어오르다 비말로 무너져내리는 파도, 지평선 너머까지 펼쳐진 초원, 거기에도 사랑이 깃든다. 먹고 마시고 옷을 입고 사는 구석구석에 사랑은 곰살궂게 배어든다. 짝을 만나 애 낳고 키우는 과정과 짝하여 사랑은 익는다. 심지어는 죽음 또한 사랑의 한 과정이 될 수 있다. 죽음에 대한 사랑도 사랑의 범주에 든다. 사금파리, 나아가 꽃가루 같은 사랑의 흔적이 지층 밑에 스며들어 있다면, 그걸 캐내어 재조립하는 방법은 고고학의 방법과 혹사(酷似)하게 닮아 있다. 소설을 쓰는 일 또한 이와 닮아 있을 터이다.

시간의 지층에 파묻혀 있는 사랑의 흔적을 캐내서 새롭게 조립하여 현재 사랑하고 있다는 사람들 앞에 소설이라는 이야기 형태로 내놓는 것이 『사랑의 고고학』이다. 그 소설이 독자들의 사랑을 얼마나 받을 것인가는 작가가 알 수 없는 영역이다. 독자들의 소설 읽기는 최소한 자기 논리를 가지고 있기 때문이다. 작가가 흩어놓은 사랑의 파편을 찾아가는 인디아나 존스가 독자이다. 독자의 수준은 일정 부분 작가의 역량을 높여주는 에너지원이 된다. 그래서 문화로서의 문학은 어느 정도 객관성을 띤다. ✹

스페인 세비아 성 박물관에서 _ 최병우 교수(촬영)

평설

존재와의 뜨거운 포옹
— 우한용의 『사랑의 고고학』論

이경재 문학평론가, 숭실대학교 교수

1. 탄탄한 문학적 자의식 위에 구축된 이야기의 성채

우한용의 중편집 『사랑의 고고학』에는 보통의 작품집과 달리 이론적인 머리말과 작가가 직접 작성한 장문의 소설론이 수록되어 있다. 이것은 십여 권의 소설집과 두 권의 시집을 발표한 문인 이전에 수십 년간 강단에서 인재들을 길러내며 수십 권의 학술서를 발간한 문학이론가로서의 작가 이력에서 비롯된 것이라고 할 수 있다. 이 이론적 글들은 이번 중편집 『사랑의 고고학』을 이해하는 데 적지 않은 도움을 준다.

이번 중편집은 매우 흥미롭다. 그 흥미로움이란 인간의 말초적인 본능을 건드리는 것에서 비롯되는 것이 아니라, 시공을 초월하여 우리에게 익숙하지 않은 다양한 이야기를 읽을 때 느낄 수 있는 것이다. 백제 말기의 다양한 정치 사회적 상황을 실감나게 복원한 「왕성으로 가는 길」, 구한말 거문도에서 꽃 핀 영국군과 조선 여인의 사랑과 우정을 역사적 문맥에서 형상화한 「거문도 뱃노래」, 스리랑카를 배경으로 신성과 세속의 문제를 환상적인 기법으로 그려낸 「부처님의 발바닥」, 이제 막 성인이 된 젊은이의 일상과 꿈을 성실하게 수놓은 「세 갈래 길」이 모두 일상적인 이야기와는 그 결을 달리한다. 이러한 특성은 작가의 선명한 문학적 자의식에서 비롯된 것으로 볼 수 있다. 작가는 머리말에서 "각다분한 일상을 재치 있는, 또는 스스로 재치 있다고 착각하는 작가들의 일상사 이야기는, 그게 소설의 본질이라고 하더라도, 그런 이야기를 늘어놓는 작품은 재미와는 거리가 멀다."고 비판하는 것이다. 우한용은 소설본질에 얽매여 참된 독자와의 소통을 거부하거나, 익숙한 소설규칙에 얽매이는 "게으른 독자에게 빌붙"는 자세를 강하게 부정하는 작가이다.

다음으로 『사랑의 고고학』에서 주목할 것은 네 편의 작품이 그야말로 각기 다른 색채와 리듬으로 환하게 빛난다는 것이다. 이 작품집은 서울대 사범대 교수로서 명성이 높은 우한용 교수의 열 번째 소설책이다. 같은 장르의 책을 열 권이나 내는 과정에는 거부하려고 해도 거부할 수 없는 내공이 쌓이게 마련이다. 그 내공은 무엇과도 바꿀 수 없는 작가의 재산이자 미의 성채를 건설하는 주춧돌이 되지만, 때로 그것은 인식이나 형상화에 있어 고정된 틀을 만들어내는 부작용을 낳기도 한다. 사정이 이러함에도 우한용의 중편집에 실린 작품들이 모두 고유한 개성으로 빛난다는 것은 매우 긍정적인 특성이라고 할 수 있다. 이것은 아무래도 머리말에서 밝힌 것처럼, "양식화된 소설(작가가 이전에 했던 말을 반복하는 소설)"을 "내 작품을 읽은 독자에게 강매하는 행위는 속임수다."라고까지 힘주어 말하는 작가의 확고한 신념에서 비롯된 것으로 보인다.

마지막으로 우리에게 익숙하지 않은 중편이라는 형식을 사용한 것에 대해서이다. 그동안 소설책은 장편소설이나 단편을 묶은 창작집이 주류를 이루어왔지만, 『사랑의 고고학』은 중편만으로 한 권의 책이 구성되어 있다. 『사랑의 고고학』에 수록된 모든 작품들은 전통적인 소설문법이라면 장편에 가까운 것이다. 당대 여러 나라가 얽혀 있는 백제 말기의 상황을 다루는 소설이나 한 젊은이가 성장의 과정에서 겪는 그 빛과 어둠의 드라마를 다루는 것 등은 모두 장편을 통해 이루어지고는 했던 것이다. 그러나 작가는 이것들을 중편의 분량 속에 알뜰하게 녹여내고 있다. 이러한 특징 역시 다분히 의식적인 것으로 보아야 한다. 작가는 머리말에서 4차산업혁명의 시대라 불리는 오늘날 각종 매체의 발달로 인해 문자 언어의 영역이 축소되고 있으며, "작가들은 기껏해야 중편 정도의 양식 속에서 할 이야기를 처리해야 하지 않을까 싶다."고 전망을 하고 있기 때문이다. 이 중편집은 이러한 전망에 연결된 하나의 앞선 시도라고 볼 수 있다. 다행스럽게도 여기에 수록된 중편들은 단편의 완결성과 장편의 전체성을 맛 좋은 비율로 결합하고 있다는 측면에서 성공적이라고 볼 수 있다. 이제 우리 시대의 존경받는 스승인 우한용의 친절한 설명을 길라잡이 삼아 본격적인 작품의 세계로 들어갈 차례이다.

2. 사실 이상의 진실

「왕성으로 가는 길」은 미륵사 창건, 성왕, 법왕, 무왕, 선화공주 등의 역사적 사건과 인물을 바탕으로 시인 겸 화가 서진구가 장편 서사시를 창작하는 내용의 소설이다.[1] 예술가 특히 소설가나 시인을 주인공으로 내세운 소설이 그러하듯이 메타픽션적 경향을 지니고 있으며, 자연스럽게 작가 우한용이 생각하는 문학의 고유한 모습과 역할을 엿볼 수 있다.

서진구는 고유한 상상력을 통해 통념화된 것과는 다른 방식으로 역사적 사실들을 해석한다. 사리봉안기의 법왕을 부처가 아닌 백제의 법왕으로 해석한다든가, 사리봉안기의 저자를 왕이나 왕비가 아닌 지명법사로 지목한다든가, 금동대향로가 유일본이 아닐 수도 있다고 주장한다든가, 선화공주를 공주가 아닌 선화공의 딸로 해석한다든가 하는 것이 대표적인 사례이다. 그리고 "선화는 신라 사람인 것은 틀림없지만, 공주는 아니라는 생각은 역사학자들이 할 수 있는 발상이 아니었다. 그것은 시적인 세계였다."라는 말에서 알 수 있듯이, 이러한 새로운 발견과 해석은 서진구가 예술가이기에 가능한 것이다. 역사가와 예술가의 차이는 그 상상력의 다름에서 비롯되는데, 그 차이는 "시적 상상력은 역사적 상상력과 달리 인과성보다는 상상의 일관성과 이미지의 통일

---

[1] 여기에 덧보태 우연히 손에 넣게 된 금동불두를 지키려는 서진구와 그것을 서진구의 손에서 빼내려는 세력(박물관장, 학예실장, 전유식 교수, 용화고미술사 성면양 등) 사이의 갈등이 서사의 중요한 축을 형성한다. 이로 인해 서진구의 주변에는 의문의 사건들(괴전화, 서재 유리창의 파손, 기르던 개의 죽음, 아내의 감전사고 등)이 연이어 생기며, 작품은 추리소설적 성격을 지니게 된다.

성"을 더욱 중요시한다는 것에서 찾을 수 있다. 이러한 서진구의 시적 상상력에 바탕한 역사해석은 나름의 가치가 있는 것으로 설정되어 있다. 서진구는 "시를 쓰던 끝에 짐작으로" 미륵사를 선화공주가 발원해서 세웠다고 보는 것은 설화에 불과하다고 생각했는데, 실제로 발굴된 사리봉안기를 통해 서진구의 생각이 맞았다는 것이 드러나기도 하는 것이다.

그러나 서진구의 생각이 사실에 부합하느냐 그렇지 않느냐는 절대적으로 중요한 문제는 아닐 수도 있다. 목간에는 왕궁탑에 대한 이야기가 등장하지 않지만, "사실이 문제가 아니라 진실이 문제라면 그런 구상을 할 수도 있을 터였다."는 말처럼 서진구(시인)가 진정으로 관심을 두는 것은 사실(fact)이 아닌 진실(truth)이기 때문이다.

또한 진실에 대한 탐구는 어디까지나 개연성의 범주 안에서 이루어져야 한다는 작가의식을 확인할 수 있다. 「거문도 뱃노래」에 등장하는 작가 방무식은 한을과 해연의 자식들이 아일랜드에 살고 있을지도 모른다는 생각을 하지만, 그것을 작품에 쓸 수는 없었다고 고백한다. 이유는 "그 내막을 알면서 독자가 짐작해서 읽으라고 안 쓴 게 아니라, 상상력이 달려서 못 쓴 부분이었다. 복원이 안 되는 이야기를 재구성한다는 게, 말로야 새로운 세계를 구축하는 일이라고 억지를 부리지만, 그렇게 어설프게 처리하는 것은 아무래도 실감을 자아낼 수 없는 일이란 절망감이 스멀거리면서 밀려들었"던 것이다.

「거문도(巨文島) 뱃노래」 역시 역사적 사실에 문학적 상상력을 가미하여 서사를 만들어낸다는 점에서 「왕성으로 가는 길」과 흡사하다. 또한 작가 방무식을 외화의 직접적인 화자로 등장시킴으로써 메타소설적인 성격을 지니는 것도 동일하다. 「거문도 뱃노래」는 영국이 러시아의 남하를 막는다는 명분으로 군함 6척과 상선 2척을 보내 1885년 4월부터 1887년 2월까지 거문도를 점령한 사건을 배경으로 하고 있다. 특히 거문도에는 지금도 영국군 묘지가 남아 있는데, 작가는 여기에 문학적 상상력을 가미해 진실의 문을 활짝 열어젖히고 있는 것이다. 두 개의 돌로 된 무덤의 주인공들은 총기사고로 죽었는데, 그 총기사고의 이유를 당시 조선인과의 관계 속에서 발생한 것으로 색다르게 해석하고 있는 것이다.

3. 진정한 소통의 뱃노래

「거문도 뱃노래」에서는 영국군 병사 하인리와 프랑크, 그리고 조선인 한을, 해연, 산돌영감이 서로 어울리며 커다란 주제의식을 형성한다. 두 명의 영국군이 총기 사고로 죽은 것만 밝혀진 역사적 사실 위에, 적극적인 문학적 상상력의 마법을 거쳐 재미와 의미를 모두 갖춘 서사의 장관을 연출하고 있는 것이다.

그동안 한국문학에서 거의 형상화된 바 없는 거문도 사건을 배경으로 한 이 소설은 기존의 역사소설과 크게 차이나는 지점을 하나 가지고 있다. 그것은 바로 그동안 한국역사소설의 기본 특성이라고 할 수 있는 민족주의적 경향에서 벗어나 있다는 점이

다. 역사소설이 국민국가와 맺는 관계는 매우 긴밀하다. 소설이
동시대를 사는 사람들에 대한 상상을 통해 서로 간의 친교와 공
동체 의식을 상상할 수 있는 기반을 제공한다면, 역사소설은 현
재의 독자들에게 과거 사건에 대한 공감적 동일화를 꾀함으로써,
현재를 살아가는 독자와 과거 사람들 사이에 새로운 형태의 상상
적 연계를 창출하기 때문이다. 이러한 방식으로 역사소설은 근대
인들이 국가라는 조건 속에서 과거를 상상하도록 부추기는 주요
한 매체의 하나가 되어왔다. 근대 역사소설은 근대 역사서와 마
찬가지로 국가 건설의 과정과 밀접하게 결부되어 있는 것이다.
한국 역사소설의 발자취는 역사소설이 내셔널 히스토리로서 작
용해온 전형적인 사례라고 해도 과언이 아니다.[2]

　주로 민족주의의 이데올로기적 기제로 작용해 온 역사소설에
서 주인공은 영웅이거나 필부필녀이거나에 상관없이 민족과 조
국에 대한 사랑으로 가득차 있기 마련이다. 그러나 「거문도 뱃노
래」에서 서사의 주인공으로 등장하는 한을, 해연, 산돌영감 등은
민족주의적 의식과는 조금 거리가 있는 인물들이다. 한을은 귀양
살이 온 선비의 외손녀로서 외국인 신부에게 맡겨졌다가 나중에
는 유학자인 지은 선생댁에서 자랐기에 학식이 많고 영어에도 능
하다. 이러한 성장과정을 거친 한을은 조선에 대한 특별한 애정
이 없다. 한을은 "박해를 피해서 정말 하느님을 아는 사람들이 사
는 나라에 가고 싶"어하며, 하인리에게 몸과 마음을 허락한 것도

---

2) 한국의 역사소설과 민족주의와의 관련에 대해서는 졸고, 「다문화 시대의 (탈)민족주의
적 역사소설」(『다문화 시대의 한국소설 읽기』, 소명출판, 2015, 235~238면)을 참조할 것.

"결국 하인리가 하느님을 믿는 나라 사람이라는 게 가장 중요한 빌미"였던 것이다. 해연은 동네의 무녀이지만, 조선시대 소외받는 천민이라는 특성으로만 설명되는 인물은 아니다. "해연을 이해하는 것은 곧 이 동네 사람들의 마음을 이해하는 것이나 다름이 없었다"는 말처럼, 해연은 마을 사람들을 대표하는 인물이자 "섬 사람들의 정신적 지도자"이다. 그렇기에 영어에도 능숙하고 유교적 소양도 갖춘 한을이 "해연을 대하는 태도는 단순히 친구라든지 동무라든지 하는 관계를 넘어서는 것"이며, 둘은 "서로 배울 게 있는 사이"이다. 이러한 해연도 민족이나 국가에 얽매여 있는 인물은 아니다. 산돌영감은 학정(虐政) 때문에 자식 낳은 게 원수라며 자신의 성기를 자르고 거문도로 들어온 남성이다.[3] 산돌영감은 나름 "상업의 선각자"로서 영국군의 양을 대신 길러주는 일을 한다. "혈혈단신"인 산돌영감은 민족이나 국가의 경계에서 벗어나 있는 인물로서, 그는 "세리들이 오면, 나는 이름이 없는 사람이요. 그냥 산의 돌이라 하오. 이름이 없으니 나라도 없는 사람이요."라고 일갈한다. 이처럼 한을, 산돌영감, 해연 등은 민족이나 국가에 대한 별다른 집착이 없으며, 이러한 의식이야말로

---

3) 애절양(哀絶陽) 이야기는 「거문도 뱃노래」에서 매우 비중 있게 다루어진다. 산돌영감은 아이를 낳으면 인두세를 거둬가고, 군역을 해야 할 나이가 되면 족징이니 인징이니 해서 세금을 후려가는 것에 분노해서 여섯 번째 아이를 낳았을 때, 자신의 성기를 자르고는 이 섬으로 들어와 염소를 치고 산다. 그리고 스스로 성기를 자르는 이야기는 산돌영감의 돌발적인 예외적 이야기가 아니라 상당히 보편성이 있는 것으로 제시된다. 한을은 어린 시절 어머니로부터 자신의 아버지가 가난한 집 남정네가 거세한 이야기를 듣고 글을 썼다는 이야기를 듣는다. 또한 한을은 자신을 길렀던 배두익(Patrick) 신부에게서도 아이 낳는 것이 불행을 자초하는 짓이라며 스스로 성기를 자른 한 남성에 대한 이야기를 듣는다.

이들이 외국인들과 깊이 있는 교감을 나눌 수 있는 기본적인 조건이 되었다고 할 수 있다.

또한 전통적인 역사소설에서 외국인들은 선악의 이분법 중에서 악인의 범주에 속하는 경우가 대부분이다. 그러나 이 소설에 등장하는 영국군 하인리와 프랑크는 식민주의적 의식으로 가득 찬 악인과는 거리가 멀다. 그들은 먼저 한국문화와 사람들에 대한 호의적인 관심이 지대하다. 나아가 작가는 영국군이라는 공통된 의상 뒤에 있는 개인들의 미세한 차이에까지 눈을 돌리고 있다. 조선인과 어울리는 하인리는 영국군 신분이지만, 본래는 아일랜드 사람으로서 많은 한과 고통을 가진 인물로 형상화되고 있는 것이다. 하인리는 "브리튼이 국적이기는 하지만 마음은 늘 아일랜드에 가 있어요. 고향이라는 게 그래요. 자기 부모의 나라, 내 나라 노래가 살아 있고, 전설이 살아 숨 쉬는 그 나라가 마음의 고향이지요."라고 말할 수 있는 사람인 것이다.

그러나 작가가 식민주의의 침략적 속성에 대해 눈을 감고 있는 것은 아니다. 「거문도 뱃노래」에는 영국이 "인도라는 나라를 널름 집어먹은 게 그렇고, 얼마 전에는 조선에도 배를 타고 와서 바닷길을 다 조사해 갔다."는 비판적 인식이 등장하기도 한다. 또한 「부처님의 발바닥」에서는 허브 농장을 해보겠다는 생각으로 스리랑카에 간 정만복을 통해 전 세계에 만연한 식민주의의 문제가 형상화된다. 정만복에게 스리랑카는 한마디로 언제든지 자신의 욕정을 받아줄 창부에 지나지 않는다. 정만복은 마하프라자파티라는 가이드 여성을 철저하게 성적인 대상으로만 바라보며 수도

평설

없이 성추행에 가까운 말을 하고 실제로 매춘의 대상으로 삼기도 한다. 또한 「부처님의 발바닥」에서는 식민주의의 청산이란 문제 역시도 결코 만만한 것이 아니라는 인식을 보여준다. 영국인들이 스리랑카에 와서 불교 공부하는 모습을 보며, "영국인 몇 사람이 여기 와서 부처님의 발바닥에 입을 맞추고, 스리랑카 불교를 공부한다고 해서, 그게 스리랑카의 역사에 얼룩진 식민지의 상처를 말끔하게 씻어낼 수 있을 것 같지를 않았다. 그리고 영국으로서도 스리랑카에 대한 빚을 갚을 길이 없는 게 아닌가 싶었다."라는 부분에서 이러한 인식의 깊이를 확인할 수 있다.

　「거문도 뱃노래」에서 영국인 병사와 거문도 주민들이 어우러져 뱃노래를 하는 장면은 작가의 지향점이 가장 극적으로 드러나는 대목이다. 이 현장에서 국적 따위는 사실상 아무런 의미도 갖지 못한다. 지은 선생이 고유문(告由文)을 한문으로 읽고, 영국군과 조선인이 영어와 조선어를 함께 사용하는 이 현장에서 국적 따위를 묻는다는 것은 무의미하다. 흥미로운 것은 이 자리에는 젠더적 차별조차 존재하지 않는다는 점이다. 이전에는 남자들만 어울려 부르는 노래였는데, 지금은 "무당 해연이며 한을이 같이 어울려 노래"를 하는 것이다.[4] 이 놀이판에서 국적, 성별, 신분의 구분은 존재할 수 없으며, 오직 인간적 교감과 우애만이 자기 자

---

4) 「거문도 뱃노래」에는 남성을 비판하는 여성의 모습이 곳곳에 등장한다. 여성인 한을은 남성인 지은 선생에게 청나라 사람이 자기 마음대로 섬이름을 바꾼 것은 문제라고 지적하기도 하고, 주모였던 한을의 외할머니는 지나던 선비의 남녀차별적인 의식을 꾸짖기도 한다. 이 작품에서 권위 있는 남성인물인 지은 선생은 "명분론에 멀미를 내고 있"으며, "바다에 목숨을 대고 살면서 배 한 척 지을 줄 모르는 학문, 총 한 자루 만들지 못하는 학문이 무슨 소용이냐"라며 유교적 가부장과는 거리가 먼 모습을 보여주기도 한다.

리를 가질 수 있다. 거문도 뱃노래 현장이야말로 작가의 지향점이 그대로 현시된 축제의 장인 것이다.

4. 어린애를 싸안은 스님의 피 묻은 가사자락

「부처님의 발바닥」은 스리랑카로 여행을 가서 여러 불교 유적지를 돌아보는 내용으로 되어 있다. 특히 유적지에서 주인공 강선재가 관심을 기울이는 것은 '부처님의 발바닥'이다. 처음 강선재의 스리랑카행은 적극적인 구도행이라기보다는 한국을 떠난다는 소극적인 탈출기로서의 성격이 강하다. 「부처님의 발바닥」에서는 "청년들이 일자리가 없어서 결혼을 포기하는 현실은, 여지없는 테러가 아닌가"라고 반문하는데, 이것은 「거문도 뱃노래」에서 반복된 애절양(哀絕陽) 이야기의 현대적 변형이라고 볼 수도 있다. 사회·경제적인 이유로 아이 낳기를 스스로 포기한다는 점에서는 성기를 자르는 일이나 결혼을 포기하는 것이나 마찬가지이기 때문이다. 강선재는 한국이 "산다는 게 곧 테러와 다름이 없는 한국, 그 헬조선"이며, "사람대접은 고사하고 존재 자체의 의미를 포기해야 하는 나라"라고 생각한다. 이러한 생각으로 강선재는 "테러 없는 나라로 사람들이 꼽는" 스리랑카를 가게 된 것이다.

그러나 강선재의 스리랑카행이 지닌 보다 본질적인 의미는 강선재 아버지의 선교행과의 대비 속에서 발견할 수 있다. 「부처님의 발바닥」에서 아프리카로 선교를 떠났던 강선재의 아버지와 어머니는 폭탄 테러를 당한 이후 한국에 돌아와 같은 날 세상을 떠난다. 강선재가 스리랑카에서 부처님 발바닥에 그토록 지대한 관심을 기울이는 이유는 바로 아버지의 죽음이 발바닥과 관련되어 있기 때문이다.

　아버지는 선교를 가기 전날에 발을 들어올려서는 "발바닥 가운데 난 상처가 보이느냐?"고 강선재에게 물었다. 어린 시절 쇠스랑날이 발바닥에서 발등으로 관통하는 바람에 발바닥에 상처가 생겼고, 사람들이 달려올 때까지 기절해 있었다는 것이다. 이때 아버지는 "천사들의 호위를 받으면서 하늘나라에 갔었고, 거기서 아프리카에 복음을 전하라는 계시를 받았다"고 말한다. 그러면서 아버지는 "나는 선택된 인간이야"라고 자신 있게 외친다. 이러한 선민의식은 예수님의 발바닥에도 상처가 나 있었다는 아버지의 믿음에서 비롯된다. 아버지는 "예수의 발에 난 못자국과 자신의 발바닥에 난 상처 자국을 똑같은 걸로 착각하고 있"었던 것이다.

　강선재의 아버지에게 이 세상은 목적과 위계가 뚜렷한 곳이다. 가장 높은 곳에는 신이 있고, 그 아래 절대적인 복종자로서의 자기가 있으며, 또 그 아래에는 자신의 인도를 받아야 하는 수많은 사람들이 존재하는 것이다. 부친의 "뒤에 당신의 하느님이 있었"기에, "부친에게는 혼란이라는 게 없"으며, "판단은 명쾌하고 결단은 단호하며 실천은 엄격"할 수밖에 없다. 나아가 강선재의 아버지는 "목적 없는 행동"을 몹시 싫어했으며, "의식 없는 주장"을 용납하지 못한다. 부친이 "그냥이라든지 대충 같은 말을 지독히도 싫어"하는 것도 당연한 일이다. 이것은 "자기 하는 일에 설명이 거의 없"을 정도로 확고한 선민의식과 목적의식이 있기에 가능한 모습이라고 할 수 있다. 이러한 수직적 관계 속에서 아버지는 "하느님과는 소통이 될망정 인간끼리는 소통이 안" 된다. 일테면 "하느님에게 바친 몸이라면서 부모들은 부부생활도 제쳐놓고 지내는" 식이다. 선교를 하러 이집트까지 갔지만, 아버지는 평소 "방언하는 이방인을 경계하라"며 이방인을 두려워했다.

강선재는 바로 아버지의 "초점이 분명한 역사, 초점이 분명한 인생, 초점이 분명한 여행"과 "초점이 분명한 생활, 초점이 확실한 신앙"이 "느슨하게 진행되는 삶의 과정에 비하면 과도한 강압"이라고 생각해왔다. 아버지의 삶은 "테러까지는 아니더라도 의미의 압력인 것은 사실"이었기 때문이다.

이러한 아버지의 모습은 맹목적인 종교인의 자세라고 할 수 있다. 대부분의 종교는, 기본적으로 종교는 인간과 신 사이에 어떻게 하면 어마어마한 비대칭의 관계를 형성할 것인지에 전력을 쏟는다. 강선재가 스리랑카 여행을 통해 발견하는 것은 아버지의 수직적이고 위계적인 사고와는 다른 종류의 사고이다. 강선재는 이 세상의 만물 사이에 어떠한 구별이나 차별을 두는 것에 의문을 갖는다. 그것의 인용문에서 명료하게 드러난다.

본유의 내가 있고, 그 아바타가 있다. 그런데 그 아바타의 친구가 있고, 그 친구의 친구, 그 친구의 또 다른 친구 그렇게 차원변경을 거듭하면 인간 생명의 대연쇄가 성립하는 셈이었다. 그런 생각은 자연에 대해서도 비슷하게 유추할 수 있었다. 나와 원숭이와 강아지와 새앙쥐와 개구리… 풍뎅이, 목련, 모란, 망초, 돌, 바위… 그렇게 아바타를 설정하면 우주가 모두 그 안에 들어가는 셈이었다. 우주에 나와 아무런 연관이 없는 존재는 상상조차 할 수 없는 정황이 되었다. 그러나 부친은 물론 어머니도 자기와 하느님 사이의 핫라인 말고 아바타 따위는 없었다. 부부는, 겟세마네 동산까지 주를 따라 가려네. 그렇게 노래할 뿐이었다.

아버지에게는 "자기와 하느님 사이의 핫라인"만이 존재한다면, '나'에게는 "우주에 나와 아무런 연관이 없는 존재는 상상조차 할 수 없는 정황이 되었다"는 말에서 알 수 있듯이 우주 만물이 존재한다. 이러한 아버지와 나의 사고를 이해하기 위해서는 나카자와 신이치가 말한 대칭성(對稱性)의 사고라는 개념을 참고할 필요가 있다. 나카자와 신이치는 인간과 인간, 인간과 자연 사이의 연속성과 동일성을 강조하는 대칭성의 사고라는 개념을 제시한다. 유동적 지성이란 무의식을 의미하며, 무의식을 통해서 인간의 '마음'은 자연에, 그리고 우주에 직접적으로 연결된다는 것이다.[5] 마치 "나와 원숭이와 강아지와 새앙쥐와 개구리… 풍뎅이, 목련, 모란, 망초, 돌, 바위…" 등이 같은 차원에 존재하는 것처럼 말이다. 반대로 비대칭성(非對稱性)의 원리 속에서는 세계를 분리된 곳이자 비균질적인 곳으로밖에 볼 수 없다. 강선재가 대칭성의 사고에 이어져 있다면, 아버지는 비대칭성의 사고에 이어진다.

---

5) 나카자와 신이치, 김옥희 역, 「완성된 무의식-佛敎(1)」, 『對稱性 인류학』, 동아시아, 2005, 170면.

스리랑카는 사자와 인간이 결합하여 나라가 만들어졌다는 신화를 가지고 있다. 이 역시 대칭성의 사고를 보여주는 것이라고 할 수 있다. 사자와 인간의 결합이란 인간과 동물을 엄격하게 구분하여 바라보는 비대칭적인 사고에서는 상상할 수 없는 일이며, 이것은 야생의 사고에 이어지는 것이기도 하다. 강선재는 스리랑카에 오면서 잠들었던 의식이 무더기로 일어나 자신의 내면을 혼란에 빠트린다고 생각하는데, 실제로 강선재의 여행은 그 모든 위계를 해체하는 과정에 해당하는 것이기도 하다.

『화엄경』의 선재동자처럼 구도의 과정을 통해, 강선재가 발견한 것은 결국 '부처님의 발'도 아닌 '부처님의 발바닥'이다. 그 발바닥에서 발견한 법륜이야말로 강선재의 스리랑카 구도기가 지향하는 핵심이라고 할 수 있다.

발바닥, 그냥 발이 아니라 발바닥이었다. 발바닥이 인간의 헤아릴 수 없는 마음의 심연은 아니었다. 몸을 이끌고 돌아다녀서 생긴 상처 자국도 있고, 흠집도 생긴 발바닥, 거기에 피어나는 원광 아니면 연꽃 같은 법륜의 무늬

'부처님의 발바닥'은 "가장 아픈 상처에 피어나는 꽃과도 같은" 것이다. 인체의 가장 밑바닥에 있으면서, 이 지상의 더러움과 직접적으로 부딪치는 상처 투성이야말로 가장 성스럽고 아름다운 것이라는 인식이 나타나 있다. 지금 강선재는 가장 인간적이고 가장 지상적인 것에서 최고의 신성을 읽어내고 있는 것이다.

이러한 대칭성의 사고 속에서 수직적인 위계를 발견한다는 것은 사실상 불가능하다.

이 작품은 인천공항에서 폭탄 테러가 발생하고, "스님이 피 묻은 가사자락에 어린애를 싸서 안고 폴리스 라인 밖으로 걸어나"가는 다분히 상징적인 장면으로 끝난다. 이 상징을 해석하는 데도 나까자와 신이치의 이야기는 적지 않은 도움을 준다. 나까자와 신이치는 지금까지 남아 있는 사상이나 종교 중에 이러한 대칭성의 사고에 가장 가까운 것이 불교라고 주장한다. 불교란 "무의식=유동적 지성의 본질을 이루는 대칭성의 논리를 잘 다듬어, 극한에 이를 때까지 그 가능성을 추구한 사상"이며,[6] 불교야말로 "대칭성의 사고라고 하는 원초적인 지성 형태(유동적 지성이라고 불러왔던 것)를 잘 다듬어서 완성된 형태로까지 발전시키려 해온, 달리 유례를 찾아볼 수 없는 윤리사상"[7]이라는 것이다. 그렇다면 인류의 희망이라고 할 수 있는 "어린애"를 구원하는 "스님"은 강선재가 그 덥고 습한 스리랑카까지 가서 발견한 대칭성의 사고가 지닌 구원의 가능성을 암시하는 것인지도 모른다.

5. 하늘의 별을 따는 반세기의 여정

「세 갈래 길」은 중편집 『사랑의 고고학』에서는 맨 마지막에 오

---

6) 위의 책, 171면.
7) 위의 책, 173면.

지만, 의미의 맥락에서는 가장 첫번째 와야 할 작품이다. 이 작품
은 한 인간의 세계관이 형성되는 가장 중요한 시기인 20대 초반,
즉 대학교에 입학하여 입대하기 이전까지의 1년여를 다루고 있
다. 실명 그대로가 등장하기도 하는 이 작품은 자전소설로서의
성격도 뚜렷하다.

모든 성장소설이 그러하듯이, 이 작품도 진로에 대한 고민과
방황이 주요한 서사의 줄기를 형성한다. 그러한 고민과 방황은
작품의 마지막 단락이기도 한 다음의 인용문에서 알 수 있듯이,
"문학과 문학이론 공부", "교육 문제", "소설 쓰는 일"의 세 가지
사이에서 이루어진다.

> 그는 자기가 쓴 게 소설이라고 빡빡 우길 생각은 없었다. 다만, 문
> 학과 문학이론 공부도 해야겠고, 시대에 들어왔으니 교육 문제도 심
> 중하게 생각해야 하겠고, 언제 될지 모르지만 소설 쓰는 일도 버릴 수
> 없는 생애의 과제로 삼아야 하겠다는 각오가 뚜렷해지는 순간이었다.
> 그게 시대를 들어왔고, 공부했고, 문학하는 친구와 어울렸고 하는 데
> 서 비롯되는 맑은 물줄기와도 같은 것이었다.

「세 갈래 길」에서 '문학과 문학이론 공부'는 선배 김대홍과의
관계 속에서 집중적으로 형상화된다. 김대홍은 '문학의 과학'을
주장하며 언어학 공부를 해야 한다고 강조하는 선배이다. 나중에
는 김대홍 선배가 주도하는 모임 TOL(Theory of literature)에 가입
하여 공부하기도 한다. 다음으로 '소설 쓰는 일'은 대학생활의

"언덕이고 숨통"인 사대문학회 활동을 통해 드러난다. 그곳에서는 문학과 인생과 사회와 역사에 대한 온갖 고담준론이 이루어지고, 심지어는 젊은 시절의 객기마저 용납된다. '교육문제'는 그가 소속된 곳이 사대인만큼, 여러 교수님들의 강의 등을 통해서 자연스럽게 서사 속에 녹아들 수밖에 없다.

흥미로운 것은 그가 그 세 갈래 길 중에서 어느 하나를 선택하는 것이 아니라 그 세 가지 모두를 자신의 길로 받아들인다는 것이다. 이것은 성장소설의 보편적인 문법과는 다소 거리가 있는 것은 물론이고, 일반적인 성장의 의미와도 거리가 있다. 정신분석학적으로 성장이란 본래 자기가 거세된 존재라는 사실을 인정하는 것이다. 유아 시절의 전지전능한 대양감에서 벗어나, 자신은 결코 완벽한 존재가 아니며 세상의 작은 부분을 담당하는 존재에 불과하다는 것을 받아들이는 것이 성장이라는 것이다. 누구나 어린 시절엔 소설가도 과학자도 대통령도 될 수 있다고 생각하는 법이지만, 성장을 통해 자신이 결코 그 모두를 감당할 수 없으며 그중의 어느 하나를 선택해야만 한다는 것을 깨닫는다는 것이다. 그런데 「세 갈래 길」의 그는 그 세 가지를 모두 자신의 몫으로 받아들이니, 얼핏 보면 이 작품은 보통의 성장이나 성장소설의 문법과는 거리가 있는 것처럼 보이기도 한다.

그러나 이러한 관찰은 표피적인 것에 불과하다. 심층에서는 "문학과 문학이론 공부", "교육 문제", "소설 쓰는 일"이 공통적으로 이상(理想)이라는 의미망을 형성하기 때문이다. 이상의 반대항에는 현실이라는 거대한 힘이 도사리고 있다. 이 현실은 그에게 가난의 형상으로 구체화된다. 따라서 「세 갈래 길」에서 진정한 성장은 현실과 이상, 다시 말하면 가난과 문학(교육) 사이에서 어느 쪽을 선택하느냐의 문제라고 할 수 있다.

그가 꿈을 향해 비상하는 것을 가로막는 현실의 강력한 힘은 가난이다. 그의 아버지는 흙손 한 자루로 육남매와 장인, 장모 그리고 아내 그렇게 열 식구의 호구를 해결해야 하는 고단한 인생이다. 그렇기에 빛나는 대학 합격증을 받고서도 그의 집안은 당장 대학교 교복 한 벌 값인 입학금을 마련하느라 골머리를 앓는다. 대학에 입학한 후에도 아버지가 관리인으로 있는 여관 조바실에서 아버지와 숙식을 해야 하고, 나중에는 중노동에 가까운 입주과외로 간신히 학업을 이어가기도 한다. 심지어는 선배가 여름용 검정 모직 바지를 선물하거나, 친구 한왕석이 구두를 맞춰 주기도 할 정도이다.

가난으로 현상된 현실과 문학(교육)으로 현상된 이상의 갈등은, 그에게 가장 큰 영향을 주는 구일환 교수의 리포트 과제를 통해서 그에게도 분명하게 인지된다. 구일환 교수는 "문학에서 낭만주의적 지향과 현실주의적 지향의 속성을 자료와 작품을 바탕으로 규명"하라는 과제를 내는데, 이에 대해 그는 "구일환 교수의 과제는 결국 낭만과 현실의 틈바구니에서 찢겨 선혈이 노을처럼 번지는 너 자신을 분석해 보라"는, 그래서 "다른 결단을 해보라는 명령과도 같은 것"이었다고 받아들이는 것이다.

이상보다 가난에 초점을 맞출 경우 그는 속물이 되거나 투쟁가가 될 수도 있을 것이다. 속물이 되는 것은 기성 사회를 인정한 바탕 위에서 재화의 축적을 위해 자신의 꿈과 이상을 버리는 길이다. 투쟁가가 되는 것은 자신을 옥죄는 현실의 질서를 거부하고 나아가 바꾸어 나가는 것이다. 특히 투쟁가의 길은 매사를 비판적으로 바라보는 선배 신하철을 통해서 간접적으로 드러난다. 신하철은 좁쌀 계급 훈장은 대를 이어 훈장질이나 하는 거라는 식으로 말하기도 하고[8], 월남전에 대해서도 "월남 가서 피 팔아다가 그 돈으로 근대화를 해본들 별거 있겠냐, 월남 가는 놈들 그게 미국놈들이 똥칠한 아시아 역사에다가 피칠하러 가는 거지, 뭣도 모르는 것들이 겨우 탄피나 주워다가 팔아서 종삼이나 청량리 오팔팔에 좆물이나 뿌리다가 임질 걸려 흘리고 다니지 별거 있어?"라며 기성사회와 지배논리에 대한 강렬한 비판의식을 보여주기도 한다. 그는 분명 속물이 되거나 혹은 투쟁가가 되어 자신의 청춘을 회색빛으로 물들인 가난에 저항할 수도 있을 것이다. 그러나 그의 가슴에 문학(교육)에의 꿈이 그토록 뜨겁게 불타고 있는 한, 그러한 방식으로 가난을 극복하는 것은 결국 가난에의 패배라고 부를 수밖에 없지 않을까? 그가 가난은 극복할지 몰라도, 결국 그의 삶을 좌지우지한 것은 그의 가슴에 찬란히 빛나는 별이 아니라 현실의 가난일 뿐이기 때문이다.

그러나 그는 결국 문학(교육)을 선택했다. 그리고 그 꿈은 너무나도 뜨거운 것이어서 "문학과 문학이론 공부", "교육 문제", "소

---

[8] 교육(문학)을 추구하면 가난에서 벗어나기 어렵다는 인식은 꽤 큰 무게로 그를 짓누른다. 불문학자 손우성 교수의 몽테뉴에 대한 강연을 들으면서 "교사가 되어서 돈을 번다? 그게 가능한 일이던가?"라며, 교사가 "돈을 번다는 데는 고개를 갸웃해" 한다. 그리고 그 강연은 "교직으로는 계층이동이 불가능하다"던 신하철 선배의 이야기를 자연스럽게 떠올리게 한다.

설 쓰는 일" 모두를 포괄하는 것으로 나타난 것이다. 이 지점에서
중편집「세 갈래 길」의 그를 실제작가 우한용으로 변환하는 일이
허락될 수 있을까? 그렇다면 그는 세 갈래 길을 모두 감당하기로
한 50여 년 전부터 지금까지 문학(교육)이라는 가슴속의 별을 향
한 순심을 한 순간도 잃지 않았다고 감히 말할 수 있을 것이다.
그렇지 않고서야 세 갈래 길 모두에서 그 누구도 쉽게 흉내낼 수
없는 그 풍성한 업적의 숲을 이룰 수는 없었을 것이기 때문이다.
지금 이 순간도 그는 『사랑의 고고학』이라는 중편집을 통해 문학
적 상상력의 힘, 민족이나 조국을 벗어난 우애의 아름다움, 나아
가 생명 있는 모든 것의 존엄함을 깨우치는 서사의 장관을 연출
하고 있는 것이다. 반세기에 걸친 그 순심의 여정으로 인하여 중
편집『사랑의 고고학』은 더욱 각별한 의미로 오늘의 독자들과 마
주하고 있다. ✳

우한용(禹漢鎔)과 그가 펴낸 책들

출생과 학력

충남 아산군 도고면 향산리에서 부친 우기만(禹基萬)과 모친 김봉출(金鳳出) 사이에서 태어남.

도고초등학교, 온양온천초등학교를 졸업하고, 아산중학교와 천안고등학교에서 공부함.

서울대학교 사범대학 국어교육과에서 학사와 석사를 마치고, 서울대학교 인문대학 국어국문학과에서 박사학위를 받음.

경력

1975 - 1982 서울중화중학교, 서울오류중학교, 서울북공업고등학교에서 근무함.

1982.6 - 1995. 2 전북대학교 사범대학 전임강사, 조교수, 부교수, 교수로 근무함.

1995.3 - 2013. 2 서울대학교 사범대학 국어교육과 부교수, 교수로 근무함.

1986 『월간문학』에 소설 「고사목지대」로 등단.

소설론 분야 저서

『한국근대작가연구』(공저), 『한국현대소설구조연구』, 『채만식소설의
언어미학』, 『한국현대소설담론연구』, 『현대소설의 이해』(공저), 『소
설장르의 역동학』, 『우한용 교수와 걷는 문학의 숲길』(근간)

문학교육 분야 저서

『창작교육론』, 『문학교육론』(공저), 『소설교육론』(공저), 『서사교육
론』(공저), 『실용의 문학교육』(공저), 『언어-문학 영재교육의 가능
성 탐구』(공저), 『국어과 창의인성 교육의 모색』(공저), 『교사와 책』
(공편), 『문학교육과 문화론』, 『한국근대문학교육사연구』, 『문학-
문화-교육』(근간).

창작 영역의 책들

소설집『불바람』, 『귀무덤』, 『양들은 걸어서 하늘로 간다』, 『멜랑꼴
리아』, 『초연기-파초의 사랑』, 『호텔 몽골리아』, 『붉은 열매』.

중편소설집『도도니의 참나무』, 『사랑의 고고학』.

장편소설『생명의 노래(1,2)』, 『시칠리아의 도마뱀』, 『악어』(근간).

시집『청명시집』, 『낙타의 길』.

수상집『우정의 길 예지의 창』(공저), 『사계의 전설』(공저), 『지나고
보니 보이는 꽃』(공저), 『떠돌며 사랑하며 _ 픽션에세이』.

스마트북스선
사랑의 고고학

1쇄 발행일 | 2017년 11월 24일

지은이 | 우한용
펴낸이 | 윤영수
펴낸곳 | 문학나무

편집 · 기획실 | 03085 서울 종로구 동숭4나길 28-1 예일하우스 301호
이메일 | mhnmoo@hanmail.net

출판등록 | 제312-2011-000064호 1991. 1. 5.
영업 마케팅
전화 | 02-302-1250, 팩스 | 02-302-1251
ⓒ 우한용, 2017

값 14,500원
잘못된 책은 바꾸어 드립니다
지은이와 협의하여 인지는 생략합니다
무단 전재 및 복제를 금합니다

ISBN 979-11-5629-060-5 03810